OTRA TONTA HISTORIA DE AMOR

OTRA TONTA HISTORIA DE AMOR

KATELYN DOYLE

TITANIA

Argentina • Chile • Colombia • España

Estados Unidos • México • Perú • Uruguay

Título original: *Just Some Stupid Love Story*
Editor original: Flatiron Books
Traducción: Ana Isabel Domínguez Palomo y María del Mar Rodríguez Barrena

1.ª edición Junio 2024

ISBN: 978-84-19131-66-9
E-ISBN: 978-84-10159-32-7
Depósito legal: M-9.894-2024

Fotocomposición: Urano World Spain, S.A.U.
Impreso por Romanyà Valls, S.A. – Verdaguer, 1 – 08786 Capellades (Barcelona)

Impreso en España – *Printed in Spain*

Para Chris

PRIMERA PARTE

INSTITUTO DE PALM BAY, REUNIÓN DEL DECIMOQUINTO ANIVERSARIO

Noviembre de 2018

1

Molly

Si alguna vez tienes que encargarte de un acto para el que necesites alquilar una carpa blanca, ten por seguro que yo, Molly Marks, te confirmaré, sintiéndolo mucho, mi no asistencia.

Si tu carpa está adornada con flores que no son de temporada, con miles de guirnaldas de luces o con tarjetas de lino con letras grabadas para marcar cada sitio (si cuenta con una pista de baile, un grupo de música y un escenario para dar discursos), puedes estar tranquilo, querido amigo, que estaré en espíritu, aplaudiéndote desde cientos de kilómetros de distancia.

No es nada personal. Estoy segura de que tu acto es trascendental y de que eres un magnífico anfitrión.

Sin embargo, la carpa blanca alquilada es un monumento a las demostraciones públicas de sentimientos, y los sentimientos me dan dentera. Si no me queda más remedio que demostrar un sentimiento (¡uf, qué pereza!), quiero hacerlo en casa, con las persianas bajadas y las luces apagadas, con una bata manchada de algo dulce y gotas de sauvignon blanc.

Por lo tanto, seguro que entiendes por qué en esta sensual noche estrellada en una isla afamada por sus playas paradisíacas, demuestro el entusiasmo de una mujer que se tambalea sobre los zapatos de tacón hacia su tumba tropical a la orilla del mar.

Ya que, bajo la plateada luz de la luna llena de Florida, nos vamos acercando poco a poco a la hambrienta boca de una carpa del tamaño de un crucero.

Y bajo dicha carpa, sujeta por una buganvilla artificial e iluminada por focos que cambian del rosa al morado, hay una pancarta que reza con un tipo de letra jovial:

¡¡¡BIENVENIDOS A LA REUNIÓN DEL 15° ANIVERSARIO, PROMOCIÓN DE PALM BAY DE 2003!!!

Triple signo de exclamación. Mortal.

Admito que en las circunstancias adecuadas (si yo fuera otra persona, por ejemplo), el ambiente que me recibe bajo la lona podría considerarse de ensueño.

Al fin y al cabo, huele a jazmín, a azahar y a la brisa salada procedente del golfo de México. La parpadeante luz de las antorchas ilumina la pista de baile. Hay una barra donde sirven champán y otra con langosta. Hombres y mujeres con sus mejores galas se abrazan con sinceridad y se sonríen. En alguna que otra cara incluso veo lágrimas.

Me llevo una mano a la garganta para sentir mi pulso acelerado. Ha sido un error no tomarme una pastilla para la ansiedad en el hotel. A lo mejor me puedo esconder en un puesto de socorrista.

—No puedo hacerlo —le susurro a Dezzie, mi mejor amiga, que junto con su marido, Rob, es lo más parecido que tengo a una cita para esta noche.

Ella me da un apretón a lo bestia, un gesto que quiere ser o bien tranquilizador, o bien lo bastante doloroso como para asustarme.

—Claro que vas a hacerlo —me asegura, también susurrando.

—Y así descubro que mi mujer fue a un espantoso instituto privado en Florida —dice Rob, impasible ante mis nervios—: su decimoquinta reunión parece una boda en un destino turístico.

—La verdad es que es diez veces mejor que nuestra boda —replica Dezzie, que tira de mí para dejar atrás una mesa con bolsas de bienvenida llenas de chanclas con brillibrilli y espray antimosquitos. Nos detenemos para observar los centros, que consisten en piñas, orquídeas y palmeras de treinta centímetros de alto con circonitas.

—Eso pasa cuando te casas con un trabajador social sin blanca —dice Rob—. A lo mejor podemos hacernos con el control de la reunión y renovar los votos.

—Si hay algo peor que una reunión del instituto —aseguro con sequedad— es una reunión de instituto con renovación de votos. Además, es una ley universal que todas las parejas que renuevan sus votos se separan antes del año. Sois una pareja demasiado buena como para tirar vuestra relación por la borda por unas gambas rebozadas en coco.

—Ya veo que esta noche somos la alegría de la huerta —replica Rob, que extiende un brazo para darme un toquecito en un hombro.

Tiene suerte de que me sienta demasiado desanimada como para responder, porque de lo contrario le habría dado un codazo entre las costillas. Dezzie y Rob llevan tanto tiempo juntos que Rob y yo somos casi como hermanos. De los que se quieren muchísimo y lo demuestran lanzándose pullas y un puntito de violencia física.

—Ser arisca era el distintivo de Molly en el instituto —le explica Dezzie—. La eligieron «Alumna más pesimista» en último curso.

Me echo el pelo hacia atrás.

—Un logro del que todavía me enorgullezco, muchas gracias. Me costó mucho ganarme el honor.

Lo pagué con una tendencia a los ataques de pánico durante la adolescencia. Pero no te sientas mal. Crecí, me busqué un psiquiatra y ahora soy una mujer fuerte y feroz a la que le recetan un fantástico cóctel tranquilizante de antidepresivos y alguna que otra benzodiazepina.

—Me imagino cómo era Molly de adolescente —dice Rob al tiempo que acepta una minúscula tartaleta de cangrejo salpicada de caviar de un camarero—. Teniendo en cuenta lo insufrible que es ahora, diría que era… atroz. —Me mira con una sonrisilla traviesa, y ahora soy yo quien le da un toquecito en un hombro.

—¡Dios! Era insoportable —asegura Dezzie mientras me echa un brazo por encima con un gesto cariñoso—. Venga poesías tristes, café solo y diatribas feministas en el club de debate. Era como la personificación de un tatuaje de Sylvia Plath.

—Así que básicamente no ha cambiado nada —replica Rob.

—No es verdad —protesto—. Soy el alma de la dichosa fiesta. Pero no de esta.

Te pido por favor que me creas: es verdad. Vivo en Los Ángeles y mi trabajo depende de mi habilidad para entablar chispeantes conversaciones junto a la piscina en enormes mansiones de Hollywood Hills mientras bebo la cantidad apropiada de champán. Soy capaz de engatusar al más pintado, de hablar como si fuera tonta y de hacer contactos profesionales con una facilidad tan pasmosa que casi parece que esté disfrutando.

Claro que eso es la vida real.

Esto es el instituto falso.

—Pues esta noche —anuncia Rob— vamos a ponerte tan contenta de ver a todos tus antiguos amigos que ni van a reconocerte. ¿A que sí, Dez?

Dezzie está echando un vistazo por la carpa, sin prestarnos atención.

—¿Dónde nos sentamos?

—Vamos a por la mesa del fondo, donde nadie va a hablarnos —sugiero.

Ella me da un golpe en el brazo con su bolso de mano. Es un bolso muy bueno. Dezzie tiene un gusto excelente. Esta noche lleva un vestido corto de líneas rectas muy marcadas que parece de Comme des Garçons pero que, según me aseguró cuando jadeé por la envidia al verla, es un vestido suelto que se ha ceñido con un cinturón de la afamada casa de alta costura Amazon.com. Lleva el lustroso pelo negro cortado a la altura del hombro, y sus labios son una línea roja que destaca a la perfección su tez blanca. Por su parte, Rob tiene la suerte de ser guapo y de mentón cuadrado, porque su sentido estilístico podría calificarse de aburrido siendo muy magnánima. Lleva sus habituales chinos arrugados, a los que esta noche les ha dado un toque más elegante, por decirlo de alguna manera, con una americana de *tweed* que es demasiado abrigada para el tiempo que hace y unos mocasines negros desgastados que no combinan con el cinturón. Hacen una extraña pareja, como si Karen O se liara con Jim de *The Office*. Pero tienen una química envidiable.

—¡Por el amor de Dios, Molly, deja de quejarte! —dice Dezzie—. Llevas quince años sin ver a la mayoría de esta gente. Has venido a Florida, sitio que odias, desde Los Ángeles. No voy a dejar que te escondas toda la noche detrás de una copa de vino mientras le mandas mensajes sarcásticos a Alyssa por debajo de la mesa.

—Si crees que esta noche voy a beber algo tan flojo como vino, no me conoces lo más mínimo —replico—. Además, he visto que hay cócteles especiales. ¿Cómo resistirme a un Palm Bay Institutini?

—¡Oooh! ¿A qué sabe la nostalgia por un instituto privado de cuarenta mil dólares al año? —pregunta Rob.

Me hago con dos copas de la bandeja de un camarero que pasa cerca y me bebo la mitad del líquido naranja del tirón.

—A mujeres sudorosas con vestidos de Diane von Furstenberg, a colegas borrachos ya entrados en años bailando hip-hop... y a esto, ron o algo así.

Dezzie va directa a una mesa y regresa con tres tarjetas.

—Nos he encontrado —anuncia al tiempo que me da una.

«Molly Marks, mesa 8».

Se me cae el alma a los pies.

—Espera, ¿los asientos están asignados?

Dezzie se encoge de hombros.

—Marian Hart lo ha organizado. Seguramente quiere alentar la mezcla social. Ya sabes cómo es.

Marian Hart fue la delegada de nuestra clase y la reina del baile de graduación. Tiene la implacable e inagotable energía del encargado de actividades de un crucero.

—Dime por favor que estamos en la misma mesa —le pido al tiempo que me hago con su tarjeta.

«Desdémona Chan, mesa 17».

—Me cago en la puta —mascullo—. Espero que por lo menos Alyssa esté en mi mesa. —Alyssa es nuestra mejor amiga, la tercera del trío inseparable que formamos en segundo de primaria.

—No. He visto su tarjeta. Está en la once. Además, su vuelo ha llegado con retraso y no llegará hasta dentro de una hora o así. No puede salvarte. Tendrás que socializar.

—Socializo sin problemas —replico—. Lo que no se me da bien es demostrar falsa nostalgia y alegría impostada.

En el escenario, el grupo de tambores metálicos de chicos blancos que versionan temas de Jimmy Buffet termina «The Weather is Here, I Wish You Were Beautiful», y la mismísima Marian Hart aparece en escena.

Como era de esperar, tiene un aspecto impecable. Su perfecta melena rubia con mechas está peinada con un elegante moño que, de alguna manera, no se le deshace pese a la humedad de Florida, y parece que Goop le patrocina los brazos.

—¡Chicos! —chilla, dirigiéndose al micro—. Es increíble veros a todos. Tenemos esta noche a ciento cincuenta y ocho personas de las ciento sesenta y siete de la promoción, ¿os lo podéis creer? ¡Y vamos a pasarlo de viciooo!

En sus ojos azules se ve la sinceridad.

Entierro la cara en el hombro de Dezzie.

—Ya lo odio. ¿Por qué he venido?

—Porque querías venir, so hipócrita. Anímate. A lo mejor te lo pasas bien.

Se equivoca mucho. Desde luego que no quería venir. Estoy aquí porque me han presionado. Soy la única de nuestro reducido círculo que vive en la Costa Oeste, y las ocasiones para vernos son cada vez más raras ahora que Alyssa es madre. El problema es que estoy terminando un proyecto y no me gusta viajar cuando me pongo en modo escritora.

—Debería estar en casa, trabajando —digo.

—Puedes tomarte cuatro días libres —me recuerda Rob—. Ni que fueras oncóloga.

Disto mucho de practicar la medicina y salvar vidas. Me gano la vida escribiendo guiones de comedias románticas. El cerebrito que conoce a la guapa; escenas ostentosas; llantos emocionados mientras le profesan amor eterno a una mujer que supuestamente trabaja en una revista y que siempre lleva el pelo como recién salida de la peluquería.

Mejor me espero hasta que dejes de reírte.

Admito que mi profesión dista mucho de la sensibilidad misántropa por la que soy famosa. Sin embargo, ten en cuenta que se me da fenomenal por sorprendente que parezca. Nada más salir de la universidad, tuve dos éxitos independientes seguidos. Cierto que eso fue hace ocho años. Pero mi productor está negociando con un actor de primera fila para ser el protagonista del guion que estoy terminando, y creo que podría ser un éxito.

Hasta un bombazo.

Algo que le iría de perlas a mi carrera. Tengo un flujo constante de encargos como redactora, pero después de mi éxito nada más empezar, se me subió a la cabeza y creí que sería la próxima Nora Ephron o Nancy Meyers, y que escribiría clásicos sin parar mientras nadaba en dinero. Ahora mismo, no ando muy bien en lo de ser «la voz millonaria de una generación».

—Están a punto de servir los entrantes —sigue Marian desde el escenario—. Así que sería estupendo que os fuerais sentando. ¡Vamos a disfrutar de una cena maravillosa y luego vamos a pasárnoslo estupendamente como si hubiéramos vuelto a los dieciséis! Para que la cosa marche, hay preguntas para romper el hielo en cada mesa. Usadlas mientras disfrutáis de las vieiras. ¡Y ahora a divertirse!

Agarro a Dezzie de la mano.

—No puedo creerme que tenga que soportarlo sola.

—No te va a pasar nada, princesa —dice al tiempo que se suelta de mi mano—. Déjalos boquiabiertos. Si no con tu encanto, por lo menos con esa mirada glacial tan famosa.

—Ya me estoy arrepintiendo.

—Mira, esa es nuestra mesa —le dice Dez a Rob mientras señala una mesa para ocho a la que ya están sentados el chico aquel tan callado que fundó un fondo de inversiones y Chaz Logan, el más gracioso de la clase.

—Por favor, ¿tienes a Chaz y al millonario? —gimoteo, aunque tengo treinta y tres años—. Estoy celosa de verdad.

Dez echa un vistazo por la carpa.

—Ah, creo que tu mesa va a ser interesante.

Sigo su mirada hacia una mesa más pequeña situada en un lateral de la carpa, cerca de la playa, con un letrero con forma de gaviota que reza: «Mesa 8».

Y allí sentado solo está Seth Rubenstein.

Se me queda atascada la respiración en el esófago.

—No me jodas —mascullo.

2
Seth

Me lo estoy pasando muy bien. ¡Dios! Me encantan estas cosas.

La reunión del decimoquinto aniversario de la graduación del instituto lleva una hora en marcha y ya he repasado la última década con la que fuera mi compañera en Química, Gloria, y con su mujer, Emily (son diseñadoras de decorados en Hollywood y acaban de adoptar a su primer perro); he mirado veinte fotos del bebé de Mike Wilson (un niño precioso); he amenazado con tirar a Marian al mar (la quiero mucho y está fantástica); me he bebido dos cócteles de autor con el nombre de nuestro instituto (una auténtica delicia), y he visto de refilón el partido de los Tampa Bay Lightning en el móvil de Loren Heyman (no me va el *hockey*, pero creo que Loren me ha confundido con otro, y eso me gusta).

Ahora estoy sentado solo en la mesa ocho, porque a diferencia de los demás compañeros de mi promoción que siguen deambulando por la carpa, respeto el intrincado protocolo que ha coreografiado Marian. Además, cuando te sientas el primero a la mesa, puedes ver las reacciones de los demás al darse cuenta de que tienen que hablar contigo el resto de la noche.

Es lo más.

Extiendo las piernas de espaldas al precioso golfo de México, bebo un sorbo de mi Palm Bay Institutini y sigo con el pie los primeros acordes de «Margaritaville» mientras espero a mis compañeros de mesa.

Veo que en el cestillo del pan hay palitos de esos con parmesano crujientes tan adictivos (ñam ñam) y me llevo uno a la boca para darle un bocado. Un cantidad bastante vergonzosa de trocitos de queso se me cae sobre la pechera.

Me estoy quitando los restos de la americana cuando levanto la mirada y el estómago me da un vuelco.

Es Molly Marks, de pie a la sombra de una palmera, mirándome con cara de espanto.

No la he visto en quince años.

Desde la noche que cortamos.

Mejor dicho, desde la noche que cortó conmigo, de golpe y sin previo aviso, de un modo que no superé hasta bien entrada la universidad... o tal vez hasta estar ya estudiando Derecho, dependiendo de cuántas latas de Pabst Blue Ribbon me hubiera tomado.

Me meto el resto del palito en la boca a toda prisa y me levanto con una sonrisa enorme en la cara, sin dejar de masticar, porque Molly no se merece que espere hasta haber tragado.

—¡Molly Marks! —exclamo al tiempo que abro los brazos como si no hubiera un solo motivo por el que ella no quisiera aceptar un abrazo de oso. Soy Seth Rubenstein, abogado, y voy a ahogarla con mi famoso carisma.

Ella se queda allí plantada, con la cabeza ladeada, como si yo fuera un lunático.

A ver, que lo soy, lo admito. Pero un lunático agradable, algo que sin duda a Molly le resulta extraño y difícil de digerir, ya que es una persona cruel y fría.

—Oye, no me dejes colgado —añado—. ¡Vamos, Marksman!

Ella acepta el abrazo a regañadientes y me da tres golpecitos tímidos en un hombro, como si tocarme con algo más que un dedo la pusiera en peligro de contraer una enfermedad venérea.

Que no tengo. Me hice analíticas antes de venir. Por si las moscas.

La estrecho más.

—A ver, un poco de cariño si no te importa, Marky Marks. Que soy tu viejo amigo Seth Rubes.

—¿Quién? —replica con cara seria.

Me echo a reír, porque estoy decidido a irradiar la serena afabilidad de un hombre muy tranquilo al que no le altera en lo más mínimo su presencia. Y Molly siempre fue graciosa con las pocas personas con las que se dignaba a hablar.

—No me puedo creer que hayas venido a la fiesta —digo al tiempo que me aparto para mirarla. No vino a la quinta reunión ni a la décima, para sorpresa de nadie.

—Yo tampoco. —Suspira con ese cansancio que me sacaba de mis casillas.

—Estás increíble —le digo.

Por supuesto, eso es lo que hay que decirle a alguien en una reunión de antiguos alumnos del instituto, pero en su caso es verdad. Sigue llevando el pelo castaño oscuro en una larga melena hasta el trasero, algo que la hace destacar entre las melenitas cortas y los moños de las otras Flamingos de Palm Bay. Incluso es más alta de lo que recuerdo, con esas piernas de infarto en primer plano gracias al corto y delicado vestido negro que ha combinado con una cazadora de cuero, incumpliendo como era de esperar el código de vestimenta «cóctel tropical» de Marian. Lleva entre diez y veinte delicadas cadenas de oro al cuello con varios largos, de manera que le caen desde la garganta hasta el canalillo, adornadas con diminutos colgantes, como un cardo o la silueta del estado de California. Me decepciona confesar que quiero quitárselas, una a una.

Ella me mira de arriba abajo.

—Tú también tienes buen aspecto. Suponía que ibas a aparentar más edad.

¡Uf!

Intento no poner cara de pena.

Seguramente no lo consigo, porque se lleva a la boca una mano de uñas perfectas.

—Lo siento. Eso no ha sonado bien. Solo quería decir que…

—¿Esperabas que proyectara la madurez que denota mi dignidad interior? —sugiero a fin de rescatarla, ya que parece que quiere salir corriendo y enterrarse en la arena.

Nunca fui capaz de contener las ganas de intentar rescatarla de sí misma.

Algo que tampoco conseguí.

—No, es que... A ver, esto, que no has envejecido. O lo has hecho, claro, pero ¿no proporcionalmente a los demás? ¿Pareces guapo y viril? ¡Dios! Lo siento, perdona.

Todavía habla como una guía para los exámenes de acceso a la universidad con patas, pero parece avergonzada de verdad. Me apiado de ella.

—Es el bótox —bromeo— y que tengo un cirujano estupendo.

—No se ríe, aunque no es de sorprender. Siempre ha sido parca con su risa. Si quieres que suelte una carcajada, te tienes que esforzar. Cuando lo consigues, la satisfacción es increíble—. Siéntate, por favor —digo al tiempo que señalo con un gesto caballeroso de la mano la silla vacía a mi lado.

Está vacía porque no he traído acompañante. O, mejor dicho, porque mi acompañante, mi novia de casi cuatro meses, se echó atrás en el último minuto cuando cortó conmigo con un mensaje la víspera del vuelo.

Dijo, al igual que las últimas cinco o seis mujeres con las que he salido, que las cosas iban demasiado deprisa. Que yo quería más de lo que estaba preparada para dar.

Tal vez tenía razón. Acostumbro a lanzarme de cabeza al cortejo con la esperanza de que los dos nos enamoremos. ¿Por qué contener el anhelo y el afecto natural cuando cualquier mujer puede ser mi media naranja? Busco a una compañera de por vida, a mi alma gemela, a mi esposa.

Y estoy convencido, convencidísimo, de que la voy a encontrar pronto.

No le digo nada de esto a Molly.

—¿Quién más va a sentarse aquí? —me pregunta mientras echa un vistazo por la mesa.

—Marian —contesto con satisfacción. Molly nunca la ha soportado.

—Dios! Está igualita —dice—. ¿A qué se dedica?

Típico de Molly no tener contacto con nadie de nuestra promoción.

—Tiene un cargo ejecutivo en una empresa de publicidad —respondo—. Está especializada en marcas de higiene femenina.

Molly resopla.

—¿Marian vende tampones y mierdas de esas?

Meneo la cabeza.

—Mierdas, no. Solo tampones.

Esta vez sí se ríe.

—Bueno, ¿cómo te va? ¿A qué te dedicas? —le pregunto, aunque sé muy bien a qué se dedica, porque es famosa, al menos en nuestro círculo de amigos comunes del instituto.

Extiende la mano hacia uno de los palitos y lo parte por la mitad con gesto distraído, como si fuera un juguete y no un alimento delicioso.

Si no me equivoco, está nerviosa.

Yo la estoy poniendo nerviosa.

Maravilloso.

—Soy escritora —contesta sin explayarse.

—¡Qué bien! ¿Qué escribes?

—Películas. Comedias románticas.

Lo dice en voz baja, como alguien que no desea que le hagan más preguntas. Es mi oportunidad de torturarla aunque sea un poquito.

—La señorita Molly Marks... —digo—. Tiene que ser una broma. ¿Me estás diciendo que escribes guiones de pelis con besuqueos? ¡¡Tú!?

—La taquilla de las pelis con besuqueos supera los cincuenta millones de dólares el primer fin de semana en cartelera —responde—. O lo hacía antes de que los superhéroes empezaran a coparlo todo.

—Me encantan los superhéroes —digo—. Sin ánimo de ofender.

—Claro que te encantan. Siempre te encantó la batalla simplista entre el bien y el mal.

Es un comentario hiriente, pero cierto, y es imposible que no me guste que saque ese lado malicioso. Me recuerda a nuestra historia de amor. El amor verdadero a los dieciséis es innato. Todavía me siguen atrayendo sin remedio las mujeres hostiles.

—Sabía que en el fondo eras una sentimental —replico, algo que es verdad. Siempre se negaba a ir al cine conmigo porque las películas la hacían llorar y tiene fobia a llorar en público.

—Es un trabajo —dice antes de beberse la mitad de un Palm Bay Institutini de un solo trago.

—Despacio, fiera —le digo—, que lleva cinco tipos de ron.

Le hace señas a un camarero y pide dos más.

—Chinchín —dice al tiempo que me ofrece uno.

Lo acepto y bebo un sorbo.

—¡Qué rico!

—¿A qué te dedicas? —me pregunta.

—Soy abogado. Soy socio de un bufete de Chicago.

No tengo problemas en admitir que lo digo con orgullo. Me licencié en Derecho a los veintitrés años y me convertí en socio a los veintiocho, algo sin precedentes en mi bufete.

—¿Qué tipo de abogado? —quiere saber.

Ese detalle me apetece menos contarlo. Sé que no le va a gustar.

—Familiar —contesto con la mayor imprecisión posible.

Molly me mira fijamente con lo que parece auténtica incredulidad.

—¿Te has especializado en divorcios?

Odia con toda su alma a los abogados especializados en divorcios. Con razón.

Sin embargo, intento no ser como los abogados que ayudaron a arruinarle la vida a su madre cuando éramos pequeños. Me enorgullezco de ayudar a que las parejas tengan rupturas humanas… o, mejor todavía, a sanar.

—No del todo —me apresuro a explicar—. También me encargo de contratos prematrimoniales, mediación…

Sus labios esbozan una sonrisa amenazadora.

—Es graciosísimo —dice sin el menor rastro de humor—. En el instituto, eras un romántico empedernido.

—Y tú bien que lo sabes —replico.

Se queda tan blanca como la arena de la playa.

¡Vaya! No era mi intención saltarle a la yugular tan deprisa.

Mi idea era alargaaaar la situación... ejem.

Aun así, su incomodidad me complace.

Antes de que pueda seguir recordándole lo que me hizo en nuestra juventud, Marian se acerca a la mesa, flanqueada por Marcus, su exnovio del instituto, y por Georgette, nuestra estudiante francesa de intercambio y su acompañante, un hombre tan guapo que resulta intimidante y con la cara de aburrimiento que solo puede poner un parisino en una reunión de antiguos alumnos de instituto en Florida.

—¡Ay, qué alegría veros! —exclama Marian al vernos a Molly y a mí—. Es como si no hubiera pasado ni un día. —Se vuelve y se dirige al francés—. Estos dos eran todo unos *amours*.

Le paso un brazo por los hombros a Molly y le doy un apretón con todas mis fuerzas.

—Y todavía lo somos.

Molly se estremece con delicadeza, no sé si por disgusto, por el fresco de la brisa marina sobre los hombros desnudos o por una oleada de lujuria nostálgica hacia mí.

Bueno, seguro que por lo último no.

—Va a ser que no —masculla.

El francés le tiende la mano.

—Soy Jean-Henri. El marido de Georgette.

—Yo Molly —replica ella al tiempo que se la estrecha—. La bruja de la clase.

3

Molly

Cuesta fingir que no te afecta ver a alguien a quien le hiciste muchísimo daño y con quien nunca te disculpaste cuando te tiemblan las manos.

Las meto debajo de la mesa con la esperanza de que Seth no se dé cuenta.

Dezzie me prometió que no vendría. Ahora que lo pienso, Dezzie es la clase de persona que no tiene el menor inconveniente en mentir para que hagas lo que ella cree que es bueno para ti, y cree que enfrentarme a lo que me provoca ansiedad es bueno para mí.

Claro que Dezzie es repostera, no psicóloga. Sus intervenciones psicológicas suelen acabar mal.

Mientras tanto, Seth se comporta de nuevo como si no pasara nada de nada. Como si yo no hubiera cortado a lo bruto con él la noche de nuestro baile de graduación después de llevar cuatro años saliendo. Como si no lo hubiera hecho la misma noche que pensábamos perder la virginidad en una habitación de hotel que él ya había llenado de pétalos de rosas y cuatro tipos distintos de condones solo para que yo entrara, le partiera el corazón y saliera.

Como si nada de eso hubiera pasado en menos de cinco minutos.

Si lo conozco como creo conocerlo (aunque vete tú a saber, porque di la espantada hace quince años y no he vuelto a hablar con él desde entonces), está jugando conmigo.

Aunque no pasa nada, me digo mientras intento respirar con normalidad. Se lo ha ganado.

Es un alivio cuando Seth empieza a hablar de Chicago, la ciudad donde vive, con Marian y Marcus. Después pasan a hablar de la casa de Marian en Miami y de la de Marcus en Atlanta, y también de sus trabajos en publicidad y en gestión deportiva.

Practico mi francés con Georgette, que ahora vive en París, es estilista y comparte mi asco por las vieiras.

—*Tu es avec Seth?* —me pregunta en voz baja al tiempo que lo señala con un gesto de la cabeza.

—*Non!* —exclamo—. He venido con Dezzie y su marido.

—¡Ah! —replica Georgette con un resoplido muy francés—. *Tant pis.*

Su voz tiene un levísimo deje decepcionado.

Paso. Georgette solo fue nuestra compañera en segundo. Está claro que no tiene ni idea de nuestra sórdida ruptura.

—Bueno, cuéntame —le digo a su marido—, ¿cómo os conocisteis?

En la inauguración de una exposición fotográfica en el bar del tejado del Centro Pompidou, *bien sûr.*

Me permito sumirme en el glamuroso cuento que es su cortejo. O quizá sea más acertado decir que finjo estar muy interesada para así poder darle la espalda a Seth, como si las palabras de Georgette fueran un campo de fuerza que pudiera protegerme de tener que hablar con él durante el resto de la noche.

Sin embargo, Marian se levanta y extiende la mano hacia el montón de tarjetas del centro de la mesa.

—¡Hora de romper el hielo! —exclama con jovialidad.

—¡Bieeen! —dice Seth, alargando la palabra.

No parece que esté bromeando.

No me creo que haya salido con él.

Cierto que era guapo en el instituto y que se las ha apañado para mejorar muchísimo. Es alto y delgado con un lustroso pelo negro, unos ojos oscuros de brillo travieso y una nariz cuyo puente está un pelín desviado de un modo que solo puedo describir como sexual.

Y, claro, también hay que tener en cuenta que se encaprichó de mí en vez de espantarse o de asustarse como el resto de los chicos del instituto. Además del detallito insignificante de que acababa derritiéndome durante los momentos robados en los que estábamos a solas.

Sigue siendo el único hombre del que he estado enamorada.

No debería haberme sentado a su lado.

Incluso a través de la neblina de la ansiedad y pese a mis intentos de concentrarme en las anécdotas que está contando Georgette sobre Marion Cotillard, todas esas feromonas de «Vamos a meternos mano en el asiento trasero» vuelven a lo bestia y la cercanía de Seth me distrae. Estoy atrapada entre el impulso de ir al baño para recuperar la compostura y el de agarrarlo y llevarlo debajo del muelle donde nos enrollábamos.

Verás, es que el sexo es una excelente cura para la ansiedad. Te devuelve a tu cuerpo, porque cuesta mucho caer por una espiral nerviosa cuando alguien te toca las tetas. Este fenómeno es el culpable de, al menos, el setenta por ciento de lo que vienen a ser mis inexplicables novios.

El brazo de Seth roza el mío cuando lo extiende en busca de su copa, y siento que la caricia reverbera cerca de mis ovarios. Relajo los hombros por primera vez en toda la noche.

Lo miro de reojo para comprobar si a él también lo abruma algún vestigio de lujuria.

En cambio, está concentrado en Marian.

—¡Primera pregunta! —chilla Marian mientras agita la tarjeta en nuestra dirección—. ¿Cuál es vuestro mejor recuerdo del instituto?

¡Madre mía!

Marcus levanta la mano.

—Esa es fácil: cuando me nombraron rey del baile de graduación al lado de esta preciosidad.

Marian se ruboriza y toma la mano de Marcus. Él la mira fijamente a los ojos, con algo que se parece mucho al asombro. Es que se palpa la pasión entre ellos.

—Esa también fue mi noche preferida —murmura Marian.

Miro a los ojos de Seth sin querer. Me pregunto si, igual que me pasa a mí, está recordando que lo convencí de que se saltara el baile de graduación para ir a dar un paseo por la playa. O que la noche era justo como esta: agradable, pero un poquito bochornosa, iluminada por la luna llena. O que nos lanzamos al mar con la ropa de fiesta y fuimos al baile después en pleno subidón, yo con las lentejuelas mojadas y él con el esmoquin empapado.

Los dos apartamos la mirada.

Es el turno de Georgette, que describe una excursión de submarinismo del instituto a Costa Rica, y luego me toca a mí.

Me quedo en blanco.

La verdad es que en todos mis mejores recuerdos del instituto está Seth. Pero no pienso admitirlo ni mucho menos. Así que digo lo primero que se me viene a la cabeza y que es inocuo.

—Siempre recordaré la noche que Dezzie, Alyssa y yo nos escapamos cuando estábamos durmiendo todas en la misma casa y nos fuimos a buscar un bar de temática vaquera de esos antiguos que decían que estaba hacia el este, en un rancho. Nos llevamos el descapotable de la madre de Dezzie y condujimos alrededor de una hora por esas carreteras polvorientas y oscuras con Patsy Cline a todo volumen en la radio hasta dar con el bar. Nadie nos preguntó la edad, y comimos carne a la brasa y bailamos con un montón de vaqueros viejos hasta las dos de la madrugada. Fue increíble.

No añado que durante toda la noche deseé que Seth estuviera allí. Ni que Dezzie y Alyssa no paraban de protestar porque lo llamaba para que pudiera oír al grupo a través del teléfono.

—¡Qué bonito! —dice Marian mientras me mira.

—La verdad es que sí —tercia Seth—. ¡Quién pudiera haber estado allí!

Seth había deseado estar allí literalmente. Se entristeció cuando no lo invité. Le encanta (o le encantaba) la música *country*. Y bailar. Es de esa clase de personas.

Quise llevarlo para su cumpleaños unos meses después, para compensarlo, pero descubrí que el bar había cerrado.

Esa podría ser una metáfora de nuestra relación en el instituto. Él, siempre anhelando algo más. Yo, siempre quedándome corta a la hora de igualar la devoción que me demostraba. Demostraba una capacidad afectiva inagotable. Y yo ya poseía el regalo envenenado del que sigo haciendo gala: el instinto de encogerme y apartarme cuando otras personas anhelan mi amor.

—Te toca, Rubes —dice Marcus.

Seth se echa hacia atrás con gesto tranquilo y me rodea los hombros con un brazo.

—El día que esta señorita accedió a salir conmigo —afirma.

Está jugando conmigo, está claro.

—Fuimos a una competición de debate y oratoria en Raleigh, el primer curso —sigue mientras me mira con lo que supongo que es un cariño fingido—. Nuestra Marks ganó, claro. Después de eso, unos cuantos acabamos en la habitación del hotel de Chaz Logan, y estábamos hablando del Tribunal Supremo, porque éramos unos empollones engreídos. Molly se fue por una elocuente tangente al defender la interpretación constitucional por encima de la aplicación estricta, y fue tan lista y estaba tan guapa que creí que el corazón se me iba a fundir en el pecho. Así que cuando Chaz nos echó para irse a la cama, le pregunté si quería ir a la piscina para seguir hablando, porque no había manera de dormir. Metimos los pies en el agua y le dije que mientras estaba dando su charla perfecta, yo solo podía pensar en que me moría por besarla.

En la mesa, todos nos miran como si estuviéramos en una película de Hallmark. Quiero levantarme de la silla de un salto y correr al mar, porque que me devore un tiburón sería preferible a la mezcla de vergüenza y humillación que me ahoga ahora mismo.

Seth suelta una risilla, como si estuviera contando la anécdota en la cena de ensayo de nuestra boda.

—¿Te acuerdas de lo que dijiste, Molls? —me pregunta al tiempo que me mira fijamente a los ojos.

Todos esperan con una sonrisa.

Carraspeo con la esperanza de que me salga la voz.

—Te pregunté que a qué estabas esperando.

4
Seth

Molly se está retorciendo.

Admito que mi intención era hacer que se retorciera, pero ahora me siento un poco mal por ella.

Supongo que todos los que están sentados a la mesa saben cómo acabaron las cosas entre nosotros.

Que borró su cuenta de correo electrónico de AIM y se refugió en el chalet de esquí de su padre en Vail, mientras que yo empecé un festival del llanto que duró seis semanas y perdí nueve kilos.

Que nunca contestó mis mensajes de correo electrónico.

Que cuando tenía vacaciones en la universidad, evitaba los sitios a los que íbamos.

Que básicamente me partió el corazón y después lo tiró a una papelera en un parque cualquiera para que quedase claro.

A los treinta y tres ya debería haberlo superado.

¡Y lo he hecho!

Al menos, eso creía. Pero no esperaba volver a ver a Molly en la vida. Nunca viene a estas reuniones.

Marian, que es un encanto, exclama:

—¡Qué bonito! Hacíais una pareja preciosa.

—No tanto como vosotros dos —replico con una sonrisa.

Marcus rodea a Marian con uno de esos brazacos de jugador de fútbol americano.

—¿Te apetece un baile antes de que nos sirvan los aperitivos, preciosa? —le pregunta él.

Y yo me pregunto si esa noche no están reavivando la llama.

Ojalá sea así.

Los dos están solteros. Ninguno es capaz de apartar las manos del otro. Si tuviera que apostar por una pareja de la clase destinada a acabar junta, sería la conformada por ellos.

Georgette y su marido también se excusan, lo que nos deja a Molly y a mí solos para picotear vieiras o buscar un tema de conversación neutral.

La invitaría a bailar (me encanta bailar), pero tengo amor propio y el ambiente está un poco tenso ahora que he sacado a colación lo innombrable. Sobre todo porque no dejo de mirar cómo le cae el pelo sobre los hombros con ese vestido.

Necesito alejarme de ella.

—Voy a saludar a Jon —digo al tiempo que me pongo en pie. Jon es uno de mis mejores amigos del instituto, y anoche pasamos un rato juntos con la compañía de Alastair, su novio, y también de Kevin, nuestro otro mejor amigo. Así que no hay prisa para saludarlo, solo las ganas de no querer que Molly se dé cuenta de que, todavía a estas alturas y con muy mala cabeza, sigo colado por ella.

Creí que se alegraría al ver que me iba; en cambio, me agarra de la manga.

—Oye —dice—, esto…, antes de que te vayas, solo quería…, quería decirte que lo siento.

El calentón me abandona de repente. Me siento incómodo. Que te traten con fingida amabilidad mientras por dentro arde la sangre por la indignación es una posición de poder. Que se disculpe conmigo hace que me sienta una víctima. El pobre chico al que le partieron el corazón.

—¿Por qué? —pregunto mientras intento por todos los medios no aparentar ser vulnerable.

—Ya sabes, por cómo corté. Por desaparecer.

¡Ajá! Esto no me gusta ni un pelo. No he pedido que se compadezca de mí. Intentaba avergonzarla por haberse portado tan mal. No es lo mismo.

Sin embargo, está exactamente igual que cuando estábamos a solas y me parecía tan madura.

Me alarma lo mucho que todavía me afecta.

Me encojo de hombros.

—Fue hace quince años, chica. No te preocupes.

Ella menea la cabeza.

—Fue algo muy rastrero por mi parte. Me he sentido fatal desde entonces. Y me enteré de que tú... lo llevaste un poco mal durante un tiempo.

Me echo hacia atrás en la silla y extiendo las piernas. Supongo que vamos a hablar del tema.

—Lo pasé fatal un minuto. —Le ahorro los detalles.

Ella asiente con la cabeza sin mirarme a los ojos.

—Puede que no te lo creas, pero yo también.

Tiene razón, no me lo creo.

—Supuse que acabarías llamando —digo sin poder evitarlo, seguramente porque me he tomado cuatro cócteles—. O escribiendo. O al menos que mandarías una paloma mensajera para decirme que seguías viva.

Empieza a partir el palito de parmesano en cuartos. Eso me mata. Está malgastando grasas saturadas saludables.

—Sí —replica—. Eso es lo que habría hecho una persona normal. No sé explicarlo, la verdad. Fui una imbécil.

No me creo que no tenga una explicación mejor. La verdad es que, pese a su forma de ser, nunca se portó como una imbécil. Era sensible y lo ocultaba con cinismo. Cuando bajaba la guardia, era increíble.

—No creo que eso sea verdad —suelto.

Espero que me lleve la contraria, pero se toma un segundo para sopesarlo.

—Supongo que tenía miedo. Nos íbamos a universidades distintas que estaban a dos horas en avión, y creí que acabarías cortando conmigo y no pude soportarlo. Así que salté y corté yo antes de que las cosas se pusieran más intensas.

Es una explicación razonable. Mejor que la de que yo le hice algo terrible sin saberlo o que no me quería de verdad, o que cualquiera de las demás posibilidades dolorosas que he imaginado a lo largo de los años.

Sin embargo, también me parece que podría haberlo dicho en su momento. Era una preocupación que yo podría haber eliminado abrazándola y besándola, como hice con tantas otras de sus inseguridades.

Da igual. No he venido para tener una sesión de terapia de pareja retroactiva con Molly Marks.

He venido para dar palmadas en las espaldas, emborracharme y tal vez enrollarme con alguna preciosidad del equipo de tenis.

Tengo que cambiar de tema.

—Oye, Molly, no te preocupes, de verdad. Es agua pasada. Mejor mira a Marian y Marcus. Creo que están enamorados.

—¡Guau! —dice mientras echa un vistazo hacia la pista de baile, donde los susodichos se están abrazando con tanta fuerza que bien podrían ser una sola persona.

Como experto en relaciones que soy, puedo decir con total autoridad que no se baila así al ritmo de «Cheeseburger in Paradise» a menos que se sean almas gemelas.

—Siempre he creído que acabarían juntos —digo.

—Esta noche parece que van a acabar juntos, sí. No tengo muy claro que lleguen a la habitación del hotel.

—No, me refiero a que acabarían casados o algo. Míralos. ¿De verdad no te parecen almas gemelas?

—No creo en las almas gemelas.

Eso me descoloca. Sus películas son muy románticas, afirmaciones de la vida. Y en todas ellas un friki acaba encontrando a su media naranja en una persona igual de rara con la que encaja a la perfección. Me encantan sus pelis. Son graciosas, tiernas y optimistas, pero con un toque que te permite ver un atisbo de la sensibilidad de la persona que las ha escrito.

(Eso no quiere decir que haya visto las dos al menos tres veces, claro está).

No quiero decirle lo mucho que visito su página de IMDB, así que replico:

—¿Cómo? ¿Eres guionista de comedias románticas y no crees en las almas gemelas? ¡Venga ya!

—Eso mismo. —Se echa hacia atrás en su silla—. El romanticismo es una fantasía. Esto —añade al tiempo que señala a Marian y a Marcus—, por desgracia, es la vida real. Y en la vida real hay muy pocos finales felices.

No le convenzo de lo contrario, porque mató nuestra historia de amor a una edad muy impresionable.

—Eso es un poco cínico, chica —le digo.

—A los datos me remito. Soy una experta, ¿no? El género romántico es lo que es. Tiene una serie de tópicos, como los *thrillers* y las novelas de detectives. Empieza con el encuentro casual y termina cuando las cosas por fin van bien. Y como guionista, pausas la historia en ese punto para siempre, la dejas en una suspensión animada. No muestras la parte en la que él le pone los cuernos o en la que ella deja de quererlo, ni cuando sus hijos anulan su vida sexual o si mueren en un accidente de submarinismo durante su luna de miel. ¿Me entiendes? Solo es una fantasía. Otra tonta historia de amor.

—¡Por Dios, qué deprimente!

—Lo dice el que se gana la vida destruyendo relaciones.

—Oye, perdona, pero después de haber llevado muchos divorcios y de haber presenciado reconciliaciones en el último minuto, da la casualidad de que tengo claro que, cuando una relación termina, no significa que el amor que había en ella no fuera real. A veces, las cosas no funcionan porque es imposible. A estas alturas de mi vida, sé perfectamente qué parejas se van a reconciliar y cuáles necesitan separarse para encontrar el amor verdadero. Todos estamos destinados a encontrar a nuestra pareja perfecta. Todos estamos destinados a conocer al amor de nuestra vida.

—¡Qué tierno! —replica Molly con voz amable y desdeñosa, dándole la espalda a la abrumadora intensidad de nuestra conversación en vez de reconocer mi brillante argumento. Ni siquiera me molesta que me invada la nostalgia por la época en la que estábamos obsesionados a los dieciséis después de haber sacado el tema de esta manera (como si estuviéramos solos y fuera lo único que nos ocupa el cerebro).

Pongo los ojos en blanco.

—No me seas condescendiente, Marks.

—No lo soy. Es bonito que creas eso. Pero sé que te equivocas.

—¿Quién te ha hecho daño? —le pregunto. Lo digo de broma, pero ella hace una mueca.

Porque alguien se lo hizo. Le hizo mucho daño.

No debería haber preguntado eso.

—Vamos a dejarlo en que no estoy hecha para ser el alma gemela de nadie —contesta.

Esas palabras me entristecen.

No sé qué decir.

Desde luego que no estaba hecha para ser la mía.

5
Molly

Joder, Molly.

Una cosa es ser sincera hasta la brutalidad a la hora de analizar mis propios fallos y otra cosa es hacerlo en voz alta.

En una reunión del instituto.

Hablando con un ex que me odia.

Lo peor de todo es que Seth sabe que tengo razón. Y que se compadece de mí. Se le nota en la cara.

—Molls, creo que eres muy dura contigo misma —dice en voz baja.

No soy dura conmigo misma. Soy dura con las personas que cometen el error de intentar quererme. Porque, por desgracia, sé cómo acaba eso.

—¡Marks! —grita alguien desde el otro extremo de la carpa.

Es Alyssa. Gracias al universo.

—Voy a saludar… —le digo a Seth, pero él ya me está haciendo señas para que me vaya, como si no hubiéramos estado absortos el uno en el otro. Como si hubiéramos estado hablando de alguna tontería como una comedia romántica y no de algo tan personal.

—Jon, Kevin y yo tenemos una cita con unos mariscos caros —me dice al tiempo que señala a sus dos mejores amigos de la infancia, que están haciendo cola para comprar bocadillos de langosta.

Los saluda con la mano, y Kevin pone los ojos como platos cuando me ve con Seth.

En la vida me he puesto en pie tan deprisa.

Me abro paso entre la gente hasta la barra, donde Alyssa ya está pidiendo un vaso de agua con gas San Pellegrino con hielo y cinco rodajas de lima. Lleva las rastas en un moño en la coronilla, de manera que a su metro setenta y cinco de estatura hay que sumarle unos quince centímetros más, y un vestido largo de color amarillo caléndula que resalta el tono dorado de su piel marrón oscuro y le marca la barriga.

—¡Mírate! —chillo. No la veía desde antes de quedarse embarazada.

Se lleva una mano a la barriga.

—Ya. Pase lo que pase, prométeme que no me dejarás dar a luz en la pista de baile.

—No sé yo. Si se da el caso, puedo robarte la idea para un guion. Una secuencia estupenda.

—¿Cómo te va? —me pregunta en voz baja.

Un chico con el que salió diez minutos cuando estábamos en cuarto de secundaria pasa a su lado y choca los cinco con ella.

—¡Vamos, Flamingos! —grita.

Alyssa era una estrella del atletismo. El orgullo y la alegría de nuestra clase.

—Me estoy volviendo loca —le digo—. ¿Has visto quién está sentado a mi lado?

Ella sonríe.

—Sí.

—Estoy a punto de morirme.

—Pues yo te veo estupenda.

—En fin, adivina lo que voy a hacer —replico al tiempo que le hago una seña al camarero—. Voy a emborracharme.

No es tan complicado conseguirlo. La carpa está llena de camareros que circulan repartiendo copas de champán y, a medida que avanza la noche, empiezan a aparecer bandejas de vodka martini llamado… «flamingo». ¡Cómo no!

Me salto de forma conveniente el entrante para evitar llenarme el estómago con algo que no sea alcohol y, lo que es más importante, para alejarme de Seth. Lo veo con el rabillo del ojo, moviéndose por la carpa, abrazando a casi todos con los que se cruza, guardando números de teléfono en el móvil y arrastrando a la gente a la pista de baile.

Irradia tanta felicidad que parece aumentar él solo los niveles de serotonina de todos los asistentes.

Menos los míos.

—¡Eh! —exclama Dezzie, que se acerca a nosotras, ya que Alyssa se ha autodesignado mi acompañante para la velada.

En realidad, no estoy tan borracha como para necesitar la supervisión de un adulto. Los nervios provocados por la adrenalina superan al alcohol y me siento como si hubiera tomado alguna droga estimulante.

—Venid a bailar conmigo, brujas —nos ordena Dezzie al tiempo que nos tiende las manos.

—Estoy demasiado embarazada para bailar —protesta Alyssa—. Tengo los tobillos como sandías y voy a llamar a Ryland.

Su marido ha faltado a la reunión para quedarse con los niños.

¡Qué suerte!

—No puedo bailar —digo—. No puedo, punto. Es que —sigo, señalando hacia la pista— Seth está ahí.

—Han estado hablando, y se ha quedado hecha polvo —resume Alyssa por mí.

—Estoy fatal —añado, porque he bebido suficiente alcohol como para perder el sentido de la proporción.

—Eso se te pasa bailando, cariño —me asegura Dez, que me agarra del brazo.

El DJ está poniendo éxitos de nuestra época de adolescentes, y me cuesta un poco resistirme a bailar «Baby Got Back», aunque creo que es candidata a la cancelación. Dez levanta los brazos y empieza a bailar a lo loco y, antes de darme cuenta, la sigo. Descubro que si me dejo llevar por la música y cierro los ojos con fuerza, no necesito preocuparme por Seth Rubenstein.

Suena una canción lenta y Rob aparece a mi lado.

—¿Puedo robártela? —le pregunta a Dezzie, al tiempo que me toma de la mano.

Dezzie me hace girar hacia los brazos de su marido y agarra a Alyssa.

—Vamos —le dice—. No estás demasiado embarazada para bailar una lenta conmigo.

Le pongo las manos a Rob en los hombros.

—¿Te lo estás pasando bien? —le pregunto por encima de la canción de Céline Dion.

—Esto es una pasada —responde él. Va borracho (no para de tambalearse y de desequilibrarme), pero es una borrachera alegre, de las que se contagian.

—¡No me digas! —exclamo, por encima de la música.

—¡Sí! Me encantan vuestros amigos. ¿Sabes que Chaz es cómico profesional? Me va a conseguir entradas gratis para su monólogo la próxima vez que actúe en el Chi.

—¡Qué suerte tienes!

—Y el que trabaja en un fondo de inversión que está sentado a nuestra mesa me ha contado que estaba enamorado en secreto de Dezzie, pero que era demasiado tímido para hablar con ella. ¿No te parece tierno?

—¡Sí! Debería dejarte por él. Podría comprarle una isla.

—¡Ya lo sé! Eso es lo que he dicho. ¡Ah, y he conocido a esa pareja de lesbianas tan graciosas que viven cerca de ti en Los Ángeles!

—¿Gloria y Emily?

—Sí. Y, fíjate, diseñan decorados para películas.

—Sí. Lo sé. Somos vecinas, ¿no te acuerdas?

—¡Y me encanta Seth! —grita justo cuando termina la canción.

—Cállate —mascullo.

—¿Qué pasa? —pregunta con fingida inocencia—. Vive en Chicago. Hemos quedado para tomarnos una cerveza cuando volvamos.

—Sabes que es mi ex.

—Sí, tanto mejor.

—Traidor.

El DJ da unos golpecitos en el micrófono.

—Y ahora una petición dedicada a la simpática Molly Marks —dice con esa voz tan tonta que parecen tener todos los DJ.

—¡Oooh! —exclama la multitud, cuyos integrantes saben perfectamente que odio ser el centro de atención, sobre todo en lo referente a bailar.

—Molls —dice Rob—. Debes de tener un admirador.

Los icónicos acordes iniciales de «It's Gonna Be Me» de NSYNC suenan por los altavoces.

Me vuelvo hacia Dez y Alyssa, que se ríen de mí.

—¿¡Habéis sido vosotras!? —grito por encima de la música.

Niegan con la cabeza con cara de inocentes, y Alyssa me hace un gesto para que me dé media vuelta.

Seth está detrás de mí, cantando la letra de la canción.

Hinca una rodilla en el suelo.

—¿Me concede este baile, milady?

—¿Cómo se te ocurre?

Sonríe, complacido consigo mismo.

—Tenía que hacerlo. ¡Tenía que hacerlo!

Durante el instituto, esa canción era lo contrario de «nuestra canción». La detestaba tanto que Seth la reproducía a todo volumen en el coche para irritarme cuando me ponía insoportable. La detestaba tanto que me obligaba a bailarla cuando estaba enfadada para canalizar mi tristeza y convertirla en rabia. La detestaba tanto que me la cantaba en el karaoke, como si fuera un perverso ritual de apareamiento.

Ya sabes. Cosas de novios.

Me agarra de la mano y tira de mí para acercarme a él.

—¡Vamos, Marks! Tienes que bailar conmigo. Es la tradición.

No tengo más remedio que seguirle la corriente.

Me abraza por la cintura y me pega a él.

—¡Voy a ser yo! —me grita al oído…, el título de la canción.

6
Seth

Por fin, ¡por fin!, lo he superado.

Después de quince años albergando cierto resentimiento hacia Molly Marks, por fin estoy en paz. Me siento ligero como una pluma, aunque un poco ridículo por haber albergado ese rencor durante tanto tiempo. Pero me perdono por haberlo hecho. Era una forma de quitarle espacio al dolor.

Al fin y al cabo, Molly fue mi primer amor de verdad y me ha pedido perdón, aunque lo haya hecho en plan chapucero, y es probable que no vuelva a verla después de esta noche, así que quiero bailar con ella por los viejos tiempos. Con su canción favorita.

Muy bien, quizá quiera torturarla un poco.

Los gruñones crónicos a veces necesitan que los torturen. Eso los anima, aunque parezca contradictorio.

Además, he bebido muchos flamingos y voy de cafeína hasta arriba.

—¡Esto es cruel! —me grita Molly al oído.

—No —la contradigo—. Esto es divertido.

Acerco sus caderas a las mías, manteniendo las distancias, pero con el ritmo típico de los adolescentes cachondos en los bailes de instituto.

Más que nada para trolearla, pero también porque, en fin..., está buenísima.

—¡Vamos, chica, mueve esas caderas! —grito, sacudiéndola por los hombros.

—¡Qué asco! —protesta, pero me obedece.

Acabamos frotándonos.

—Hazlo por Justin —le digo al oído, al tiempo que le coloco una mano en la parte baja de la espalda y giro con ella.

—¿Qué Justin?

—Justin Timberlake, nena.

Cuando suelta una risilla, sé que he ganado.

Sigue siendo la misma que en el instituto. Y en aquel entonces siempre la entendí por instinto. Entre nosotros había una química instantánea, no solo sexual, sino también amistosa; éramos capaces de entablar conversaciones sin esfuerzo y pasábamos horas hablando.

Pese a mi larga serie de novias, hace mucho tiempo que no experimento una conexión así con nadie. En cierto modo, todavía la echo de menos. Es mi Molls. Mi señorita Molly. Mi Marky Marks.

—Molls —le digo, acercándola un poco más.

—¿Puaj? —Es posible que haya dicho «¡Ajá!», pero la música está muy alta.

—Siento haberme puesto intenso antes. Espero no haberte estropeado la noche.

Menea la cabeza.

—¡Me lo merecía! —grita.

No lo niego.

—¡Es agradable volver a verte! —añado, también gritando.

—Sí que lo es, ¿verdad? —articula con los labios. O por lo menos yo no la oigo. No me importa.

Ahora que hemos aclarado las cosas, quiero bailar.

Le canto el estribillo con pasión y ella se aparta riendo a carcajadas. La hago girar un par de veces, sin llevar el ritmo de la música, solo por diversión.

Al final de la canción, ella también está cantando. Nos miramos a los ojos, y nuestras caderas... ¿Me atrevo a decirlo? Nos estamos restregando el uno contra el otro.

Es divertido y sensual, y cuando suena «Shake Ya Ass», ni siquiera intenta escapar. Al contrario, empieza a bailar conmigo.

¿Esto está pasando de verdad? ¿Está restregando el culo contra mi paquete mientras me azota la cara con esa melena tan larga y erótica?

Lo está haciendo, señoría. Sí.

Cuando acaba la canción, estamos sin aliento, así que le echo un brazo por los hombros y la saco de la pista de baile.

—Vamos a tomar algo —sugiero—. Han pasado por lo menos veinte minutos desde mi último flamingo.

Gesticulamos para llamar la atención de un camarero y nos hacemos con otra ronda de alcohol mortal con cafeína.

—Vamos a un paseo por la playa —la invito.

Sin duda, estoy tentando a la suerte. Me preparo para que ponga una excusa, se vaya con Alyssa y empiece a quejarse de que se ha divertido sin querer en mi compañía.

Me sorprende al asentir con la cabeza.

—Una idea estupenda —replica—. Hace una noche increíble y agradable.

Kevin me mira desde el otro lado de la carpa con los ojos entrecerrados por la desaprobación, como una niñera inglesa que ha pillado a un niño comiéndose un dulce. Es amigo de Molly (fueron juntos a la universidad en Nueva York), pero me protege.

Lo cual es muy amable por su parte, pero ahora mismo no necesito un héroe; necesito besar a esta mujer que me ha agarrado de la mano y me lleva hacia el mar, susurrando:

—Vamos. Necesito aire.

Espero que quiera decir: «Te necesito a ti».

Acepto su mano y caminamos por la playa, deteniéndonos en el muelle.

—¿Te acuerdas de cuando nos enrollábamos aquí? —me pregunta Molly.

Decido hacerme el despistado.

—Sí, claro. Me molesta que los turistas hayan descubierto esta playa. Hoy en día se tarda hora y media en llegar aquí desde la ciudad con el tráfico que hay.

—Ya lo sé. Mi madre siempre quiere venir cuando estoy de visita, pero el trayecto es un incordio.

—¿Vienes a menudo? —le pregunto.

Yo sí, pero nunca me he encontrado con ella.

—Solo una vez al año, si puedo evitarlo —contesta—. Paso la Navidad aquí, y mi madre viene a Los Ángeles el Cuatro de Julio.

Recuerdo que en el instituto se emocionaba mucho con el Cuatro de Julio. Por muy desesperada que fuera la situación en casa, su madre siempre organizaba comidas al aire libre en la playa para toda la familia. Molly se comportaba con tanta alegría y confianza en aquellas ocasiones que apenas si la reconocía. Me encantaba verla así, tan feliz, sin problemas.

—¿Ya no hay las fiestas en la playa? —le pregunto. Me entristece un poco que hayan liquidado esa tradición.

—Ya no está permitido hacer fogatas en los cayos —contesta, encogiéndose de hombros—. Mi madre está muy ocupada con su trabajo y se ha mudado a la parte más elegante de la isla. A mis tíos y a mis tías cada vez les gusta menos conducir hasta aquí, se están haciendo mayores, ¿sabes? Además del tráfico.

Los habitantes de Florida odiamos el tráfico a muerte, en parte porque en temporada alta nuestras ciudades acaban invadidas de turistas y norteños cuyas habilidades al volante dejan mucho que desear. En consecuencia, los conductores furiosos son habituales.

Me alegro de vivir en Chicago.

Aunque me gusta volver.

—¿Cómo se celebra el Cuatro de Julio en Los Ángeles? —le pregunto.

—¡Dios mío, Seth! —contesta ella, con la voz rebosante de algo poco habitual en ella…, como si estuviera emocionada.

Yo también me emociono, porque hace quince años que no me llama por mi nombre de pila. Y eso me provoca un hormigueo. «Seth». Que si lo alargas un poco puede parecerse a «sexo»…

—Es precioso —sigue—. Es la mejor fiesta de la ciudad. La gente enloquece con los fuegos artificiales, y los cañones que rodean el valle se llenan de preciosos estallidos de color. Es indescriptible. Da un poco de miedo, por supuesto, por el riesgo de incendio y por la reverberación del sonido en las montañas, que te hace sentir como si estuvieras en un bombardeo, pero es todo tan intenso que resulta casi sublime.

Por lo visto, todavía me excito cuando Molly adopta esa actitud tan rara. Tan apasionada.

—¿Te has convertido en una misionera del Cuatro de Julio en Los Ángeles y vas por ahí convirtiendo a la gente?

—Supongo que sí. Es una noche pura y mágica. Deberías venir alguna vez.

De repente, parece caer en la cuenta de lo que acaba de decir al mismo tiempo que yo. Y eso hace que ella trague saliva y que yo me ponga a sudar.

—En fin, ya me entiendes —se apresura a añadir—, me refiero a que deberías visitar Los Ángeles alguna vez durante el Cuatro de Julio, no...

—Sí, te he entendido —le aseguro.

—No quiero ser una estúpida, pero es que sería raro que...

—Molls —la interrumpo, tomándola por los hombros y bajando la voz—, te he entendido. No me has invitado a quedarme en tu casa el Cuatro de Julio. No pasa nada. No me he ofendido. De todos modos, prefiero visitarte en Acción de Gracias. Mi tarta de calabaza es increíble.

Se relaja.

Y, en ese momento, me doy cuenta de que la estoy abrazando a la luz de la luna en una playa preciosa y de que ella me está mirando a los ojos, y es guapísima.

Sé lo que tengo que hacer.

Lo dicta la ley, y yo soy un funcionario judicial.

7
Molly

Seth se inclina hacia mí muy despacio.

Yo me acerco a él muy despacio y uno nuestros labios.

Y el 2002 se apodera de nuestros cuerpos.

Seth sabe exactamente cómo besarme. O a lo mejor fue él el inventor de este estilo y, a estas alturas, es el modelo por el que juzgo todos los demás besos.

En cualquier caso, me pega a él, me entierra los dedos en el pelo, me inclina un poco la cabeza... y esa es mi perdición.

Para ser un hombre tan sensible, siempre fue muy dominante en la «cama»... o, mejor dicho, debajo del muelle, en los asientos traseros de los coches y en las habitaciones de invitados vacías en las fiestas de los amigos.

La brusquedad funciona conmigo. Me obliga a estar «presente», como dice mi terapeuta.

A día de hoy me dejo el pelo largo para que los tíos puedan tirarme de él como hacía Seth.

Me lanzo sobre él con avidez y no tardamos en tumbarnos sobre la arena. Es tan blanca como la tiza y tan fina como el azúcar, así que no tarda en pegársenos a la piel desnuda y en incrustarse en nuestra ropa.

No nos importa. Nos estamos consumiendo mutuamente.

—Espera —jadeo mientras me aparto para tomar aire y deja de hacer esa cosa tan placentera (tanto que es increíble) con los dedos por debajo de las bragas—. Estamos incumpliendo la ley. Eres abogado. Podrían inhabilitarte.

—Puede que merezca la pena —replica él con la voz ronca.

Me incorporo.

—Hotel —digo—. Tenemos que ir al hotel.

—Molly Marks —replica, y oigo en su voz los flamingos que se ha tomado—, ¿me estás invitando a tu habitación?

—O aprovechas la oportunidad o tú te lo pierdes, Rubes.

Se pone en pie de un salto (impresionante la fuerza de sus abdominales) y me tiende una mano para ayudarme a hacer lo mismo.

—¿Tengo pinta de haberme enrollado en la playa? —pregunto mientras intento quitarme la arena del pelo, que tengo alborotado por sus maravillosos tirones.

—Sí —contesta—. Pero no te preocupes. Es tarde. Todos están demasiado borrachos como para darse cuenta.

Volvemos a la carpa, la atravesamos rodeando el perímetro, ocultos en la penumbra y manteniéndonos alejados de la barra antes de llamar a un Uber.

«No lo soporto más» es el mensaje que les envío a Dezzie y a Alyssa mientras nos vamos. Y aunque es un poco mentira, también es un poco la verdad.

No soporto más la tensión sexual.

Nos besamos durante todo el trayecto de vuelta a la ciudad.

8
Seth

No te sorprenderá que me guste hacer el amor.

Una mirada tierna, alguna canción de Sade de fondo, unos aceites de masaje y soy un hombre feliz y sexualmente excitado. (Lo de Sade es broma. Seamos sinceros, prefiero tener de banda sonora algo más íntimo, como la respiración).

Soy un sentimental, lo sé, pero también es un gusto nacido de la práctica. La capacidad de mantener relaciones sexuales lentas y presentes con alguien sin partirse de la risa es una prueba de fuego para saber si te puedes enamorar.

Sin embargo, no quiero hacer el amor con Molly Marks.

Mi energía de esta noche es más parecida a la de un adolescente cachondo.

La misma que la de dos vírgenes desesperados que por fin encuentran un sitio íntimo para hacerlo.

Que es donde lo dejamos hace quince años, la noche que cortó conmigo.

Aunque no voy a pensar en eso. El desamor no es bueno para la virilidad.

Así que descartado.

No quiero encender velas.

No quiero juegos preliminares sin prisas. Bastante dura se me ha puesto ya en los pantalones durante el interminable trayecto de vuelta al hotel en Uber.

Ahora quiero follarme a esta chica hasta que pierda el sentido.

Le subo el vestido y le bajo las bragas. Está empapada, joder.

—¿Estás bien? —pregunto, porque el consentimiento es erótico hasta cuando estás reviviendo tu lujuria desesperada de los dieciséis años.

—Métemela —contesta ella, sacando un condón.

Lector, se la meto.

Y me encanta.

Es increíble.

Lo repetimos tres veces antes de caer agotados.

Me despierto en la habitación de hotel de Molly Marks, que huele a su perfume y al increíble olor de lo que se ponga en el pelo.

Ella está roncando un poco, y eso me parece entrañable.

Todo esto sería idílico de no ser por el impresionante resacón que tengo.

Salgo de la cama de Molly (¡la cama de Molly!), llamo al servicio de habitaciones y pido lo necesario, cargándolo en la cuenta de mi habitación. Rebusco en el minibar y encuentro un paquete de esos que cuestan dieciocho dólares con cuatro pastillas de ibuprofeno. Me tomo dos y dejo dos para ella, junto con un vaso de agua fría.

No se mueve.

Abro las puertas correderas de cristal y me acomodo en su balcón con vistas a la bahía mientras espero el festín.

Todavía no hace calor y corre una brisa maravillosa, así que cierro los ojos para hacer mi meditación matutina. (La hago todos los días, sin excusas. La disciplina es la esencia del autocuidado).

Oigo que llaman a la puerta para anunciar la llegada del desayuno, y Molly se despierta cuando voy a abrirla. Se esconde debajo de las sábanas, aunque observa la escena con los ojos entrecerrados, mientras el camarero descubre las bandejas con huevos, tortitas, zumo verde, zumo de naranja, beicon y cruasanes, y empuja el émbolo de la humeante cafetera francesa.

Le doy una propina generosa y se marcha con una sonrisa.

Me vuelvo hacia Molly, también sonriente.

Ella baja las sábanas para descubrir su boca.

No sonríe.

—Sigues aquí —dice con sequedad.

El buen humor abandona mi cuerpo y se queda revoloteando justo por encima de mi cabeza, sin saber si es seguro volver.

—¡Ah! —exclamo, preocupado por haber malinterpretado la situación por completo.

¿Se suponía que solo era un rollo de una noche?

¿Puede serlo si has esperado quince años?

¿Tenía que escabullirme al amparo de la oscuridad después de haberme acostado con una mujer a la que conozco desde que teníamos catorce años?

—Lo siento —digo con toda la despreocupación de la que soy capaz—. No me entretendré. Es que he pensado que te apetecería algo para librarte de la resaca.

Ella cierra los ojos y se frota las sienes.

—Lo siento, lo siento —dice. Su voz es tan áspera como la de una rana, como si anoche se hubiera fumado un paquete entero. Diría que es seductora, pero resulta bastante evidente que el tiempo de la seducción ha llegado a su fin.

—No, no pasa nada —replico—. Me largo. Solo voy a robarte una taza de café, porque mi cabeza está protestando por los doce flamingos que me bebí anoche. Ha sido estupendo verte... y esas cosas.

Ella se incorpora.

—No..., oye, Seth, lo siento. Me he expresado mal. No tienes por qué irte. Ayúdame a comerme esas tortitas.

Me relajo un poco, pero no del todo, porque parece que ahora se compadece de mí.

—No pasa nada, Molls. De todas formas, quiero darme un baño antes de hacer la maleta. Te dejo para que desayunes.

Ella salta de la cama y corre al armario para sacar una bata larga y de estilo hippie que es tan de Los Ángeles que vuelvo a verla como la adulta en la que se ha convertido y no como a la adolescente que sigue siendo en mi mente.

Un momento, eso suena fatal.

Lo que quiero decir es que la conozco a través de la lente de mis recuerdos. No sé en quién se ha convertido.

Y me encantaría conocerla.

Al ver el movimiento enérgico con el que se abrocha el cinturón de la bata, dudo que el sentimiento sea mutuo.

Debería irme. Tengo mi orgullo, y me lo ha dejado dañado para toda una vida.

Me levanto y voy hacia la cómoda en busca de la cartera.

—Siéntate, Rubenstein —me ordena—. No puedo comerme quinientos dólares del servicio de habitaciones yo sola.

—No te preocupes, corre de mi cuenta —le digo.

—No me preocupa. Soy una guionista premiada y bien remunerada. Siéntate.

Me siento sin protestar más, porque tengo tanta hambre que prefiero comer a preservar mi puta dignidad.

—¿Cómo acabaste siendo guionista? —le pregunto—. Siempre pensé que acabarías formando parte de un grupo de presión, o que serías profesora o algo así.

En el instituto era muy seria.

—Soy una mujer misteriosa —responde mientras se sirve un montón de huevos revueltos en el plato.

Por lo visto, no tiene intención de decir nada más.

—¡Venga ya! —insisto.

—Bueno, estudié Comunicación porque quería ser secretaria de prensa de la Casa Blanca. Ya sabes, lo normal que quieren las chicas de dieciocho años. —Se ríe un poco de sí misma—. Pero resulta que tuve que matricularme en varias asignaturas de escritura creativa para graduarme y descubrí que se me daba muy bien. Así que decidí hacer un máster en guiones.

—¿Por qué escribir guiones?

Adereza los huevos revueltos con un montón de kétchup.

—Porque escribir guiones es más lucrativo que intentar crear una obra maestra de la literatura, y a mí me gusta el dinero.

—Un movimiento estratégico —replico—. Pero ¿por qué comedias románticas?

En el instituto, no soportaba nada que tuviera un mínimo tufo a romanticismo. Ni siquiera veía obras maestras como *Titanic*. Le gustaba acurrucarse en el sofá con palomitas y ver los documentales de *Frontline*.

—Cuando empecé, eran mucho más populares y las mujeres podían abrirse camino con más facilidad —responde—. Y yo quería escribir cosas que pudiera vender. Además, se escriben rápido, porque todas siguen la misma línea argumental y utilizan temas recurrentes. Me pareció práctico, sin más.

—Eso suena un poco despectivo hacia el género.

Y discordante con la chica que solía ser. Los intereses de Molly nunca fueron «prácticos». Le gustaba escuchar a Rufus Wainwright, debatir sobre la existencia del efecto goteo en la economía y leer poesía de Edna St. Vincent Millay.

—No es despectivo. Creo que las comedias románticas son un reflejo infravalorado de nuestra cultura. Las convenciones son un vehículo narrativo que refleja las fantasías y ansiedades subyacentes en…, en fin, en la voluntad biológica y atávica de encontrar pareja.

—Ah, ¿te refieres a un alma gemela?

Ella gime.

—No me vengas otra vez con esa tontería. Me refiero al impulso de perpetuar los genes.

—No es una tontería. Es amor verdadero. Y es lo que vendes, ¿no? ¿Almas gemelas? La idea debe de parecerte atractiva a cierto nivel si es el centro de tu carrera profesional.

—Lo que me parece atractivo es explotar con fines lucrativos el deseo inherente al ser humano de conectar. Es un trabajo. Se me da bien. Fin de la historia.

No me lo trago.

—No me vengas con cuentos, Molls. ¡Dios! No me puedo creer que esté oyendo esto.

—¿Perdona?

Parece enfadada.

Supongo que no hemos reconectado hasta el punto de que me permita criticarla.

Por lo visto, esa es la parte de su yo del instituto a la que todavía se aferra. El amor le resulta cursi.

Sin embargo, sé que es una fachada.

Apostaría mi vida.

Aunque, de momento, apostaré otra cosa.

9
Molly

Seth está buenísimo cuando me provoca. Me debato entre el impulso de echarlo de mi habitación y el de aferrarle una mano para metérmela debajo de la bata.

Claro que no puedo hacerlo, porque ya estoy muerta de la vergüenza por haberme acostado con él.

No porque el sexo fuera malo (fue…, mmm…, fantástico), es porque me parece que él lo desea un poco más que yo.

Siempre lo ha hecho.

—Si de verdad crees que estoy tan equivocado —replica con voz de abogado—, que el amor verdadero no es real y que las almas gemelas son tonterías de Hollywood, demuéstralo.

Está sentado en plan concentrado, dándole golpecitos a la mesa con el cuchillo como si esto fuera un asunto muy serio y no una incómoda conversación posterior a un rollo de una noche entre dos personas que no van a volver a hablarse nunca más.

—Que lo demuestre, ¿cómo?

—Vamos a hacer una apuesta. A ver quién sabe más de relaciones: la escritora romántica o el abogado matrimonialista.

—¿Y cómo lo demostramos?

—Con evidencias. Cinco parejas, cinco años. Cada uno predice quiénes seguirán juntos y quiénes se separarán. Nos volveremos a ver en la reunión del vigésimo aniversario y veremos quién tiene más aciertos. Si ganas tú, admitiré que el amor verdadero es una fantasía. Si gano yo, admitirás que las almas gemelas existen.

—Tú lo que quieres es que asista a la próxima reunión.

Se lo piensa un momento.

—Bueno, me lo he pasado bien follándote.

¡Por Dios!

—¿Qué? —me pregunta, observando que me retuerzo en la silla—. ¿No te ha gustado el sexo?

—Sí me ha gustado —confieso con un hilo de voz—. Tanto que me irrita. Tú me irritas. ¿Siempre fuiste así de irritante en el instituto?

—¡Sí! —Me sonríe—. ¡Vamos, Marks! ¿Tienes miedo de que te acobarde mi visión superior de las relaciones?

No estoy acobardada. Es que me siento desconcertada porque tengo a mi novio del instituto sentado frente a mí sin camiseta (con el pecho salpicado por un vello varonil que no tenía la última vez que lo vi así) y es la viva imagen de un profesional de éxito, de un hombre en forma y seguro de sí mismo que me está hablando como si fuéramos adultos que acabamos de mantener relaciones sexuales. Que han sido fantásticas.

No sé por qué me sorprende. Siempre hemos tenido química. Pero está la química que tienes cuando te estás magreando en la casa de invitados de los padres de alguien durante una fiesta (el tipo de química que se tiene cuando intentas encontrar un lugar tranquilo donde enrollarte y las horas que pasan sin poder sentir la piel desnuda del otro son una tortura), y luego está esto.

Esto es… maduro. Adulto. Divertido. Consciente.

Es como el primer encuentro en una comedia romántica.

Salvo que yo no creo en las comedias románticas.

Descubrí a una edad temprana lo que ocurre con los llamados «finales felices».

Aunque sí creo en mi capacidad para entender a la gente. Cuando escribes sobre los temas recurrentes de las relaciones románticas, ves que la gente los reproduce en la vida real. No pueden evitarlo. Es como si respiraran esos tópicos.

Sin embargo, las personas no son personajes creados en un laboratorio para ser la pareja perfecta de alguien.

Y dado que yo analizo estas cosas por trabajo, soy capaz de mirar a una pareja y ver las necesidades que el otro nunca podrá satisfacer. Las heridas irreconciliables que los separarán.

Veo cómo acabará.

No digo que me guste saberlo. Solo digo que si pudiera escribir las relaciones de mis amigos por ellos, lo haría.

Así que ¿acepto su apuesta?

Sin problemas.

Ganaré con los ojos cerrados.

—Muy bien. Cinco parejas, cinco años. Cada uno obtendrá un punto por cada pareja con la que acierte.

—Trato hecho —dice.

—Dado que está claro que llevo ventaja, puedes elegir la primera pareja.

Se da unos golpecitos en el labio, pensando.

—Marian y Marcus.

—¿Cuál es tu predicción?

Se ríe.

—¿Tienes que preguntarlo? Es evidente que están enamorados. Lo han estado desde que éramos adolescentes, y por su forma de bailar anoche, creo que por fin lo saben. Creo que cuando volvamos a verlos dentro de cinco años, estarán casados y tendrán hijos.

Yo no lo veo así. La nostalgia de una relación de instituto no es lo mismo que la compatibilidad. Véase: nosotros. Seth está confundiendo el tópico de la segunda oportunidad con un relación verdadera reavivada.

—No —lo contradigo—. Como mucho, podrían mantener una relación a distancia durante un tiempo, pero no acabarán juntos. Ella necesita a alguien con más personalidad. Además, Marian es una planificadora. Si casarse con Marcus formara parte de su plan, ya lo habría hecho.

Seth saca el móvil y empieza a teclear.

—Marcus y Marian —murmura—. Rubenstein a favor, Marks en contra. —Me mira—. Te toca elegir.

Voy a por una en la que sé que tengo razón.

57

—Dezzie y Rob. Seguirán juntos. Esos dos van a morir con una hora de diferencia en la misma cama cuando tengan noventa y nueve años, discutiendo después de hacer el amor apasionadamente.

De repente, se queda muy serio.

—Yo no estoy tan seguro.

—¿¡Qué dices!? Tú eres quien cree en el amor verdadero. Hasta mi corazón calcificado es capaz de ver que si alguien lo ha encontrado, son ellos.

Hace una mueca.

—No me malinterpretes. Los dos son buenas personas. Pero es que tengo una sensación rara con Rob. Anoche estuvo coqueteando con todo el mundo cuando se emborrachó. Ahora que lo pienso, ella también.

—Es que son así —protesto—. Para ellos es como un juego.

Se encoge de hombros.

—A veces, los juegos cansan. Los polos opuestos se atraen, y se parecen tanto que podrían combustionar.

Me ofendo en nombre de mis amigos.

—Desde luego que no. Eso de que los polos opuestos se atraen es un tópico romántico antiguo y manido. En la vida real, la gente se siente atraída por personas similares. ¿Te has fijado alguna vez en que las parejas de toda la vida empiezan a parecerse?

Se ríe.

—Sí. Y Dezzie y Rob no se parecen en nada. ¿Viste lo que llevaban puesto? ¡Por Dios!

Antes de que pueda señalar que todavía tienen treinta y pocos años, y tiempo de sobra para convertirse en clones el uno del otro, empieza a teclear en el teléfono.

—En fin, pues ya van dos —señala—. Yo elijo. Alyssa y Ryland.

Esta también me parece fácil.

—Siguen juntos —digo. Sería poco deportivo por mi parte predecir que la relación de mi amiga se va a desmoronar, pero en este caso creo de verdad, de verdad, que Alyssa y Ryland nos sobrevivirán a todos.

Seth me mira con el ceño fruncido.

—Eres muy optimista para alguien que supuestamente cree que el amor es un gran engaño.

Me encojo de hombros.

—Nunca he dicho que no exista. Pero creo que no es algo predestinado. Y que la mayoría de las veces no dura.

Bebe un sorbo de zumo verde.

—Pues yo creo que eres menos cínica de lo que crees.

—Creo que no sabes mucho de mí.

—Creo que sé mucho de ti.

—¿Porque estuvimos saliendo hace quince años?

—Sí. Todavía sigues proyectando la misma apatía para proteger tu personalidad emocional y vulnerable.

—No —lo contradigo al tiempo que le arrebato un trozo de beicon del plato—. Mi personalidad emocional no existe. En fin, Alyssa y Ryland. ¿Cuál es tu predicción?

—Siguen juntos. Es obvio.

—Bueno, ¿cuenta si los dos coincidimos? —pregunto.

—No —contesta—. ¿Quién son los siguientes?

No conozco a muchos de los antiguos compañeros de clase lo suficiente como para hacer un pronóstico sobre sus relaciones, así que elijo a Gloria y Emily.

—Cortarán —pronostico—. Dentro de poco, seguramente.

Me mira como si fuera una asesina.

—¡Por Dios! No puede ser. Su compatibilidad es increíble. ¿Has visto el brillo que tienen en los ojos cuando se miran? Ojalá todos tuviéramos la misma suerte que ellas.

Niego con la cabeza.

—No las conoces tan bien como yo. Emily quiere tener hijos. Gloria le sigue la corriente de momento, pero está claro que la idea de ser madre la asusta. Ni siquiera le gusta tener perro. No creo que puedan superarlo.

Seth me mira como si estuviera delirando.

—Gloria parece capaz de hacer cualquier cosa por Emily, de ahí lo del perro. Y no es raro tener sentimientos ambivalentes respecto a la maternidad. Seguro que lo solucionan. Otra vez estás siendo cínica. Y cruel. ¿No son amigas tuyas?

—No soy cruel. Estoy intentando ganar una apuesta. Y te equivocas.

—No, no es cierto. Percibo estas cosas, ya te lo he dicho. Capto una especie de vibración y lo sé: o son almas gemelas, o no son almas gemelas.

En fin, si lo suyo es apoyarse en la magia, no me cabe duda de que voy a ganar. Y me gusta ganar.

—De acuerdo. Anótalo en el móvil.

Y eso hace, tecleando sobre la pantalla.

—Me toca elegir a la siguiente pareja —anuncia—. Jon y Alastair.

Protestaría que no es justo, ya que Jon es uno de sus amigos más antiguos, pero yo he hecho lo mismo con Dezzie. Y, además, sé de quién está enamorado Jon, y no es de Alastair.

—No tienen futuro —predigo.

Levanta la vista del móvil, sorprendido.

—¿Que no tienen futuro?

—Pues no. Jon está enamorado de Kevin desde que teníamos dieciséis años. No sé si acabarán juntos, pero sí sé que lo suyo con Alastair no va a durar, teniendo en cuenta cómo miraba a Kevin anoche.

Seth parece pasmado.

—La verdad es que es una predicción muy romántica. Ofensiva, pero romántica.

—¿Ofensiva? ¿Qué quieres decir?

—Quiero decir que crees que están enamorados solo porque son amigos y son gais.

—No. Eso no es verdad ni por asomo. Sigo en contacto con Kevin. Y cuando le dije que iba a asistir a la reunión, mencionó a Jon como ocho veces.

—En fin, Marks, si insistes… —replica Seth—. Pero te equivocas. Jon está pensando pedirle matrimonio a Alastair.

—Bueno, yo diría que no es ético utilizar información privilegiada para amañar la apuesta, pero en cinco años pueden pasar muchas cosas y estoy segurísima de que al final tendré razón.

Teclea nuestras predicciones en su teléfono.

—¿Quieres elegir la última? —me pregunta.

Me gustaría, pero no se me ocurre ninguna pareja a la que le haya prestado suficiente atención como para hacer una predicción segura.

—Elige tú —contesto.

Seth esboza una sonrisa diabólica.

—Tú y yo.

10
Seth

Si nunca has visto a una mujer guapa a medio vestir lanzándote a la cabeza un montón de huevos revueltos cargados de kétchup, no sabes lo que te pierdes.

Lo único malo es tener que quitarte los trocitos de huevo del vello del pecho.

Intento aparentar seriedad mientras realizo la elegante maniobra, pero es difícil, porque Molly está tan satisfecha que literalmente está llorando de la risa.

Supongo que el karma me ha castigado con esto por haberle hecho la jugarreta de la canción de NSYNC.

—Se cree muy graciosa, ¿verdad, señorita Marks? —le pregunto, mojando la servilleta en mi vaso de agua.

—Eso te pasa por trolearme.

Meneo la cabeza con severidad mientras me limpio el kétchup de entre los pezones.

—No te estoy troleando. Haz tu predicción.

Ella pone los ojos en blanco.

—Seth, detesto tener que dejarte hecho polvo de nuevo, pero esta ha sido la primera y la última vez que nos acostamos. Disfruta del resplandor posterior.

—No sé qué decirte, Molls. Tengo más condo... condimentos.
—Haciendo un homenaje a todos los padres que sueltan chistes malos durante las comidas familiares, levanto un tarrito de mermelada y una botellita de tabasco.

—No me obligues a tirarte más huevos. Se me están acabando.

Deslizo mi plato por la mesa.

—Cómete los míos.

—¡De acuerdo! —Se los sirve de inmediato en su plato y los adereza con más kétchup—. De todos modos, esto no volverá a ocurrir. Lo siento.

—¿Y eso por qué? —pregunto mientras mastico un buen trozo de cruasán.

—Porque en cierto modo me odias, y en cierto modo me lo merezco.

Puede que tenga un poco de razón. Pero el objetivo de este plan no es admitir eso.

Es provocarla.

—¡No te odio! —protesto—. No mereces que te odie. Bueno, seguramente sí. ¿Te dedicas en tus ratos libres a ser una asesina en serie o a diseñar esos asientos de avión tan incómodos o algo así?

Me sonríe.

—A las dos cosas.

—Puedo perdonarte. Por los asesinatos, al menos.

Se echa hacia atrás en la silla y cruza las piernas, de modo que la bata de seda deja a la vista un muslo.

—En realidad, ese es nuestro problema, Seth.

Yo también me inclino hacia atrás, imitándola, y me cruzo de brazos.

—¿Cuál es el problema?

—Que te destrocé el corazón cuando eras demasiado joven. Siempre seré la que se te escapó. Nunca lograrás superarlo. Así que no podríamos salir aunque yo quisiera, que no quiero. La dinámica de poder sería demasiado desequilibrada. Tú siempre me querrás más que yo a ti.

No sé si está bromeando.

—¡Qué monólogo tan conmovedor! Me dan ganas de llorar.

Ella asiente con solemnidad y lame el kétchup del tenedor.

—Ñam ñam.

—¡Qué asquerosa eres!

—Te gusta.

(Pues sí).

—De todos modos, no te preocupes —me dice—. Seguro que con el tiempo encontrarás a alguna pobre mujer a la que puedas engañar para que se case contigo. ¿Me pasas la sal?

—Esta mañana estás de un humor estupendo —señalo—. Y creo saber por qué.

—Porque la reunión ha quedado atrás.

—No. Siempre te ponías muy contenta después de que te provocara un orgasmo. Estás contenta porque te he dejado bien follada.

Ella echa la cabeza hacia atrás y se ríe.

—Estás muy subidito con respecto a tu destreza sexual.

—A ti también te parece estupenda, si mal no recuerdo lo de anoche.

—¡Qué bonito!

—De todos modos, es evidente que volveremos a acostarnos en la reunión del vigésimo aniversario. Esa es mi predicción.

—¿Crees que no puedo resistirme a ti?

—Creo que vendremos juntos.

Me sonríe con una lástima exagerada.

—No, seguramente venga con mi novio buenorro.

—Seguramente yo sea tu novio buenorro.

Ella se ríe.

—¡Qué gracioso eres!

—Pues sí, pero en este caso no bromeo. Verás, como novio soy estupendo. Estoy disponible emocionalmente, soy un hombre equilibrado y no le temo al compromiso. Pero tú, por desgracia, estás tocada. Porque no has podido olvidarme.

En realidad, no creo que sea así. Solo le estoy siguiendo el juego. Tal como ella siempre se centraba en lo negativo y yo, en lo positivo cuando hablábamos y debatíamos, de manera que acabábamos discutiendo a voces sobre cosas que en realidad no nos importaban.

—¿Y por qué has llegado a esa conclusión? —me pregunta ella—. ¿Porque llevo quince años sin hablarte?

Me río. Es tan cruel que resulta entrañable.

—Eres muy mala —le digo—. Y te encanta serlo.

—Pues sí. ¿De verdad quieres salir con una mujer mala y que se ríe de sí misma?

—¡Ay, Molly! Pobre mía. No he dicho que quiera salir contigo. Lo haría por caridad. Por compasión.

Bebe un sorbo de café, al que le ha puesto tanta leche y tanta azúcar que básicamente es tiramisú.

—¿Y por qué te compadeces de mí hasta el punto de hacerme semejante favor?

—En fin, cariño, es evidente que soy el mejor hombre que has conocido. La noche mágica que hemos pasado juntos reavivará tus sentimientos por mí. Recordarás lo que es sentir algo. Volverás a casa y suspirarás. Sacarás los anuarios del instituto y leerás mis comentarios. Le suplicarás a tu madre que te envíe nuestras fotos del baile de graduación. Al final, estarás tan desesperada que aparecerás en mi puerta y me suplicarás que vuelva contigo. Y como soy un alma generosa y quiero que conserves un poco de dignidad, aceptaré salir contigo. El tiempo suficiente para que puedas ir con pareja a la reunión del instituto.

—Y después ¿qué?

Sonrío, le levanto una mano y le beso los nudillos.

—Te romperé el corazón.

Ella mira al techo, se pone en pie, levanta mi camisa del suelo con dos dedos y la deja caer sobre mi regazo.

—Muy bien, se acabó el desayuno. Nos vemos dentro de cinco años.

Me visto, le doy un beso en la mejilla, le exijo que me dé sus datos de contacto y me voy a mi habitación, canturreando.

Cuando llego, no puedo resistirme a escribirle un correo electrónico.

De: sethrubes@mail.me
Para: mollymarks@netmail.co
Fecha: Domingo, 11 de noviembre de 2018, a las 9:54
Asunto: De nada

Hola, Marks:

Me alegro de haberte visto anoche y de haberte conocido bíblicamente. Como sé que eres una persona poco íntegra, aquí te mando las predicciones para la apuesta. No te escabullas, mi escurridiza belleza.

Por cierto, todavía tengo arena entre los dientes.

Seth

Pego la lista de nuestras predicciones para la apuesta, pulso enviar y empiezo a hacer el equipaje. No recibo respuesta hasta más tarde, cuando ya estoy en casa de mis padres.

De: mollymarks@netmail.co
Para: sethrubes@mail.me
Fecha: Domingo, 11 de noviembre de 2018, a las 12:56
Asunto: Re: De nada

¡Vaya, Seth! Veo que estabas deseando enviarme un mensaje de correo electrónico. Sabes que llevan la hora, ¿verdad? En fin, me alegro de que tengas la arena en los dientes en vez de en la uretra.

¡Nos vemos dentro de cinco años!

Bss,
Molls

SEGUNDA PARTE

Diciembre de 2018

11

—¡Ya hemos llegado! —anuncia Dezzie al entrar por la puerta de la cocina de la enorme y vulgar mansión de mi madre.

—¡Desdémona! —exclama mi madre, que corre a abrazarla envuelta en una nube de perfume de jazmín cuya estela flota a su espalda, agitada por el caftán de seda con estampado de flamencos—. Estás impresionante, como siempre.

Dezzie lleva un escotado bañador negro debajo de un vestido de lino transparente de color crema. El único guiño a la festividad navideña son sus zapatos, unas preciosas y altísimas cuñas de esparto de color rojo intenso. Rob, en cambio, lleva un bañador de renos y un chaquetón de Papá Noel, barriga incluida.

—Feliz Navidad, señorita Marks —dice mientras deja en la isla de la cocina una caja de las galletas caseras navideñas de Dezzie y una enorme bolsa con botellas de licor—. He traído los ingredientes para mi famoso ponche polar.

Mi madre le da un beso en la mejilla y le ofrece una jarra de cristal tallado.

—Prepáralo ya. Alyssa acaba de mandarle un mensaje a Molly diciendo que están muy cerca.

Dezzie, Rob, Alyssa, Ryland y sus hijos siempre vienen a casa de mi madre el día de Nochebuena y almorzamos al aire libre. Ryland prepara filetes y hamburguesas vegetales, Dezzie trae postres extravagantes, mi madre les compra a los niños una vomitiva cantidad de regalos y Rob los reparte disfrazado de Papá Noel tropical. Al atardecer, nos subimos a la enorme lancha motora de mi madre y ella nos lleva por la bahía hasta el puerto deportivo, para que los niños puedan ver los veleros adornados con luces navideñas.

Es una fantasía capitalista hecha realidad, y el momento del año más alegre para mi madre. Como soy su única hija, está amargamente divorciada y no le he dado nietos, le gusta mimar a mis amigos con sus grandes reservas de afecto y riquezas materiales.

—¿Ponche? —pregunta Rob al tiempo que me ofrece la jarra. Me niego, sabiendo que ese brebaje consiste básicamente en ron Captain Morgan's con un chorrito de Sprite y quizá un dedo de zumo de arándanos. No quiero acabar desbarrando en una fiesta infantil y caerme del barco de mi madre.

Rob se encoge de hombros y se bebe una taza.

—¡Por Dios, más despacio! Son las once de la mañana —le recuerda Dezzie, que le quita el vaso.

—Papá Noel tiene que estar calentito en el Polo Norte —replica Rob, que menea las cejas.

En el exterior se oye un chillido espeluznante.

—¡Han llegado los niños! —exclama mi madre. Abre la puerta de golpe, y Frankie y Amelia entran corriendo, directos hacia Rob y sin hacernos caso a los demás.

—¡Tío Noel! —gritan.

Ryland los sigue de cerca, haciendo malabarismos con el montón de regalos que lleva en los brazos.

—¡Chicos, más despacio! —los reprende—. ¿En qué hemos quedado? No destrocéis la casa de la tía Kathy.

Mi madre hace un gesto con la mano para restarle importancia.

—¡Déjalos, no pasa nada! ¿Cómo estás, cariño?

—Fenomenal, ahora que te veo —contesta él con su sonrisa letal, encantadora y sincera a la vez, como si emanara directamente del corazón.

Mi madre casi se desmaya. Ni siquiera Kathy Marks puede resistirse a su impresionante atractivo: piel morena, cejas expresivas y la barbita justa para parecer interesante.

Ryland mira por encima del hombro.

—¿Estás bien, Lyss?

Alyssa camina muy despacio hacia la casa con una mano en la barriga, que es más grande que la de Rob.

—No te preocupes. Llegaré dentro de veinte minutos —contesta ella.

Dezzie y yo salimos corriendo a su encuentro. Tiene un aspecto increíble, con la piel resplandeciente por las hormonas, la humedad de Florida o el esfuerzo que tiene que hacer para andar.

—¡Mírate! —grita Dez.

—Sí. Embarazada de catorce meses.

—¡Vamos, mamá! —grita Amelia indignada, asomando la cabeza por la puerta—. Papá Noel está aquí.

Las seis horas siguientes son un vertiginoso caos con aroma navideño, mientras los niños abren los regalos y los adultos intentamos evitar que acaben ahogados en el mar. No tenemos la oportunidad de ponernos tranquilamente al día hasta que volvemos del puerto deportivo, y los niños caen rendidos en la habitación de invitados.

—Tenemos novedades —anuncia Rob. Ha estado bebiendo ponche polar y parece un poco achispado.

Dezzie lo mira de reojo.

—Oye, no...

—¡Oh, venga ya! Aquí todos somos familia —la interrumpe, levantando la taza—. La señora Chan y yo estamos intentando quedarnos embarazados.

—¡Chicos! —exclamo—. Eso es increíble.

Dezzie y Rob han querido tener hijos desde siempre, pero estaban esperando a que él terminara primero su máster en Trabajo Social.

—Deberías seguir su ejemplo, Molly —dice mi madre—. Algunos ya no somos tan jóvenes.

—Estooo... No tengo pareja, ¿recuerdas?

—Pues vamos a solucionarlo —replica—. ¿Conocéis a algún hombre simpático?

La pregunta me sorprende. Mi madre nunca me ha echado la bronca por mi condición de solterona. Dado su historial romántico, pensaba que se sentía aliviada de que yo nunca hubiera tenido pareja formal.

En cambio, lleva toda la semana actuando de forma extraña. No para de alejarse para atender llamadas misteriosas y luego vuelve toda distraída. Un día le trajeron un enorme ramo de rosas navideñas, pero me arrebató la nota antes de que pudiera leerla y solo me dijo que era de «un cliente».

O tiene una enfermedad que no quiere contarme (algo que parece improbable, ya que tiene toda la pinta de estar muy contenta), o tiene lo impensable: un enamoramiento.

—Ya no conocemos a ningún soltero —responde Alyssa—. No sé cómo, pero nos hemos convertido en las típicas personas que solo tienen amigos con hijos.

—Bueno, Seth te manda saludos —dice Rob con deje picarón.

—¿Seth? —pregunta mi madre.

—Rubenstein —añade Dezzie.

—¡¿Seth Rubenstein!? —repite mi madre, como si hubiera dicho algo espantoso—. Ese es un nombre que hacía tiempo que no oía. ¿Qué ha sido de él?

Nunca le tuvo cariño a Seth. Salimos durante los peores años posteriores al divorcio, y ella nos veía demasiado serios para ser tan jóvenes. Pensaba que me dejaría embarazada o me rompería el corazón.

Se sintió aliviada cuando corté con él antes de que tuviera la oportunidad de hacer cualquiera de las dos cosas.

—Vive en Chicago —contesta Dezzie—. ¿Molls no te ha dicho que lo vimos en la reunión?

Mi madre me fulmina con la mirada.

—Pues no.

—Tuvieron una charla larga y agradable —dice Alyssa—. ¿Verdad, Molly?

—¡No me lo puedo creer! —grita mi madre, porque Alyssa es malvada y mi madre no es tonta.

—¡Que no! —miento—. Solo estuvimos poniéndonos al día. Y atención: es abogado matrimonialista.

Mi madre entrecierra los ojos al máximo.

—¡Venga ya!

—Sí, es socio de un bufete importante.

—¿Lo ves? Hice bien no fiándome de él —replica—. Pensar que ha sido capaz de dedicarse a eso cuando vio lo que te pasó...

Admito que concuerdo en que es una elección vital un tanto extraña, ya que durante cuatro años seguidos fui un caso de libro de persona traumatizada por un divorcio. Pero da igual. La carrera profesional de Seth no es asunto mío. Aunque haya pensado en él un número bastante alarmante de veces desde que nos vimos.

Una pequeña parte de mí estuvo tentada de enviarle un mensaje de correo electrónico para preguntarle si estaría en Florida este mes. Pero no quiero que malinterprete las cosas entre nosotros. Con apuesta o sin ella, su afirmación de que volveremos a acostarnos implica que cree que lo que pasó puede ser algo más que un rollo de una noche; que lo interpretó como un momento significativo en la línea argumental de una historia romántica en desarrollo.

No fue así.

No acostumbro a fraternizar desde el punto de vista romántico con gente agradable. No estoy hecha para eso.

Y no quiero volver a hacerle daño.

Alyssa bosteza, se disculpa y vuelve a bostezar.

—Creo que esa es nuestra señal —dice Ryland.

Todos nos levantamos y pasamos media hora más entre abrazos, comentarios de última hora, deseos navideños, bromas íntimas y más abrazos. Una vez que todos se han ido, mi madre me da un beso de buenas noches y se va a la cama.

Entro en la cocina y miro el móvil, que dejé cargando mientras estábamos en la lancha.

Hay una llamada perdida y dos mensajes de mi padre.

Papá:
Hola, chiquitina.

(Sabe que detesto que me llamen así).

Necesito aplazar lo de mañana para otro día. Llámame.

Habíamos quedado en que iría a su casa a las once para almorzar con él y con Celeste, su (cuarta) esposa. Cancelar la Navidad es un gesto muy frío hasta para él.

Aunque tampoco me sorprende, claro. Es el tipo de padre al que siempre tienes que llamar tú (a diferencia de mi madre, que me llamaría cinco veces al día si supiera que iba a contestarle), y el tipo de ser humano al que no le importa estropear los planes a largo plazo o, ya puestos, los matrimonios. Ha sido así desde que yo era adolescente, y prácticamente no me lo tomo como algo personal.

Sin embargo, pasar de mí el día del nacimiento de Nuestro Señor Jesucristo es algo nuevo.

No le devuelvo la llamada, porque si lo hago, captará la consternación en mi voz. En cambio, le envío un mensaje.

Molly:
¿Qué pasa?

Aparecen los puntos suspensivos que indican que está escribiendo, algo que supongo que es un cumplido. Normalmente, tarda días en contestar.

Papá:
Celeste está enferma y yo también me siento un poco indispuesto, mejor cancelamos lo de mañana.

A ver si podemos quedar el día 26 para tomarnos unas copas.

¿¡«A ver si podemos»!? Soy la única hija de este hombre.

Molly:

Me voy el 26.

Mi vuelo sale a las 8 de la mañana.

Papá:

De acuerdo. El mes que viene iré a Los Ángeles por trabajo.

Te invitaré a cenar.

¡Qué bonito!

Una parte de mí quiere llamarle y gritarle para que, al menos, finja que está decepcionado por esto. Pero si descubre que estoy enfadada, se pondrá a la defensiva, y eso me enfadará más, y empezaré a llorar, y me odiaré por llorar, y me dirá que estoy siendo infantil, y le colgaré.

Todo de forma especulativa, por supuesto.

Así que me limito a teclear «ok».

Papá:

¡Feliz Navidad!

No respondo. De repente, me invade la ansiedad. Nada me altera tanto como los rechazos de mi padre.

Me planteo despertar a mi madre para que se compadezca de mí porque la imbecilidad de mi padre no tiene arreglo (su tema favorito, además de los precios inmobiliarios), pero si lo hago, me pasaré toda la noche dándole vueltas.

No quiero pensar en él; quiero que alguien me abrace y me haga olvidar.

«¡A la mierda!», pienso.

Abro el correo electrónico y busco la dirección de Seth.

De: mollymarks@netmail.co
Para: sethrubes@mail.me
Fecha: Lunes, 24 de diciembre de 2018 a las 21:02
Asunto: Hola

¿Estás en la ciudad?

12
Seth

No estoy en la ciudad. Estoy en Nashville, en casa de mi hermano, con mi familia.

Aunque estoy muy tentado de escabullirme, pagar un vuelo en un avión privado y viajar a Florida, solo por el placer de responder afirmativamente al mensaje de correo electrónico de Molly Marks.

Mi hermano Dave entra en la sala de estar, donde me he encerrado para intentar montar un triciclo para mi sobrino.

—¿Necesitas ayuda? —me pregunta con escepticismo al ver el mar de pernos, tornillos y barras de metal rojo brillante que hay en el suelo a mi alrededor.

—Puede que lo tire y le extienda un cheque —respondo—. ¿Cuánto crees que debo darle? ¿Quinientos?

—¡Tiene tres años!

—Muy bien. Mira a ver si puedes enganchar esa rueda con ese chisme metálico de ahí.

—¿Con la llave Allen?

Dave es ingeniero mecánico. Le duele mi falta de familiaridad con las herramientas.

En cuestión de minutos, y sin apenas echarle un vistazo al inescrutable diagrama que hace las veces de instrucciones, monta la minibicicleta, con las borlas en el manillar y todo.

—Deberíamos dormir un poco —dice—. Los chicos se levantarán a las cinco, y no podremos contenerlos mucho rato.

Estoy impaciente. Me encanta pasar la Navidad aquí. No crecimos en una familia religiosa (mi madre es católica empedernida y mi padre judío secular), así que de pequeños las fiestas consistían sobre todo en regalos y latkes, las típicas tortitas fritas de patata y cebolla. Pero Clara, mi cuñada, es muy navideña. Pone tres árboles con distinto tipo de decoración, le paga a una empresa para que cubra toda la casa de luces parpadeantes y organiza cenas de Navidad para veinte personas.

Sin embargo, todavía no estoy listo para acostarme.

Quiero regodearme.

—¿Sabes qué? —pregunto.

—¿Qué?

—Molly Marks me ha enviado un mensaje de correo electrónico.

Después de vernos en la reunión, mi hermano me dijo que nunca volvería a saber de ella.

Disfruto mucho cuando se equivoca. Sobre todo, cuando se trata de chicas de las que estoy enamorado.

Su expresión se vuelve seria al instante.

—¡No! —Sacude la cabeza con tanta fuerza que parece poseído por el diablo—. Bórralo. No es buena para ti.

Su exagerada reacción me hace reflexionar. Objetivamente hablando, es casi seguro que tiene razón. Pero eso no basta para moderar la emoción que siento. Molly piensa en mí. Eso significa algo.

—Han pasado quince años —protesto—. ¿¡Cómo vas a saber si es buena o no!?

—Pues lo sé. Te trató como a una mierda. Después de aquello, no merece una segunda oportunidad.

Su actitud protectora resulta reconfortante, pero no estoy convencido de que tenga razón. La gente puede cambiar.

—Éramos prácticamente unos niños cuando pasó aquello. Me divertí mucho con ella en la reunión.

—Y luego te despachó. Un bonito recordatorio de que sigue siendo la misma persona.

—No me despachó, solo dijo que ya nos veríamos dentro de cinco años. ¿Tan malo sería…?

—Muy bien, sí, contéstale. ¡Dile que venga si te parece! Que os case un juez de paz la mañana de Navidad. Seguro que seréis muy felices.

Suspiro. Creo que mi hermano no confía lo suficiente en mí, ni en ella.

—No lo entiendes —le digo—. Tú estás casado, tienes una familia, tienes amor y yo tengo… muchos amigos, una suscripción al gimnasio y un despacho muy grande en un bufete de abogados. Me siento solo. Así que ¿por qué no aprovechar las oportunidades cuando se presentan?

Dave toma una honda y larga bocanada de aire, como si ya hubiéramos tenido esta conversación doscientas veces.

Algo que, por supuesto, así ha sido.

—Tu problema —dice— es que crees que una mujer te hará feliz de forma milagrosa. Te lanzas de cabeza a las relaciones, convencido de que estás enamorado, cuando no es así. Estoy harto de ver cómo te haces daño.

—Bueno, ¿y qué sugieres que haga? ¿Dejar de salir con mujeres?

—No. Quiero que encuentres a alguien. Eso es lo que todos queremos. Pero actúas como si el amor fuera a resolver todos tus problemas, y tomas malas decisiones. ¿Molly Marks? Es una mala decisión.

No debería haberle dicho nada.

Levanto las manos en señal de derrota.

—Muy bien, entendido.

Mi hermano asiente en silencio con cautela y me da las buenas noches.

Espero a que cierre la puerta y saco el móvil a toda prisa para poner en práctica mi supuestamente terrible sentido común.

De: sethrubes@mail.me
Para: mollymarks@netmail.co
Fecha: Lunes, 24 de diciembre de 2018 a las 21:35
Re: Asunto: Hola

Feliz Navidad, sir Marksalot.
    Estoy en Nashville, en casa de Dave, con mi familia. Supongo que estás en Florida, suspirando por mí, ¿no?

No puedo dejar de sonreír mientras espero una respuesta, que llega casi de inmediato.

De: mollymarks@netmail.co
Para: sethrubes@mail.me
Fecha: Lunes, 24 de diciembre de 2018 a las 21:37
Re: Re: Asunto: Hola

Sí, suspirando por los rincones. Que significa que esperaba que estuvieras por aquí para disfrutar de un maratón rápido de sexo sin ataduras. Pues nada, TÚ TE LO PIERDES. Feliz Navidad y tal.

Estoy seguro de que se conformaría si nuestro intercambio terminara aquí, pero la idea de que quiera acostarse conmigo (de que incluso se haya puesto en contacto conmigo para ver si podíamos vernos) me alegra demasiado como para dejarlo pasar.

De: sethrubes@mail.me
Para: mollymarks@netmail.co
Fecha: Lunes, 24 de diciembre de 2018 a las 21:39
Re: Re: Re: Asunto: Hola

Me da que alguien está deseando perder la apuesta. Y, por cierto, creo que ese alguien eres tú. Mira lo que he encontrado en las redes sociales de tu gran amiga Marian:

«Marian Hart… está con Marcus Reis… en el Club Gulf & Yacht…
¡disfrutando de la felicidad! Qué vacaciones más bonitas he pasado
aquí, en mi ciudad natal, con un grupo tan agradable de amigos y
familiares. Tomando el sol en el catamarán con el único e inigualable
Marcus. ¿Hay algo mejor que una puesta de sol en una isla con una de
tus personas favoritas?».

Que sepas que no te lo pego para asustarte.

Pulso el botón de enviar, consciente de que su naturaleza competitiva le impedirá pasar de mí.

De: mollymarks@netmail.co
Para: sethrubes@mail.me
Fecha: Lunes, 24 de diciembre de 2018 a las 21:41
Re: Re: Re: Re: Asunto: Hola

Seguro que te sientes muy satisfecho. Pero recuerda que dije que
saldrían durante una temporada antes de que cada uno se fuera por su
lado. Todavía faltan cinco años para ver si tengo razón. (Incluido sobre lo
nuestro).
    Disfruta de tu alegre Navidad sin sexo.

Dave se asoma de nuevo a la sala de estar.

—Lo estás haciendo, ¿verdad?

—¿El qué?

—Le estás mandando un mensaje de correo electrónico.

—Bueno, cuando una mujer admite claramente que quiere quedar contigo por la noche, es de buena educación responder.

—No me obligues a confiscarte el móvil.

—Con todos los respetos, Dave, vete a la mierda.

Mi hermano pone los ojos en blanco y cierra la puerta.

Aunque tiene razón.

Ya siento el cosquilleo del «¿Y si…?». Esa parte obsesiva de mi
persona que, nada más quedar dos veces con una mujer, empieza a

ponerle nombre a nuestros hijos. Si me embarco en un tonteo prolongado por correo electrónico con una persona con quien tengo tanta historia (con alguien que todavía me gusta tanto), me haré ilusiones. Y pese a mi optimismo crónico, hasta yo sé que debo evitar ponerme en una situación emocionalmente vulnerable en esta época del año.

Se acercan los Tiempos Oscuros. Y me refiero a Año Nuevo.

Podrías pensar que una persona como yo (un hombre conocido por su perenne buen humor) se alegraría del comienzo de un nuevo año. Que soy un hombre resolutivo. El tipo de hombre que dice «Este año correré un kilómetro y medio en siete minutos y escalaré el Kilimanjaro».

Y te equivocarías.

Por regla general, no suelo deprimirme, pero el comienzo del año tiene algo que me desanima. El temor empieza por estas fechas y empeora a medida que se acerca Nochevieja, una fiesta que considero sobrevalorada y decepcionante.

A lo mejor se debe al bajón de las fiestas. La Navidad en casa de Dave siempre es genial, pese a sus inoportunas opiniones sobre mi vida amorosa. Juego con los chicos, los colmo de regalos, bromeo con la familia y me proclamo ganador absoluto cuando jugamos al UNO. Y luego me voy, siempre antes del día veintisiete, para no abusar de su hospitalidad. Y vuelvo a Chicago, que como siempre está helado, miro el calendario y espero a que se instale la tristeza.

Nunca me siento tan solo como después de haber sido tan feliz.

En apariencia, llevo una vida totalmente plena. Tengo un trabajo interesante, una vida social activa, no me faltan mujeres con las que salir y mantengo la agenda repleta de acontecimientos deportivos y culturales.

Sin embargo, está repleta de cosas equivocadas.

Quiero lo que tiene Dave. Quiero mis propios hijos guapos, mi propia mujer inteligente y mi propia casa divertida, ruidosa y manchada de mantequilla de cacahuete en una urbanización de las afueras.

En otra época esto no me dolía tanto. Cuando mi bufete de abogados era la brújula que me guiaba. Ser abogado fue mi sueño desde que estaba en el instituto. Me he forjado una reputación como uno de los mejores abogados de familia de Chicago.

Aunque me aburro. Y, lo que es peor, me siento insatisfecho.

Sigo preguntándome si debería estar haciendo algo diferente (algún voluntariado, un cambio de puesto con salario similar o incluso crear mi propia empresa), pero de repente me descubro demasiado ocupado con el trabajo y demasiado distraído con mi búsqueda del amor verdadero como para llevarlo a cabo.

Seguramente estoy frustrado. En el ámbito profesional tengo todo lo que quiero. Y, cuando tenga una familia, el trabajo no importará tanto.

Además, este sentimiento siempre se desvanece a mediados de enero, cuando el trabajo resurge (la temporada postvacacional es una época popular para solicitar el divorcio), se apagan las luces de Navidad y todo el mundo vuelve a la rutina de la existencia.

Vuelvo a ser feliz. Como por arte de magia.

Claro que esa semana de bajón es brutal.

Este año no ha sido diferente.

El triciclo es un éxito con Max. Mi madre y yo preparamos un pavo de ocho kilos. Clara ha organizado una sesión de villancicos en la que participan todos los invitados, con libretos impresos y un acompañante de la escuela de música de la Universidad Vanderbilt.

No le envío más mensajes de correo electrónico a Molly, aunque pienso en ella.

Sin embargo, luego vuelvo en avión a casa, de vuelta a la tundra. Deshago las maletas en mi impoluto piso. Enciendo la chimenea de gas para recrear en cierto modo la alegría que acabo de dejar atrás y sus llamas parpadeantes me parecen una burla hacia mi hogar vacío.

No salgo en Nochevieja, aduciendo un falso agotamiento, y retuerzo el cuchillo por la mañana cuando abro Facebook para curiosear todos los momentos alegres que estaban pasando otras personas.

Y entonces lo veo.

Una rara publicación de Molly Marks en las redes sociales. Es de hace unos días, pero no tan antigua como para no usarla como excusa.

Hago una captura de pantalla y la pego en un mensaje de correo electrónico.

De: sethrubes@mail.me
Para: mollymarks@netmail.co
Fecha: Lunes, 1 de enero de 2019 a las 11:09
Asunto: ¡Felicidades!

Hola, Mollson:

¡Feliz Año Nuevo! Acabo de ver tu noticia. Felicidades, ¡me encantó en *Headlands*!

> BOXOFFICEGOSS.COM: Margot Tess, la ganadora del Globo de Oro, participará en una comedia romántica de los productores 6FiftyX. Tess, que se llevó el premio a la Mejor Actriz de Serie Dramática por su papel de Rhathselda en la épica e histórica *Headlands*, ha confirmado su participación como protagonista y productora ejecutiva de *La hija de la novia*, una comedia romántica sobre una mujer que busca el amor en la boda de su propia madre, escrita por Molly Marks. Simon Larch se encargará de la dirección.

Debería poner fin al mensaje, mantener el tono informal y dejar que me responda o no. Pero me alegro por ella y quiero hacerle saber que merece estar orgullosa de sí misma. Sospecho que no es un sentimiento que se permita a menudo. Así que añado:

Tengo que confesarte una cosa. Después de la reunión, volví a ver (sí, me has pillado, volví a ver) tus películas. Me encanta poder relajarme y saber que nadie va a sufrir una muerte trágica que me va a dejar hecho polvo. Además, siempre capto tu voz en ellas, ese sarcasmo que me deja claro que la responsable de toda la felicidad que estoy viendo es una amargada de la vida.

Enhorabuena, campeona. No sé qué haríamos sin ti.

Abrazos,
Seth

Le doy a enviar y me quedo paralizado.

«¿Abrazos?». ¿Por qué he escrito eso?

Dedico unos minutos a buscar si mi aplicación de correo electrónico tiene algún tipo de función de «Me arrepiento de haber enviado eso. Por favor, elimínalo antes de que lo vea el destinatario». Pero nada.

En fin… ¡Abrazos!

13
Molly

Me despierto a la una de la tarde del primer día de este bendito año, con resaca y una aguda ansiedad postfiesta. Comencé el 2019 en la fiesta anual de Margot Tess en su propiedad Los Feliz. Ya es toda una estrella y los invitados eran mucho más importantes que la gente del mundillo con la que suelo salir. En consecuencia, me pasé toda la noche haciendo contactos y ahora mismo soy una bola arrugada de papel higiénico emocional.

Mi relación con las fiestas es complicada. Me da pavor asistir, porque soy una introvertida que prefiere pasar el tiempo sola o (si me entra el gusanillo) con los mismos cuatro o seis amigos íntimos de siempre. Pero como gran parte de mi trabajo depende del establecimiento de contactos, y las relaciones sociales y empresariales están tan entrelazadas en Los Ángeles, me obligo a salir de casa cuando se presenta la ocasión.

Y entonces soy como el de *La máscara*. Me arreglo, entro en una habitación y recuerdo que soy atractiva, graciosa y que se me dan bien las bromas. Reparto cumplidos, ofrezco favores, hago presentaciones, llevo cócteles y colecciono números de teléfono hasta que reboso energía festiva y no quiero irme a casa. Soy la chica que acaba en la fiesta posterior pidiendo mentolados e intercambiando chismorreos jugosos con los incondicionales. A las cuatro de la madrugada, ya tengo ocho nuevos amigos del alma.

Sin embargo, cuando me levanto por la mañana (o, en este caso, por la tarde), me cuestiono todo lo que he hecho. ¿Fui una maleducada al presentarme a ese productor? ¿Me tomaron por borracha o por loca dada mi euforia? Y, ¡ay, Dios!, ¿qué hago con todos esos números que he recopilado? ¿Debería invitarlos a un café o a una copa? ¿Y qué hago si mis nuevos conocidos dicen que sí?

Salgo de la cama a rastras, saco un Red Bull sin azúcar del frigorífico (una cura sin igual para la resaca) y me acomodo en el sofá para releer los mensajes de texto de anoche, con la esperanza de recordar a quién he atrapado en mi telaraña.

Siete personas. Snif.

Me preparo y miro los mensajes de correo electrónico para comprobar si he hecho más daño.

El nombre de Seth es el primero en la bandeja de entrada.

No esperaba volver a saber de él después de mi desquiciada decisión de mandarle un mensaje en Navidad. Lo abro y es un mensaje tierno sobre mi nueva película.

Me planteo no responder. Dado que no tenía ningún motivo para ponerme en contacto con él en primer lugar, no quiero ofrecerle una idea equivocada. Sin embargo, el gesto es tan amable que le debo al menos una respuesta rápida.

De: mollymarks@netmail.co
Para: sethrubes@mail.me
Fecha: Lunes, 1 de enero de 2019 a las 13:45
Re: Asunto: ¡Felicidades!

Gracias por el mensaje, Seth. Mis dos últimos guiones han estado años atrapados en el infierno del desarrollo de producción, y a estas alturas muchos productores prefieren un libro a un guion original, así que esta película es lo más gordo que me ha pasado desde hace tiempo. Me hace mucha ilusión.

Me planteo borrarlo todo (los nervios de la resaca me hacen ser demasiado sincera), pero es Seth, que siempre ha sido un trece sobre diez en la escala de la sinceridad, así que, en vez de borrarlo, añado:

¿Estás bien?

Bss,
Molls

Cierro el correo electrónico y empiezo a enviar los temidos mensajes de seguimiento a mis nuevos amigos y socios, y a comer riquísimos y reconfortantes carbohidratos.

Estoy a punto de sentirme normal, aunque cansada, cuando recibo un mensaje de mi padre.

Papá:
Feliz Año Nuevo, chiqui.

He visto la noticia sobre tu película. No está mal.

«No está mal». Sonrío, a mi pesar. Eso, viniendo de él, es el cumplido del siglo.

Nadie desprecia más que mi padre mi carrera profesional. Según él, las comedias románticas son «ñoñas» y estoy perdiendo el tiempo con «tonterías de estudios independientes» cuando debería ir a por «algo grande». Se considera un experto en estos temas porque sus libros han sido adaptados al cine. Concretamente, los ha adaptado una enorme franquicia cinematográfica de gran éxito que recauda cientos de millones por película.

Supongo que aquí es donde debo revelar que mi padre es Roger Marks. Sí, el que escribe los superventas de Mack Fontaine, el detective privado de Florida que se pasa la vida atrapando asesinos en serie en pantanos y seduciendo a rubias buenorras con pasados peligrosos. Sí, has visto sus libros en todas las cajas registradoras de todos los supermercados del país.

Debido a su condición de autor de novelas con capítulos de una página y tramas sobre redes de contrabando de mascotas exóticas, también se atribuye mi éxito como guionista. Le encanta decirme que he heredado mi talento de él y dar a entender que el apellido Marks me ha llevado adonde estoy.

No ha sido así. Antes muerta que soltar el nombre de Mack Fontaine. Además, mi padre es un narcisista.

Sin embargo, en mis momentos de bajón, me pregunto si llevará al menos algo de razón en lo del talento. Es posible que haya heredado de él mis mejores cualidades profesionales: mi creatividad, mi facilidad de palabra, mi capacidad para ser carismática en las fiestas. Y eso me preocupa. Porque si he heredado sus mejores cualidades, es muy posible que también haya heredado las peores. Su sarcasmo incurable. Su fría actitud hacia las relaciones. Su capacidad para herir a la gente sin darse cuenta.

No le devuelvo el mensaje. Ya estoy nerviosa, y hablar con él solo serviría para empeorar las cosas. En cambio, compruebo el correo electrónico para ver si hay algo nuevo de Seth. Un poco de su optimismo podría equilibrarme.

Y descubro un nuevo mensaje. Aunque me sorprende que parezca tan desanimado.

De: sethrubes@mail.me
Para: mollymarks@netmail.co
Fecha: Lunes, 1 de enero de 2019 a las 18:52
Re: Re: Asunto: ¡Felicidades!

¿Que si estoy bien? A ver. Estoy en el bufete, aunque son las 9 de la noche de un festivo nacional. No por elección propia. Había quedado con un colega para cenar esta noche, pero ha cancelado los planes esta tarde y casi lloro. Bueno, en realidad no. Pero me ha afectado más de lo que debería afectarme que un amigo cambie de planes. Seguramente porque en este momento no estoy saliendo con nadie y todos mis amigos están ocupados con las familias que se han dedicado a crear mientras yo, pese a mis mejores esfuerzos por encontrar la conexión humana que anhelo, he facturado millones de dólares redactando férreas capitulaciones prematrimoniales.

Molls, tengo que cambiar de vida. Me han dicho que la existencia humana consiste en algo más que en llamadas para informar de la fecha del juicio sobre la custodia de los niños y en encargar sushi carísimo para que te lo lleven a casa.

Este no es el Seth Rubenstein que conozco. Parece abatido. De forma preocupante. Ni siquiera lo pienso. Simplemente le respondo.

De: mollymarks@netmail.co
Para: sethrubes@mail.me
Fecha: Lunes, 1 de enero de 2019 a las 18:55
Re: Re: Re: Asunto: ¡Felicidades!

Pobre anciano solitario. En fin, puedes llamarme si necesitas un hombro sobre el que llorar. Aquí solo son las 7 de la tarde, y me encanta la gente desgraciada.

555-341-4532
Bss

Me suena el móvil casi de inmediato. Dudo un segundo. ¿De verdad vamos a hablar por teléfono? ¿Como cuando estábamos en el instituto y manteníamos esas largas charlas emocionales que duraban horas?

Ni hablar. Me limitaré a saludarlo y a asegurarme de que está bien.

Descuelgo al segundo tono.

—¡Vaya! —digo— ¡Qué rapidez! Me alegra ver que sigues siendo un pringado.

—Molly Marks, ¿alguna vez he fingido ser guay? —Distingo la sonrisa en su voz. Me la imagino irónica. Me alegro. No debe de estar tan mal como pensaba.

—Tienes razón —le digo—. Nunca has negado que eres idiota.

—Gracias.

Hay una pausa incómoda. No sé qué decir. Solo se me ocurre:

—Siento que estés atrapado en el trabajo.

—No pasa nada. Prefiero estar aquí que en casa. ¿Qué haces?

—No mucho. Pensando si preparo pasta.

—Creía que la gente de Los Ángeles no comía pasta.

—La gente con resaca la come.

Se ríe.

—¿Fiestón anoche?

—De los gordos.

—¿Fue divertido al menos?

—Sí, pero tanta vida social me deja nerviosa al día siguiente. Además, mi ansiedad siempre empeora en Año Nuevo. Odio esta época del año.

—Yo también la odio —replica—. Toda esa presión para empezar de cero y mejorar.

Me sorprende que no le guste Año Nuevo. Cualquiera pensaría que está deseando practicar la conciencia plena, dejar el azúcar y apuntarse a correr maratones.

—Me sorprende que no te guste —digo—. Pero sí. Ese fetichismo con los logros. ¡Puaj!

—Me gusta fijar objetivos en otros contextos. Pero lo de hacerlo solo porque es enero tiene algo que me pone de mal humor.

La idea de que tenga otra faceta muy distinta de la alegría y las risas me resulta entrañable.

—Seguro que estás para comerte, así enfurruñado —le digo.

¿Estoy tonteando con él?

¿Debería hacerlo? ¿Es prudente?

No sé lo que estoy haciendo. No sé lo que es.

—No sé qué decirte, la verdad —replica—. Tengo la camisa manchada de salsa de soja.

—Seguro que hay alguna mujer a la que le gusta eso.

—Muy bien, ¿puedes darme su número? —pregunta.

Sí. Definitivamente estamos tonteando. Necesito centrarme.

—Seguro que de todas formas te haces propósitos —digo—. Admítelo.

Suspira.

—Claro que sí. ¿Qué remedio queda? Si no lo haces, no tienes tema de conversación en la oficina.

—No es mi caso. Yo trabajo en casa y ahora mismo está llena de envoltorios de bombones Hershey Kiss.

—Creía que no te gustaba el chocolate.

Lo recuerda.

—Y no me gusta, pero Alyssa me ha enviado una bolsa especial para Año Nuevo porque se compadece de mi vida de solterona. Y las resacas me abren el apetito. En fin, ¿cuáles son tus propósitos?

—Te vas a reír de ellos.

Es lo más probable.

—Prometo no hacerlo.

—No te creo, pero la atracción que siento por tu desprecio sigue bien arraigada.

Me produce una gran satisfacción oírlo reconocer que no soy la única que sigue sintiéndose atraída.

—Confía en mí.

—Pasar menos tiempo en la oficina. Buscar novia. Casarme. Tener un hijo a los treinta y seis.

Silbo.

—Joder. Sí que tienes trabajo por delante.

—Lo sé. Es penoso —dice.

—Quizá si no te presionaras tanto, sería más fácil… No sé, vivir sin más, ¿no?

—Pero no quiero limitarme a vivir, Molly Marks. Quiero chupar el tuétano de los huesos de la vida y hacer realidad todas mis fantasías heteronormativas más mundanas.

Que me revele algo tan íntimo me emociona.

—¿Quieres que te enseñe cómo funciona Tinder? —pregunto en un intento por aligerar el ambiente.

—Sé cómo funciona Tinder, tranquila. Creo que he salido con todas las mujeres de Chicago. Pero insisten en cortar conmigo.

—Me cuesta creerlo —le digo con delicadeza, porque parece triste.

—Es verdad. Dave asegura que soy un monógamo en serie que establece relaciones condenadas al fracaso porque idealizo el amor y lo veo como la panacea de todos los problemas.

—Mmm... —murmuro. No quiero herir sus sentimientos, pero más o menos tiene sentido—. ¿Y es verdad?

—No lo sé. Siempre que conozco a una chica guapa, me emociono mucho. Siempre me parece que es la definitiva.

Me resulta imposible creer que no vaya a solucionar pronto el problema. Es guapo, rico y bueno en la cama. Simplemente ha tenido mala suerte.

—Bueno, no te preocupes —le digo—. Eres un partidazo. Ya la encontrarás. Lo de casarse es más fácil para los hombres.

—¿Ah, sí?

—Por lo menos en Los Ángeles. Aquí nos ponen pronto la etiqueta de solteronas.

—¿Sales con alguien?

Hago una pausa antes de responder. Me preocupa que esta conversación se esté volviendo demasiado personal.

—No. Corté con un chico hace unos meses, antes de la reunión.

—¿Por qué? —pregunta.

—Descubrí que tenía una espada.

—¿Lo dices en serio?

—¡Qué va! Estaba obsesionado con ascender en su carrera profesional y me aburrí de oírlo hablar de finanzas.

Me doy cuenta un poco tarde de que Seth también tiene una carrera profesional y, por tanto, a lo mejor le preocupa que me resulte aburrido. Que no es el caso.

—Siento que no funcionara —dice—. Si es que querías que lo hiciera.

—Gracias. La verdad es que no. Solo estuvimos juntos unos meses. No es para tanto.

—¿Quieres encontrar a alguien? ¿Con quien casarte y tener hijos y eso?

En realidad, no pienso mucho en el tema. No le doy mucha importancia a que las relaciones dicten mi futuro. Pero supongo que, si ocurriera algún milagro, no me opondría.

—Tal vez. Si encuentro al hombre adecuado.

Caigo en la cuenta de que estamos manteniendo una conversación sobre el matrimonio y los planes de vida. Tengo que retroceder.

—Mmm… ¿Esto es raro? —pregunto.

—¿El qué?

—Hablar de nuestros sentimientos.

—No lo creo. Es bonito.

—La verdad es que es bastante intenso —digo.

—Bueno, Marks, puedes colgar si no soportas la intensidad —replica con una carcajada—. Sé que a veces te cuesta terminar lo que has empezado.

¡Guau!

Un comentario bastante mordaz cuando estoy intentando ser amable con él. ¡Mucho más tratándose de Seth!

—Perdona —digo, sin disimular que me ha ofendido—. ¿Qué se supone que significa eso?

—Solo era una broma.

Sin embargo, ambos sabemos que no es así.

—¿En serio? Pues parecía una indirecta.

—No, solo me refería a lo que dijiste en la reunión. Que te daba miedo la intimidad.

—Te equivocas —respondo—. Si no recuerdo mal, lo que dije fue que me daba miedo perderte después del instituto, así que corté contigo para evitar que me hicieras daño. No es lo mismo.

—¿Estás segura?

No me gusta esta tontería del método socrático. Si quisiera una crítica, le habría devuelto el mensaje a mi padre.

—Seth, estaba hablando de mi comportamiento cuando era adolescente. ¿De verdad vas a extrapolar eso a la actualidad, cuando solo has interactuado conmigo unas diez horas en los últimos quince años?

Por raro que resulte, no da su brazo a torcer.

—¿Recuerdas que soy abogado matrimonialista? ¿Y que me dedico a las rupturas de pareja durante dieciocho horas al día? Molly, perteneces a una categoría concreta. A la gente que se da a la fuga. Te asustan los sentimientos y huyes.

Debería cortar la llamada. Esta no es la conversación ligera que quería tener con él.

—¿Tengo que pagarte tus honorarios por esto, abogado? —pregunto.

Hay una pausa muy, muy larga.

—Te lo digo de forma gratuita porque me gustas —contesta al final. Su voz ha adoptado un deje suave. Casi tierno.

Me siento inestable. No sé qué hacer con esto.

—¿Te gusto? —repito.

—Muchísimo, Molly.

—En fin, no soy de las que suele gustarle a la gente —bromeo, porque no confío en mí misma viendo el cariz que está tomando la conversación—. Te puedo perdonar si contestas que no te gusto.

—¿Ves? Lo estás haciendo —dice—. Estás cambiando de tema. Cuando la conversación se pone seria, sueltas un chiste o algún comentario autocrítico.

Sé que tiene razón, pero no quiero admitirlo.

—A lo mejor solo lo hago contigo.

—Lo dudo mucho. Lo hiciste cuando éramos adolescentes. Y se corresponde con este tipo de personalidad en una relación. Seguramente te alejas cuando las cosas te asustan. La intimidad hace que te bloquees.

¿Qué se supone que debo decirle? ¿Le gusto «muchísimo», pero me critica por cómo actúo en las relaciones?

—¿Por qué te pones así? —le pregunto—. Me ofrecí a hacerte compañía. No estoy buscando un diagnóstico psicológico. Créeme, ya tengo bastantes.

—Lo siento —se apresura a disculparse—. Supongo que es el abogado que llevo dentro. No puedo dejar de discutir. Estoy siendo un imbécil.

No es eso. La conversación no puede tildarse de cruel. Más bien de demasiado sincera.

—No estás siendo un imbécil —lo contradigo—. Pero sí te estás pasando de presuntuoso conmigo.

—Tienes razón —replica—. Quiero conocerte mejor.

Sí, ha llegado el momento de colgar.

—Oye, necesito cenar y dormir un poco —le digo.

Hay otra larga pausa. Luego dice:

—Marks, ¿me abandonas en mi hora de necesidad? —Su tono es más ligero. Es evidente que sabe que me ha asustado.

—¿Qué creías que ibas a conseguir? —le suelto sin pensar—. ¿Varias horas de sexo telefónico?

Suelta una carcajada sorprendida.

—Ojalá.

Tengo las mejillas rojas y los párpados tan apretados que me duelen.

—Lo siento.

—Bueno, pues guarda mi número por si cambias de opinión. Me alegro de haber hablado contigo, Molls.

—¡Ajá! Que sueñes con los angelitos.

«¿Que sueñes con los angelitos?».

¿Soy la persona más torpe de todo Los Ángeles?

Corto la llamada antes de que pueda despedirse.

Ojalá no fuera demasiado tarde para llamar a Dezzie o a Alyssa y diseccionar esta conversación. Claro que si les cuento lo que ha pasado, pensarán que estoy obsesionada y me echarán la bronca.

Aunque… ¿deberían echarme la bronca?

¿Qué hago diciéndole a un hombre con el que hace poco mantuve relaciones sexuales que me llame a altas horas de la noche cuando está triste, si no estoy insinuando que hay algo entre nosotros?

Eso he insinuado, al menos tácitamente, y luego he retrocedido aterrorizada cuando él ha admitido lo que estaba pasando. Quizá por eso me ha dolido tanto que dijera lo de mi costumbre de huir.

Me consuelo comiendo pasta. Mucha pasta. Toda la caja de pasta.

Ni siquiera voy a hablar de la cantidad de vino que bebo para bajarla.

Baste decir que la suficiente como para enviarle un mensaje de texto en mitad de la noche.

Molly:
Sé que fue idea mía, pero creo que no debemos hablar más.

Hago una pausa y luego añado otra línea.

Lo siento.

Ya está, eso debería solucionarlo.

Normalmente, cuando tomo una decisión, sobre todo si tiene que ver con un hombre, soy tajante. Corto las relaciones como un culturista que partiera un *pretzel* por la mitad y luego me lo llevo a la boca y saboreo la sal como si fueran sus lágrimas.

Sin embargo, esta vez no funciona.

Me quedo despierta, agarrando el móvil hasta que me empieza a doler la mano y mirando fijamente el texto que he escrito.

Siento que me he equivocado.

¿Puedo añadir algo más después de solicitar el cese de contacto? Y si es así, ¿qué escribo? «Lo siento, Seth, tú lo has dicho. La intimidad me asusta. Por favor, mantente disponible solo para conversaciones ligeras, vaya a ser que me deje llevar por el pánico y…».

¿Y qué?

¿Qué haría después?

Bueno, pues justo lo que dijo que haría.

Huir.

No puedo evitarlo. Lo llevo en el ADN.

Me levanto y dejo el móvil en la otra habitación, donde no podré mirarlo ni, lo que es peor, utilizarlo para enviarle mensajes de texto a Seth. Me hago con la novela noruega de ochocientas páginas que estoy leyendo y, gracias a los dioses de la impresionante autoficción escandinava, me duermo en cuestión de minutos.

Me despierto con la cálida luz del sol de California entrando por las ventanas y me siento bien hasta que recuerdo lo que he hecho. Me obligo a levantarme y preparar café antes de quitar el móvil del cargador.

Hay un mensaje de Seth. Lo envió tempranísimo, así que supongo que lo hizo nada más despertarse.

Seth:

> Hola, Molls. No lo sientas, lo entiendo. Solo intentabas ser amable y hacerme compañía, y me pasé por completo de la raya. Espero que no creas que te estaba criticando o que te guardo rencor por lo del instituto. Te prometo que no no lo hago.

> El caso es que creo que sigo enamorado de ti. Me lo pasé fenomenal contigo en la reunión y me encantó volver a hablar contigo. He pensado mucho en ti desde que nos vimos, en lo mucho que nos divertimos, en lo guapa que eres y en lo bien que nos lo pasamos en la cama.

> Sé que es de patio de recreo enfadarse con una chica que te gusta, y quizá eso fue lo que hice anoche, y lo siento. Si quieres que intentemos volver a hablar, prometo limitarme a tontear contigo y a decirte lo guapa que eres. Pero te haré caso, y no te molestaré a menos que me digas que te parece bien... o al menos no lo haré hasta que cobre la apuesta en la vigésima reunión. Cuídate. Seth.

Típico de Seth ser el tipo de persona que escribe mensajes de texto con párrafos enteros perfectamente puntuados y firmarlos con su nombre como mi madre. Sin embargo, su estilo friki de prosa no me impide hacer un profundo análisis textual de cada una de sus palabras.

La culpa la tiene su confesión de que sigue enamorado de mí. Suena bien, refinado, con un toque de arrepentimiento, como si fuera de una canción de Lyle Lovett. Hay una parte malvada de mi persona que quiere decirle que siga enviándome mensajes tiernos y largos sobre lo guapa que soy.

Sin embargo, es su dulzura lo que me obliga a decidirme. Simplemente no soy lo bastante buena para él.

Me encantaría serlo, aunque fuera un poco. Creer en la lógica de las comedias románticas: que Seth apuntalaría mi miedo y limaría mis asperezas, y yo lo apuntalaría a él con mi realismo, hasta evolucionar y convertirnos en la pieza que le falta al otro para estar completo.

Sin embargo, no funciona así.

Le envío un mensaje más.

Molly:
Eres un encanto. Pero no puedo.

TERCERA PARTE

Octubre de 2019

14
Seth

¿Hay algo que se le acerque a una cerveza fría en un vaso alto de plástico con pajita de treinta dólares en un partido de béisbol? ¿Qué tiene el plástico duro y translúcido que hace que la cerveza esté muchísimo más buena? Muchísimo más espumosa. Muchísimo más divertida. Muchísimo más patriótica. Y no en plan alusión velada a cierto tipo de estadounidense, sino al que disfruta del deporte nacional, del Cuatro de Julio y de las cáscaras de cacahuete en el suelo del estadio.

El único problema con este tipo de vasos es que cuesta llevar dos, además del enorme cubo de palomitas de maíz y un *pretzel* caliente con extra de mostaza de vuelta a los asientos. Sobre todo en un partido de clasificación en el que todo el mundo está gritando, golpeando el suelo con los pies o dándoles codazos emocionados (o desesperados) a los de al lado.

Me despido del alegre empleado del puesto de comida, coloco el *pretzel* en equilibrio sobre las palomitas, agarro dos cervezas por el borde con la otra mano y emprendo el hercúleo camino de vuelta a mi asiento.

Tengo suerte. Es un asiento buenísimo. Aunque algunos dirán que apoyo al equipo que no es.

Estoy en el Dodger Stadium, en Los Ángeles, animando a los Chicago Cubs en el séptimo partido de la Serie de Campeonato de la Liga Nacional. El que gane irá a las Series Mundiales. Es la sexta entrada. El partido está empatado: 2-2. Estoy que me subo por las paredes. He tenido que ir a por algo de comer para que no me dé un infarto.

Tengo que bajar unos treinta escalones de una estrecha escalera hasta llegar a mi asiento, así que me da un poco de pánico pensar en cómo abrirme paso a través de una multitud de hinchas enfervorizados. Me siento vulnerable, pero también orgulloso con mi camiseta de los Cubs. Sé que los hinchas de los Dodgers me tirarán palomitas, o algo peor, mientras bajo. Necesito estar física y emocionalmente preparado. Tomo una honda bocanada de aire.

—¡Seth! —grita alguien a mi espalda. Me paro, pero no vuelvo la cabeza, porque si lo hago, derramaré algo y, además, todos mis conocidos asistentes al partido están sentados en sus asientos. Seguro que nadie me habla a mí.

Doy un par de pasos titubeantes mientras el *pretzel* se tambalea sobre el cubo de palomitas.

Me tocan un hombro con un dedo.

Me doy media vuelta muy despacio y me encuentro a mi amiga del instituto, Gloria, con su mujer, Emily.

De alguna manera, ¡milagro!, consigo no derramar mi tesoro sobre ninguna persona cercana mientras las saludo.

—¡Sabía que eras tú! —exclama Gloria—. Reconocería esas orejas en cualquier parte.

Mis orejotas son bien reconocibles, sí. Y como acabo de cortarme el pelo, la parte menos favorecedora de mi persona queda en primer plano. Que no pasa nada, ya que no creo que mi nivel de atractivo físico les importe a unas lesbianas casadas. Una de ellas, además y según me fijo, está embarazadísima.

—¡Estás embarazada! —chillo—. ¡Enhorabuena!

Emily se pone una mano en la barriga.

—Mellizos. Dos niños. ¿Te lo puedes creer?

Pues sí, ya que serán unas madres estupendas. Y no puedo evitar sentirme un poquito reivindicado al ver que han fortalecido su unión empezando una familia…, ya que va en la línea de la apuesta que hice con cierta mujer que no debe ser nombrada.

—Vais a arrasar con la maternidad —digo.

—¿Eso es bueno? —pregunta Gloria.

—Buenísimo —le aseguro.

—¿Qué te trae por aquí? —pregunta Emily.

—Los Cubs, claro —contesta Gloria, señalándome la camiseta—. Este traidor tiene el descaro de animar al enemigo en nuestro territorio y ni siquiera llama para avisar de que está en la ciudad.

—Es de lo peor —replica Emily.

—¡Lo siento! —me disculpo—. He llegado esta misma tarde. Iba a mandaros un mensaje. ¿De verdad creéis que no me apetece pasar un rato junto a esa piscina que tenéis con vistas a los cañones?

—¿Cómo sabes que tenemos una piscina con vistas a los cañones? —pregunta Gloria—. ¿Nos tienes controladas?

—Sí —contesto con solemnidad—. En realidad, vivo en un coche delante de vuestra casa. Tengo una cama con teleobjetivo que me permite ver a través de las ventanas.

—Bien —replica Gloria—, estaba deseando encontrar un motivo para ponerte entre rejas. El lugar de todos los hinchas de los Cubs.

Me echo a reír, y eso hace que pierda el equilibrio. Agarro con más fuerza los vasos de plástico con pajita. No puedo derramar Coors Light sobre una embarazada.

—¿Con quién has venido? —me pregunta Emily.

—Aquí estáis —dice una voz por detrás de mi hombro—. Lo siento, la cola del baño era de once coma dos millones de personas. Y encima los lavabos están llenos de pintura azul para la cara.

Esa voz me hace perder el equilibrio del todo.

El *pretzel* se me cae sobre el pecho y me mancha la camisa de mostaza. Intento recolocarlo, pero las palomitas salen volando y caen como confeti comestible sobre mí y sobre (¿cómo no?) Molly Marks.

—¡Joder! —exclamo—. Lo siento mucho.

Un vaso se resbala e intento atraparlo, pero acabo golpeándolo en el aire, de modo que el medio litro de cerveza se derrama sobre la clavícula, el escote y la camiseta de los Dodgers de esa mujer que me dijo que no le mandara más mensajes cuando confesé que sentía algo por ella.

Maravilloso.

Molly se queda ahí plantada, estupefacta y en silencio, unos quince segundos. Y luego se mira el reguero de cerveza que le empapa el sujetador, se moja la punta de un dedo y se lo lleva a la boca con delicadeza.

—Mmm… —murmura—. ¿Taste of the Rockies?

—¡Madre mía! —gimo, sin saber qué hacer en esta situación, ya que tengo las manos manchadas de mostaza.

—Habría apostado que preferías una IPA —sigue Molly, empapada.

—No las sirven en vasos rellenables —replico, aunque tengo ganas de llorar.

—Voy a por unas servilletas —dice Gloria, que echa a andar hacia el puesto de comida.

—¿Quieres que te ayude a lavarte en el baño? —le pregunta Emily a Molly, que empieza a reírse.

—Me temo que no hay duchas en los servicios públicos en el Dodger Stadium. Pero no pasa nada, me gusta oler como un bar. Me recuerda a mi juventud.

—Molly, no sabes cuánto lo siento —digo—. Te compro una camiseta nueva.

—Sí, y mejor te compras otra también para ti —replica.

Me miro el torso manchado de mostaza.

—¿Por qué cada vez que te tengo cerca acabo manchado de condimentos?

—Ah, no lo decía por la mostaza. Me refería a que es una camiseta de los Cubs. Te la quitarás como castigo por haberme estropeado el modelito.

Gloria vuelve con las servilletas y se las da a Molly, que empieza a limpiarse y les dice:

—No os preocupéis por mí. Vais a perderos el principio de la séptima entrada. Seth me va a dar carta blanca en la tienda de regalos de los Dodgers. Nos vemos en los asientos.

—Seth, ya te mando un mensaje —dice Gloria—. Vamos a celebrar una fiesta por los bebés el sábado. Vente si sigues en la ciudad.

—Me encantaría —replico con deje abatido.

—No llores —me ordena Molly con fingida solemnidad—, lo superarás. Vamos.

Me toma de la mano y empieza a guiarme entre la multitud por la pasarela curva del estadio hacia la tienda de regalos, o eso supongo. Ese gesto tan íntimo me desconcierta. Que no quiere decir que no me guste.

—¿Por qué has venido? —me pregunta.

—Para ver a los Cubs dándoles una paliza a los Dodgers.

—Ni en sueños.

—¿Apostamos algo?

—Yo no apuesto.

—Salvo con las relaciones de tus amigos.

Frunce el ceño.

—Supongo que estás muy ufano. Dos a cero. De momento.

No sé de qué habla.

—¿Perdona?

—En fin, Emily y Gloria parecen muy contentas y están a punto de ser madres. Y Marcus y Marian están todo el día subiendo actualizaciones acarameladas en Facebook.

Sonrío como aquel que está al tanto de algo que desconoce la persona por la que siente cierta animosidad.

—Molly, Marian tiene pareja, pero no es Marcus.

—Ah, ¿y quién es?

Miro la retransmisión del partido en una pantalla plana cercana y localizo al fildeador estrella de los Cubs. La bola sale disparada hacia él, que salta y la atrapa justo contra la pared de la cancha. La cámara enfoca su cara sonriente.

—Con ese —contesto al tiempo que señalo.

Molly ladea la cabeza como un loro desconcertado.

—¿Javier Ruiz?

—¡Ajá! —confirmo.

—Te estás quedando conmigo. ¿Ese no vale como doscientos millones de dólares?

—¡Ajá! —repito.

—Muy bien, un momento. ¿Cómo conoce Marian a un jugador de béisbol profesional?

—Marcus los presentó. Es el representante de Javier.

—¡Madre de Dios! Pero si ni siquiera vive en Chicago.

—Es una relación a larga distancia.

—¿Cómo sabes todo esto?

—He venido con ella. Me invitó porque sabe que soy un gran fan de los Cubs.

—¿Has venido con Marian Hart?

—Sí. Que es una persona estupenda, generosa y lo bastante considerada como para pensar en mí. Es una experiencia increíble estar aquí con el equipo. ¿Sabes que hay una *suite* completa para el equipo visitante con bebidas y comida gratis? Me he comido un costillar increíble y me he bebido un manhattan antes del partido.

—Pues bien por ti. Y bien por Marian. Me tiraría a ese hombre hasta dejarlo seco.

Intento no atragantarme al pensarlo.

—Creía que eras hincha de los Dodgers —replico.

—Acepto sobornos.

Llegamos a la tienda de regalos, que está atestada de objetos de los Dodgers.

—Lo que quieras, Marks —le digo—. Pago yo.

Se toma su tiempo para elegir, mirando con mucho descaro las etiquetas mientras dice cosas como «No, no es lo bastante caro».

Yo me quedo de pie, avergonzado con la camiseta de los Cubs manchada de mostaza, mientras veo que la gente me observa con hostilidad, desconcierto y sorna.

Por fin se me acerca con lo que ha elegido: una sudadera con capucha («Puede que refresque luego, ¡estamos en el desierto!»), un jersey («El color me sienta de maravilla»), una gorra de béisbol

(«Fuera hace mucho sol»), cuatro llaveros («Para mis primos de Iowa») y dos camisetas de manga corta: una grande de hombre y una pequeña de mujer.

—Una para ti y otra para mí.

—Molly, no me voy a poner una camiseta de los Dodgers.

—Claro que sí. Es tu castigo por bañarme en cerveza.

—Un accidente.

—No se trata de la intención, sino del daño causado.

—Que estoy sentado con las familias del equipo. Soy un invitado del fildeador estrella.

—Pues les dices que estás siendo caballeroso.

Suspiro. Supongo que puedo ponerme la camiseta del revés.

Me lo llevo todo a la caja y entrego mi tarjeta de crédito para pagar los 473,12 dólares.

—Bueno —digo mientras le ofrezco la bolsa a rebosar—, ¿cómo te va?

—¿A mí? Bien, bien. Ya sabes, la vida de una guionista. Venga a darle a la tecla sin parar. ¿Y a ti?

—Me va de maravilla. Muchísimas gracias por preguntar.

—¿Estás siendo sarcástico?

—No, entusiasta. Seguro que no sabes lo que es eso.

Intento actuar con normalidad, pero me siento incómodo. ¿Qué le dices a una persona que ha dejado bien claro que no quiere hablar contigo? ¿Se le ha olvidado?

—En fin…, esto, seguramente deberíamos cambiarnos —sugiero—. Me ha encantado verte.

Ella frunce el ceño.

—¿No vas a decirme que te acompañe a tu asiento para que salude a Marian?

Imito su ceño fruncido.

—Pero… Marian no te cae bien.

—Pero tú sí me caes bien —replica, y se me para el corazón.

Parece sorprendida de haberlo dicho, como si se le hubiera escapado.

De todas maneras, me deja sin aliento.

—Bueno, esto… Estamos en la sección H, fila treinta y uno, junto al pasillo. Somos los que llevamos las camisetas de los Cubs y sufrimos los abucheos de los demás. Pásate a saludar si quieres.

15
Molly

Guardo la localización de los asientos de Seth en el teléfono para que no se me olvide y me despido de él con la mano mientras se aleja.

Una brisa seca me refresca el sudor del pelo mientras cae la noche. Los focos crean sombras sobre las gradas, lo que hace que las varitas de plástico de los espectadores brillen todavía más. El estadio vibra por la emoción. Igual que yo.

Seth. Aquí. ¿Qué probabilidad había?

Tengo que contárselo a Alyssa y a Dez. Abro nuestro chat.

Molly:
LA MADRE DEL CORDERO.

Alyssa:
¿¿¿Qué???

Molly:
¡Estoy en el partido de los Dodgers y acabo de encontrarme con Seth Rubenstein!

Me ha bañado en cerveza y he hecho que me compre sudaderas por 400 dólares.

Dezzie:
¿Qué?

Molly:
¡¡¡YO QUÉ SÉ!!! Ha sido el pánico.

Alyssa:
Muy bien, lo primero, ¿qué hace Seth en un partido de los Dodgers?

Molly:
Juegan contra los Cubs.

Y agarraos: ha venido con Marian Hart, que está saliendo con JAVIER RUIZ.

Dezzie:
Espera. ¿El Javier Ruiz que estaba casado con esa supermodelo?

Molly:
¡¡¡Ese Javier Ruiz!!!

Alyssa:
¿¡Qué está pasando!?

¡Caos en el universo!

Molly:
Tengo que secarme la cerveza del canalillo.

Alyssa:
Pórtate bien con Seth.

Dezzie:

Pero no demasiado bien, Molly.

Me guardo de nuevo el móvil en la bolsa de plástico transparente reglamentaria antes de que se me escape que ya le he dicho a Seth que me cae bien.

Evidentemente, cuando cortas la comunicación con alguien después de que te diga que está enamorado de ti, lo correcto es no entrar en su espacio. No puedes rechazar a alguien y luego ponerte a revolotear a su alrededor, escribiendo cosas bonitas en el cielo con la estela de tu avioneta.

Además, hay trillones de cosas que podría haberle dicho a Seth cuando me preguntó por qué quería ver a Marian, como «No quiero parecer grosera», o «Quiero que me busque un jugador de béisbol millonario», o «Tienes razón, Marian no me cae bien. Da igual, buena suerte con esa mancha de mostaza».

Seguro que me pasa algo muy grave.

El problema es que me cae bien de verdad. Cuando lo vi, el estómago me dio un vuelco tan acrobático como la voltereta de su *pretzel*.

Voy al baño, mojo unos cuantos trozos de papel para quitarme la cerveza que se me está calentando en el ombligo y me pongo la camiseta nueva. Sonrío al verme en el espejo. Me encanta vestirme con ropa del equipo. Soy una hincha total.

Mi madre creció viendo béisbol con mi abuelo, y nuestra zona de Florida alberga los campos de entrenamiento en primavera de varios equipos de primera. Las entradas están tiradas de precio. Después de que mi padre se fuera, asistíamos cada vez que podíamos, colábamos una bolsa de palomitas de maíz hecha en el microondas, comprábamos una Coca-Cola gigante para compartir y nos pasábamos horas perdidas en el ritmo del juego.

Todavía me encanta esa sensación. La energía de la multitud es contagiosa, un subidón de serotonina tan predecible como media dosis extra de escitalopram. Me regodeo con los hinchas que cantan las canciones que suenan por los altavoces: «We Will Rock You»,

«Seven Nation Army», «Sweet Caroline». Además, cuando ganan los Dodgers, hay fuegos artificiales en Echo Park.

Vuelvo con Emily y Gloria. Nuestros asientos son malos: decidimos venir en el último minuto y solo quedaban en la parte más alta de las gradas. Están mirando el campo con los ojos entrecerrados en un intento por ver qué sucede.

—¡Qué bien te veo! —dice Emily.

Le lanzo una gorra de béisbol.

—Cortesía del señor Rubenstein.

—Ejem —dice Gloria—. Y yo ¿qué?

Meto la mano en la bolsa.

—¿Quieres una sudadera?

Me mira con los ojos entrecerrados.

—Estamos a casi cuarenta grados.

Me encojo de hombros.

—Pero es calor seco. Y es gratis.

Acepta la sudadera.

—Bueno, adivinad con quién está Seth —digo.

—¿Con quién? —pregunta Gloria.

—¡Con Marian Hart! Ha conseguido entradas porque está saliendo con Javier Ruiz.

Emily me mira con cara de no comprender, pero Gloria se inclina hacia mí y dice:

—¿El jugador de los Cubs?

—¡Ajá!

—¿Te lo estás inventando? —pregunta Emily.

—Yo no miento. Mentir es aburrido.

—Si Marian está aquí, ¿por qué no me ha mandado un mensaje? —dice Gloria—. ¿Por qué nadie me manda mensajes?

—Yo te mando mensajes, amor mío —contesta Emily antes de darle un beso en la mejilla.

—A mí tampoco me ha avisado Marian por mensaje —comento.

Las dos me miran con expresión sufrida.

—¿A lo mejor porque se da cuenta de que no te cae bien? —sugiere Emily.

—¿Por qué todo el mundo dice eso?

—Porque se te da muy mal ocultar lo que sientes.

Como, por ejemplo, cuando se me escapa un «¡Me caes bien!».
Entendido.

—En fin, le he dicho a Seth que nos acercaríamos a saludar.

Gloria se pone en pie de inmediato.

—¡Pues claro que vamos a saludar! ¿Javier Ruiz? De esto tengo
que enterarme.

Emily insiste en que esperemos al final de la entrada (aburridí-
sima, sin que nadie anote) antes de bajar a los elegantes asientos de
Seth y de Marian en el palco. Marian lleva una reluciente cazadora
roja con la palabra «RUIZ» escrita en la espalda con *strass*. Seth y
ella están rodeados de otras mujeres con cazadoras a juego con los
nombres de diferentes jugadores, todas tan arregladísimas y peri-
puestas que quiero disculparme un segundo para pedir cita de urgencia en un dermatólogo, un peluquero, un especialista en estética
y otro en liposucciones.

—¡Marian Hart! —grita Gloria para hacerse oír por encima del
bullicio.

La aludida se da media vuelta y después se le ilumina la cara.

—¡Glor! ¡Ven aquí!

Gloria baja a toda prisa los empinados escalones con sus sandalias de plataforma, haciendo que tema por su vida, y se lanza a los
brazos de Marian.

Marian, como siempre, está radiante. Sonríe y saluda con una
mano por encima del hombro de Gloria. Yo le devuelvo el saludo,
esforzándome al máximo por demostrar calidez y entusiasmo.

Seth se ríe de mí desde detrás de Marian.

—Bien hecho —articula con los labios.

—Te habría llamado, pero solo voy a estar aquí esta noche —le
dice Marian a Gloria.

—Bien pegadita a tu hombre, según he oído —replica Gloria
al tiempo que le da un toquecito en las costillas—. Cuéntanoslo
todo.

Marian suelta la risilla típica de una mujer enamorada.

—Marcus nos presentó hace unos meses. Es el representante de Javier. Nos conocimos y fue un flechazo. Tuvimos una de esas citas que duran todo el día y —se sonroja— toda la noche. Y desde entonces estamos juntos.

—¿No es difícil que tú estés en Miami y él en Chicago? —pregunto, porque tengo la necesidad constitucional de poner en duda la alegría de los demás.

Marian le quita importancia.

—Viaja tanto que da un poco igual dónde viva. Conseguimos que funcione. Porque merece muchísimo la pena.

—Supongo que no tendrá un amigo para esta —dice Emily mientras me señala—. Le vendría bien un hombre con brazos fuertes.

—¡Oye, perdona! —protesto—. Tengo muchos pretendientes.

Miro de reojo a Seth. Su cara es una máscara muy neutra.

—En fin, deberíamos volver a nuestros asientos antes de que empiece la entrada —dice Gloria—. Pero, Seth, ¿nos vemos el sábado en la fiesta para celebrar la llegada de los bebés? Empieza a las dos.

—Allí estaré —le asegura él—. Mándame la dirección por mensaje.

Volvemos a nuestros asientos a tiempo para ver que Tom Beadelman anota un *home run*, rompiendo así el empate a favor de los Dodgers. Gloria, Emily y yo gritamos hasta quedarnos roncas. Choco los cinco con el hombre barbudo que tengo a la derecha y bajo la mano para hacer lo mismo con su diminuta hija, que está dándole vueltas sin parar a una de esas toallas que dan gratis durante las eliminatorias.

Me inclino y le ofrezco uno de los llaveros de los Dodgers que Seth me ha comprado. (La verdad es que no tengo primos en Iowa; solo quería aumentar la cuenta). Me sonríe con timidez y me da las gracias con su lengua de trapo. Emily me mira de reojo con cara de «¿Quién eres?».

Me da igual. El DJ pone a todo volumen «Don't Stop Believin'», todo el estadio (salvo los huraños hinchas del Cubs, supongo) canta a coro y yo, por una vez, soy feliz.

Me vibra el teléfono en el bolsillo de los pantalones cortos.

Lo saco y veo un mensaje de Seth.

Seth:
Joder.

Vamos a perder, ¿verdad?

Le echo la culpa a la Coors Light.

Por encima de los mensajes, todavía veo el bocadillo de mi última conversación con él.

2 de enero

Molly:
Eres un encanto. Pero no puedo.

Seguro que lo ha leído antes de mandarme un mensaje, pero le ha dado igual.

Espero que me esté mensajeando porque ha pasado tiempo de sobra desde aquella incómoda conversación telefónica en enero, no porque he dicho que me caía bien. Pero sea como sea, ver su nombre en el móvil aumenta esta extraña sensación de felicidad.

Molly:
No te preocupes. Os queda otra entrada para humillaros todavía más.

Y no es por la cerveza barata. Es que somos un equipo mucho mejor.

¡Además, eres un hincha de MIERDA! Se supone que tienes que ir a muerte hasta el final, no RENDIRTE porque vamos ganando.

Me vibra de nuevo el teléfono.

Seth:

No puedo creer que me esté dando lecciones (certeras) sobre ser un hincha la mujer que una vez escribió el ensayo para un trabajo de clase durante un partido de Tampa Bay Lightning por puro aburrimiento.

Molly:

Eso es porque el *hockey* es pueril y violento.

Me guardo el teléfono e intento concentrarme en el partido. Termina la entrada. Es el final de la octava y los Cubs tienen la oportunidad de empatar. Emily me agarra una mano.

—Reza —me pide.

Saco uno de los llaveros de los Dodgers, lo beso y lo sostengo en alto como si fuera una hechicera. Los otros hinchas me aplauden.

Recibo un mensaje.

Seth:

Ahora me toca a MÍ lucirme. Muerde el polvo, Molly Marks.

¡Dios, uf, lo siento! Ese intento de machismo deportivo es... poco caballeroso. Lo retiro. Por favor, no muerdas el polvo.

A no ser que tengas geofagia o algo así.

Aunque podrías pillar disentería de todas formas, así que mejor no.

Molly:

PARA.

Seth:
Sí. Mejor. Ya paro.

Molly:
Además, mejor concéntrate en perder el juego.

Justo en ese momento, el mismísimo Javier Ruiz se acerca a la caja de bateo y mi móvil se queda en silencio.

—Elimínalo, elimínalo, elimínalo —murmura Gloria. La primera es una bola del lanzador. No lo ideal.

—No pasa nada no pasa nada no pasa nada —susurra Emily, como si estuviera entonando un hechizo—. Podemos hacerlo, podemos hacerlo, podemos hacerlo.

Ruiz batea y falla. ¡*Strike* uno!

Vitoreamos.

Otro *strike*.

Vitoreamos con más ganas.

—¡Elimínalo! —grito mientras el lanzador arma el brazo.

Contenemos el aliento.

Ruiz lanza la dichosa pelota hasta lo más alto de las gradas.

—¡Joder! —grito. Los hinchas a mi alrededor mascullan cosas parecidas.

Me vibra el móvil.

Seth:
¿Sabes una cosa? He hablado antes de tiempo. Vamos a ganar sin duda.

No me sale ninguna réplica ingeniosa. Estoy demasiado estresada.

Los Cubs no puntúan de nuevo, y luego les toca batear otra vez a los Dodgers. Todo el estadio vibra por la tensión.

Eliminan al primer bateador.

Me estoy muriendo.

—¡Vamos, Lanzinella! —grita Emily—. ¡Empata, cariño!

Los amigos que hemos hecho durante el partido se suman al cántico.

—¡Empata! ¡Empata! —coreamos todos.

Y el cabrón de Lanzinella empata, y todos enloquecemos.

Hasta que eliminan a Woo, que es el siguiente en batear.

Nos queda un *out* para romper el empate, y luego estará en mano de los Cubs ganar o perder.

A continuación le toca a Madison, que se coloca en la caja de bateo. Suena «We Will Rock You» a todo trapo por los altavoces, y casi deseo que los apaguen, porque quiero que los jugadores se concentren en ganar.

El siguiente es Robinson, que no es famoso por su talento con el bate.

Emily estalla de furia, algo muy raro en ella.

—¿Estás de broma? ¿No hay un bateador suplente?

La mujer que tiene detrás escupe en el suelo.

—¡IMBÉCIL INÚTIL! —le grita la mujer al entrenador, supuestamente.

Robinson batea de inmediato fuera de la zona de juego.

Todas las partes de mi cuerpo que se pueden tensar lo hacen.

Robinson batea otra vez fuera de la zona.

Me destenso porque ya veo adónde vamos. Y no es a las Series Mundiales.

El lanzador de los Cubs se prepara. El tiempo se ralentiza. Y después, resuena en el estadio el sonido más maravilloso del mundo.

El crujido del bate.

Entrecierro los ojos para ver la pelota recortada contra los focos justo cuando roza el poste que marca la zona de juego por la parte buena y se pierde por las gradas.

Es un *home run*. Lanzinella recorre las bases seguido de cerca por Robinson. Joder, que vamos ganando por dos al inicio de la novena entrada.

Abrazo a Emily y a Gloria, chillando.

Cuando dejamos de dar saltos, saco el teléfono y le mando un mensaje a Seth:

Mala noche para pasarla con un jugador de los Cubs.

Seth:
De eso nada. Es nuestro.

No lo es.

Pierden.

El estadio entero levita. Los espectadores bailan en los pasillos, se abrazan y lanzan palomitas de maíz al aire. El cielo se ilumina con las estelas plateadas y doradas de los fuegos artificiales, y todos nos quedamos quietos para mirarlos boquiabiertos.

A lo lejos se pueden ver fuegos artificiales de menor tamaño: rojos, verdes y dorados que resuenan como truenos y reverberan en las montañas.

—¡Dios! Es precioso —digo sin dirigirme a nadie en concreto.

Me vibra el móvil.

Seth:
Tenías razón sobre los fuegos artificiales en Los Ángeles. Mágicos.

Miro la pantalla con una sonrisa.

—¿Nos vamos a celebrarlo a Izzie's? —pregunta Gloria.

—Pues claro —contesto. Izzie's es un coqueto bar situado un poco más abajo, en la colina donde está el estadio, en Echo Park. Está lo bastante cerca como para ir andando, y tenemos por costumbre ir a tomarnos una copa después de los partidos.

Vamos saliendo muy despacio detrás de la multitud que se dirige al aparcamiento. La gente está bebiendo y comiendo junto a los coches, y bailando. El cielo sigue iluminado por el resplandor de los fuegos artificiales. El aire huele a salchichas y a pimientos asados de los puestos que venden perritos calientes y cerveza fría a los hinchas que vuelven a casa andando.

Me pregunto si Seth está admirando eso, el encanto que derrocha mi ciudad esta cálida noche de otoño.

Saco el teléfono y le contesto a su último mensaje.

Molly:
Bonitos, ¿a que sí? Me alegro de que hayas podido verlos.

Y siento tu derrota:(

Me contesta de inmediato.

Seth:
No puedo decir que no duela. Pero al menos ahora soy íntimo de Javier Ruiz.

Me echo a reír al pensar en Seth codeándose con un famoso de primera. Pero supongo que no es menos absurdo que pensar en Marian saliendo con uno.

Me lo pienso un momento antes de mandarlo todo al cuerno.

Molly:
Oye… Emily, Gloria y yo vamos a tomarnos algo en un bar aquí al lado. ¿Quieres venir?

Y Marian también, claro, si se digna a confraternizar con el enemigo.

Seth:
¡Oooh! ¡Gracias por la invitación! Pero no puedo. Nos volvemos al hotel en el autocar de los amigos y de la familia para llorar.

Claro. Ha sido una tontería sugerirlo. Nadie quiere salir con los exuberantes hinchas del equipo contrario.

¿Cómo he podido pensar que quería pasar tiempo conmigo?

—¿Qué pasa? —me pregunta Gloria.

Me doy cuenta de que estoy mirando el teléfono con expresión sombría.

—¡Nada! —contesto. Me guardo el móvil en el bolsillo e intento no parecer decepcionada.

Sin embargo, estamos bajando la cuesta cuando me vibra de nuevo.

Seth:

Pero te veré en la fiesta del sábado, ¿no?

16
Seth

La casa de Gloria y Emily es el motivo por el que las personas se mudan a Los Ángeles: una casa de mediados del siglo xx en una ladera de Silver Lake orientada hacia Hollywood, con palmeras, una piscina y el olor a azahar en la brisa. El interior es justo lo que cabría esperar de dos diseñadoras de decorados. Solo los cuartos de baño son más bonitos que cualquier estancia de mi piso.

—Has venido —me dice Gloria cuando salgo al patio trasero, donde se han reunido unas veinte personas tan elegantes que dan un poco de miedo alrededor de una larga mesa rodeada de una buganvilla de color rosa intenso. Busco a Molly entre la multitud. No está. Me desagrada lo mucho que eso me decepciona.

Sostengo en alto dos alegres bolsas de regalo (una de mi parte y otra de parte de Marian) para que las vean las futuras mamás.

—Para vosotras.

—¡Hemos dicho que nada de regalos! —protesta Emily—. La crianza de los bebés está muy comercializada. Es vergonzoso. Los mellizos solo van a tener las cunas y algunas gasas.

—¿Nada de pañales? —pregunto con gesto inocente.

—Nada. —Se echa a reír—. Espero que sea lo que me has comprado.

—Uno es de mi parte y el otro, de parte de Marian. Le ha sentado fatal no poder venir.

—¡Oooh! ¡Abre primero el de Marian! —exclama Gloria.

Señalo la bolsa morada.

—Ese.

Emily mete la mano y luego estalla en carcajadas.

—¡Ay, Dios, qué mala pécora!

—¿Qué es? —pregunta Gloria.

Emily saca dos camisetas diminutas con la palabra «RUIZ» escrita en la espalda.

—¡Válgame el Señor! —dice Gloria mientras menea la cabeza—. Nunca habría imaginado que fuera tan retorcida.

—Están autografiadas —anuncio con timidez.

—¿Y el tuyo? —pregunta Emily, que agarra la otra bolsa—. Será mejor que no sean gorras a juego.

Saca un ejemplar de *Buenas noches, Luna*.

—¡Oooh! Esto ya es otra cosa —dice Gloria.

—Era mi preferido de pequeño —explico—. Me muero por leérselos a mis hijos algún día.

Gloria me da un beso en la mejilla.

—Eres un amor. Lo sabes, ¿verdad?

—Es mi única cualidad.

—Me alegro de que hayas venido, Seth. Siempre es un placer.

—Y yo me alegro de haber venido. Es estupendo ver vuestra casa en persona. Parecía alucinante en Instagram, pero , ¡guau!, menuda piscina. Si viviera aquí, me pasaría todo el día tumbado en una colchoneta dentro del agua bebiendo piñas coladas.

—¿Te has traído bañador? —me pregunta.

—No sabía que era una fiesta para celebrar la llegada de los bebés con baño en la piscina.

—Estamos en Los Ángeles —replica—. Todas las fiestas son fiestas de piscina. Y no te preocupes, puedes bañarte en cueros. ¿LaCroix?

Acepto un vaso de agua con gas y un toque de coco cuyo sabor me trae el agradable recuerdo a protector solar.

Eliana, la hermana de Gloria, sale de la casa seguida de Molly. ¡Guau!

Está tan guapa con el sol arrancándole destellos a su pelo oscuro que tengo que apartar la mirada. Ya tendría que haber superado

mis días de admirar su belleza. Pero a estas alturas se ha convertido en un reflejo.

—¡Elle! —exclamo y me acerco para abrazarla—. No sabía que
vivías aquí.

—¡Dios! Y no lo hago —replica con un estremecimiento exagerado—. Antes muerta. Vivo en Nueva York, con las personas sensatas.
Solo he venido para encargarme de esta fiesta.

—Y menuda encargada. Tan positiva y llena de alegría —tercia
Gloria—. Y solo has llegado cuarenta minutos tarde.

—Lo siento, me he quedado dormida. Pero espera a ver lo que
tengo preparado. Desearás que sea menos alegre.

Molly le echa un brazo a Elle por encima de los hombros.

—La señorita Gutiérrez aquí presente siempre ha sido lo más.
Deberías haberla visto anoche en el bar. Se bebió como diez tequilas y se llevó a casa a un surfero australiano de veinticuatro años.

—¡Uf! Tú te bebiste los mismos tequilas y te pasaste toda la noche coqueteando con un bombero —replica Elle—. ¿Te dio su número?

—Llevamos toda la mañana con mensajes —canturrea Molly—.
Hemos quedado en tomarnos algo mañana en el nuevo bar de cócteles que hay en Fig.

Intento no hacer una mueca al imaginarme a Molly entre los
brazos del heroico bombero. O entre los brazos de cualquier otro.
Los brazos en los que Molly decide pasar su tiempo no son asunto
mío.

—No alardees —la reprende Eliana—. A lo que vamos: ya que
estoy aquí para hacer de maestra de ceremonias, ¿empezamos?

—¿Tenemos que participar en juegos? —pregunta Gloria—.
¿No podemos quedarnos sentadas a la sombra y comer *cupcakes*
mientras charlamos como personas civilizadas?

—Queridísima hermana, no me pasé más de veinte minutos en
TheBump.co investigando sobre los juegos que se hacen en estas
fiestas para que ahora seamos civilizadas.

—Estoy de acuerdo —dice Emily—. A ver qué pesadillas ha
preparado Elle.

Eliana es una persona famosa por su cinismo que podría haber superado la reputación de Molly en el instituto si no fuera tres años más joven. Trabaja como representante de A&R en una discográfica independiente. Tiene tatuajes en el cuello (los tatuajes en el cuello me asustan y me excitan a partes iguales). Que le hayan encargado preparar una fiesta para celebrar la llegada de unos bebés es sorprendente.

—Un momento, por favor —dice Elle, que desaparece por un lateral de la casa y vuelve arrastrando un cubo de plástico gigante lleno de globos.

—¡Dios! —exclama un hombre elegante vestido con pantalones cortos y un caftán transparente—. ¿Son globos de agua?

—Efectivamente —confirma Elle—. Nuestro primer juego se llama «Coches de choque de bebés».

—¿Pregunto o mejor no? —gimotea Gloria.

—Voy a hacer dos equipos. Todo el mundo se mete un globo de agua debajo de la camiseta, que será su bebé.

Elle hace una demostración y se mete un globo debajo de la camiseta de manga corta. El globo no es grande. Más que embarazada, da la sensación de que padece un cáncer abdominal pequeño.

Menea de un lado a otro la falsa barriga, haciendo que se mueva el agua.

—¡Puaj! —dice el del caftán.

Estoy por darle la razón.

—¿Qué viene luego? —pregunta Gloria.

—Una persona de cada equipo se enfrenta a otra del equipo contrario y chocan en un intento por romper el globo del rival —explica Elle—. Gana el equipo que rompa más barrigas.

Emily da unas palmadas.

—¡Me encanta este juego!

—Pues claro que sí, porque no tienes que jugar —masculla Gloria—. Demasiado violento para una embarazada.

—Por eso mismo —replica Emily.

Elle divide el grupo en dos equipos, y nos vamos pasando los globos.

—Muy bien —sigue—. El equipo uno a la izquierda del patio y el equipo dos, a la derecha. Emily, tú te encargas de documentarlo para la posteridad y futuros chantajes.

Formamos dos hileras, cada uno en su campo, con cinco o seis metros de separación entre los equipos.

Molly me mira a los ojos y menea su barriga con gesto amenazador.

—¡Voy a aniquilaros a ti y a tu fetillo, Rubenstein!

Me sujeto el bebé de agua con gesto protector.

—No te acerques a Seth junior —replico—. Es mi mejor oportunidad de tener un heredero.

—¡A sus puestos, listos, ya! —grita Eliana.

Al oír la orden, veinte adultos bien arreglados de treinta y tantos años se abalanzan los unos sobre los otros. Corro todo lo deprisa que puedo hacia Molly mientras me sujeto la barriga para que no salga disparada hacia el césped. Ella sujeta bien la suya bajo un ceñido bañador, lo que le da la ventaja de la velocidad.

Se acerca a mí con la barriga por delante. Rodeo la mía con las manos para protegerla y adopto una postura defensiva.

—¡Tramposo! —protesta—. Para ya.

—¡No hay reglas! —grito al tiempo que esquivo su intento de abalanzarse sobre mí.

—Pues muy bien. —Agita en mi dirección sus largas uñas, a las que les han dado forma de garras de color pastel. Se abalanza sobre mi abdomen con las uñas por delante.

Me pongo de rodillas para esquivar sus manos e intento aplastarle el globo con las palmas.

Se ve que empleo demasiada fuerza, porque se le sube hacia el pecho en vez de explotar.

Ella se lanza sobre mí y me sube la camiseta. Mi bebé se cae al césped, pero permanece intacto. Molly levanta un pie para pisotearlo, pero la agarro de los hombros y la pego a mí, con fuerza, a fin de ejercer presión sobre su globo. Un globo que se le sube por encima del canalillo.

Sé lo que tengo que hacer.

Inclino la cabeza, abro la boca sobre el globo y le clavo los dientes. Explota y nos empapa a los dos.

—No me creo que hayas despedazado a mi bebé con los dientes —dice Molly entre un chillido y la risa.

—La victoria es dulce. Y también sabe un poco a plástico.

Me estrujo la camiseta, que está empapada y se me pega al torso.

—Nunca habría imaginado que podrías participar en un concurso de camisetas mojadas, pero ganarías —dice Molly.

—Supongo que voy a poder meterme en la piscina —comento para no concentrarme en el tono sugerente de sus palabras ni en que me está comiendo el torso con los ojos.

A nuestro alrededor, la mayoría de nuestros compañeros sigue en su pugna por explotar el globo del otro. Pero casi ni me doy cuenta, porque de repente el ambiente entre Molly y yo está muy cargado.

Demasiado.

Retrocedo un paso, pero ella me toma de la mano y me la levanta hacia el cielo.

—¡Rubenstein me ha ganado! —le grita a Eliana. Se vuelve para mirarme—. Vámonos a la piscina.

Sin esperar respuesta, se quita los pantalones cortos que lleva, las sandalias a puntapiés y sale corriendo. Se zambulle sin titubear, provocando tal ola que moja a la mitad de mis compañeros de equipo.

—¡Vamos! —me grita—. ¡Está estupenda!

—¡No tengo bañador! —le grito en respuesta.

—¿Y qué más da? —tercia Emily, que se pone en pie y se quita la ropa que lleva para dejar al descubierto un biquini y una barriga preciosa—. En nuestra piscina el bañador es opcional.

De ninguna de las maneras voy a desnudarme delante de un grupo compuesto casi en exclusiva por mujeres en una fiesta para celebrar la llegada de unos bebés, pero supongo que los bóxers se parecen bastante a un bañador.

—Muy bien, pero solo porque estamos a treinta y siete grados —accedo—. ¿Cómo podéis vivir así en octubre?

—¿No está nevando ya en Chicago? —pregunta Molly.

Me quito la ropa y la cuelgo en el respaldo de una silla para que se seque al sol. Me voy directo al aeropuerto tras salir de aquí y no quiero meterla mojada en la maleta.

Me lanzo a la piscina lo bastante cerca de Molly como para salpicarla. El agua está calentita por el sol y por el calor, pero no tanto como para no refrescar.

Nado hacia Emily, que está en la parte poco profunda, pero una mano me agarra un tobillo y se me hunde la cabeza. Oigo unas risas amortiguadas y miro hacia abajo para ver el pelo de sirena de Molly arremolinado alrededor de mis pies.

Me suelta y se impulsa hacia la superficie. La persigo, la agarro de los hombros y le hago una ahogadilla.

Se está riendo y tosiendo cuando sale de nuevo a la superficie. Me recuerda a todas las piscinas de nuestra juventud en Florida. Cuando salíamos, a menudo hacíamos los deberes juntos y luego nos pasábamos las horas muertas en la piscina de mi padre. Era una forma muy conveniente de estar casi desnudos y tocándonos con permiso parental.

Molly estira las manos hacia mis caderas y empieza a tirar de mí hacia ella, pero me aparto y nado para alejarme.

Intento que no me guste su atención, pero a mi ego le sienta bien. Es reconfortante.

Se abalanza de nuevo sobre mí, pero la agarro, la saco del agua y la levanto por encima de mis hombros.

—Que te tiro como no te portes bien —la amenazo.

—No eres capaz —replica.

No necesito más incentivos. La lanzo por el aire hacia la parte más honda de la piscina, donde cae con un chapoteo.

—¡Te vas a enterar! —grita antes de nadar a toda velocidad hacia mí con un brillo letal en los ojos.

—Muy bien, niños —dice Eliana—. Atención todo el mundo.

Cuando levanto la cabeza, me doy cuenta de que todos nos están mirando.

No hay nadie más en la piscina, salvo Emily, sentada en los escalones de la parte menos profunda con una sonrisilla torcida.

—Pasemos al siguiente juego si Molly y Seth ya han terminado con sus tonterías —añade Elle.

—Creo que me he quedado preñado solo de verlos —le dice el del caftán a la mujer empapada que tiene al lado.

Me arde la cara. Nos hemos comportado como adolescentes.

Como adolescentes tonteando.

Totalmente inaceptable.

—¡Lo siento! —me disculpo al tiempo que me alejo todo lo posible de Molly Marks, tras lo cual tomo impulso con los brazos para salir de la piscina.

Sé comportarme mejor.

Gloria me lanza una toalla.

—¿Cuál es el siguiente juego? —le pregunta a Elle.

—Lista de tareas pendientes con el bebé —contesta la aludida—. Vamos a escribir por separado una actividad que creemos que deberíais hacer con los bebés durante su primer año. Yo las recopilaré todas en un libro, y Em y tú podéis escribir notitas sobre la experiencia en la parte trasera de las tarjetas, como recuerdo.

—¡Oh, qué bonito! —exclama Emily.

—Lo sé. —Eliana suelta una carcajada—. Es vomitivo. —Nos reunimos alrededor de la mesa y ella reparte rotuladores y tarjetas amarillas con una frase impresa: «Durante vuestro primer año como mamis...»—. Muy bien —dice—, voy a poner el temporizador a cinco minutos. ¡Vamos allá!

Nos inclinamos todos sobre las tarjetas. Intento no mojar la mía. Esto es importante. Seguramente las conservarán toda la vida. (Al menos, yo lo haría).

Me devano los sesos en busca de una idea. Después me acuerdo de cuando nació mi sobrino Max. Era un bebé muy inquieto, y cuando iba a visitar a Dave y a Clara, estaban desesperados por cualquier respiro que les dieran. Así que me ponía el portabebés y lo llevaba bien pegado al pecho mientras paseaba por el sendero que había cerca de su casa. Algunos días, nos pasábamos horas así, solos él y yo. Me encantaba sentirlo pegado al pecho, con los diminutos pies colgando a cada lado.

Me esfuerzo para que mi espantosa letra se pueda leer bien.

«Pasear con ellos pegados al pecho por un bonito sendero en un precioso día».

Una vez que terminamos, todos nos turnamos para leer en voz alta.

Elle sugiere que les den a los bebés el arroz con leche casero siguiendo la receta de su madre. Una mujer con el pelo rosa y un mono de lino sugiere hacer moldes de cobre con sus manos y sus pies para convertirlos en un móvil que colgar sobre la cuna. (Se ofrece a hacerlo ella misma; como era de esperar, es una artista).

Leo el mío en voz alta y consigo no atragantarme con las lágrimas, aunque el juego me está poniendo muy sensible.

Molly es la última. Espero que diga algo sarcástico o frívolo, dado que los temas sentimentales no le van. A lo mejor algo como «Preparar queso con leche materna y llevarlo a la comida con los vecinos» o «Recordad: nada de sacudir a los bebés... demasiado fuerte».

Carraspea y empieza a hablar en voz más baja de lo normal.

—En fin, cuando era un bebé, y prácticamente hasta ya casi adulta, mi madre me cantaba nanas mientras me quedaba dormida. Y me parece algo tan relajante que todavía tengo una lista de reproducción con nanas en caso de insomnio. Así que mi sugerencia es que les cantéis juntas a los bebés para dormirlos. —Hace una pausa y aprieta los labios—. Sí. Esa es mi... En fin, sí.

Gloria se lleva las manos al pecho.

—¡Molly! ¡Qué bonito!

Y lo es. Lo es de verdad.

No dejo de pensar en la dura y seca Molly, acurrucada con los auriculares puestos mientras se duerme escuchando una nana.

O mejor todavía: a Molly acunando a su bebé y cantándole para que se duerma.

Eso me hace lamentar que nunca seré yo quien cante con ella.

17

Uno de los problemas de no ser casi nunca sincera en público es que no consigues desarrollar una forma elegante de expresarte con sinceridad.

Otras personas parecen capaces de expresar sentimientos conmovedores sin sentirse incómodas. Pueden decir, por ejemplo: «¡Oh, qué bebé más bonito!» o «Esa pieza musical me ha conmovido» sin querer tirarse por un barranco. Pero la gente como yo, la que se siente más cómoda enfrentándose a la vida como si todo fuera un golpe bajo, se pone nerviosa cuando se ve obligada a reconocer que experimenta emociones humanas. Carece de la musculatura necesaria para volver a la normalidad. Así que se queda congelada en una insoportable vulnerabilidad.

Que es lo que me pasa ahora, después de confesar que soy adicta a las nanas. Se me ha acelerado el corazón y tengo las mejillas tan calientes que parece que estoy teniendo una reacción alérgica.

Mona, la amiga de Gloria, me pone una mano en el brazo.

—Una historia preciosa. Me dan ganas de llamar a mi madre para decirle lo mucho que la quiero.

¡Por Dios, que pare ya!

—Sí —balbuceo—. Gracias.

Nadie más habla, pero todos me miran.

Me planto el móvil delante de mi penosa cara, colorada como un tomate.

—Te enviaré por SMS mi lista de reproducción, Glor —le digo.

Me llega un mensaje de texto mientras estoy trasteando con la aplicación.

Seth:
¿Puedes enviármela también a mí?

Lo miro por encima del borde del teléfono y me sonríe, como si me estuviera enviando apoyo emocional con la mirada.

¡Uf! Odio que me conozca tan bien.

Molly:
¿Por qué, estás embarazado?

Seth:
Sí.

Pego la URL en el chat.

Molly:
Aquí tienes. Mazel tov.

—¿Quién quiere tarta? —pregunta Elle.

Yo no. Estoy hasta la coronilla de la fiesta. Ojalá tuviera una excusa para irme.

Seth se levanta.

—No puedo quedarme —dice a modo de disculpa—. Tengo que ir al aeropuerto. Me cambio y llamo a un taxi.

«¡No dejes que se escape!», grita una voz desesperada en mi cerebro.

Me pongo en pie de un salto.

—Espera. No hagas eso. Es demasiado… caro. Yo te llevo.

Todos me miran de nuevo. Es muy raro que alguien que viva en la ciudad de Los Ángeles se ofrezca voluntariamente a desafiar el tráfico del aeropuerto. Que lo haga alguien que además está en el Eastside, a una hora de distancia a esta hora del día, es inaudito.

Sin embargo, una parte de mí ya echa de menos a Seth. Y lamenta que no hayamos tenido ocasión de ponernos al día. Lamenta haberlo dejado plantado por culpa de un ataque de pánico hace tantos meses.

—He quedado con unos amigos para cenar temprano en Venice, así que de todas formas tengo que irme pronto —miento.

—¿Seguro que te pilla de camino? —me pregunta Seth.

—Claro. Ve a cambiarte. Nos vemos en la puerta.

Les doy sendos besos a Gloria y a Emily, y me voy despidiendo de los invitados.

Eliana me agarra del brazo cuando llego a la puerta de la cocina.

—Espera —susurra—. ¿Hay algo entre Seth y tú?

—¡No!

La veo levantar una ceja.

—¿De verdad? Porque en la piscina parecía que lo hubiera.

—¡Venga ya! —protesto—. ¿Es que una chica no puede burlarse de su ex?

—Casi esperaba que te lo llevaras a rastras a la caseta de la piscina para echar un polvo.

—Supongo que lo haré en el coche.

Sonríe.

—Ya lo suponía. El pobre sigue sin poder quitarte los ojos de encima. A por él, amiga mía.

Intento actuar como si esa información me dejara indiferente.

—En fin, tengo que irme para no pillar atasco. A ver si quedamos para tomarnos algo antes de que te vayas.

Tira de mí y me da un beso en la mejilla.

—Te quiero.

—Y yo a ti.

Cuando salgo, Seth está de pie con un macuto con ruedas.

—¿Adónde, capitán? —pregunta.

—Al Lexus blanco.

Mira hacia la calzada hasta que sus ojos se posan en mi SUV. Se ríe.

—No esperaba que tuvieras un coche típico de madre de urbanización de las afueras.

—¡Me encanta mi coche! —protesto—. Las madres que viven en urbanizaciones de las afueras conducen vehículos espaciosos y prácticos. Y si quieres tener el privilegio de subirte en uno, ya puedes pedirle perdón a mi querida Laurel.

—¿Le has puesto nombre al coche?

—¡Pues claro! Paso más tiempo con ella que con nadie.

Abro el maletero, él mete el macuto y se sube a mi lado.

—¿Preparado? —pregunto.

—Sí.

Algo evidente porque está sentado, con la puerta cerrada y el cinturón de seguridad puesto. Pero ahora que por fin me he librado de la fiesta caigo en la cuenta de que he creado otro enigma: ¿de qué hablamos durante la próxima hora?

He sido yo la culpable de que suceda esto. Sin embargo, en este momento mi mente es un vasto espacio vacío en blanco.

—¿Cuánto dura el trayecto? —pregunta Seth.

—Vamos a ver. —Enlazo el teléfono y la aplicación de mapas me informa de que solo son cincuenta y ocho minutos.

—¡Uf! —exclama—. ¿Seguro que te pilla de camino?

—Segurísimo.

En realidad, el aeropuerto está en la dirección contraria, no tengo amigos en Venice y el trayecto de vuelta será todavía más largo.

Claro que merece la pena. No sé por qué, pero quiero hacerlo.

Además, ahora que estamos en la carretera, me siento más tranquila. Me encanta conducir en Los Ángeles. El flujo musical del tráfico en las autopistas de diez carriles me transmite una especie de paz. Aquí la gente no es agresiva conduciendo como en Nueva York o en Florida, pero es rápida, segura y competente. Es como si toda la ciudad hubiera hecho un pacto para llegar a todas partes lo más rápido posible sin matar a nadie. (En Nueva York da la sensación de que no les importaría en absoluto matarte. En Florida es como si de verdad lo desearan).

—¿Qué has hecho desde el partido? —pregunto.

—He ido a la playa de Malibú.

—¡Ah, qué bonita! Aunque hace demasiado frío para bañarse.

—Para mí, no —responde—. Me encantan los baños fríos. Voy siempre a la playa de Chicago.

—Chicago no tiene playa.

—Pues claro que sí.

—Esas pequeñas manchas de arena en el lago Michigan no cuentan.

—Pues claro que sí.

—¿De verdad te bañas en el lago Michigan en invierno?

—En invierno no, pero en esta época del año todavía es soportable. Un buen baño polar.

—¡Qué bien te cuidas!

—Lo sé.

—Deberías haberme llamado. Podría haberte recomendado algunos bares y restaurantes. O llevarte a algún sitio.

Se echa hacia atrás en su asiento.

—Molly —dice despacio—, no quiero que esto te resulte incómodo, pero tenía la firme impresión de que no querías que te llamara. Nunca más.

Guardo silencio. Por supuesto, sé que he sido incoherente al no darle la menor explicación, y es probable que eso le parezca confuso. Pero ser más clara me obligaría a procesar mis propias emociones, algo que me resulta muy desagradable, como bien puede atestiguar mi sufrido terapeuta.

Tamborileo con los dedos sobre el volante, agradecida porque el tráfico me libera de la obligación de mirarlo.

—Sí —digo al final—. Y me arrepiento.

—¿En serio? —me pregunta. Hay una intensidad en su voz que me deja claro que esto es importante para él.

Que le dolió cuando le dije que no se pusiera más en contacto conmigo.

Se produce un largo silencio mientras lucho contra mi tendencia innata a no demostrar el menor indicio de vulnerabilidad. Pero se lo debo.

—Sí —me obligo a decir—. Llevo meses sopesando la idea de ponerme en contacto contigo y pedirte disculpas. Por haber exagerado aquella noche.

Me está mirando fijamente.

—Me habría gustado que lo hicieras —dice—. No sabía que te sentías así. Evidentemente.

—Claro. —Mantengo la mirada al frente con determinación—. He echado de menos tener noticias tuyas.

Él menea la cabeza y suelta una queda carcajada.

—¡Vaya!

—Y cuando te vi en el partido —le confieso al retrovisor—, me di cuenta de lo absurdo que ha sido no decidirme a llamarte, porque me alegré mucho de verte. A ver, ¿cuántas veces en mi vida le he agradecido algo a Marian Hart?

Seth resopla, pero su voz se suaviza.

—Me conmueves, Molly.

Por un momento, ambos guardamos silencio. Reúno valor para mirarlo, y veo que me observa con tristeza.

—Pero, en fin —sigue—, soy consciente de que me pasé de la raya durante aquella conversación. Fue… demasiado. Entendí que reaccionaras como lo hiciste.

Bajo esas palabras se esconde lo que me confesó: «Estoy enamorado de ti». Me pregunto si sigue siendo verdad. Si me atrevo a preguntárselo.

No. Ese no es el tipo de cosas que se preguntan. Es el tipo de cosas que hay que ganarse.

Jugueteo con la rejilla del aire acondicionado en vez de hablar.

La verdad es que no sé qué decir.

Como es una persona más sociable que yo, Seth cambia de tema.

—¿Cómo estás? —me pregunta.

—¿Ahora mismo? Un poco mojada todavía.

—Quiero decir en general.

—Estoy bien.

—¡Qué elocuente eres!

Me encojo de hombros, porque no voy a decirle que me siento agotada por las incesantes relaciones sociales para pedir trabajo, aburrida del agobiante calor de octubre y sola después de mi última tanda de ligues superficiales.

—Estoy bien —repito—. No hay mucho que contar.

—¡Venga ya! ¿Cómo va tu película con Margot Tess? Quiero vivir vicariamente tu glamurosa existencia.

De verdad, de verdad que no quiero hablar de esto. Ver: pidiendo trabajo. Pero no voy a mentirle. Así que le digo:

—Imposible. Por lo menos, no vas a poder hacerlo con la mía.

Me mira con la incredulidad que demuestra una persona con un trabajo normal ante las excentricidades del mundo del cine.

—¡No me digas! ¿Qué ha pasado?

—Margot decidió que quería que el guion tomara una dirección más «convencional». Dijo que mi voz era demasiado «mordaz».

Estoy segura de que Seth, más que nadie, entiende lo que ella quería decir.

—Joder, Molly. Lo siento.

Me encojo de hombros.

—A ver, que de todos modos me pagaron por el trabajo que hice, así que no me quejo. Pero habría estado bien conseguir que mi guion se convirtiera en una gran producción.

—¡Estoy de acuerdo! Quiero más películas de Molly Marks para disfrutarlas de forma egoísta.

—¿Cómo va tu trabajo? —le pregunto, porque no quiero la compasión de Seth Rubenstein ni más motivos para seguir dándole vueltas a mi actual sequía profesional.

—En fin, pues para serte sincero, estoy un poco aburrido.

—¿Te han deprimido todos esos divorcios?

Hace una mueca.

—Sé que piensas que soy un imbécil por ejercer el derecho de familia, y lo entiendo, pero en realidad tú eres parte de la razón por la que hago lo que hago.

Aparto un momento la vista de la carretera y lo miro con los ojos entrecerrados.

—¿Te inspiraste en mi trauma infantil para ganar dinero a espuertas creando desolación emocional y ruina económica?

—No, quería ayudar a la gente. Lo digo en serio.

—Pues no lo entiendo.

Para ser sincera, me duele mucho que se dedique a eso, después de ver lo que nos pasó a mi madre y a mí. Mi padre dejó a mi madre cuando yo estaba en segundo de secundaria, y Seth fue testigo de las consecuencias. Vio que los abogados y el administrador de mi padre jodían a mi madre al trasladar su dinero a paraísos fiscales y que luego la mareaban en los tribunales durante años cuando intentó demostrarlo. Vio lo vacías que nos dejó la experiencia.

Para que quede claro, no pasamos hambre. Mi padre siempre se encargó de mi manutención y me pagó los estudios. Mi madre empezó a labrarse una nueva carrera en el sector inmobiliario, pero tardó años en conseguir una posición económica holgada. Tuvimos que mudarnos a un piso de mierda, y cada vez que se nos estropeaba el coche, cruzábamos los dedos para poder pagar el arreglo. Por no hablar de la depresión que ella sufrió durante un año ni de mis incesantes ataques de pánico.

Mientras tanto, por si quieres saberlo, mi padre se compró el primero de muchos veleros, se mudó a un piso frente al mar, se volvió a casar con una chica siete años mayor que yo y me veía un fin de semana al mes.

Así que sí. En cuanto a los abogados matrimoniales…, no me gustan.

—Estaba seguro de que debía haber una forma más humana de disolver los matrimonios —me explica Seth—. Así que, cuando me hicieron socio, contraté a una psicóloga especializada en divorcios y animo a todos mis clientes a que trabajen con ella. También los oriento para que se decanten por la mediación privada. No siempre es agradable, está claro, pero hemos tenido mucho éxito aconsejando a las parejas a que resuelvan sus problemas de forma amistosa fuera de los tribunales, incluso en situaciones que empiezan con acritud.

No me convence.

—Me alegro por ti. Tendrás que perdonarme por ser escéptica.

Nos miramos a través del retrovisor central.

—Siento que tu padre te lo hiciera pasar tan mal. Que se lo hiciera pasar tan mal a tu madre. Nunca lo he olvidado.

Se refiere a que mi madre sufrió una crisis nerviosa absoluta durante el divorcio y a que mi padre me dejó a mí, su hija adolescente, como su principal apoyo emocional. Mi madre se ha disculpado por eso. Incluso fuimos juntas al psicólogo. Pero eso hizo que mi adolescencia fuera dificilísima.

—Gracias —digo—. Ahora está muy bien. ¡Lleva desde el año pasado saliendo con alguien! Aunque no me dice si es serio o no, de repente no para de insistir para que yo «baje la guardia y me abra al amor», como si fuera Oprah.

Se ríe.

—Me alegro de oírlo.

Hablar de mí misma y de una relación romántica me incomoda.

—El caso es —digo—: ¿por qué estás aburrido?

—En fin, más o menos he llegado a lo más alto. Pero tengo la impresión de que me he estancado.

—¿No puedes dedicarte a otra cosa? ¿Como, por ejemplo, a algo que no sean divorcios?

—He sopesado la idea de crear una asesoría legal sin ánimo de lucro dentro del bufete. O mi propio bufete. Pero no quiero involucrarme demasiado en el trabajo y descubrir demasiado tarde que no puedo dedicarles tiempo a mis hijos si algún día los tengo.

Siento una extraña punzada de afecto al descubrir que piensa en eso. En cuidar de sus futuros hijos. Es tan… buena persona…

—Lo entiendo —digo, porque la búsqueda de una familia por parte de Seth es otro tema que me incomoda.

Y aquí nos quedamos sin nada de lo que hablar.

Hay una pausa tan larga que casi me planteo encender la radio y sintonizar la NPR. Me mata lo de ser incapaz de mantener una charla cómoda con Seth, una persona con la que jamás me ha costado hablar. De hecho, varias de las mejores conversaciones de mi vida han sido con él. Que ya es mucho decir, teniendo en cuenta que teníamos menos de dieciocho años cuando las mantuvimos.

Sin embargo, parece tan reticente como yo a seguir con el tema de su futuro.

—¿Cómo está tu familia? —le pregunto al final, con la sensación de estar marcando casillas en una lista de temas de conversación. Los siguientes serán su rutina de ejercicio y su horario de sueño.

Sonríe.

—Estupenda. El mes pasado estuve con Dave y los niños. Fuimos en coche a Pigeon Forge y luego a Dollywood. Fue una locura.

—¡No me digas! Mi sueño es ir a Dollywood.

Me sonríe con ironía.

—No sé yo. Tu relación con los parques temáticos es un poco complicada si no me falla la memoria.

—¡Ay, por Dios! No me lo recuerdes.

Se refiere a cuando fuimos a un parque acuático cursi en plan cita romántica de broma en Central Florida y estuve a punto de morirme.

—Solo tú cometerías un error casi mortal al subirte a un tobogán de agua —dice.

Me torcí el tobillo intentando subir a una balsa, me resbalé y casi me caí de culo por el tubo de los «rápidos». Por suerte, Seth me agarró y no me hice daño, pero creo que soy la responsable de que hayan invertido millones de dólares en elementos de seguridad adicionales en el Splash Attack de Ocala.

Todavía me emociono cuando pienso en aquel día. En el abrazo que me dio Seth cuando salimos de la atracción, yo llorando y él escurriéndome el agua del pelo. Fue la típica experiencia traumática adolescente que une a la pareja, como si estuviéramos en una novela de John Green. La verdad, tenemos el perfil de dos personajes románticos arquetípicos. Seth, el chico sensible que está para comérselo, y yo, la rarita vivaracha con la que sueñan todos los chicos (o más bien con la que tienen pesadillas).

—De verdad que creí que te ibas a ahogar —dice Seth—. No pude respirar bien durante horas. Quizá días. De hecho, ahora mismo me falta el aire al recordarlo.

Acerca la cara a la rejilla del aire acondicionado y empieza a tomar bocanadas de aire en plan exagerado.

Le doy una palmada en la espalda.

—Tranquilo. La cabeza entre las piernas.

Se ríe, pero se tensa al sentir mis caricias.

Retiro rápidamente la mano.

—Fuiste muy tierno después —le digo.

Me mira.

—Siempre fui muy tierno.

Debo reconocerlo.

—Pues sí. Me malcriaste. Creo que no te lo he agradecido nunca.

Menea la cabeza.

—No hace falta que le des las gracias a la gente por ser amable contigo.

—Tal vez se deba hacer cuando no se sabe corresponder.

No me refiero solo al instituto. Quiero decir en la vida en general. Pero sobre todo con él.

—¡Fuiste amable conmigo, Molly! Lo que pasa es que tienes una forma diferente de demostrarlo.

—Sí. Distanciándome.

Me mira en silencio un buen rato.

—¿Estás bien?

—¿Por qué lo preguntas? Sí, claro. Por supuesto.

—Pareces deprimida o algo así.

—¡Qué voy a estar deprimida! —miento—. Algo raro y trascendental para mí.

—Bien.

—Supongo que ahora mismo estoy haciendo lo que me dijiste que haga. Huir para no hablar de lo que siento.

—¿Y qué es lo que sientes?

Tristeza por haberlo dejado escapar.

—Pues no lo sé —contesto—. Nostalgia del pasado, tal vez.

Asiente con la cabeza.

—Supongo que nos la provocamos mutuamente. Hablar contigo es como hojear mi anuario del instituto mientras escucho a Dashboard Confessional.

—Estoy bastante segura de que eso no es un cumplido.

—¡Venga ya! Te encantaba la música emo.

—¡Qué va! Te encantaba a ti, Rubenstein.

—Ah, claro. A ti te gustaba NSYNC.

—No me hagas dar media vuelta.

—No te atreverías. En ese caso, tendrías que cargar conmigo.

Tendría que cargar con él. ¡Dios, ojalá!

¡Qué tonta soy! Lleva días aquí y, en vez de intentar tenderle la mano, me he limitado a pasarme el día mirando el móvil, preguntándome si me enviaría algún mensaje. Y ahora que se va, y que las cosas están raras, lo único que quiero hacer es decirle que los sentimientos que me confesó hace tantos meses resultaron ser mutuos.

Yo también estoy enamorada de él.

Pasamos la primera señal del desvío para el aeropuerto.

No quiero que este hombre salga de mi coche.

—¿Sabes una cosa? —me apresuro a decir, antes de perder el valor—. No has estado muchos días en Los Ángeles y parece que te vendría bien un descanso más largo del trabajo. No hace falta que te vayas todavía. Tengo una habitación libre… Podrías quedarte y yo podría enseñarte el Eastside. O, mejor aún, podría llevarte al Parque Nacional Joshua Tree para hacer senderismo, disfrutar de la comida grasienta de bar y comprar incienso caro. Mi amiga Theresa tiene una casa preciosa. Solo está a dos horas de aquí y…

—Molls —me interrumpe con una carcajada que parece un tanto forzada—, te agradezco muchísimo la invitación, pero tengo que volver.

Me quiero morir por este rechazo tan razonable, pero ahora que he tomado impulso y sé que me arrepentiré si no lo digo de una puta vez, me armo de valor, respiro hondo y suelto:

—Supongo que creo que estaría bien pasar algún tiempo juntos. Ya sabes, nos divertimos mucho en la reunión y luego las cosas se torcieron, algo que tal vez sea culpa mía porque, como has señalado, saboteo las cosas y pongo piedras en mi propio camino. Pero supongo que lo que digo es... Me gustas, te echo de menos y me encantaría que te quedaras.

No puedo mirarlo. Estoy congelada, esperando una respuesta. Rezando para no haberme puesto tanto en evidencia que acabe muerta de la vergüenza.

Seth me pone una mano en el hombro, y eso hace que mis niveles de cortisol vuelvan a bajar. Sus caricias siempre han tenido un poder increíble y milagroso para hacer que me sienta tranquila.

Reúno el valor para mirarlo y veo algo en su cara que enciende una llamita de esperanza en mi interior.

¡Esperanza!

Como no dice que sí inmediatamente, añado con torpeza:

—O yo podría coger un vuelo a Chicago. Quedarme en casa de Dez. Podríamos quedar y tal vez...

—Molls... —dice por fin, con mucha suavidad, con mucha amabilidad—, he conocido a alguien.

Se me corta la respiración.

—¡Ah! —exclamo—. ¡Ah, muy bien, lo siento!

—Tranquila. —Me quita la mano del hombro—. Eres un encanto.

«Un encanto». Me quiero morir.

Me incorporo al carril que lleva a la terminal de embarque.

—¿Qué compañía aérea? —le pregunto. Consigo apretar los labios sin que me tiemblen, según compruebo por el retrovisor.

—American Airlines —contesta.

Asiento con la cabeza.

Tardamos un insoportable cuarto de hora en sortear el tráfico hasta llegar a su terminal, y ninguno de los dos dice una palabra más.

Detengo el coche.

—Bueno, esta es la tuya.

Se inclina y me besa la mejilla. Cierro los ojos.

—Cuídate, Molls —me susurra al oído.

Consigo esperar hasta que saca su macuto del maletero antes de echarme a llorar.

CUARTA PARTE

Febrero de 2020

18

Seth

Se llama Sarah Louise Taylor y es absolutamente perfecta para mí en todos los sentidos.

Nos conocimos en agosto, en una recaudación de fondos de Legal Aid. Es abogada de oficio en el condado de Cook, un trabajo estresante y mal pagado que a ella le encanta porque adora la justicia, la equidad y la igualdad con todo su corazón. Es una inspiración para mí. Con su apoyo, estoy dando los pasos necesarios para montar la asesoría legal sin ánimo de lucro que llevo años pensando en crear.

Es corredora de fondo (este año se ha clasificado por cuarta vez para la maratón de Boston) y nos levantamos temprano todos los sábados por la mañana para correr juntos. (Mi ritmo es bastante lento para ella, pero me está ayudando a mejorar. Ahora tengo la capacidad pulmonar de un chico de dieciocho años).

Creció trabajando en la granja de sus padres en Kansas y es una cocinera vegetariana increíble, decidida a usar solo productos de cercanía. Obviamente, eso es difícil durante el largo invierno de Chicago, pero no sabes lo que es capaz de hacer con limones en conserva y remolachas asadas. Hace meses que no como carne.

Es hija única y sueña con crear una gran familia con niños y perros correteando por todos lados. Está deseando quedarse embarazada. Cree que le encantará la experiencia de crear una vida dentro de su cuerpo, lo de estar tan cerca de alguien a quien quiere tanto. Pasamos mucho tiempo hablando de los nombres que les pondremos a nuestros hijos (nuestros favoritos actuales son Jane, por su madre, y Sam, por mi padrino).

En la cama es generosa e intuitiva, y los domingos nos quedamos en casa y hacemos el amor. Le gusta mirarme a los ojos, ir despacio, estar presente. La primera vez que nos acostamos, lloró, y a mí también me hizo llorar.

Tiene el piso lleno de fotos de sus seres queridos, pero del suelo al techo. Los marcos se amontonan unos sobre otros con imágenes entrañables de amigos y familiares. Porque ¿quién puede conocer a Sarah Louise Taylor sin enamorarse perdidamente de ella?

Yo desde luego que no.

Ahora mismo está en Milwaukee en una conferencia, lo que me ha brindado la oportunidad perfecta para pasar un fin de semana de chicos en Nueva York con Jon y Kevin. Sarah cree que he venido para disfrutar de unos días de restaurantes y teatro con mis viejos amigos. En realidad, he venido para comprarle un anillo de compromiso bajo las directrices de dos personas que tienen mucho mejor gusto que yo.

Solo han pasado seis meses, pero ambos estamos preparados para sentar cabeza. Sé que ella dirá que sí.

Jon y Kevin se reúnen conmigo para almorzar en mi hotel de Union Square, y nos saludamos abrazándonos con fuerza. Ambos viven en Brooklyn, y aunque el vuelo de Chicago a Nueva York es corto, solo nos vemos un par de veces al año. Me da envidia su cercanía. Yo tengo muchos amigos en Chicago, pero por algún motivo, no tengo un amigo del alma.

Tienen muy buen aspecto. Jon lleva el pelo canoso peinado hacia atrás con un corte más moderno que el que acostumbra a llevar y parece que ha añadido unos kilos de músculo a su esbelto físico. Seguro que todos sus alumnos están enamorados de él. Kevin se ha dejado crecer un bigote bastante elegante, que se ha peinado con cera en los extremos y ha vestido ese enorme cuerpo parecido al de Tom Selleck con uno de sus típicos atuendos (es el clásico editor de moda hasta la médula y solo lleva «atuendos»). El de hoy incluye un jersey asimétrico deshilachado y pantalones de cuero.

—¿Cómo está la ilustre Sarah Louise? —me pregunta Jon.

—Ese sueño de mujer maravillosa —canturrea Kevin.

—La echo de menos —dice Jon—. Y solo la he visto una vez.

—Yo también la echo de menos y ni siquiera me la ha presentado —replica Kevin.

Sonrío.

—Deberíamos solucionarlo. A lo mejor la traigo para nuestro viaje de compromiso.

—¡Ay, Dios! ¿Por qué? —gime Jon, que hace un mohín con la nariz. Odia Nueva York con todas sus fuerzas, a pesar de haber vivido aquí desde que se graduó en la universidad.

—¿Adónde vamos primero? —les pregunto.

—Roman & Roman —contesta Kevin, que ha estado buscando joyerías desde que le dije que iba a declararme—. Están especializados en anillos de compromiso antiguos. Preciosos. Inusuales. Te encantarán.

—Me parece perfecto —replico.

Terminamos el almuerzo temprano y paseamos por el mercado sostenible de Union Square. Me encanta el olor de los mercados al aire libre, de las flores frescas y la tierra. Tendré que traer a Sarah Louise. Cree que no le gusta Nueva York, pero estoy seguro de que le gustaría si viniéramos juntos.

Una mujer con una elegante melena recta rubia nos saluda en cuanto entramos en la joyería.

—¡Kevin! —exclama y se acerca para abrazarnos.

—Seth, te presento a Adair —dice—. Nos conocemos desde mis tiempos en *Iconic*. Le he pedido que seleccione algunas piezas para que las veas.

—Para Sarah Louise, ¿verdad? —dice con una cálida sonrisa—. Kevin me lo ha contado todo sobre ella, y creo que tengo algunas opciones que pueden ser perfectas.

Nos conduce a través del establecimiento, decorado con un estilo minimalista y paneles de madera en las paredes, hasta una pequeña estancia donde veo una bandeja llena de relucientes anillos sobre un fondo de terciopelo negro esperando sobre una mesa.

Saca un anillo de platino con una enorme piedra redonda en el centro.

—Es una pieza antigua. Talla rosa, dos quilates. Un clásico increíble.

Kevin gime como si estuviera teniendo un orgasmo.

—Lo quiero —susurra.

—¡Qué bonito! —dice Jon.

—No estoy seguro —digo con recelo. Tiene algo que me parece demasiado. Como si fuera a destacar en el dedo de Sarah más de lo que a ella le gustaría—. Tal vez sea demasiado... clásico.

Adair asiente como si supiera a qué me refiero. Vuelve a ponerlo en su sitio y saca un anillo mucho más pequeño con un diamante rodeado de piedrecitas rectangulares verdes.

—*Art déco* —dice—. Talla brillante, rodeado por estas cuatro exquisitas *baguettes* de esmeralda. Muy delicado... Mira la filigrana del borde.

—¡Oooh! ¡Me encanta! —exclama Jon—. Me recuerda al edificio Chrysler.

—¿A que sí? —Adair se ríe—. Acostumbro a sugerir piezas de estilo *art déco* a las personas con gustos más sencillos. Es llamativo, pero delicado.

Este anillo es estupendo, pero inadecuado para mi novia. Sarah Louise es una chica del Medio Oeste, de llanuras, maizales y pelo platino natural. No quiere un anillo de compromiso verde, sea *art déco* o no.

Adair me enseña un anillo tras otro. Descubro lo que son las tallas asscher y europea, y me enseña un diamante amarillo que cuesta setenta y ocho mil dólares.

—Creo que le gustaría algo menos... amarillo —trago saliva.

Adair saca una nueva bandeja.

Miramos un solitario de medio quilate que parece demasiado rácano, y una serie de anillos infinitos que parecen más alianzas que anillos de compromiso. Me gustan todos. Pero ninguno me gusta del todo.

No dejo de pensar que estos anillos son demasiado específicos. Me los imagino en las manos de alguien como Molly Marks, una mujer que seguramente no querría un anillo hasta ver estos, cargados de historia y carácter.

Sin embargo, me imagino a Sarah entrando en esta tienda y pensando que no querría llevar el anillo de otra persona. Prácticamente la oigo decir: «¿Y si traen mala suerte?».

—En fin, es que no estoy seguro de que ella quiera algo usado —le digo a Adair a modo de disculpa.

—¡Se refiere a que sea antiguo! —exclama Kevin, horrorizado.

—Lo entiendo —dice Adair—, no te preocupes. Podéis ir a Trinket, en Williamsburg, y echar un vistazo. Tienen unos anillos preciosos. Bastante más baratos que estos, que parece ser el estilo de la novia.

Asiento con la cabeza, aunque no estoy seguro de que Sarah Louise prefiera lo barato. Es abogada de oficio, pero aprecia las cosas bonitas. Sus amigas llevan anillos bastante caros. Y no me importa comprarle uno caro.

De todas formas, a Kevin le parece una buena sugerencia. Subimos a la línea L del metro hasta Bedford Avenue, en Brooklyn. La gente parece vivir en una ciudad distinta de la que acabamos de dejar. No solo va a la moda, sino que además va de punta en blanco, lista para ver y ser vista a las 12.30 de un sábado normal y corriente.

—¿No vivías antes aquí? —le pregunto a Jon—. ¿No iban todos los hombres con barba de leñador y vaqueros ajustadísimos?

—Sí, antes de que me fuera por la subida del alquiler en 2010. Ahora solo hay directivos de banca y modelos.

Jon es profesor de secundaria. No se dedica a las finanzas ni es modelo.

—Esto me da mala espina —digo—. Sarah detestaría esto.

Kevin me manda callar.

—Como no te andes con ojo, acabarás con un pedrusco aburrido de Tiffany.

Tiffany.

Sí.

De repente, tengo el mal presentimiento de que lo que Kevin considera un pedrusco aburrido tal vez sea justo lo que le gusta a Sarah Louise.

Entramos en la joyería, que tiene un letrero dorado de estilo antiguo en el escaparate y es del tamaño de mi vestíbulo de Chicago. Todo en ella es diminuto, incluidas las dependientas y la multitud de mujeres que curiosean. Jon es lo bastante delgado como para pasar desapercibido, pero Kevin y yo ocupamos cerca del ochenta por ciento del espacio restante.

Las veinteañeras que trabajan en la tienda pasan de nosotros, así que nos limitamos a curiosear. Adair tenía razón en que los anillos son bonitos, pero son demasiado delicados. Algunos parecen demasiado pequeños a propósito, como si fueran más propios de una niña que de una mujer adulta. Algunos son extraños sin más, como un diminuto ópalo engarzado en la boca de cuatro serpientes entrelazadas.

Me imagino a Sarah confundida y decepcionada si le compro uno de estos.

Sin embargo, veo más claramente a Molly Marks riéndose de ellos. Diciendo que son pretenciosos y cursis.

No sé por qué sigo pensando en Molly. No he hablado con ella desde que me dejó en el aeropuerto de Los Ángeles.

Seguramente porque hay algo de aquel día que me sigue resultando doloroso. Me subí en el avión, me puse un pódcast legal y me pasé las cuatro horas y media de vuelta a Chicago intentando no recordar la cara que puso cuando le dije que había conocido a alguien.

Intentando no recordar el deseo que me invadió, aunque solo fue un momento, de que no fuera verdad.

—¿Quieres ver algo aquí? —me pregunta Kevin.

—No lo sé —contesto—. Todo parece un poco...

—¿Delicado? —me interrumpe.

—¡Sí!

—Opino igual. Esto no encaja con la descripción que has hecho de Sarah.

Salimos de la tienda y siento que puedo respirar de nuevo.

—Oye —le digo—, creo que quizá deberíamos ir a Tiffany.

Kevin me mira como si lo hubiera apuñalado en el corazón.

—Muchas de sus amigas tienen anillos de allí —añado antes de que pueda protestar—, y sé que le gustan. Solo quiero regalarle algo que le guste.

—Me parece una decisión acertada —replica Jon, que se vuelve hacia la calzada y le hace señas a un taxi—. Tiffany, en la Quinta Avenida —dice con firmeza al taxista.

—Quizá después podamos tomar el té en el Plaza —refunfuña Kevin, que se apretuja a mi lado—. Y dar un paseo en coche de caballos por Central Park.

—A Sarah le encantaría tomar el té en el Plaza —digo en un intento por explicar cómo es—. Y dar un paseo en coche de caballos por Central Park. Y subir a lo alto del Empire State Building. No va de chica moderna. Y eso me encanta de ella.

Jon me da unas palmaditas en la rodilla.

—No es necesario que te disculpes.

—Tiffany es un clásico —admite Kevin, malhumorado—. Y yo estoy siendo un esnob.

Entramos en la tienda y suelto un suspiro. Sé de inmediato que he acertado al verme rodeado del icónico color azul verdoso. Sarah Louise chillará de alegría en cuanto vea la caja.

Encontramos a una dependienta y elijo rápidamente un anillo de diamantes con halo ovalado que es caro, pero no desorbitado. Le entrego mi tarjeta de crédito y a cambio recibo una bolsa.

Jon y Kevin aplauden cuando la levanto en el aire.

Sonrío, pero por raro que parezca, no me siento… emocionado.

Intento dirigir mis pensamientos hacia la imagen adecuada: Sarah Louise, con un anillo de diamantes brillando en la mano con su manicura francesa, llorando de alegría.

Sin embargo, sigo imaginándome a Molly Marks, poniendo los ojos en blanco al ver el azul Tiffany. «¡Qué original!».

Me siento aliviado cuando Kevin dice:

—Me muero de hambre. Quiero una hamburguesa.

—Vamos a P.J. Clarke's —sugiere Jon—. Todavía no estará muy concurrido.

Caminamos el cuarto de hora que nos separa de la Tercera Avenida, y empiezo a preocuparme por si pierdo la bolsita azul llena de diamantes por valor de treinta mil dólares.

—¿Me guardo esto en los calzoncillos o algo? —pregunto—. ¿Todavía hay ladrones en las calles de Nueva York?

—A ver, dámelo —dice Jon—. Lo guardaré en mi bolso.

Se lo entrego y, por raro que parezca, me siento más ligero.

Llegamos al restaurante, cuyo interior ya está bastante animado. La clientela, gente del centro, habla a voz en grito en la barra. Me recuerda a la hora feliz de los locales de Chicago cercanos a mi oficina, y me siento más yo mismo. Pedimos cervezas y apuro la mía mientras espero la hamburguesa.

—¿Estás bien, colega? —me pregunta Jon, mirando mi segunda jarra cuando llega.

—¡Estupendamente! —contesto de forma automática.

Sin embargo, pese al efecto de la cerveza, me siento más melancólico de lo que debería sentirse un hombre que acaba de comprarle a su novia un anillo de compromiso.

—¿Qué está haciendo Alastair? —le pregunto a Jon para cambiar de tema.

Kevin y él intercambian una mirada extraña.

—No lo sé —contesta Jon—. Es que… cortamos.

—¿Qué? ¿Cuándo?

—Justo antes de Navidad.

—¿Y no me lo habías dicho?

—Bueno, es que no me sentía preparado para asimilarlo. Llevábamos mucho tiempo hablando de comprometernos, pero él quería una relación más abierta y yo me sentía incómodo, así que decidimos darnos un descanso. Y luego… —Mira de nuevo a Kevin.

—En realidad, tenemos noticias —dice Kevin, que aferra la mano de Jon por encima de la mesa—. Estamos juntos. Juntos de… juntos.

Suelto la jarra de cerveza a medio sorbo.

—¡Chicos! ¿Qué? ¿Desde cuándo estáis juntos?

—Desde Nochevieja —contesta Kevin—. No queríamos decírtelo por si al final la cosa no duraba.

—¿Entonces vais en serio?

—Nos vamos a vivir juntos a final de mes —responde Jon con una tímida sonrisa—. En cuanto termine mi contrato de alquiler.

—¡Por Dios, chicos! ¡Guau! Me alegro mucho por vosotros. —Levanto la jarra de cerveza—. ¡Por el amor! Y por la felicidad.

A lo mejor es el efecto de la segunda cerveza con el estómago vacío, pero ahora me siento mucho más feliz. Como si la noticia de que mis dos mejores amigos han encontrado el amor juntos me hubiera alegrado más que la idea de pedirle matrimonio a mi novia.

—¿Sabéis quién estaba segura de esto? —digo—. Molly Marks.

—¿Cómo? —Kevin se ríe.

—Sí. Me lo dijo en la reunión de antiguos alumnos. Estaba segura de que había chispa entre vosotros.

—Supongo que se dio cuenta antes que nosotros —dice Jon.

—¡Venga ya! —protesta Kevin—. Yo estaba coladísimo por ti y lo sabes.

Jon le sonríe.

—Me refiero a que yo también he estado colado por ti durante toda mi vida de adulto, pero no sabía que era recíproco.

—Es muy recíproco.

Se inclinan y se besan.

Hacen buena pareja. Parecen naturales. Relajados.

Me pregunto si Sarah y yo también lo parecemos.

Sin embargo, no quiero pensar en ella, porque ahora mismo solo puedo pensar en Molly. Y en que estoy perdiendo la apuesta, uno a dos.

Y en la certeza de que se burlará de mí sin descanso si se entera.

Y en lo mucho que deseo que lo haga.

19
Molly

Se llama Sebastian Stone, aunque su nombre real es Tom Lovell, y en la vida había hablado (ni me había acostado) con un hombre que esté tan bueno como él.

Nos conocimos en el estreno de la película de mi amiga. Se acercó a mí y me preguntó si me habían dicho alguna vez que me parezco a Demi Moore, tras lo cual decidí de inmediato irme a la cama con él.

Tiene veintiséis años. Es actor. No de los que aspiran a serlo. Tiene un papel en una serie de una cadena de televisión sobre chicas adolescentes que resuelven crímenes. Quiere dedicarse al cine de acción. Nunca ha visto mis películas. Yo no veo su serie.

Hace ejercicio entre dos y cuatro horas al día, y come cantidades ingentes de pechuga de pollo. Usa autobronceador en espray, se hace mechas en el pelo y tratamientos faciales. Se ríe de que yo me esconda del sol y no me tiña el pelo. Le gusta jugar con mis canas en la cama y se las enrosca en esos dedos de manicura perfecta mientras me llama «vejestorio irresistible».

Tiene un bulldog francés llamado Milo con el que a veces lo fotografían paseando. Las fotos acaban en la sección «estrellas como nosotros» de las revistas de cotilleos que hay en las cajas de los supermercados. Aunque no planea que le hagan esas fotos, tampoco evita las cafeterías frecuentadas por famosos frente a las que se colocan los *paparazzi*. Una vez aparecimos juntos en una revista tomados de la mano mientras paseábamos por Sunset Boulevard y bebíamos cervezas frías de doce dólares. El titular era «La novia mayor de Sebastian Stone». Lo enmarqué.

Vive en West Hollywood, en uno de los últimos pisos de un edificio carísimo. No tiene coche. Hay que conducir tres cuartos de hora, como mínimo, para llegar a su barrio. Ha estado tres veces en mi casa y se pregunta por qué me gusta vivir en un lugar sin gimnasio ni piscina privada. Quiere que me mude a Beverly Hills. Se ríe cuando le digo que antes me tiro desde su rascacielos.

Somos un cliché de polos opuestos, soy consciente, pero el sexo...

Soy escritora profesional y no estoy segura de que haya palabras para describir de lo que es capaz. Creo que todo se debe a su fuerza abdominal y al vigor de su juventud. Le encanta estar entre mis piernas. Le encanta estar dentro de mí. Le encanta el sabor de mi piel. Le encanta metérmela delante de los espejos, atarme a los cabeceros de las camas y empotrarme contra los árboles. He tenido más orgasmos en los últimos tres meses que en los últimos tres años.

Es el mejor ansiolítico que he probado. Mi vida es un caos, pero no me he tomado una benzodiacepina desde que nos conocimos.

En estos momentos, Sebastian está recibiendo un masaje en nuestro hotel de Cabo San Lucas, adonde hemos venido para disfrutar de un fin de semana largo. Como es él quien invita, ha elegido el hotel, y aunque es lujoso, parece haber sido diseñado por entero para hacer fotos. Es difícil recorrer los pasillos sin cruzarse con algún *influencer* con poca ropa haciéndose fotos. Me siento desaliñada y demodé con mi caftán blanco de estilo bohemio. Todos los demás llevan..., en fin, básicamente hilo dental de color fosforito.

Le hago señas al camarero y le pido que me traiga otro margarita a la tumbona. El sol es demasiado intenso para quitarme el caftán y meterme en la piscina, así que llevo horas acurrucada debajo de una sombrilla con mi enorme sombrero que me protege del sol, arrastrando la sombrilla de un lado a otro para luchar contra su imparable movimiento.

Me alegro de estar sola. Sebastian y yo llegamos hace un día y medio, y hemos pasado prácticamente cada minuto juntos desde que salimos de Los Ángeles. Es nuestro primer viaje en pareja, y los ratos en los que no estamos ni comiendo ni follando empiezan a agotarme. A su manera, es un hombre inteligente, pero no tenemos mucho en común. En Los Ángeles eso no es un problema, ya que rara vez pasamos más de una noche juntos. Aquí empiezo a sentir que se nos agotan los temas de conversación.

Oigo la notificación de un mensaje y suelto el libro. He intentado pasar las vacaciones sin mirar el móvil, pero leer una novela de verdad es más difícil que antes, ahora que casi siempre leo en alguna aplicación.

Alyssa:
Molls, ¿cómo van las vacaciones?

Vivo para ver las fotos de Sebastian en Insta.

¿Sabes cuántos órganos vendería para ir a un complejo turístico donde no dejen entrar niños?

Molly:
En realidad hay un niño. Un bebé, con dos niñeras. Y la madre tiene un perro al que parece querer más que a su hijo, porque no para de apartarse del niño y de acurrucarse con el perro.

Alyssa:
¡Qué triste!

PERO LO ENTIENDO.

Molly:
Lo de los ricos es muy fuerte.

Dezzie:

Molly, ¿te estás divirtiendo dejándote llevar como si fueras rica?

Me hago un selfi con mis enormes gafas de sol y mi margarita en la mano, y lo subo al chat.

Molly:

En la piscina, nenas.

Dezzie:

¿Dónde está tu hombre?

Molly:

Sesión de masaje.

Alyssa:

¿Todo bien con él?

Molly:

No paramos de comer guacamole y de follar.

Alyssa:

PARA O ME MUERO DE CELOS.

Molly:

Aunque es un poco aburrido. Nos estamos quedando sin temas de conversación.

Dezzie:

Habla de sus abdominales.

Alyssa:

O de su pene.

Molly:

¡ALYSSA! ¿Desde cuándo eres tan pervertida?

Alyssa:

Mejor no te cuento el tiempo que llevo sin echar un polvo. Unos cinco años. No bromeo.

Dezzie:

Creo que se te olvida que tienes un niño menor de dos años, así que es imposible.

Alyssa:

Inmaculada Concepción.

Dezzie:

Ojalá eso funcionara conmigo. Estoy harta de echar polvos con Rob con el fin de procrear. Como no me quede pronto, me compro una cánula de inseminación.

Alyssa:

Ya verás cómo te quedas dentro de nada.

Molly:

¡¡Sigue intentándolo!!! Necesito una mini Dez.

Alyssa:

O un mini Rob.

Dezzie:

¡JUAS! ¿Un niño que arrastre los pies y lleve pantalones cortos y una camiseta de un concierto de 2006? Deseando estoy...

Molly:

Al menos TIENES a Rob. La verdad, chicas, este viaje ha hecho que me pregunte por qué mis mejores relaciones son siempre sexuales.

A ver, que Seb es agradable y me lo paso bien con él en pequeñas o medianas dosis, pero su mérito consiste en estar bueno y en la increíble química que tenemos.

Me aburro.

Dezzie:

Yo sé por qué.

Molly:

Ah, pues dímelo.

Dezzie:

PORQUE EVITAS SALIR CON CUALQUIER HOMBRE QUE TE GUSTE DE VERDAD.

Alyssa:

Por no mencionar que, cuando resulta que alguno te gusta, cortas con él de inmediato.

Intento pensar en una respuesta atrevida, pero el chat desaparece por una llamada entrante. Precisamente de Seth Rubenstein.

No he hablado con él desde que nos vimos en Los Ángeles. Sin embargo, he pasado una buena cantidad de tiempo espiándolos a él y a su preciosa novia en Instagram.

—¿Diga?

—¿Molly McMarks?

—Al habla.

Se ríe entre dientes. Mis labios esbozan una sonrisa que no puedo contener. Me encanta el sonido de su risa.

—¿Cómo estás si se puede saber? —pregunta pronunciando las palabras con suavidad. Como si estuviera achispado.

—Ahora mismo un siete con cinco sobre diez. Puede que incluso un ocho.

—Eso es como dieciséis para una persona normal.

—Claro que sí.

—¿Qué haces?

—Pues estoy en México. Bebiendo margaritas delante de una piscina infinita con vistas al océano.

—¿Lo dices en serio, colega?

—Muy en serio, colega.

—¡Dios, qué envidia!

—¿El invierno permanente de Chicago te deprime?

—En realidad, estoy en Nueva York.

—¿Ah, sí? ¿Qué haces ahí?

Oigo una suave carcajada.

—Mejor no te lo cuento.

—Okey, makey.

—Eres la única persona que queda en la Tierra que sigue diciendo «okey, makey».

—No. Mi madre lo dice.

—¿Cómo está tu madre?

—Fenomenal. Acaba de vender una casa de diez millones de dólares en la bahía. Amasando mi herencia.

—Vas a ser muy rica. Podrás dejar el trabajo y vivir a cuerpo de reina.

—Discúlpame. Pero soy una mujer independiente con una carrera en auge.

Si eso no es retorcer un poco la verdad, no sé yo.

—Estaba bromeando —me dice—. ¿En qué estás trabajando?

¡Uf! No quiero decírselo, porque eso significa reconocer ante mí misma lo ridículo que es mi proyecto actual. Mi padre me hizo la misma pregunta la semana pasada y le mentí diciéndole que estaba descansando entre dos proyectos antes que enfrentarme a su desprecio.

Sin embargo, da igual. Es Seth. Él se enorgullece de mis logros como solo puede hacerlo alguien que no comprende mi caída en picado.

—Me han encargado que adapte una historia lacrimógena juvenil de tercera categoría que se estrenará en no sé qué nueva aplicación de *microstreaming* y que verán sobre todo críos de sexto de primaria y los que tengan el gusto de los críos de sexto de primaria.

—¿Qué les gusta a los críos de sexto de primaria?

—El pollo.

Se ríe mucho.

—Si casi no tenía gracia —replico—. ¿Estás borracho?

—Mmm… —murmura—. Puede que un poquito —reconoce.

—¿No son como las siete ahí?

—Es que empecé temprano.

—¿Una ocasión especial? ¿O solo eres un triste abogado bebiendo solo en el bar de un hotel?

—Una ocasión especial.

—¿Quieres compartirla?

—Por eso te llamaba.

—Ah, creía que me llamabas porque estás borracho y sientes por mí un amor no correspondido.

Eso se me ha escapado. Seguramente por el segundo margarita.

Tuerzo el gesto por la humillación y agradezco infinitamente que no pueda verme.

Seth se queda callado un segundo. Y luego se ríe.

—Sigue soñando, Markity Markson.

¡Uf, qué alivio! Va a dejarlo pasar.

—No me llames así.

—Muy bien, Molly Malolly.

—¡Puaj! ¡Ese es el apodo que me puso mi madre! Por favor, no te hagas pasar por ella. En fin, ¿cuáles son las noticias?

La verdad, no tengo ni idea de lo que me va a decir. ¿Que Marian se ha casado con su jugador de los Cubs? ¿Que tiene una idea para un guion? ¿Que le han diagnosticado una enfermedad terminal y quiere despedirse?

—Vas ganando —dice.

—¿El qué?

—La apuesta.

—¿Por fin has admitido que no te acompañaré a la reunión de los veinte años?

—No. Es que Jon y Kevin están saliendo.

—¿¡Qué!? —grito tan alto que la *youtuber* que está a mi lado interrumpe su retransmisión en directo y me fulmina con la mirada.

—Ya —replica, y detecto la sonrisa en su voz.

—¡Oooh! ¡Eso me hace muy feliz!

—A mí también. Aunque no me puedo creer que tuvieras razón sobre ellos.

Yo sí puedo. Son la rara pareja predestinada en la que se basan todas las historias románticas de desencuentros, de dos barcos que se cruzan en la oscuridad.

—Ya te lo dije. Esto se me da muy bien —replico—. ¿Estás con ellos ahora mismo?

—He pasado todo el día con ellos, pero los he dejado para llamarte... ¡Joder! —Oigo una serie de ruidos y luego más palabrotas.

—¿Seth? ¿Estás bien?

Suelta un suspiro.

—¡Joder! Se me ha olvidado una cosa en el bolso de Jon.

—¿Algo importante?

—Sí —responde con un deje tenso en la voz—. Bastante importante. Oye, tengo que irme.

—De acuerdo. ¿Hablamos dentro de seis meses?

Sin embargo, él ya ha cortado la llamada.

Abro inmediatamente el chat del grupo.

Molly:
Chicas.

¡Guau!

Dezzie:
¿Qué?

Molly:
Seth Rubenstein acaba de llamarme.

Dezzie:
Seth RUBENSTEIN. ¡Ja! Como si hubiera otro Seth.

Molly:
Ha llamado para decirme que Jon y Kevin,
del instituto, ¡están saliendo!

Alyssa:
!!!

Dezzie:
Siempre he creído que había algo entre ellos.

Molly:
Y yoooooo.

Ojalá Seth estuviera aquí para poder regodearme en su cara.

Aunque no está. Quien está es Sebastian, que se acerca a mí con un grueso albornoz blanco y se tumba a mi lado.

—Hola, nena.

—Hola, ¿qué tal el masaje?

—Estupendo.

Se quita el albornoz para enseñar su musculatura perfecta y aceitosa por el masaje, y saca de su bolsa la crema solar, una botella de agua gigante y un libro. Que yo sepa, solo lee libros de autoayuda sobre tonterías como la manifestación.

—¿Qué quieres cenar esta noche? —le pregunto—. ¿Vamos a la ciudad? He oído que la comida en Dahlia es increíble.

Me pone la mano en un muslo.

—¿Por qué no nos quedamos y pedimos al servicio de habitaciones?

Quiere decir que nos quedemos y disfrutemos del sexo en la *suite*. Algo que también hicimos anoche.

Y tiene su atractivo, pero la gente puede comer en un restaurante y luego mantener relaciones sexuales en la misma noche.

—Vamos por lo menos a uno de los restaurantes del hotel —replico—. El de sushi tiene *omakase*.

El sushi es uno de los pocos alimentos que come Sebastian además de la pechuga de pollo.

Me da un apretón en el muslo.

—Claro, nena.

—Me acercaré para hacer la reserva.

Es agradable mover las piernas después de un día entero pudriéndome al sol en una tumbona. Siempre pienso que me gustan las vacaciones en las que lo único que se hace es sentarse junto a la piscina, pero después de un día empiezo a desquiciarme.

Hago la reserva para cenar en el mostrador de recepción. Y luego, por impulso, pregunto:

—¿Me recomendarías alguna excursión o actividad para mañana?

—Estamos justo al final de la temporada de migración de las ballenas —contesta la chica de recepción—. Tenemos una fabulosa excursión de dos horas para avistar ballenas que comienza a las diez de la mañana.

¡Ballenas! La bióloga marina que aspiraba a ser en cuarto curso hace una voltereta hacia atrás.

—Estupendo. ¿Puedes hacer una reserva a mi nombre? ¿Para dos personas?

—Por supuesto, señora.

Regreso a la piscina, desconcertada por el hecho de que una chica joven me haya llamado «señora», pero satisfecha conmigo misma por haber planeado una aventura.

—Tenemos mesa para cenar a las ocho —le digo a Seb—. ¿Y sabes qué?

Él levanta la mirada de su libro sobre cristales o lo que sea.

—¿Qué, nena?

—¡He contratado una excursión para ver ballenas!

Hace un mohín con su precioso labio superior.

—¿En un barco?

—Mmm…, pues sí.

—Pero me mareo. Y pensaba que odiabas los barcos.

Tiene razón. Era algo que nos unía y que descubrí mientras intentaba encontrar cosas en común.

—Puedo hacer una excepción por las ballenas. ¡Vamos!

Me regala una sonrisa afable.

—¿Por qué no vas sola y haces muchas fotos?

—¿De verdad no vas a venir?

—Nena, vomitaré sobre las ballenas.

Regresa a su libro sobre la autorrealización o lo que sea.

Me he quedado sin palabras. ¿Qué clase de hombre no va con su novia a una excursión para ver ballenas?

Uno aburrido.

Por fin debo admitir que Seb aburre hasta a las ovejas.

Saco el móvil y busco el número de Seth.

Molly:
¿Te gustan las ballenas?

Seth:
Sí, no soy un monstruo.

¿Por qué?

Molly:
Es que estoy haciendo una encuesta informal.

Seth:
¿Para localizar a los sociópatas entre tus conocidos?

Molly:

Sí. De momento he encontrado a uno.

Seth:

¿Eres tú?

Molly:

Acabo de matar a una ballena, así que... tú mismo.

Seth:

Seguramente estaría en peligro de extinción.

Molly:

¡Ajá! Y era una cría.

Seth:

Nunca dejes de ser fiel a ti misma.

Molly:

Soy una mujer de principios.

Seth:

Por eso te admiro.

Suelto una carcajada. Sebastian levanta la mirada de su libro de astronumerología, o lo que sea.

—¿Qué te ha hecho tanta gracia?

—Ah…, nada. Ballenas.

Me sonríe con indulgencia.

—Eres un encanto. ¿Quieres volver a la habitación?

Miro el móvil con nostalgia, pero Seb ya me está levantando de la tumbona.

El resto de la noche transcurre de forma previsible. Lo hacemos en la ducha. Comemos sushi. (Sashimi para él, un *omakase* de doce platos para mí, porque es importante vivir, aunque tu novio tenga un miedo mortal a los carbohidratos). Regresamos a la habitación y volvemos a follar.

Nunca pensé que pudiera cansarme tanto del sexo fabuloso.

Activo la alarma del despertador y me levanto temprano. Sebastian ya se ha ido, sin duda, al gimnasio. Me como una *torta* * de beicon en el restaurante para desayunar y me reúno en el vestíbulo con mi grupo para la excursión.

Somos seis: una familia de cinco personas de Cincinnati y yo. Los padres son simpáticos, pero sus hijas (tres adolescentes) me miran como si yo fuera espeluznante por estar sola.

—He venido con mi novio, pero se marea —le explico a la madre, que no ha preguntado.

—¡Qué pena! ¿Tanto como para no ver ballenas?

—Lo sé —respondo con un suspiro—. Seguramente debería cortar con él.

Me mira, confusa.

—¡Es una broma! —exclamo.

Ella se ríe con amabilidad y empieza a ponerle protector solar a sus hijas.

Nos conducen a la playa, donde nos espera una lancha motora. El guía se presenta y distribuye chalecos salvavidas. Dos hombres nos empujan hacia las olas y partimos.

Me siento cerca de la proa de la lancha con el guía.

—Hoy están a pocas millas de la costa —me dice—. Es un buen día. Tranquilo. Están comiendo.

Asiento con la cabeza y dejo que el viento me azote el pelo y la sal me rocíe la cara. Navegar por el Pacífico es diferente que hacerlo por las tranquilas bahías del Golfo y de las aguas cercanas a la casa de mi madre, que me resultan insoportables. Esto es más divertido. Me siento como Tom Cruise en una película de Michael Bay. Me descubro sonriendo. Disfrutando de verdad.

¡Qué novedoso!

El guía se pone en pie de un salto.

_____

* En español en el original. (N. de las T.)

—¡Allí! ¡A las diez!

Todos giramos la cabeza para ver salir del agua una enorme ballena azul. Desaparece y, acto seguido, aparece su cola, que rompe sobre las olas con un enorme chapoteo.

—¡Mirad, dos más! —grita una de las chicas.

Me giro y las veo salir del agua en tándem: una grande y otra pequeña.

—¡Es una madre con su cría! —grita otra de las chicas.

Todos sacamos los móviles y empezamos a hacer fotos como locos.

Sin embargo, me detengo y me limito a observar las ballenas, a dejar que el momento me invada.

El guía se hace con el timón, gira la lancha y pasamos la siguiente hora viendo una ballena tras otra. Algunas se nos acercan, curiosas. Una cría se exhibe dando una voltereta fuera del agua mientras su madre la rodea con afán protector.

Nos salpican. Lanzan chorros de agua por los espiráculos. Hacen todo lo que cualquiera espera que haga una ballena.

La familia y yo nos reímos y sacamos fotos, y al cabo de una hora parece que hasta les caigo bien a las chicas. No recuerdo la última vez que algo me pareció tan estimulante.

Me ha encantado hacerlo sola, pero una parte de mí desearía que hubiera habido alguien con quien compartirlo, además de una familia de desconocidos.

Le doy una buena propina al guía, me despido de la familia y me dirijo a la piscina con las piernas un tanto tambaleantes después de haber estado navegando. Me hago con una tumbona, pido un margarita y me desplomo para examinar mi botín de fotos.

Son preciosas, y abro Instagram para publicar unas cuantas.

El primer post que veo es de @sethrubes.

Está sentado junto a su preciosa novia rubia en un parque. Se han tomado de la mano, y ella lleva un brillante y enorme anillo de compromiso en el dedo.

El pie de foto: «@sarah_LT acaba de convertirme en el hombre más afortunado de Chicago. No, un momento, del mundo».

Lleva 563 me gusta y el primer comentario es de la misma @Sarah_LT en cuestión: «¡Estoy deseando ser tu mujer!».

Cierro la aplicación, desconcertada, abandono el margarita y vuelvo a tientas a la *suite*, donde descubro a Seb.

—¿Estás llorando, nena? —me pregunta mientras sale de la ducha en todo su reluciente esplendor.

—No es nada —le contesto—. Creo que me va a bajar la regla.

—¡Oooh! Ven aquí y te doy un beso para que se te pase —dice.

Me refugio en su pecho y, durante un minuto, me deja seguir llorando sin más.

Luego me enjuga las lágrimas de debajo de los ojos y me besa en las mejillas.

La verdad es que es un encanto.

Sé que cortaré con él en cuanto volvamos a Los Ángeles.

Al final, no publico las ballenas.

QUINTA PARTE

Junio de 2020

20
Seth

Soy una criatura hecha para el movimiento.

Me encanta levantarme a las cinco de la mañana para hacer ejercicio en mi gimnasio y disfruto caminando los tres kilómetros que me separan de la oficina, incluso en los gélidos inviernos de Chicago. (Excepto cuando nieva. Tengo mucha energía, pero no estoy loco). Me gusta quedar con compañeros y con clientes para comer en nuevos restaurantes de moda (invito yo) y también quedar con amigos para tomar algo después del trabajo en el antiguo bar que hay a la vuelta de la esquina de mi edificio, con su barra de latón a la vieja usanza. Me gusta ir al teatro, a la ópera, a conciertos de música clásica y al cine. Los fines de semana me gusta hacer senderismo, montar en bicicleta y correr largas distancias con Sarah Louise. Me gusta jugar al golf con mis amigos. (Me encantan los deportes típicos de padres). Me gusta comprar en el mercado *gourmet*, preparar comidas elaboradas y después limpiar la cocina a fondo.

Me gusta la limpieza a fondo en general.

Soy una persona sociable. Una persona extrovertida. Hablo mucho en la cola del supermercado y charlo con desconocidos en los aviones. (Lo sé, no puedo remediarlo). Me encantan los alegatos en los tribunales. Soy el alma de la fiesta y, si no hay prevista una fiesta pronto, la organizo yo. Tengo la agenda llena todos los días, desde por la mañana hasta por la noche, y si por casualidad hay un hueco libre, lo lleno lo antes posible.

Me encanta esta vida, es donde mejor me desenvuelvo, aunque me muera por cambiar los bares de karaoke y las convenciones sobre derecho por grupos de padres y quedadas de niños para jugar. Sin embargo, para gestionar el caos necesito una tranquilidad absoluta cuando no estoy en movimiento. Silencio cuando no estoy socializando. Un refugio de paz.

Mantengo mi piso inmaculado: vistas despejadas al lago desde la vigésimo novena planta, con encimeras de mármol limpias, unos cuantos muebles blancos y brillantes suelos oscuros. Mantengo mi despacho tan organizado que a mis pasantes les da miedo tocar algo, y bien que hacen, porque basta con un papel fuera de sitio para desconcentrarme y ponerme de mal humor. Tengo los mensajes de correo electrónico ordenados con tal perfección que mi asistente y yo estamos casi enamorados platónicamente. Mantengo la bandeja de entrada sin un solo mensaje sin leer y mi lista de contactos actualizadísima. Cuando no estoy en una reunión, trabajo en silencio y solo.

Movimiento y personas o silencio y soledad. Estos son los dos modos que tengo.

Por tanto, un confinamiento está diseñado para hacerme explotar psicológicamente.

Sé que tengo una suerte inmensa. No he perdido a nadie por COVID-19. Tengo el trabajo asegurado y puedo teletrabajar desde el despacho de mi casa. Estoy confinado con mi novia en vez de estar solo. No tengo que darles clases a los niños mientras intento trabajar.

Aun así, las cosas no son ideales.

Sarah Louise subarrendó su piso y se mudó conmigo en cuanto nos comprometimos. Sería raro no vivir juntos antes de casarnos. Tenía sentido. Yo estaba emocionado.

Esperaba tener que adaptarme a compartir el espacio, pero lo que no esperaba era que me provocase claustrofobia. Sarah tiene una personalidad enorme: exuberante y parlanchina. Le gustan los espacios acogedores y me ha llenado el piso de fotografías, de objetos decorativos, de mantas de sofá y de cojines que borda mientras escucha pódcasts porque tiene que hacer al menos dos cosas a la vez. Enciende la tele mientras trabaja porque el ruido de fondo la ayuda a concentrarse.

El horror.

Nada de esto es inexcusable. En otras circunstancias, sería muy tierno.

El problema es que sin el ajetreo de nuestras bulliciosas vidas, estamos pegados el uno al otro. Desayunamos, almorzamos y cenamos juntos. Ella trabaja desde el dormitorio de invitados y yo lo hago desde mi despacho. Le damos vidilla al colchón. Vemos la tele por las noches juntos. Nos turnamos para hacer ejercicio en mi Peloton. Hablamos hasta que nos quedamos sin temas de los que hablar.

Nos hemos quedado sin temas de los que hablar.

Antes creía que lo teníamos todo en común: el derecho, los valores, el ejercicio.

Y lo tenemos.

Aunque también pensaba que teníamos una química especial. Y juro por mi vida que no sé decir qué era ni adónde se ha ido.

No se trata de que discutamos. Somos amables el uno con el otro. Pero hemos dejado de hablar de las cosas que importan, salvo por las aterradoras estadísticas sobre el covid. Llevamos un mes sin mantener relaciones sexuales. No nos hacemos reír.

Y anoche, mientras leíamos nuestros respectivos ejemplares de *The New Yorker* en la cama, Sarah se dio media vuelta y me tomó una mano con gesto tierno.

Al principio, creí que quería hacer el amor y me asaltó una especie de pánico, seguido por la desesperación al comprender que eso era lo que me provocaba la posibilidad de tocar a mi preciosa y sexi futura esposa.

—Cariño, estoy cansado... —aduje.

—Tengo que decirte una cosa —me interrumpió ella—: Rebecca se va de mi piso.

Rebecca es la persona que está subarrendando el piso de Sarah hasta que acabe el contrato de alquiler.

—¿En serio? —le pregunté—. ¿Por qué?

—Se ha cansado de estar sola en la ciudad y se muda a la granja de su hermana en Wisconsin. Para ayudarla con los niños.

—¡Vaya, qué bien!

De repente, caí en la cuenta de que tal vez Sarah también quisiera dejar la ciudad una temporada y empecé a hacer cálculos rápidos sobre si eso mejoraría o empeoraría las cosas entre nosotros.

—Así que se me ha ocurrido que podría volver a mi piso —siguió ella, en voz tan baja que casi lo susurró.

—¿¡Qué!?

Me dio un apretón en la mano.

—Sé que puede parecer una locura, pero creo que a los dos nos vendría bien más espacio. Y, a ver, solo estamos a veinte minutos, podemos seguir pasando tiempo juntos.

¡A veinte minutos! Las palabras me resultaron chocantes y... muy atractivas a la vez. De hecho, tenían un atractivo perverso. Traicionero.

—¿Qué pasa con, mmm..., lo de vivir juntos antes de casarnos?

—Tampoco es que podamos organizar una boda pronto. —Soltó una carcajada trémula, y empezaron a temblarme las manos.

—Siento si estoy viendo cosas donde no las hay —dije—, pero... ¿quieres cortar?

Se quedó callada un buen rato.

—No lo sé, Seth. Las cosas no van bien desde hace tiempo. Sé que tú también te has dado cuenta.

El instinto me decía que le mintiera para proteger sus sentimientos, que insistiera en que las cosas son estupendas y que estamos locamente enamorados. Pero no habría sido justo.

Llevamos retrasando demasiado una dolorosa conversación.

Ella fue muy valiente al iniciarla. No sé si yo lo habría hecho en algún momento.

—Lo sé —admití en voz baja—. No sé bien si es la pandemia o si somos nosotros.

—Te quiero de verdad —me aseguró, con voz casi normal—. Pero puede que nos hayamos precipitado con todo esto. Solo han pasado diez meses desde que nos conocimos.

Tiene razón. Me emocioné muchísimo al dar por concluida la fase de soltero de mi vida. Estaba ansioso por sentar cabeza.

Todavía quiero el paquete completo: la boda y una familia. Pero no puedo quitarme de la cabeza la idea de que esta relación no es la correcta.

De que ella no es mi alma gemela.

—Lo entiendo —dije al tiempo que le daba un apretón en la mano—. Todo ha ido muy deprisa, y luego las circunstancias cambiaron. Ha sido muy duro para los dos.

—En cierto sentido, puede que la pandemia haya sido una bendición —replicó—. De no ser por el covid, nos habríamos puesto a organizar una boda a toda prisa, nos habríamos dejado llevar por la emoción y tal vez no habríamos tenido tiempo para pasarlo juntos.

Me duele que sus sentimientos hacia mí hayan muerto por vivir juntos. Aunque sea algo mutuo, es desolador.

—Vamos a darnos un tiempo —sugerí—. Vuelve a tu piso y nos damos espacio. Y ya vemos lo que pasa.

Se quedó callada otro rato mientras ponía en orden sus ideas.

—¿Eso no alargará la ruptura?

Suspiré.

—Puede.

—Es que… ¡Dios, qué difícil es esto! Ojalá no estuviera pasando. —Se secó una lágrima.

La estreché entre mis brazos.

—Lo mismo digo.

Y después hicimos el amor, con más ternura que nunca desde que nos comprometimos.

Creo que los dos sabíamos, y sabemos, que era la última vez.

Que era la última noche.

Sigo asimilándolo todo cuando me despierto con el olor de sus *muffins* de plátano veganos sin gluten. Está en la cocina, con ropa deportiva, preparando un batido vegetal.

—Hola, guapo —dice.

Por un segundo, me pregunto si lo de anoche fue una alucinación. Si solo fue mi subconsciente mientras intentaba solucionar un problema que mi mente consciente se negaba a reconocer.

Después reparo en las maletas junto a la puerta.

¡Dios! ¿Se va a ir hoy mismo?

—He reservado una furgoneta de mudanzas para las nueve —dice. Me ofrece un batido. Huele a pepino y a perejil.

La miro boquiabierto.

—¿Has reservado una furgoneta de mudanzas en plena noche?

—Ayer —contesta mientras baja la mirada al batido en vez de mirarme a los ojos—. Antes de que habláramos.

¿Qué se contesta a eso?

—Ah —es lo único que consigo.

—Creo que lo tendré todo empaquetado para esta tarde —sigue—. Luego dejaré de molestarte.

Me quedo inmóvil.

—No me molestas, Sarah.

—No era lo que quería decir. Lo siento, es que no sé cómo comportarme. —Coloca las dos manos sobre la isla de la cocina y se inclina hacia delante—. ¿Estás enfadado?

—No. Es que todo es muy repentino.

Asiente con la cabeza.

—Quiero quitarme el apósito del tirón, ya me entiendes.

Supongo que tiene razón. Unos cuantos días más viviendo juntos no van a cambiar el hecho de que otra de mis relaciones ha fracasado.

—Muy bien —digo—. Lo entiendo. ¿Qué te parece si me encargo yo de la furgoneta mientras tu empiezas a empaquetarlo todo? Te ayudaré a volver a tu piso y luego podemos pedir comida en Vinioso's.

Vinioso's es un restaurante italiano increíble cerca de su casa. Cuando empezamos a salir, pasamos muchas noches devorando sus espaguetis con tomate, bebiendo vino y manteniendo conversaciones maravillosas. Parece el lugar idóneo para despedirnos.

—Suena maravilloso —dice.

Cuando vuelvo con la furgoneta de mudanzas, nos pasamos la tarde guardando cosas. Por raro que parezca, es uno de los días más felices que hemos pasado en meses. Reímos, nos gastamos bromas y, cuando intenta guardar un cojín con un golden retriever bordado, exijo que me deje quedármelo.

—¡Pero si lo detestas! —protesta.

—Síndrome de Estocolmo. No puedo vivir sin él.

—En ese caso, todo tuyo.

A las cinco, cargamos la furgoneta y vamos a su casa. Subir todas las bolsas y las cajas con sus cosas (casi todo ropa de deporte, fotos y libros) nos lleva menos de veinte minutos.

Hacemos el pedido a Vinioso's y me pongo la mascarilla para recorrer a pie las pocas manzanas hasta el restaurante. Añado una jarra pequeña de manhattan ya preparado. Sarah no bebe demasiado y yo tengo que devolver la furgoneta de mudanzas, pero creo que un cóctel de despedida es una buena forma de decir adiós.

Cuando vuelvo al piso de Sarah, suena Frank Sinatra (Frank siempre sonaba en Vinioso's cuando era seguro comer en el interior) y la mesa está lista con un mantel y velas.

Intercambiamos nuestros recuerdos preferidos del tiempo que hemos pasado juntos mientras comemos. Hacemos suposiciones sobre la reacción de nuestros amigos y de nuestras familias a la noticia… y esperamos que no se entristezcan por nosotros, porque sabemos que estamos tomando la decisión acertada. Mientras como tiramisú y ella un sorbete de *limoncello*, se quita el anillo del dedo y lo desliza por la mesa.

—Deberías quedártelo —dice—. Seguramente puedas devolverlo. Todavía tengo la caja.

No me imagino la tristeza de volver a Tiffany e intentar devolver un anillo de compromiso, de la misma manera que no me imagino dándoselo a otra mujer. Lo compré porque sabía que la haría feliz, a ella en concreto, a mi Sarah Louise. Y así fue.

El anillo nunca fue el problema.

—Por favor, quédatelo. Quiero que te lo quedes.

Esboza una sonrisa triste y se lo pone en el anular.

—Gracias.

Nos ponemos los dos en pie, y se hace un silencio incómodo.

—Sarah Louise Taylor —digo al cabo de un rato—, te deseo la vida más feliz que te puedas imaginar.

Me abraza con fuerza.

—Lo mismo digo, Seth.

Cuando por fin vuelvo a casa, son las diez de la noche y estoy emocionalmente agotado. Me pongo el jersey de cachemira que me regaló Sarah y abro el portátil. Se me ha ocurrido empezar a redactar un mensaje de correo electrónico para mi familia explicando lo que ha pasado, aunque tarde varios días en mandarlo.

Sé que si llamo por teléfono, me echaré a llorar y se preocuparán.

Sé que mi hermano en concreto pensará: «Te lo dije». Nunca creyó que Sarah fuera la mujer adecuada para mí y me advirtió de que, una vez más, me estaba lanzando de cabeza a una relación seria más por deseo de tener pareja que por atracción hacia esa persona en concreto. Tuvimos una buena discusión por eso y estuvimos tres semanas sin hablarnos. Pero tenía razón. Como siempre.

En vez de redactar el triste anuncio, ojeo varios mensajes del trabajo para los que no tengo capacidad emocional en este momento, y me detengo en un mensaje de Mike Anatolian, un viejo amigo de la universidad.

De: michael_c_anatolian@netmail.co
Para: sethrubes@mail.me
Fecha: Domingo, 21 de junio de 2020 a las 16:06
Asunto: ¿Favor?

¡Hola, colega!

¿Cómo te va la vida? Deseo de todo corazón que todo os vaya bien a ti, a Sarah y a la familia.

Me estaba preguntando si podrías hacerme un favor… Mi hermana pequeña va a empezar el último curso en la Universidad de Nueva York el año que viene y está que se tira de los pelos para conseguir algún puesto en prácticas en verano. Está haciendo estudios audiovisuales y tenía un puesto en una productora para el verano, pero han cerrado por el tema covid y le ha entrado el pánico. Sé que es muy improbable, pero ¿sigues teniendo contacto con la chica con la que te enrollaste en la reunión del instituto? Becks está buscando algo que pueda hacer en remoto en el sector del cine y se me ha ocurrido que una guionista a lo mejor puede darle algunas tareas a una becaria que esté en Nueva York.

No te preocupes si te resulta incómodo, solo se me ha ocurrido preguntarte porque en el mundo de las finanzas no me cruzo con muchos artistas.

Y quitando eso, ¿cómo te va?

De repente, me siento mucho mejor solo por la idea de mandarle un mensaje de correo electrónico a Molly.

21

Molly

Soy una solitaria empedernida. Una introvertida total. Tauro hasta la médula.

Quedarme sentada en casa durante una semana sin hablar con nadie a menos que sea a través de mensajes fue, durante muchos años, mi mayor sueño.

Eso fue antes de que el confinamiento se convirtiera en mi realidad forzosa.

Pues resulta que todo ese tiempo a solas que tan bien sienta cuando se trata de un descanso de los compromisos sociales y de las reuniones se ha convertido en una especie de tortura sin nada de eso para interrumpirlo. Mi casa, que antes era mi santuario, ha empezado a parecerme una cárcel.

La novedad de ponerme al día con mis amistades a través de internet ya se ha pasado. No, no quiero jugar al póquer virtual con seis personas de la universidad. No, no quiero unirme a otro club cinéfilo *online*. No, no quiero tener una cita a ciegas por Zoom.

Quiero aceptar reuniones, donde pueda vender a bombo y platillo mis habilidades como guionista a productores a quienes no les importa ni mi arte ni mi voz particular. Quiero tener una cita donde pueda enrollarme con un desconocido mientras nos tomamos unos cócteles. Quiero ir a un restaurante donde pueda comer algo que me sirva un humano muy amable que no deja de interrumpir la conversación preguntando qué tal está todo. Quiero ir a un *spa* con amigas donde podamos desnudarnos y pasar de los gérmenes y chismorrear sobre conocidas en común.

Quiero ver a mi madre. Quiero dejar de ver noticias en un estado de fuga disociativa, ansiedad y desesperación. Quiero saber menos de virología y de tasas de infección. Quiero dejar de preocuparme por la posibilidad de que mis seres queridos mueran.

Quiero que otro ser humano me toque.

Mi psiquiatra me ha aumentado la dosis, pero el escitalopram tiene efectos limitados en cuanto al aislamiento crónico y el trauma generalizado.

No ayuda que la industria del cine se haya parado. Las ofertas para nuevos proyectos han dejado de llegar. Nadie compra nada.

Sin embargo, eso no me impide pasarme el día mirando la bandeja de correo electrónico con la esperanza de algo más prometedor que una cadena de mensajes con recetas de mi madre, alertas de Facebook y correo basura de tiendas de ropa de capa caída. O facturas. ¡Dios, más facturas no, por favor!

No es que esté sin blanca. Tengo ahorros y todavía recibo derechos de autor de las películas que escribí, aunque vayan mermando. Pero no soy muy optimista en cuanto a mi capacidad de generar ingresos en el futuro. Estoy empezando a ver que mi carrera se va por el desagüe.

Cuando «triunfé» como guionista con veintitantos, creía que mi éxito solo era el principio. Que mi don hablaba por sí solo y que me convertiría en una marca, capaz de conseguir mejores trabajos y ganar más dinero.

Sin embargo, nunca he podido repetir el éxito de esas primeras películas. Mi nombre no es un reclamo. Y con Hollywood de parón total, no van a presentarse muchas oportunidades para redimirme en un futuro cercano.

Eso me desvela por las noches.

Hoy no es distinto. Me despierto y me obligo a servirme un café helado y dar un rápido paseo por la manzana antes de abrir el portátil y repetir en silencio mi mantra diario: «Por favor, que haya una oferta. Por pequeña que sea. Cualquier cosa que no sea más silencio y rechazo».

No hay suerte.

Lo que quiere decir que me toca otro turno en mi nuevo trabajo que es sentarme en el sofá y ver reposiciones de programas de Bravo mientras como cereales de la caja.

El teléfono suena a los noventa minutos de mi ajetreado día de televisión y aparto la mirada de las mujeres que se sirven vino, me limpio las miguitas de las manos y levanto el móvil.

Es mi padre.

Que me devuelve la llamada de hace tres días para saber cómo estaba. Un ritual trimestral durante el cual me informa del puesto que ocupa en las listas de los más vendidos, recuerda sus vacaciones más recientes, me pregunta por mi carrera, la considera penosa de forma tácita y me ofrece dinero.

Es un gran ritual para estrechar lazos.

—Hola, papá —digo al tiempo que me acomodo en los cojines.

—Hola, chiqui —me saluda.

Oigo un chillido de fondo al otro lado de la línea.

—¿Lo escuchas? —me pregunta—. Un guacamayo.

—¿Un guacamayo? ¿Dónde estás?

—En los Cayos. Mi colega Kimbo tiene una isla privada que es un santuario de aves. Celeste y yo vamos a pasar un mes aquí.

—¡Por Dios! ¿Has ido en avión? ¿Se puede hacer eso? ¿No te preocupa el covid?

—He venido en barco.

No debería haber preguntado.

—En fin —dice—, ¿qué te traes entre manos?

Mi mirada abandona la tele en silencio y se posa en la caja de cereales infantiles.

—Pues trabajando un poco.

—¿En qué?

—Bueno, en un guion especulativo.

—¿Una comedia romántica?

—¡Ajá!

—Parece que te sobra el tiempo.

Ah. Hemos llegado antes de lo que esperaba a la parte en la que me dice que estoy malgastando mi potencial. No sé por qué inicio estas llamadas, salvo porque si no lo hago, no tendría padre. Es curioso que se pueda anhelar la atención de las personas que más daño pueden hacerte.

—Bueno, en fin, las cosas estás bastante paradas, claro —replico—. La producción se ha detenido. Creo que lo de Mack Fontaine también está parado, ¿no?

—Ah, pero no me preocupa. El último ya está publicado.

—¡Qué suerte!

Típico de mi padre acabar saliendo ileso de un parón global de la economía.

—La verdad es que por eso te llamo —dice—. Estamos desarrollando *Al descubierto* y acabamos de despedir a los guionistas.

Al descubierto es una de las novelas más populares de mi padre. La trama va de una modelo que contrata a Mack Fontaine para desenmascarar a un cirujano plástico corrupto después de que metiera la pata en su operación de aumento de pecho. Evidentemente, también tiene una tórrida aventura con él, porque nadie es capaz de resistirse a Mack Fontaine.

—¡Qué pena! —digo, sin saber qué tiene que ver eso conmigo.

—No le pillaban el punto a Diane —sigue, en alusión al personaje con las prótesis rotas—. Mi productor cree que necesitamos que lo escriba una mujer. Que sea más sensual.

Ojalá pudiera decir que es la primera vez que mi padre se refiere a su trabajo como «sensual».

—Tiene sentido —digo—. Sería un buen cambio. No se ven a muchas guionistas escribiendo películas de acción.

—Sí, ya, se me ha ocurrido que a lo mejor te gustaría lanzarte a la aventura con esto, ya que te encanta el libro.

No me encanta el libro. Admito que las novelas de mi padre tienen un atractivo chabacano, pero desde luego que no son para mí. Por supuesto, nunca se lo diría. Él cree que lo tengo por un genio. Cree lo mismo de todo el mundo.

De todas formas, me he quedado de piedra. Siempre ha ridiculizado mi trabajo. Supuse que creía que no se me daba bien escribir.

—¡Guau! —digo, incapaz de contenerme—. Es... Gracias por pensar en mí, papá. Sería increíble.

—En fin, que no se diga que no seguiste mis pasos por nada.

—¿Qué necesitarías de mí?

—Un resumen para empezar.

—Sí, claro. Sin problema. ¿Para cuándo lo necesitas?

—No hay prisa. Las cosas van despacio con esto del virus. Todavía estamos hablando con directores.

—Muy bien. En fin, me pondré con ello ahora mismo. Estoy emocionada.

Su mujer lo llama por su nombre y el teléfono se queda en silencio un segundo.

—Tengo que dejarte, niña. Tenis.

—Muy bien. Te quiero, papá.

—Vale. Adiós.

La línea se queda en silencio.

Siento una tensión rara en los laterales de la cara.

Se podría decir que es una sonrisa.

Mi padre me ha hecho sonreír.

Intento que la sensación no se expanda, porque nunca es bueno hacerse ilusiones en lo tocante a Roger Marks. Pero no puedo evitarlo. Me siento halagada.

Me cree capaz de escribir una puta película de acción. Me ve capaz de confiarme a su querido Mack Fontaine. Teniendo en cuenta lo mucho que valora su trabajo, eso no es cualquier cosa.

Busco el portátil para mandarles un mensaje de correo electrónico a mi agente y a mi jefe y contarles esta oportunidad.

Casi se me para el corazón cuando veo el nombre en lo más alto de la bandeja de entrada.

«Seth».

No he hablado con él desde que se comprometió.

Tuve que silenciarlo en Instagram, porque cada vez que publicaba una foto suya con su preciosa novia, tan sana y tan perfecta para él en todos los sentidos, me entristecía.

Y ya tengo cosas de sobra que me entristecen.

Aun así, pincho en su mensaje más deprisa de lo que tardas en pronunciar «mala idea».

De: sethrubes@mail.me
Para: mollymarks@netmail.co
Fecha: Lunes, 22 de junio de 2020 a las 11:12
Asunto: Hola, caracola

Hola, Marks:

¿Cómo te va en estos tiempos sombríos? Espero de corazón que estés bien y que tu familia también lo esté.

Me preguntaba si podría pedirte un favor. La hermana de un amigo está estudiando audiovisuales en la Universidad de Nueva York, y su programa de trabajos en prácticas se ha ido al garete por el covid. Está buscando algo que pueda hacer en remoto, y se me ocurrió que tal vez necesites a una lista asistente para el verano. Estoy seguro de que hará todo lo que quieras, aunque solo sea revisar tus guiones en busca de fallos ortográficos. No te preocupes si no te interesa…, solo se me ha ocurrido preguntar.

Dime qué es de tu vida. Me acuerdo de ti.

Seth

Mmm… El tono es más bien serio (cosa que pega) y directo. De todas formas, es bonito saber de él.

No tengo la más mínima necesidad de una asistente, pero supongo que se me podrían ocurrir tareas suficientes para ayudar a su amigo. Recuerdo lo desesperada que estaba yo por conseguir poner aunque fuera la punta de los pies en el mundillo cuando estaba en la universidad. Claro que si soy tu mejor oportunidad para emprender el camino hacia la fama y la fortuna en el mundo del cine, me preocupas. Aun así, soy mejor que nada.

Pincho para contestarle.

De: mollymarks@netmail.co
Para: sethrubes@mail.me
Fecha: Lunes, 22 de junio de 2020 a las 11:20
Re: Asunto: Hola, caracola

¡Hola!

¡Estoy bien! La cosa está un poco solitaria para una solterona, pero doy gracias por que mis seres queridos estén bien de momento. Y buscándole el lado positivo al asunto, nunca me imaginé que tendría una colección tan variada y elegante de mascarillas.

¿Cómo está tu familia? ¿Tu cuñada no es médico de urgencias? Ojalá esté bien. Ni me imagino el estrés que estará pasando.

Será un placer ayudar a la hermana de tu amigo. Ahora mismo las cosas están muy paradas en el mundo del cine, como te puedes imaginar, pero seguro que encuentro algo que pueda hacer durante un par de horas a la semana. Dale mi dirección de correo si le interesa.

Por cierto, ¡vi la noticia de tu compromiso! ¡Enhorabuena!

Yuju,
Molls

Pincho en «Enviar» antes de pensármelo bien o de ponerme a editar el texto, y después redacto el mensaje para mi agente y mi jefe.

Cuando por fin lo envío, oigo la notificación de un nuevo mensaje entrante.

De: sethrubes@mail.me
Para: mollymarks@netmail.co
Fecha: Lunes, 22 de junio de 2020 a las 11:51
Re: Re: Asunto: Hola, caracola

Seguro que estás elegantísima con una mascarilla. Yo parezco un ladrón de bancos.

Ya en serio, lamento que te sientas sola. Yo he tenido el problema contrario: me he sentido atrapado, como si no tuviera el espacio suficiente. Estoy seguro de que el confinamiento es espantoso lo mires como lo mires. Sé que no es algo de lo que tenga la exclusiva, pero detesto esta situación con toda mi alma.

Gracias por preguntar por Clara. Es médico de urgencias, sí. Lleva dos meses viviendo en un hotel para que Dave y los niños estén a salvo. Un situación horrible: trabajando a destajo, echando de menos a los niños, viendo cosas espantosas todos los días... Pero al menos no se ha contagiado. Espera que pronto sea seguro volver a casa ahora que tienen más material de protección.

En cuanto al puesto en prácticas, te lo agradezco mucho. Se llama Becky Anatolian y se va a poner loca de contenta al trabajar con semejante estrella. Os conecto por correo electrónico.

Y gracias por tus amables palabras sobre el compromiso. Pero el asunto es... que Sarah Louise y yo acabamos de cortar. (Que se mudó ayer, vamos). Así que todavía lo estoy asimilando...

En fin, que me alegro de que te vaya bien y ¡gracias otra vez!

¡Dios mío!

¡Mierda!

No debería haber dicho nada del compromiso. Saberlo no me ayuda. Me siento fatal porque me hace sentir... ¿alegría?

¡Uf, Molly!

Aunque es cierto. Siento alegría.

La alegría no nace de la necesidad de que los demás sean infelices. No quiero de ninguna de las maneras que Seth sea desdichado.

Es la parte de mí (la parte más innata, visceral y atávica de mí) que quiere que Seth esté... disponible. Que quiere tenerlo en reserva por si decido que lo deseo para mí.

Claro que igual la palabra más adecuada es «admitir». «Admito» que lo deseo para mí.

Aunque no es más posible ahora que antes. Me repito en silencio los motivos por los que no debería albergar un anhelo tan ridículo: nos separa casi la extensión de un continente en mitad de una pandemia interminable en la que no es seguro subirse a un avión comercial; ha pasado un solo día desde su ruptura; él es maravilloso y agradable, mientras que yo soy... la clase de persona que se alegra cuando alguien le cuenta que le ha puesto fin a su compromiso.

De modo que no contesto.

Me aparto del portátil, me lleno la botella de agua, busco una mascarilla y salgo para dar un paseo.

En circunstancias normales, detesto pasear por el barrio, ya que las cuestas me destrozan las pantorrillas, pero no puedo quedarme sentada en casa. Tengo la sensación de haberme metido tres gramos de cocaína. (Nunca la he probado porque estoy convencida de que me gustaría tanto que me engancharía de inmediato, pero tengo entendido que tres gramos podrían matar un elefante).

Por suerte, hace un día de junio con brisa en Los Ángeles, con veintipocos grados. La clase de tiempo perfecto que nos prometieron en el sur de California antes de que el calentamiento global empezara a convertirlo en una bola de fuego inhabitable. Ando a paso vivo calle arriba y calle abajo, esquivando a grupos de niños y a perros sueltos, mientras pienso qué contestarle a Seth.

Evidentemente, no puedo expresar el alivio que siento ni transmitirle un interés romántico. Además de que eso me haría quedar como una egoísta y una insensible, y tal vez como una loca de remate, no busco ser el clavo con el que se saque al anterior. Además, eso no es lo que alguien quiere oír justo después de acabar una relación fallida.

Tengo que ser amable.

Expresar compasión y ofrecerme por si quiere desahogarse.

En resumidas cuentas, tengo que comportarme como si fuera una buena persona.

De vuelta a casa, me lanzo a por el portátil.

De: mollymarks@netmail.co
Para: sethrubes@mail.me
Fecha: Lunes, 22 de junio de 2020 a las 12:45
Re: Re: Re: Asunto: Hola, caracola

¡Dios, Seth! No sabes cómo siento lo de tu ruptura. Es que no me
imagino lo que es lidiar con eso ahora mismo.

    ¿Te encuentras bien? Aquí me tienes si necesitas desahogarte.

Te quiere,
Molly

Me paro un segundo, recapacito y borro la parte «Te quiere,
Molly». Se me pasa por la cabeza cambiar ese «Te quiere» por «Bss»,
pero me parece demasiado informal para el tema que estamos tratando. No se me ocurre nada mejor, así que lo mando.

Y luego me quedo mirando la bandeja de entrada durante la
siguiente hora mientras como cereales sin pensar en nada.

De: sethrubes@mail.me
Para: mollymarks@netmail.co
Fecha: Lun, 22 de junio de 2020 a las 14:06
Re: Re: Re: Re: Asunto: Hola, caracola

Gracias por preguntar, Molls. Estoy… conmocionado.

Ha sido idea de Sarah. Y eso no quiere decir que la culpe, porque en el
fondo creo que ha sido la decisión correcta y que ella ha sido valiente y
sensata al ponerle fin en vez de dejar que la cosa se alargase. Pero la
cabeza me da vueltas por lo rápido que se ha acabado todo. (Lo dijo el
sábado por la noche y se mudó el domingo).

    La cosa es que creía que hacíamos muy buena pareja. De hecho, es
que la hacíamos. Al menos, una temporada.

    Es abogada de oficio y me inspiró para dar el paso definitivo y
montar la asesoría legal sin ánimo de lucro a la que llevo un tiempo

dándole vueltas. He reunido a un grupo de estudiantes de Derecho para ayudar a víctimas de violencia doméstica en los juzgados de familia. Tu amigo Rob me está pasando clientes… Es buena gente.

La cosa es que después nos comprometimos, y lo más gracioso es que el día que compré el anillo, lo perdí enseguida. Jon y Kevin se lo llevaron sin querer. Tuve que ir a la carrera en taxi a Brooklyn para recuperarlo. Ahora no dejo de pensar que fue una señal.

Después, una vez comprometidos, empezamos a vivir juntos y la pandemia empezó casi de inmediato, así que llevamos meses sin separarnos en ningún momento. Se volvió claustrofóbico. A lo mejor si hubiéramos tenido más espacio, la cosa habría salido de otra manera… No lo sé. A lo mejor ahora ya nos conocemos más a fondo y nos hemos dado cuenta de que no éramos tan compatibles como creíamos. Sea como sea, la cosa no funcionaba.

En el fondo, creo que si hemos cortado por esto, no estábamos hechos el uno para el otro. Me alegro de que haya pasado antes de casarnos o de tener hijos.

Quiero casarme con el amor de mi vida, ¿sabes?

Pero, joder, cómo duele de todas maneras.

En fin, ¡seguro que es más de lo que querías saber!

Gracias por escuchar/leer mis paranoias.

Seth

He leído su mensaje cuatro veces. La frase en la que no dejo de atascarme es «Quiero casarme con el amor de mi vida».

Se lo merece, joder.

Quiero que cuente conmigo, apoyarlo. Le contesto de inmediato.

De: mollymarks@netmail.co
Para: sethrubes@mail.me
Fecha: Lunes, 22 de junio de 2020 a las 14:20
Re: Re: Re: Re: Asunto: Hola, caracola

Parece dolorosísimo. Aunque no estuvierais hechos el uno para el otro, los finales son una mierda. Y un solo día de preaviso es… duro.

Voy a permitirme ser sincera un segundo: te mereces a alguien increíble. Eres una de las mejores personas que conozco.

Encontrarás al amor de tu vida. Y ella será una mujer muy afortunada.

Por eso, de vez en cuando, me gustaría ser yo.

Mis dedos van más deprisa que el cerebro, así que tardo un momento en darme cuenta de lo que he escrito.

No, Molly.

No, no, no y ¡no!

Borro esa última frase con absoluto horror y releo todo el mensaje para asegurarme de que no he dicho nada más que ponga en evidencia el anhelo que me provoca.

Hago clic en enviar.

Sin embargo, eliminar el mensaje de correo electrónico de mi ordenador no cambia la verdad.

Porque sí me gustaría ser el amor de la vida de Seth Rubenstein.

22
Seth

Llevo todo el día, desde que envié el mensaje de correo electrónico con el asunto «Lamento informaros de que al final no me caso», recibiendo mensajes de texto y llamadas telefónicas de amigos y de familiares bienintencionados.

Mi madre se ha puesto a llorar mientras se preguntaba cómo alguien podía abandonar a su hijo perfecto.

Mi padre me ha dicho que encontraría a alguien pronto, porque soy un buen partido.

Mi hermano ha dicho que Sarah no era la adecuada para mí y, «como ya te he dicho muchas veces», tengo que romper este patrón de relaciones demasiado rápidas.

Kevin me ha dicho que tenía un mal presentimiento desde que compré el anillo «básico».

Jon me ha dicho que Kevin es un insensible y se ha lamentado de que no puedan venir a visitarme porque es demasiado peligroso viajar en avión.

Sin embargo, las palabras que más me han consolado han sido las de Molly Marks: «Eres una de las mejores personas que conozco».

No se trata de que sea la absoluta verdad. Se trata de que Molly rara vez hace halagos. Rara vez habla con sinceridad, pero cuando lo hace, lo dice en serio. Leer esas palabras suyas hizo que me acordara de la última vez que nos vimos. De que me invitó a quedarme con ella. De que se llevó un chasco cuando le hablé de Sarah, y después se avergonzó al darse cuenta de que yo me había percatado de su decepción.

Y sé que solo han pasado veinticuatro horas desde que terminé una relación. Pero me descubro preguntándome si está sola y sin compromiso.

No puedo preguntarle eso. Va a pensar que estoy loco.

Sin embargo, cuando dijo que sabe que encontraré al amor de mi vida, una parte de mí cobró vida con una idea loca: «¿Y si ya lo he hecho? ¿Y si eres tú?».

Me muero por contestar su mensaje (por mantener viva la conversación), pero no tengo ni idea de lo que decir.

Así que le contesto a Mike Anatolian.

De: sethrubes@mail.me
Para: michael_c_anatolian@netmail.co
Fecha: Lunes, 22 de junio de 2020 a las 14:27
Re: Asunto: ¿Favor?

Hola, colega. Me alegro de saber de ti. Por aquí va todo bien, familia incluida, al menos en cuanto a salud. Hay poco trabajo ahora, pero la asesoría de la que te hablé va bien y me mantiene ocupado. En cuanto a Sarah…, es una larga historia. Dame un toque pronto para ponernos al día.

Molly está dispuesta a ofrecerle a Becky un trabajo en prácticas. Dile que me mande un mensaje de correo electrónico y las pongo en contacto.

Recibo un mensaje de correo electrónico de Becky en cuestión de minutos.

De: bma445@nyu.edu
Para: sethrubes@mail.me
Fecha: Lunes, 22 de junio de 2020 a las 14:35
Asunto: Prácticas

Estimado señor Rubenstein:

Le agradezco muchísimo su ayuda para ponerme en contacto con Molly Marks. Tengo muchas ganas de conocerla y no sé cómo agradecerle su ayuda.

Ojalá que esto no le parezca un atrevimiento, pero quiero proponerle otra cosa. He trabajado de voluntaria en un refugio para mujeres en Nueva York durante toda la carrera universitaria, pero ahora mismo está cerrado por la pandemia. Como se puede imaginar, es desolador y un peligro enorme para nuestras usuarias en situaciones de maltrato. Mike me ha hablado de su asesoría legal, y me parece muy inspiradora y también muy necesaria. Si puedo hacer alguna tarea en remoto como voluntaria, me encantaría ayudar.

Gracias de nuevo y saludos cordiales,
Becky Anatolian

¡Qué chica más simpática!
Y también qué buena manera de distraerme de mi obsesión con el estado sentimental de Molly.
Le contesto a toda prisa.

De: sethrubes@mail.me
Para: bma445@nyu.edu
Fecha: Lunes, 22 de junio de 2020 a las 14:46
Re: Asunto: Prácticas

¡Hola, Becky!

¡Guau, qué proposición tan amable! Desde luego que te voy a tomar la palabra. Nos vendría bien ayuda con las entrevistas iniciales, que hacemos a través de videochat. Estas entrevistas nos sirven para determinar si podemos ayudar a clientes potenciales o si tenemos que derivarlos a otro sitio. Voy a decirle a nuestro coordinador de admisión que se ponga en contacto contigo a ver si puedes encajar. Y tal vez tenga algún que otro caso en los que me vendría bien ayuda con la documentación, por si te interesa la parte legal del tema.

Mientras tanto, te pongo en contacto con Molly.

Un abrazo,
Seth

Abro otra ventana y empiezo a escribir.

De: sethrubes@mail.me
Para: bma445@nyu.edu; mollymarks@netmail.co
Fecha: Lunes, 22 de junio de 2020 a las 14:48
Asunto: Molly, te presento a Becky

Hola, Molly y Becky:
  Solo quería mandaros este mensaje para que las dos tengáis la información de contacto. Os dejo a vosotras las presentaciones.
  ¡Que escribáis mucho!

Seth

  ¡Uf!
El tufillo a fracaso que me rondaba desde que me levanté esta mañana se está disipando en este mar de mensajes de correo electrónico.
  Mi bandeja de entrada emite un pitido amistoso y el hilo de mensajes con Molly se pone en negrita con uno nuevo. Hay un icono de un clip: ha adjuntado un archivo.
  Lo abro.
  Me saluda una foto de una cría de ballena en mitad de un salto en medio de un mar turquesa.

De: mollymarks@netmail.co
Para: sethrubes@mail.me
Fecha: Lunes, 22 de junio de 2020 a las 14:53
Re: Re: Re: Re: Re: Re: Re: Asunto: Hola, caracola

Gracias por presentarme a mi joven amanuense.
  Se me ha ocurrido que a lo mejor te apetece algo para animarte.
  (La hice justo antes de cortar con mi último novio. Me hizo más feliz que él).

Le doy un puñetazo tan fuerte a la mesa del sofá de mármol que grito de dolor. Pero ¿qué más da?, porque Molly está soltera y, lo más importante, me ha facilitado ella la información sin pedírsela. ¿Me está leyendo el pensamiento? ¿Me lo dice porque siente la misma atracción que yo?

Saco el teléfono, porque esto pide más inmediatez de la que proporciona el correo electrónico. Me da igual si parece que mi entusiasmo es un poco psicótico.

Seth:
¡Gracias por el contenido ballenil!

Molly:
No hay nada como una cría de ballena para calmar el dolor de una ruptura.

Y tengo MUCHAS MÁS del mismo sitio.

No voy a preguntarle por su ruptura, pero ¿no da la sensación de que quiere que lo haga? Al menos, de que no le importará, porque no deja de mencionar el tema.

Seth:
¿Fue mala la ruptura?

Molly:
La verdad es que no... No estábamos enamorados ni nada.

¡No estaban enamorados! ¿Me está hablando de amor? ¿Está admitiendo que a veces lo siente? Tengo que contenerme para no golpear de nuevo la mesa del sofá.

Molly:
Fue más por el momento... Cortamos JUSTO antes de la pandemia.

Así que he estado sola, disfrutando de mi encantadora
compañía durante cuatro meses.

Y por más que me enorgullezca de ser un puercoespín
introvertido y autosuficiente, da la casualidad de que me
gusta la compañía humana.

Y el sexo. Me habría venido bien un poco de sexo para
entretenerme.

¿SEXO? No quiero parecer un adolescente, pero ¿¿¿HA DICHO
SEXO???

Seth:
Siempre puedes conectarte a una web con chicos
en vivo y en directo.

Molly:
¿Quién las necesita cuando las fotopollas son gratis?

¡Madre mía! ¿Ha dicho eso? De repente, tengo la sensación de que
estoy enfrentándome a un peso pesado en términos de coqueteo. Pero
intento contestar con la mayor despreocupación de la que soy capaz.

Seth:
Desde luego que el mercado de las fotopollas está fuerte.

Algo con lo que consolarme en las largas
noches solitarias que me esperan.

Molly:
¿Te mandan fotopollas?

Seth:
Las mando yo.

> **Molly:**
> No me creo ni por un segundo
> que hayas mandado una fotopolla.

Seth:
Lo he hecho.

Pero solo de buen gusto y después de que me la pidieran.

> **Molly:**
> No te creo ni harta de vino.

Seth:
¿Por qué?

> **Molly:**
> Porque eres como un caballero civilizado
> y elegante de 1849.

Ya no me siento como un adolescente. Me siento como un adulto empalmado a tope. Y si Molly cree que no sé sextear, no ha entendido la idea de «un caballero en la calle, un máquina en la cama», a pesar de haberme visto ser la personificación del dicho en la vida real.

Así que voy a recordárselo.

Seth:
Eso no es lo que dijiste cuando
me corrí en tus tetas.

No aparece de inmediato el bocadillo que indica que está contestando, así que me asalta la preocupación de haberla ofendido. Me muerdo el labio, estresado, cuando por fin empieza a contestar.

Molly:
JAJAJA.

Eso no cuenta. Estabas borracho y me aproveché
de tu debilitado sentido de la decencia.

Ah, guapa, es la guerra.

Seth:
Pues mi polla no pensó lo mismo.

Tres veces.

Molly:
Las contaste.

Seth:
Joder, y tanto que las conté.

Todavía pienso en ti cuando me la casco.

Preciosa y mojada mientras gemías mi nombre.

Molly:
¿Consigo que te corras?

Seth:
En cero coma.

Salvo cuando lo alargo para seguir pensando
en ti más rato.

Molly:
¿La tienes muy dura ahora?

Seth:
Tanto que puedo partir nueces, joder.

Molly:
Demuéstralo.

Estoy totalmente sobrio, pero tengo la sensación de estar borracho. Me bajo la cremallera y me quito los vaqueros. Ya me asoma por los bóxers, con la punta húmeda. Me coloco de forma que también vea parte de mis abdominales además de la erección, porque soy un hombre generoso.

Tardo lo justo para cambiar a modo en blanco y negro antes de hacer una foto, porque no he mentido en lo de tener buen gusto al distribuir pornografía casera.

La mando.

Molly:
Joder...

Quiero ver cómo te la tocas.

Es que me arde y todo. Madre del amor hermoso.
Nunca he mandado un vídeo.
Aunque quiero hacerlo.
Voy a hacerlo.
Y quiero algo a cambio.

Seth:
Yo te enseño lo que tengo si tú me enseñas lo que tienes.

Molly:
Trato hecho.

Apoyo el teléfono en el portátil y lo toqueteo un poco hasta conseguir un ángulo que más o menos me favorezca. Y después me lanzo. Pienso en ella tocándose mientras piensa en mí, y tardo como un minuto en correrme encima.

Largo.

Y tendido.

Es una obscenidad, joder. Nunca le he mandado a nadie algo parecido en la vida, y el corazón se me va a salir del pecho por la idea de que ella lo vea.

Joder, pero me muero por que lo haga.

Arrastro el archivo a la aplicación de mensajería, compruebo tres veces que se lo mando a la persona adecuada y lo envío.

La previsualización aparece en la caja, y estoy tan cachondo por el hecho de que vaya a verlo que sé que voy a tener que cascármela de nuevo en cuestión de minutos para no morir del calentón.

Y después aparece un vídeo debajo del mío. La previsualización es de sus tetas. Unas tetas que me pasé tanto tiempo acariciando en el instituto que son como unas amigas del alma para mí. Unas amigas del alma preciosas.

Pincho en el vídeo y veo a Molly de los pechos hacia abajo. Está sentada en la cama, recostada sobre un montón de cuadrantes y tiene un vibrador rosa al lado.

Madre del amor hermoso.

Empieza jugando con sus tetas, acariciándoselas y retorciéndose los pezones. Después baja las manos por los muslos, que roza con los dedos, excitándose.

Bajo una mano para agarrármela de nuevo, otra vez duro como una piedra, y empiezo a acariciármela mientras la miro, pero no demasiado deprisa. No quiero correrme antes que ella.

Molly separa las piernas para ofrecerme una vista despejada y se mete dos dedos. Oigo lo mojada que está. Extiende una mano hacia el vibrador, pulsa un botón y empieza a hacer un ruidito. Es como ASMR sexual. Podría correrme solo con el sonido.

Aunque no hace falta, porque se lleva el vibrador al clítoris. Puedo oír el zumbido; al igual que su suspiro de placer; su respiración al convertirse en gemidos; la forma en la que susurra «Joder, sí, ¡joder, sí».

Mueve de nuevo una mano para pegarse más el móvil, y puedo ver de cerca lo hinchado, lo rojo y lo mojado que lo tiene, y tengo tantas ganas de saborearlo que me meto un dedo en la boca y finjo que es ella. Dejo de acariciármela porque voy a correrme si sigo, y me la dejo, tensa, contra el abdomen, como si estuviera cabreada por haberla dejado sola.

Nunca he sentido un dolor igual. Me arde todo.

Veo que busca otro juguete en algún punto fuera del ángulo de la cámara: un consolador brillante y morado con la forma de un pene de muy buenas dimensiones. Se lo empieza a meter despacio. No me creo lo que veo. Ahora está de rodillas, con el consolador entre las piernas, moviéndose contra él, y se lleva el vibrador al clítoris.

A juzgar por sus gemidos, rápidos y agudos, sé que está a punto de correrse, así que me la agarro de nuevo para acariciarme a la par que ella. Y después ella chilla tanto que parece un alarido: «¡Oh, Seth! ¡Oh, Dios! ¡Jodeeeeer!». Cierro los ojos y me corro sobre el abdomen y los muslos.

Casi pierdo el conocimiento.

Me paso un minuto entero jadeando.

Cuando abro los ojos, veo que debajo del vídeo hay un mensaje que consiste en una sola cosa: el emoji de una ballena echando agua por el espiráculo.

Me hace reír.

Aunque sigo muy afectado.

No me puedo creer que haya hecho esto por mí, que haya compartido algo tan increíble, tan íntimo y tan personal conmigo. Busco la ropa interior del suelo para limpiarme, levanto el móvil y la llamo.

Contesta al primer tono.

—Hola —dice. Su voz es apenas un suspiro.

—Yo… —La voz me sale ronca y, por un segundo, no sé qué decir.

—Yo también —susurra ella.

—Gracias —replico. Para ser alguien que se gana la vida con las palabras, es que no soy capaz de hilar una frase—. Nunca he… —consigo decir—. Es que me ha conmovido, Molly.

Se ríe por lo bajo. Me la imagino tumbada en la cama, desnuda y desmadejada después de ese orgasmo, sonriéndole al techo.

—Se me ha ocurrido que necesitabas una inyección de energía —dice.

—Ha sido mucho más que una inyección.

Se ríe de nuevo. Me parece que con timidez. Algo que no le he oído desde que tonteábamos en el instituto.

—Nunca le he mandado a nadie algo tan… explícito —sigue—. ¿Me he pasado?

—¿Que si te has pasado? Nena, quiero atravesar el país y follarte con tantas ganas que vas a tener que dejar el trabajo porque solo tendrás tiempo para gritar mi nombre.

—Técnicamente, ahora mismo no tengo trabajo —replica—. Pero eso me deja más tiempo para gritar.

Oigo la sonrisa en su voz.

Por un instante, me tienta la idea de hacerlo. Podría arriesgarme llevando dos mascarillas en el avión. O podría conducir dos días hasta llegar a Los Ángeles. Pero no quiero enfermar y después contagiarla. De modo que digo:

—Lo tendré en cuenta.

—¿Qué vas a hacer el resto del día? —me pregunta.

—Seguramente me lo pase viendo tu vídeo y masturbándome —contesto. Lo digo un poco a modo de broma, pero también tiene su punto de verdad.

—Yo también —dice ella.

Los dos nos echamos a reír.

—Oye, que tu mensaje de correo significó mucho para mí.

—¡Oooh!

Su tono de voz no transmite nada. Así que decido no insistir con el tema.

—Bueno, ¿qué tal te va? —le pregunto.

—Mmm… —murmura despacio—. Supongo que bien.

—«Bien» no parece que sea estupendamente.

—¿Hay alguien a quien le vaya estupendamente?

—No creo.

—Me estoy volviendo loca poco a poco por estar aislada —dice—. Pero me siento como una imbécil por quejarme, ya que nadie de mi familia ha enfermado y tengo ahorros para aguantar hasta que el mundo del cine vuelva a la carga.

Detesto pensar que está sola en Los Ángeles. Esa ciudad ya me parece lo bastante solitaria incluso cuando solo estoy de paso. El confinamiento allí parece desolador, incluso con un tiempo mejor.

—¿Tienes una burbuja? —le pregunto.

—Sí, más o menos. Quedo con algunas amigas. Pero no basta para evitar que me harte de mi propia compañía. Estoy pensando en buscarme un perro, pero ni siquiera me gustan.

—Te gustan los gatos.

Siento una profunda satisfacción al saber ese detalle sobre ella. Al tener un conocimiento intrínseco que se remonta a su adolescencia.

—Lo sé, pero los perros son más sociales y tienen menos probabilidades de acabar cazados por coyotes.

—Ah. En Chicago no tenemos coyotes. A lo mejor deberías mudarte aquí.

—Tenéis ventiscas, Seth. Deja de alardear.

—Las tormentas de nieve son estupendas para el sexo en invierno. Delante de la chimenea. Con una botella de un buen cabernet en la mesa del sofá y una panorámica de la ciudad con el lago de fondo.

—Presentas un argumento convincente para vivir en la tundra.

—A ver, que soy abogado.

—Necesito una ducha —dice ella—. Pero esto ha sido… —Deja la frase en el aire mientras busca la palabra exacta—. Ha sido divertido.

Me gustaría un adjetivo mucho más efusivo, como «abrumador» o «transformador», pero me conformo con poco.

—¿Puedo volver a llamarte? —le pregunto.

—Sí.

Sonrío.

—Bien.

—Bien.

Oigo un clic y ella ya no está al otro lado, y a mí me duele la cara de sonreír.

23
Molly

Dejo el teléfono a mi lado y me miro en el espejo que hay en frente de la cama. Estoy desnuda, rodeada de juguetes sexuales y muy sonriente.

Seth está soltero y sin compromiso. Y buenísimo para morirse.

Sin embargo, además del calentón que me provoca, me resulta… familiar. Porque lo conozco. Porque me gusta.

Y quiero que vuelva a llamarme. Quiero que me llame siempre.

Es una emoción tan nueva y tierna que no quiero contarle a nadie lo que ha pasado, ni siquiera a Dezzie y a Alyssa.

Quiero proteger a Seth. Acaba de cortar con su novia, y a ojos ajenos podría parecer que ha caído en los brazos virtuales de su ex por deslealtad o desesperación. Aunque tampoco sé cómo explicar la intimidad de lo ocurrido.

Porque me parece algo muy íntimo. Solo para nosotros.

Limpio mis juguetes, me ducho y ordeno mi dormitorio. Tengo un subidón de energía que se manifiesta en un deseo de limpiar mi casa, lo que hago con un gusto y una atención al detalle inusuales. La limpio como lo haría si Seth fuese a venir de visita. Siempre ha sido una de esas personas que no tolera el desorden.

Me pregunto cómo será su piso. Me pregunto qué estará haciendo ahora.

Trabajando, seguramente. Que es lo que debería estar haciendo yo.

Agarro el portátil con más decisión que de costumbre.

El único mensaje nuevo de correo electrónico que tengo en la bandeja de entrada es de Becky, mi nueva «asistente en prácticas».

De: bma445@nyu.edu
Para: mollymarks@netmail.co
Fecha: Lunes, 22 de junio de 2020 a las 15:06
Re: Asunto: Molly, te presento a Becky

Estimada señorita Marks:

Me estremezco horrorizada por semejante saludo. ¿Creerá que tengo setenta años?

No tengo palabras para expresar lo agradecida que estoy por esta oportunidad. Espero que no le importe que dedique un momento a expresar mi asombro por su talento y su trabajo. *Descuido* es una de mis películas favoritas de todos los tiempos, y es increíble lo joven que era cuando escribió el guion. Me emociona mucho aprender de una mujer que ha conseguido tantos logros.

Adjunto mi CV. Por favor, indíqueme la mejor manera de empezar.

Atentamente,
Becky

Tendré que conseguir que la joven Becky suelte palabrotas y escriba mensajes de correo electrónico de cuatro palabras o nunca triunfará en esta ciudad.

De: mollymarks@netmail.co
Para: bma445@nyu.edu
Fecha: Lunes, 22 de junio de 2020 a las 15:15
Re: Asunto: Molly, te presento a Becky
Hola, Becky:

Me alegra mucho trabajar contigo. Empecemos con una llamada, ¿digamos que el miércoles después de las 10 de la mañana, hora del Pacífico? Dime si estás disponible.

Y, como vuelvas a llamarme «señorita Marks», estás despedida ;)
Molly

Como no tengo más mensajes de correo electrónico, con eso acabo el trabajo del día. Pido a Amazon un ejemplar de *Al descubierto* para poder releerlo, y luego reanudo mi maratón de *Mujeres ricas de Beverly Hills* mientras sueño despierta con Seth.

Me pregunto si me llamará mañana. Si me despertará diciéndome palabras cariñosas.

Me voy a la cama sin silenciar el móvil, por si acaso.

Sin embargo, cuando me despierto por la mañana, no tengo ninguna llamada perdida.

Lo que sí tengo es un montón de mensajes de mi madre.

Mamá:
Buenos días, cariñito.

Anoche soñé contigo. Estábamos de compras en Miami para tu decimosexto cumpleaños. Te regalaron la camisa verde lima aquella transparente que hacía que te apestaran las axilas. ¿Te acuerdas? ¡JA! Y luego nos caíamos por una alcantarilla.

Ese no es el tipo de contenido sensual que esperaba.

Mamá:
Te echo de menos.

¡Esta mañana nos han gritado a Bruce y a mí cuando hemos ido a hacer la compra a Publix por llevar mascarilla!

Bruce es el hombre con el que está saliendo. Se conocieron porque ella le vendió una mansión cerca de la suya. Durante la pandemia, su «yo» se ha ido transformando en «nosotros» a medida que pasaban más tiempo juntos. Supongo que ahora están en un nivel de noviazgo de «salidas compartidas al supermercado».

Es muy tierno.

Mamá:
¿Te lo puedes creer? NOS HAN GRITADO.

Aquí nadie toma precauciones. Vamos a contagiarnos todos.

¿Estás durmiendo?

Llámame cuando te despiertes.

Si te apetece.

¡Te quiero!

Mamá.

Voy a la cocina a prepararme un té y la llamo mientras espero a que se infusione.

—¡Hola! —exclama al primer tono. Siempre contesta las llamadas como si acabara de beberse seis Red Bulls.

—Hola, mamá.

—¿Te has enterado de las noticias?

—Acabo de levantarme.

—¿A mediodía?

Ella se levanta todas las mañanas a las seis para hacer ejercicio en la elíptica que tiene desde hace veinte años, y a las siete ya está respondiendo los mensajes de correo electrónico del trabajo, incluidos los fines de semana. El horario indolente de una profesional creativa le parecía horrible incluso antes de la pandemia. Ahora que no tengo nada urgente que hacer, cree que estoy en coma.

—Aquí solo son las nueve de la mañana —digo—. Relájate.

—¡Estás desperdiciando la vida durmiendo tanto!

—¡No tengo nada que me obligue a levantarme!

—¡Sal a dar un paseo! A lo mejor conoces a tu futuro marido.

Sigue acosándome para que encuentre el amor. Como si pensara que lo evito a propósito. Como si ella no hubiera hecho exactamente eso durante casi veinte años.

—No me obligues a colgar —le digo.

—En fin, ¿te has enterado de las noticias? —repite.

—Me lo acabas de preguntar.

—¡Han dejado plantado en el altar a Seth Rubenstein! —dice de forma teatral—. Jan Kemp me ha dicho en el supermercado que...

—No lo han dejado plantado en el altar —la interrumpo, frotándome los ojos—. Su novia ha cortado con él.

—¡Jan dice que está destrozado!

—¿Qué sabrá Jan?

—Es íntima de Bonny O'Dell —contesta mi madre con deje triunfal.

Bonny O'Dell es la vecina de los padres de Seth.

Sé que debería eludir esta conversación, pero no he tomado cafeína y todavía no estoy espabilada del todo.

—Me han dicho que fue una ruptura amistosa —digo.

—¿Quién te lo ha dicho? —pregunta con recelo.

—Esto..., pues Seth.

Se hace un largo silencio.

—¿Seth Rubenstein? —pregunta.

—Sí, madre. El mismo del que estamos hablando.

—¿Por qué has hablado con Seth Rubenstein?

—Porque somos amigos. Me envió un mensaje de correo electrónico por otra cosa, para pedirme un favor, y surgió el tema.

—Pamplinas.

No puedo evitarlo. Me echo a reír.

—¿A qué viene eso de las pamplinas?

—Un hombre no envía un mensaje de correo electrónico pidiendo un favor el día que lo dejan plantado en el altar.

—Algo que, como ya hemos dejado claro, no sucedió.

—Ten cuidado con él. Es ladino.

—¡Por Dios! Tal vez sea la persona menos ladina que conozco. ¿Por qué le tienes tanta tirria?

—Porque es abogado matrimonialista. ¿Has oído hablar de alguno que sea buena persona, aunque sea uno solo?

—En fin, por suerte su trabajo es completamente irrelevante para tu vida.

—No si le envía mensajes de correo electrónico a mi hija para desahogarse.

—Muy bien, mamá. Está enamoradísimo de mí. Lo has descubierto. —No negaré que la idea me da vértigo.

—En fin, puede que lo esté ahora mismo. ¡Hasta que se divorcie de ti y te arruine la vida! ¡Porque en eso consiste su trabajo!

—De acuerdo, mamá. Gracias por el consejo. Supongo que al final no me casaré con él.

—Ahora que lo pienso, se merece que lo hayan dejado plantado en el altar —dice, sin dar su brazo a torcer.

—Sí. Merece estar en la cárcel, de hecho. Tengo que irme.

—No es cierto —replica ella.

—Sí lo es. Te quiero, mamá. Adiós.

Corto la llamada y meneo la cabeza. Sin embargo, me alegra un poco que piense que hay algo entre nosotros.

Preparo café y estoy sacando la caja de cereales cuando llega un mensaje de Dez.

Dezzie:

¡¡¡NOTICIÓN!!! ¿¿¿Os habéis enterado de lo de Seth Rubenstein????

Alyssa:

¡No!

¿Qué ha pasado?

Dezzie:

Su novia lo ha dejado.

Alyssa:

¿¿¿Durante el confinamiento???

Dezzie:

¡Sí! Rob lo llamó esta mañana para un tema relacionado con su asesoría legal y parece que Seth estaba de bajón.

No disfruto leyendo esto. Pobre Seth. Sin embargo, no puedo evitar sentir que su humor mejoraría si me llamara para susurrarme cosas cariñosas.

No comparto este sentimiento con mis amigas.

Molly:

Me he enterado. ¡Qué pena! Me siento mal por él.

Dezzie:

Deberías enviarle un mensaje deseándole que se reponga pronto.

Y con tus tetas.

Alyssa:

Bueno, a lo mejor es pronto para las tetas.

Dezzie:

Cierto, hay que saber leer los tiempos.

Pero esta es tu oportunidad.

Molly:

¡¡¡¡¡Estáis locas o qué?????

Alyssa:

¿Niegas que estéis enamorados?

Molly:

Mmm... Sí.

Dezzie:

¡Venga yaaaa! Siempre que lo menciono te pones tontorrona.

Molly:

¡Qué va! Deja de calumniarme

Dezzie:

Bueno, cambiando de tema, Rob lleva un tiempo raro.

Molly:

¿En qué sentido?

Dezzie:

Insiste en ir a la oficina, aunque está cerrada, como si no soportara estar en casa conmigo.

Alyssa:

¿Le está pasando factura el encierro? Yo mataría por poder ir a una oficina. Mataría. A sangre fría.

Dezzie:

No creo que sea solo eso. Además, está muy borde.

Como si tuviera el síndrome premenstrual permanente.

Y bebe demasiado. Incluso para él. Es vergonzoso lo que llevamos al contenedor de reciclaje.

Me pone nerviosa, porque vamos a empezar con la FIV cuando vuelva a abrir la clínica y es malo para el esperma.

Molly:

¡Uf! Lo siento. ¿Has hablado con él de eso?

Dezzie:

Me va a decir que no le pasa nada.

Molly:

¿No será el estrés del trabajo?

Alyssa:

Eso digo yo. Seguro que está tratando con niños que han perdido familiares. Debe de ser horroroso.

Dezzie:

Tenéis razón. Ha sido duro para él, sí.

Seguro que estoy exagerando las cosas.

En fin, que me voy.

Molly:

Te quiero, Dez. ¡Llama si quieres seguir hablando!

Me pregunto si debería tenderle la mano a Rob o si sería inapropiado. Seguramente lo sea. No quiero inmiscuirme en su matrimonio. Pero normalmente es un hombre muy alegre. No quiero alarmar a Dezzie, pero me da mala espina que esté tan preocupada por él. Además, ya en circunstancias normales bebe demasiado. La idea de que vaya a peor no pinta nada bien.

Me distrae de mis pensamientos un nuevo mensaje de Seth.

Seth:

¿Puedes hablar?

Mi sonrisa es tan grande que siento los labios como si no fueran míos.

Voy al dormitorio, me cambio la camiseta raída por una de tirantes que deja a la vista el escote y me maquillo un poco. Luego le hago una videollamada por FaceTime.

Tarda un poco en aceptar y me pregunto si es que no quiere hablar cara a cara, aunque acaba contestando.

Tiene muy mal aspecto.

Los ojos enrojecidos, el pelo alborotado y va sin afeitar. Me pone mucho, pero sé que ese aspecto no es una buena señal para una persona de su talante. No es el tipo de hombre que va por ahí en chándal.

—Hola —lo saludo.

Me regala una sonrisa triste y tensa.

—Hola, Molls.

La sonrisa enorme desaparece de mis labios. No parece contento de verme.

Aunque quizá solo esté cansado.

—¿Cómo estás? —le pregunto con timidez.

Suelta un suspiro.

—No muy bien.

No esperaba que estuviera dando saltos de alegría, pero después de lo de anoche tampoco esperaba que estuviera tan destrozado.

—¿Qué te pasa? —pregunto con mi tono de voz más comprensivo.

Suspira.

—No puedo dejar de pensar en lo de anoche.

—Yo tampoco —digo en voz baja.

Cierra los ojos.

—Y me siento muy culpable.

Se me cae el alma a los pies.

—Creo que cometí un error —sigue.

Me humedezco los labios. Se me ha secado la boca. No quiero preguntar, pero debo hacerlo.

—¿Te refieres a lo de la ruptura de tu compromiso?

Se frota la cara con el dorso de la mano y cierra los ojos con más fuerza. Está fatal.

—No —contesta, para mi más profundo alivio—. Eso fue lo correcto. Pero ha sido muy repentino, ¿sabes?

Asiento con la cabeza, intentando mantener una expresión neutra.

—Y después de lo de ayer, lo único que quiero es verte. Hablar contigo.

¡Menos mal! Ya pensaba que esto iba a ir por otros derroteros muy distintos.

—Sí. Yo también.

—Pero, Molly, ¡solo hace dos días que me dejó mi novia!

El alivio se convierte en pavor. Su voz está llena de autodesprecio. No sé qué decir.

—Y, obviamente, no hicimos nada malo —añade— y fue agradable...

Hago una mueca al oírlo describir el orgasmo más intenso de mi vida como «agradable».

—Pero creo que es posible que todo esté sucediendo demasiado pronto.

—¡Ah! —exclamo.

Me mira con gesto afligido.

—No me refiero a ti, me refiero a mí. Tengo que dejar de lanzarme de cabeza cuando pasa algo insignificante, como si una relación fuera una balsa salvavidas.

—¿Algo insignificante?

Me siento fatal.

—Joder. No quería decir eso. No eres... Significas mucho para mí, Molly.

Me conmueve oírlo decir eso. Aunque estoy segurísima de que lo que viene a continuación va a ser brutal.

—Pero ahora necesito estar solo, averiguar por qué sigo haciendo esto, ¿sabes? Lanzarme de cabeza cuando pasa algo.

—Sí. Tiene sentido —replico a la fuerza.

—Y no es justo que te implique. El problema es mío y no quiero mezclarte en él.

Lo triste de todo esto es que sé que no lo diría si no sintiera lo mismo que yo. Sé que hay algo grande entre nosotros. Demasiado. Al menos para él. Al menos por ahora.

Y justo por eso no puedo objetar.

—No te preocupes. Lo entiendo perfectamente.

Se frota la barbilla sin afeitar. Parece agotado.

—¿Seguro?

Pues sí. No quiero que sea así, lo detesto, pero lo entiendo.

—Sí. Es lógico que tengas problemas sin resolver y quieras solucionarlos.

Cierra los ojos e inspira hondo.

—Molls, siento que te he utilizado.

Me río entre dientes.

—No me has utilizado. En todo caso, te engañé para que realizaras actos sexuales delante de la cámara para mi gratificación egoísta.

—No tenías por qué engañarme, Molls. Y no me arrepiento.

—Yo tampoco.

Lo veo asentir con la cabeza.

—Muy bien. Bueno, siento todo esto. No quiero enviarte mensajes contradictorios, ni herir tus sentimientos, ni...

No soporto esta ternura compasiva. Tengo que conseguir que pare antes de echarme a llorar. Así que esbozo una sonrisa irónica y levanto las manos.

—¡Guau! —exclamo—. Que solo ha sido sexo por cámara web, colega. No estamos saliendo ni nada.

Eso no es cierto, por supuesto. No fue solo sexo por cámara web, al menos no para mí. Pero no quiero que piense que voy a quedarme sentada en casa, suspirando por él. Tengo dignidad. Y no quiero que se sienta más culpable de lo que se siente.

Aunque parece desconcertado. Casi dolido.

—Supongo que para mí significó algo más —dice—. Y ese es el problema.

No digo nada. Quiero llorar.

Vuelve a sonreírme con los labios apretados.

—Adiós, Molls.

Y, tras eso, corta la videollamada.

SEXTA PARTE

Julio de 2021

24
Molly

Florida en pleno verano no sería mi primera opción para una boda. Al fin y al cabo, se me conoce por evitar las celebraciones en grupo en general, y también creo firmemente que la costa del golfo de México solo es habitable de noviembre a febrero.

Sin embargo, la boda de Jon y Kevin es especial. A riesgo de ser empalagosa, representa algo más que una celebración de su historia de amor. Es una celebración de la oportunidad de volver a vivir la vida. Y, por eso, soportaré todos los vuelos que sean necesarios de una punta a otra del país con doble mascarilla, además de la sofocante humedad.

Esta noche, la víspera del romántico acontecimiento, estoy empapada no solo de sudor, sino también del placer de estar con mis mejores amigas. Reunirme con Dezzie y Alyssa después de dieciocho meses sin vernos es algo trascendental.

Salvo por la presencia de Rob.

Nos hemos sentado en el patio de un restaurante y está hablando demasiado alto con la camarera.

—Otro old fashion, preciosa —le dice, haciendo sonar el hielo en su vaso de cristal vacío.

Dezzie lo mira mal. Llevamos aquí tres cuartos de hora y ya lleva dos copas. Eso sin contar los dos martinis que se tomó en el cóctel de la madre de Alyssa. Ya se le traba la lengua. Son las siete de la tarde y ya le cuesta hablar.

—No la llames «preciosa» —masculla Dezzie.

—Le gusta —protesta él, demasiado alto.

La camarera nos mira con una sonrisa tensa.

—Ahora mismo. ¿Algo más para el resto?

Negamos con la cabeza.

Ryland se echa hacia atrás en la silla.

—Es muy agradable estar en un restaurante sin tres niños gritones.

Está claro que intenta aligerar el ambiente, pero Dezzie sigue echando chispas por los ojos.

—Sí, es mucho más relajante estar con uno solo —replica con la mirada fija en su marido.

—¿Se lo están pasando bien los niños con sus primos, Ry? —pregunto.

—¿A quién le importa? —bromea él—. Quien se lo está pasando bien soy yo. Es la primera vez que estamos sin niños desde hace... —Levanta la mano como si fuera a mirar el reloj—, ¿siete años?

Alyssa gime.

—Lo parece, desde luego.

—Si estáis tan hartos de vuestros hijos, ¿por qué tuvisteis un tercero? —pregunta Rob.

Todos guardamos silencio al instante, sorprendidos.

Dezzie lleva meses preocupada por el cambio de actitud de Rob, y a Alyssa y a mí cada vez nos preocupa más el estado de su matrimonio. Pero esto es mucho peor de lo que imaginaba.

—Quiero a mis hijos más que a nada, Rob —dice Alyssa con firmeza—. Pero los mayores tienen clases *online* y necesitan supervisión constante, y Jesse todavía lleva pañales. Ambos trabajamos a tiempo completo desde casa, sin nadie que pueda echarnos una mano con los niños, en un espacio reducido. Ha sido muy estresante.

—Quiere decir que ha sido como el noveno círculo del infierno de Dante —añade Ryland, rodeándola con un brazo.

—Sí, bueno, por lo menos no se os ha muerto ninguno —dice Rob.

Alyssa se queda horrorizada.

Ryland se inclina hacia Rob.

—¿Qué cojones acabas de decir?

—He dicho que siento que os moleste tener que encargaros de vuestros propios hijos cuando la gente se está muriendo —contesta Rob—. En mi trabajo...

—¡He perdido a mi madre! —lo interrumpe Ryland—. ¡Ni siquiera pudimos despedirnos de ella porque estaba aislada en el hospital! ¿Está claro? Así que ni se te ocurra mencionar la muerte de mis hijos, joder.

Alyssa lo toma de la mano y se levanta.

—Ven, cariño. Vamos a dar un paseo.

—¡Mierda! Lo siento, lo siento —se disculpa Rob con voz ronca—. Joder, perdóname. Siéntate. No lo sabía.

—¡Si te lo dije! —exclama Dezzie.

—¡Pues se me había olvidado!

Ryland, que es una de las personas más afables que conozco, está literalmente temblando por la rabia. Deja que Alyssa tire de él y, sin mediar palabra, se abren paso por el atestado restaurante en dirección a la puerta.

—¡Qué bonito! —le dice Dezzie a Rob.

Él no la mira.

—Tengo que mear —murmura, levantándose.

De manera que Dezzie y yo nos quedamos solas en la mesa.

Por supuesto, la comida llega justo en este momento.

Ninguna de las dos la toca.

—¡Madre mía! No bromeabas —digo.

Dez apoya la cabeza en las manos.

—Ya. A veces se comporta con la misma ternura de siempre, tan normal, y otras veces se pone... así.

—¿Crees que es por toda la mierda del covid?

—Sinceramente, no lo sé. A ver, muchos de los jóvenes con los que trata han perdido seres queridos. Así que creo que por eso se enfadó con Ry. Que tampoco es excusa, ojo.

—No. Ahí se ha pasado de la raya.

—Y, obviamente, el aislamiento, el miedo y todo eso pasan factura —sigue con cansancio—. El médico le ha recetado un antidepresivo, pero… —se calla un momento antes de añadir—: Está claro que no funciona.

Extiendo un brazo por encima de la mesa y le aferro una mano.

—Lo siento mucho.

—Está empezando a agotarme de verdad, Molls. Me habla mal todo el tiempo. Bebe muchísimo. —Empieza a llorar—. No sé cuánto más podré soportarlo. A veces es muy cruel.

Me levanto para rodear la mesa y abrazarla.

—Lo siento mucho, cariño —murmuro.

—Sigo esperando que mejore. —Se le quiebra la voz—. Lo quiero mucho, ¿sabes? Y sé que está sufriendo, es que lo veo sufrir, pero no se desahoga. Se distancia de mí. Y no sé si es para protegerme o porque simplemente no soporta hablar del tema, pero siento que lo estoy perdiendo.

—¿Habéis pensado en ir a terapia?

—No consiente ir. Ni solo ni conmigo. —Se seca una lágrima y se sorbe la nariz—. Y me siento fatal quejándome de mi matrimonio cuando a otras personas les están pasando tantas cosas terribles. Pero vamos a empezar por fin la fecundación in vitro el mes que viene y me preocupa que…

Justo en ese momento reaparece Rob.

—¡Comida! ¡Bien! —exclama, como si no se diera cuenta de que estoy abrazando a su mujer, que está llorando.

Lo fulmino con la mirada, lo que debe provocar cierto nivel de arrepentimiento, porque dice:

—¿Estás bien, nena?

—Tienes que disculparte con Ryland y Alyssa —dice Dezzie.

—Oído cocina. —Vuelve a sentarse en su silla y no tarda en hincarle el diente a su filete.

Vuelvo a mi asiento después de darle un apretón a Dez. La salsa de salvia y mantequilla de mis raviolis ya ha empezado a enfriarse.

Alyssa y Ry vuelven, tomados de la mano.

—Oye, lo siento —dice Rob de inmediato—. Me he pasado muchísimo de la raya.

—Pues sí —replica Ryland con un tono gélido que deja claro que no quiere hablar del tema.

Terminamos la comida con un ambiente incómodo. Intento suavizar la tensión hablando de la reciente boda de Marian con su jugador de béisbol (una ceremonia íntima solo para la familia que apareció en la revista *People*) y enseñando fotos de los mellizos de Gloria y Emily (que son tan preciosísimos… ¡que han hecho que me plantee la maternidad!).

En cuanto pagamos la cuenta, Dezzie le dice a Rob que deberían volver a casa de sus padres antes de que se acuesten. Alyssa, Ryland y yo decidimos dar un paseo y tomarnos un helado.

—Estoy preocupada por Dez —digo en cuanto Rob y ella se alejan—. Empezó a llorar cuando os fuisteis.

—Pobrecilla —dice Alyssa—. ¿Se puede saber qué le pasa a Rob?

—Me han dado ganas de estrangular a ese cabrón —murmura Ryland.

Alyssa le da un apretón en un brazo.

Por enésima vez, me maravillo de ver lo bien que están juntos. Del amor que irradian, de ese apoyo mutuo, sereno y firme.

Veo con escepticismo que mucha gente encuentre un amor como el suyo, y con más escepticismo todavía que me suceda a mí. Creo que es un regalo poco frecuente que mi querida y tierna Alyssa se merece.

Sin embargo, me hace desear una relación así. Una relación en la que la pareja disponga de un mundo seguro y privado.

Nos abrimos paso entre los turistas, pasando por delante de una serie de *boutiques* que parecen vender exclusivamente vestidos de verano de colores pastel y camisas de Tommy Bahama. El aire me devuelve a la infancia, es dulzón y denso. A medida que nos acercamos a la heladería (un emblemático establecimiento local llamado Miss Malted's), las aceras se llenan de parejas y familias lamiendo alegremente los enormes cucuruchos de helado blando por los que es famosa Miss M's.

—Ry, ¿sabes que Alyssa trabajaba en esta heladería? —pregunto.

La susodicha gime.

—Aquel verano acabé con tres caries.

—¡Eh, chicos! —exclama una voz familiar desde algún lugar delante de nosotros.

¡La voz de Seth!

Dejo de caminar. Todo mi cuerpo se pone rígido cuando lo veo. Sabía que estaría aquí, claro.

He intentado prepararme.

Sin embargo, no tengo un libro de trucos que explique cómo comportarse delante de una persona a la que no puedes dejar de echar de menos.

Está con toda la pandilla Rubenstein: sus padres, su hermano, su cuñada y sus dos sobrinos.

—¡Hola, Rubenstein! —grita Alyssa, adelantándose para saludarlo.

—¡Por Dios, si son Alyssa y Molly! —grita la señora Rubenstein, que se abre paso a codazos entre sus hijos para abrazarme—. Chicas, ¿cómo estáis? ¡Cuánto tiempo!

Abraza a Alyssa y luego se vuelve hacia Ryland.

—¿Y quién es este muchacho tan guapo?

Ryland le tiende una mano.

—Ryland Johnson. Soy el marido de Alyssa.

—Barbie Rubenstein y mi marido, Kal. Y este —señala a su otro hijo— es nuestro hijo David con Clara, su maravillosa mujer. Y, por supuesto, a Seth debes de conocerlo.

—Me alegro de verte, colega —dice Ryland.

—¡Yo soy Jack! —grita el niño que Seth lleva a hombros antes de que él pueda replicar, golpeándolo en la coronilla para enfatizar—. Diles que soy Jack.

—Lo siento, Jack. ¡Qué maleducada soy! —dice la señora Rubenstein con fingida seriedad—. Chicos, este es mi nieto, Jack, y ese apuesto caballero es su hermano, Max.

—¡Tengo cuatro años! —grita Jack, tan alto como para resucitar a los muertos.

—Yo tengo seis años —dice Max con timidez, como si estuviera obligado a dar esa información después del anuncio de su hermano.

El señor Rubenstein suelta la mano de Max y me da un apretón en un hombro.

—Pero si es la señorita Molly Marks. ¡Dios mío, muñeca! ¿Cuánto tiempo ha pasado? ¿Veinte años?

Sonrío, porque el señor Rubenstein siempre me llamaba «muñeca», y siempre me ha gustado la familia de Seth.

—Más o menos —contesto—. Me alegro mucho de verlo.

La señora Rubenstein me aferra una mano.

—Molly, te veo estupenda. ¿Cómo está tu madre? Feliz y con buena salud, espero. Siempre veo sus carteles en la ciudad.

Me río.

—Si pudiera, empapelaría con su cara hasta los bancos de los parques.

—¿Qué os trae por estos lares? —pregunta el señor Rubenstein.

—La boda de Jon y Kevin —responde Alyssa.

—¡Oh, qué bonito! —exclama la señora Rubenstein—. Nosotros también iremos. Menos los niños, claro.

—No sabía que venías —me dice Seth, que se quita a su sobrino de los hombros y lo deja en el suelo con cuidado.

—No sé cómo he acabado en la lista de invitados —bromeo.

Da un respingo.

—Oh, no… Lo siento, no quería decir que me sorprenda que estés invitada. Es que sé que odias las bodas. Y Florida. Supuse que no vendrías.

Es una suposición justa. Lo normal es que no hubiera asistido. Al fin y al cabo, una pandemia es una excusa bastante buena para evitar las emociones sensibleras típicas de las celebraciones en carpas blancas.

Claro que no voy a decirle la verdad: que he venido en parte para verlo.

Hace más de un año que no hablamos, desde que cortó el contacto en junio del año pasado. He evitado hablar de él con mis amigas. Lo he silenciado en las redes sociales. He hecho todo lo que estaba en mi mano para no echar sal en la herida que me provocó.

Aunque sigo pensando en él todos los días.

No hay una sola vez que compruebe la bandeja de entrada del correo electrónico que no espere encontrar un mensaje suyo.

Es patético.

—Tío Seth, tío Seth, toc, toc —dice Max.

—¿Quién es? —pregunta el aludido.

—Vendo uvas.

—¿Y pasas?

—¡Si abres, sí! —grita Max.

Seth me mira con gesto sonriente.

—Maxie es el cómico de la familia —dice.

—Ya veo. —Hay algo muy tierno en ver a un niño disfrutando tanto con esos chistes tan tontorrones. Me agacho—. Hola, Max —le digo—. Toc, toc.

Se le iluminan los ojos.

—¿Quién es?

—Soy yo.

—¿Quién es yo?

—¿No sabes quién eres?

El niño se ríe.

—¡Ese no lo había oído nunca!

—Deberías robárselo, colega —le dice Seth—. Es buenísimo.

—Bueno —dice Alyssa—, íbamos de camino a Miss M'. Supongo que no queréis...

Dave se lleva un dedo a los labios y menea la cabeza en lo que deduzco que es un gesto paterno de «No menciones el helado».

Alyssa le responde levantando un pulgar.

—¿Nos vemos en la boda? —pregunto.

—Hasta mañana, muñeca —se despide el señor Rubenstein.

—Hasta mañana, muñeca —repite Jack.

Ryland los observa alejarse.

—Deja de mirar —masculla.

—¿Como Seth te estaba mirando a ti?

Me alegro de que se hayan dado cuenta.

—¿Me engañan los ojos o acabas de intentar encandilar a un niño? —me pregunta Alyssa.

—Creo que intentaba encandilar al tío del niño —dice Ryland con sorna.

Me planteo cómo responder a eso. Luego me río.

—¿Crees que ha funcionado?

25
Seth

—¡Menudo bombón! —exclama mi padre en cuanto nos alejamos de Molly—. ¿Está soltera, Sethy?

—Recuerdas que le rompió el corazón y le provocó una depresión durante años, ¿verdad, papá? —le pregunta Dave.

—Sí, pero ¿está soltera?

—No lo sé —respondo—. Hace años que no la veo.

Mentira, claro está. Pero que mis padres me acosen sobre posibles perspectivas románticas es un pasatiempo que intento evitar.

—Mándale un mensaje a Jonnie y pregúntale si Molly ha venido acompañada a la boda —dice mi madre.

De hecho, me gustaría enviarle un mensaje a Jon para preguntarle por qué no me ha dicho que Molly había confirmado su asistencia. Si lo hubiera hecho, estaría mentalmente preparado. En cambio, me siento inestable. (Emocionalmente, claro. No voy dando tumbos por la calle. A diferencia de muchos de los turistas que salen a trompicones del Barco del Daiquiri).

—Déjalo en paz, mamá —dice Dave.

—¿Podemos ir a bañarnos cuando lleguemos a casa? —pregunta Max.

—Es tarde —contesta Clara—. Mañana puedes bañarte todo el día.

—¿Con el tío Seth?

Clara me mira con una sonrisa irónica.

—Eso tendrás que preguntárselo a él.

—¿Por favor, tío Seth? —pregunta Max.

—Claro —respondo. Al fin y al cabo, hace demasiado calor como para hacer otra cosa que no sea holgazanear en una piscina. Me encanta el clima de Florida, pero hasta yo tengo mis límites cuando la temperatura es de 32 ºC y hay una humedad del cien por cien—. Pero tendremos que bañarnos temprano, porque luego los adultos nos vamos de boda.

—¿Vas a madrugar para bañarte con estos monstruos? —me pregunta Dave—. Sabes que se despiertan a las seis.

—Soy así de tonto con las obligaciones —contesto.

—¡Ha dicho tonto! —chilla Jack.

No duermo mucho.

Los niños se toman lo de «bañarse temprano» al pie de la letra. A las seis y cuarto ya están en mi dormitorio saltando sobre mí. Consigo un poco de tiempo para tomarme un café y meditar diez minutos gracias a las dotes de negociación maternal de Clara, tras lo cual me pongo el bañador y me lanzo a una mañana caótica.

Con los niños te lo pasas fenomenal, siempre que no te importe la violencia física. Todo son pistolas de agua, peleas con churros de piscina e intentos de «ataques de tiburón» debajo del agua que acaban en ahogadillas. Intento que participen en un sano juego de Marco Polo, pero no lo consigo. En cambio, quieren que los lance por los aires. Les doy el gusto, y me provoca un momento de nostalgia.

Molly, persiguiéndome por la piscina de Gloria y Emily hace casi dos años. Molly, invitándome impulsivamente a ir al Parque Nacional Joshua Tree.

Molly, mostrándome su yo más vulnerable.

Me pregunto si todavía piensa en mí.

Dejo a los niños en el agua y entro para ducharme y poner al día el correo electrónico del trabajo antes de que llegue la hora de vestirme. A las dos y media me pongo el traje de lino que Jon y Kevin han exigido para este acontecimiento y me reúno con mi familia para ir al encuentro del coche con conductor que hemos alquilado para que nos lleve a la boda y nos traiga de vuelta.

Llegamos al lugar de la celebración, una opulenta mansión de estuco rosa construida en los años veinte al estilo de un palacio veneciano, emplazada justo en la bahía.

Atravesamos una terraza de mármol y bajamos a los jardines, rodeados de enormes y nudosos banianos que se alzan sobre el suelo como si fueran una selva en sí mismos.

Una chica reparte abanicos de plumas de estilo años veinte, con los que nos refrescamos mientras nos internamos en la multitud. Veo a Marian sentada junto a Javier.

Y, detrás de él, veo llegar a Molly con Alyssa y Ryland. Lleva un vestido de la época con flecos y cuentas doradas. Jon y Kevin han pedido que llevemos ropa blanca de lino o dorada con estilo de los locos años veinte, y nadie lo ha hecho mejor que Molly. Nunca la había visto tan arreglada ni con un aspecto tan elegante.

Le hago un gesto con la mano y me sonríe. Estoy a punto de acercarme a saludarla cuando suena una campanada por el sistema de altavoces, nuestra señal para sentarnos.

Jon y Kevin están increíbles mientras caminan juntos por el pasillo flanqueado de peonías, tomados de la mano y muy felices. Irradian el magnetismo de dos personas locamente enamoradas.

Quiero lo que ellos han encontrado.

Lo deseo tanto que tengo que respirar hondo y recordarme a mí mismo que debo centrarme en este momento, en su momento, para no perderme en mi propio anhelo.

La música se detiene y el oficiante (un poeta amigo de los novios) nos da la bienvenida y pronuncia unas hermosas palabras sobre el compromiso y el amor.

Mi madre se da cuenta de lo emocionado que estoy y ¡empieza a frotarme la espalda!

Me encojo de hombros como un niño de cuatro años y me alegro de que Molly esté sentada unas filas por delante de nosotros, porque así no nos ve.

Y llega el momento de que los novios pronuncien sus votos.

Jon es el primero. Aunque es tímido por naturaleza, también es profesor y está acostumbrado a pasarse todo el día delante de hoscos alumnos de sexto de primaria. Se vuelve para mirar a Kevin y hablarle directamente, sin notas.

—Te conocí cuando teníamos catorce años y al instante supe que te quería —dice—. Pero como éramos tan pequeños, tardé un par de años en darme cuenta de que lo que sentía por ti era algo más que amistad. Aunque lo tenía claro. Ya en el instituto, mientras hacíamos el tonto, estudiábamos (o faltábamos a clase) y hacíamos las pruebas para acceder a la universidad, tenía claro que eras para mí algo más que un querido amigo. Eras mi persona especial. Mi persona preferida.

Recuerdo lo unidos que estaban durante aquellos años, la ternura que compartían. Ya parecían una pareja. Compartían los malos momentos y se animaban el uno al otro hasta que acababan muertos de la risa.

Yo era el tercero del trío, pero siempre quedó claro que ellos estaban mucho más unidos.

—Cuando nos fuimos a la universidad y acabamos en Nueva York —sigue Jon—, me di cuenta de que lo que sentía por ti era amor romántico. Y eso me aterrorizó. Porque eras mi mejor amigo. Mi ancla. Mi refugio. La persona capaz de calmarme cuando estaba nervioso; de hacerme reír cuando estaba triste; de llenarme el corazón cuando me sentía solo. Eras la persona que conocía todos mis secretos. —Se le entrecorta la voz—. Salvo uno. —Hace una pausa para recomponerse—. No podía decírtelo, porque me daba mucho miedo que te sintieras incómodo o agobiado y me apartaras. Me daba mucho miedo perderte para siempre. Así que me lo guardé, aunque hubo muchas veces, muchísimas, en las que estuve tentado de arriesgarme y confesarte lo que sentía. Pero nunca era el momento oportuno. O tú estabas saliendo con otro, o estaba saliendo yo. O estabas demasiado ocupado con el trabajo, o estabas de viaje por el extranjero. Siempre tenía una excusa para no decírtelo.

Apenas puedo respirar. Es como si Jon estuviera poniéndole voz a mi corazón. Miro a Molly para ver si esas palabras le recuerdan a mí de la misma forma que a mí me recuerdan a ella. Tiene la mirada fija en Jon. La veo enjugarse una lágrima. ¡Molly Marks, llorando en una boda! Es algo tan inaudito que casi me río. Y espero, ¡espero!, que en parte sea porque esta historia le recuerda a la nuestra.

Espero que esté emocionada por nosotros.

—Y un día —sigue Jon—, en pleno invierno y con una ventisca, llamaron a mi puerta. Yo acababa de cortar con mi pareja, estaba horneando galletas para Nochevieja y pensaba comérmelas solo delante de la tele. No esperaba a nadie. —Pone las manos sobre los hombros de Kevin y le sonríe—. ¡Y eras tú! Con un ramo de flores protegido de la nieve con una bolsa de plástico. Me reí y te pregunté qué hacías comprando flores con ese tiempo, y le quitaste la bolsa y me las diste. Eran peonías blancas. Mis preferidas. No estaban de temporada ni de lejos. Son muy delicadas, pero las habías protegido del frío. Alargué el brazo para aceptarlas y ponerlas en agua, pero me aferraste la mano y me detuviste. Se me heló la sangre. Temía que me dijeras que te mudabas o que estabas enfermo. Y, en cambio, dijiste: «Jon, eres mi alma gemela. Te quiero».

Empiezo a llorar en serio. Unos lagrimones silenciosos se deslizan por mis mejillas, compitiendo con el sudor.

—Y solo acerté a decir —continúa Jon—: «Yo también te quiero». Lo que dijiste era tan simple y tan sincero que cambió mi vida para siempre. Así que, Kev, hoy mi voto es simple y sincero. Prometo ser tu alma gemela. Y también prometo quererte.

Miro de nuevo con disimulo a Molly, que los está contemplando con los ojos llenos de lágrimas.

Y pienso: «¡Sí!». Necesito ser valiente, como Kevin. Necesito confiar en ella, necesito confiar en que capta mi sinceridad, como lo hizo Jon.

Necesito decirle que la quiero.

Y, sin importar si cree o no en las almas gemelas, necesito demostrarle que ella es la mía.

26
Molly

Supongo que debo hacer una confesión.

Parte de la razón por la que odio tanto las bodas, los bautizos y las fiestas de aniversario es que tanta pompa me afecta. Y odio experimentar emociones, al menos en público. Sin embargo, aquí estoy, limpiándome el rímel corrido con los meñiques mientras sigo a la multitud escaleras arriba hasta la terraza donde se celebrará el cóctel.

Me siento el centro de atención. Siento que no soy yo misma. Me siento como una tonta.

—Molly —me susurra Dez al oído—, ¿todavía estás llorando?

Le doy un codazo para apartarla, sorbiendo por la nariz, mientras intento recomponerme. Esto es excesivo, mucho más para mí. Pero los votos, sobre todo los de Jon, me han impactado como un puñetazo en el estómago.

Claro que ¿cómo no van a hacerlo?

¿Un discurso sobre dos personas que se conocieron en el instituto, que se querían de lejos, que siempre estaban en el lugar equivocado en el momento equivocado? No es por querer convertirme en la protagonista de la boda de otra persona, pero esos votos podrían ser de Seth y míos.

Sigo sin creer en las almas gemelas. No creo que los finales felices estén garantizados, ni siquiera para las personas que se merecen uno tanto como Jon y Kevin.

Sin embargo, creo que lo que hizo Kevin fue muy valiente. Quiero que alguien aparezca en mi casa con un ramo de peonías congeladas en las manos y me diga lo que yo misma soy demasiado cobarde para confesar. Y por eso lloro.

Me alejo de mis amigos y me dirijo al baño. Por suerte, dentro hace fresco y, lo que es todavía mejor, está vacío.

Me siento en un inodoro y me recompongo. Luego me planto delante del espejo y me retoco el maquillaje. Me deshago de la evidencia de mi tristeza y la cubro con corrector. Me retoco el pintalabios rojo como si fuera una armadura.

Me vibra el móvil con la llegada de un nuevo mensaje de correo electrónico y decido consultarlo mientras espero a que se baje la hinchazón de la cara.

Trago saliva. Es de mi padre.

El proceso de desarrollo de *Al descubierto* descarriló debido a más retrasos por el covid, y pensé que seguramente pasaría por completo de mí después de enviarle el resumen. Pero hace cuatro meses, para mi sorpresa, me dijo que le gustaba y me pidió un guion. Se lo envié a principios de mayo y todavía no he recibido respuesta.

Le envié un mensaje para decirle que estaba en la ciudad, con la esperanza de que me contara alguna novedad. Normalmente suele responder a mis mensajes, aunque sea para despacharme. Que haya guardado silencio seguramente significa que este mensaje trae una mala noticia.

De: rog@rogermarks.com
Para: mollymarks@netmail.co
Fecha: Sábado, 17 de julio de 2021 a las 19:15
Asunto: Guion

Molly, a Loma y a Cory les gusta tu guion. (A mí también). Quieren reunirse en Los Ángeles para discutirlo la semana que viene. Cassie te enviará los horarios.

Me temo que no voy a poder verte en esta ocasión, estoy fuera, pero cenaremos juntos el día de la reunión que te comento.

Hostia puta.

Empiezo a temblar y me río para mis adentros como una loca, sola en el cuarto de baño.

Me siento ridícula por dejar que esto me afecte tanto, pero sin contar ese «A mí también» que ha escrito como si tal cosa, prácticamente llevo esperando esto toda la vida.

A su mensaje de correo electrónico le sigue rápidamente otro de Cassie, su sufrida asistente, con una serie de fechas y horas para la semana que viene.

Elijo el próximo lunes a las 13.30 y le contesto a mi padre con un mensaje que redacto con mucho tiento para no transmitir demasiada emoción o expectación.

De: mollymarks@netmail.co
Para: rog@rogermarks.com
Fecha: Sábado, 17 de julio de 2021 a las 19:25
Re: Asunto: Guion

Genial, me alegro de oírlo. Es una pena no verte en Florida, pero ya nos veremos la semana que viene.

M

Siento vértigo mientras vuelvo a salir para unirme al cóctel.

—¿Estás bien? —me pregunta Alyssa cuando me acerco a ella, que está sola en la terraza—. Te veo… sospechosamente feliz.

—Nunca me he sentido mejor. Me encantan las veladas calentitas.

—Tú sí que pareces calentita con esos labios.

Le lanzo un beso con ellos.

—Para comerte mejor.

—Para comerte a alguien, tú lo has dicho —replica, mirando a Seth, que parece estar haciendo las presentaciones entre su familia y el famoso marido de Marian.

—Deja de mirarlo —masculло.

—¿Por qué?

—Porque resulta vergonzoso. Estás llamando la atención.

Alyssa resopla.

—A lo mejor tú deberías llamar más la atención y dejar de suspirar.

—El año pasado llamé bastante la atención, por si no lo recuerdas.

Dezzie y ella han acabado enterándose de todos los detalles de mi exuberante escenita sexual, y del galante rechazo que sufrí después.

—Eso era distinto —dice—. Acababa de salir de una relación. Deberías ir a hablar con él.

Sé que tiene razón. Al fin y al cabo, Seth es en gran parte la razón por la que he venido a esta boda.

Sin embargo, y pese a mi buen humor, me siento un poco desmoralizada en lo que a él respecta. Un poco dolida porque no se ha puesto en contacto conmigo desde lo del año pasado. No puedo evitar interpretarlo como una señal de que reflexionó sobre lo que quería y descubrió que no era yo.

Necesito que sea él quien dé el primer paso.

Claro que me alegro de que la buena noticia que he recibido me haya dado un subidón de confianza, precisamente hoy. Espero que note mi brillo.

—¿Dónde está todo el mundo? —pregunto, cambiando de tema.

—En fin —contesta Alyssa con un suspiro—, Rob y Dezzie están discutiendo sobre la hora a la que tienen que estar mañana en el aeropuerto. No sé dónde se han metido. Y he enviado a Ryland a por unas bebidas. ¿Vamos a hablar con la gente?

Nos acercamos a los padres de Jon para felicitarlos. Su madre era nuestra maestra en quinto y su padre era el director del instituto. Allí nos encontramos con los hermanos de Kevin y, al cabo de un momento, llega la hora del banquete. La familia de Kevin siempre ha vivido en la abundancia, y sospecho que es quien corre con los gastos de la celebración, porque todo es fastuoso, desde los techos pintados al fresco, pasando por las montañas de peonías blancas, hasta la orquesta de estilo años veinte que toca clásicos de *jazz*.

Bebo más champán, feliz de estar con mis amigos en un entorno tan bonito. El ambiente parece funcionar hasta con Rob, que arrastra a Dezzie a la pista en cuanto los novios terminan su primer baile. Alyssa y Ryland los siguen de cerca. De manera que me quedo en la mesa sola con Marian y Javier, que están tan ocupados besuqueándose que no se dan cuenta de que estoy aquí.

Echo un vistazo por la estancia en busca de alguien con quien hablar y veo que Seth está apoyado en la barra, mirándome fijamente. Tiene buen aspecto con su traje de lino blanco, aunque parece más delgado que la última vez que lo vi, como si hubiera perdido músculo..., quizá porque los gimnasios son lugares inseguros desde hace mucho tiempo. Menos mal que nunca he hecho ejercicio.

—¿Bailas? —articula con los labios al tiempo que hace un gesto entre nosotros.

Es tan guapo que casi me dan ganas de decirle que sí.

Sin embargo, niego con la cabeza.

—No puedo —respondo.

Hace un puchero. Aunque no debería sentirse así, porque sabe que bailo fatal. Si lo intento, me caeré y mataré a algún familiar anciano de Jon y Kevin. Homicidio por foxtrot.

De todas formas, me alegro de que me haya invitado a hacerlo.

Y más me alegro cuando lo veo acercarse a mí de todas formas.

—Molly Malone —dice a modo de saludo—, levántate. Tienes que bailar conmigo.

Me quedo donde estoy.

—Por favor. Sabes que no voy a bailar el dichoso charlestón o lo que sea esto.

Él desvía la mirada hacia el mar de invitados vestidos de lino y dorado que parecen conocer los complicados pasos de baile y se mueven perfectamente al ritmo de esa música antigua.

— ¡Vamos! Mira cómo se divierten. Yo te enseño.

—No. Soy muy patosa. Ni siquiera soy capaz de bailar en línea. ¡No puedo ni hacer ejercicio mirando vídeos!

Se ríe y levanta las manos en señal de derrota.

—Supongo que recuerdo que te caíste cuando tuvimos que bailar el vals en el baile de debutantes de Porter Carlisle.

—Sí. Encima de su abuela.

—Mmm... ¿Hay alguien a quien odiemos? Podemos usarte como arma.

—El crimen perfecto.

—De acuerdo. Pero sal conmigo. Podemos ver la puesta de sol.

Hacemos una parada en la barra, que parece un homenaje al estilo de la época de la ley seca, y Seth pide un par de cócteles french 75. Bebo un sorbo del mío mientras salimos, y me parece ácido por el limón y penetrante por el champán brut. Perfecto para combatir la humedad.

—Un sitio con clase —digo, señalando los suelos de mosaico de la terraza y las balaustradas que dan a la bahía, que está teñida de rosa, reflejo de la colorida puesta de sol.

—Sabes que lo construyó un empresario de circo, ¿verdad? —dice.

—Empresario de circo. ¿Sigue existiendo como trabajo?

—¿Estás buscando un cambio profesional?

Señalo la fastuosa mansión que tenemos detrás.

—Parece que pagan bastante bien.

—No merece la pena correr el riesgo de que te coma un tigre.

—¿Recuerdas cuando aquel tigre intentó comerse a Roy, el adiestrador de fieras?

—Por supuesto. Te obsesionaste con el tema, por perverso que parezca.

—Porque era como una historia de Edgar Allan Poe.

—Quizá deberías hablar con tu terapeuta sobre la alegría morbosa que te genera la desgracia de ese hombre.

—¡Venga ya! El tigre se llamaba Mantacora. ¡Imagínate tener un tigre, llamarlo así, mantenerlo encerrado durante años y esperar que no te coma!

Seth se ríe.

—He echado de menos tus referencias ochenteras.

—Sí —digo con suavidad—. Hace mucho que no hablamos.

No añado: «Podrías haber oído todas las referencias ochenteras que quisieses. Porque yo estaba aquí mismo».

Esperándote.

Algo relampaguea en sus ojos.

—Lo sé. Quería ponerme en contacto contigo, pero... —Menea la cabeza, como si no tuviera palabras—. Lo siento.

Durante un segundo, nos miramos. Ninguno de los dos habla.

En uno de mis guiones este sería el momento en el que dice lo mucho que me ha echado de menos.

Aunque no lo hace. Mira hacia otro lado.

Me recuerdo a mí misma que los momentos álgidos de las historias de amor solo son recursos narrativos. No son reales.

—Bueno —me obligo a decir—, ¿qué has hecho durante este último año?

Suelta un suspiro, evidentemente agradecido de que haya cambiado de tema.

—Bueno, ya sabes. He estado trabajando. Haciendo yoga. Llorando mientras escuchaba a Cat Stevens sentado en mi casa junto al lago.

—Una vida sana.

Asiente con la cabeza.

—Sí, en fin, he estado ocupado trabajando en algunos aspectos de mi vida. Meditando. Escribiendo en un diario.

Lo dice como si me estuviera contando un secreto.

—¿Ah, sí? —le pregunto—. ¿Algo sobre mí?

Asiente con la cabeza.

—La mayor parte.

Trago saliva.

—¿Cómo qué?

—Lo mucho que te echo de menos.

Lo miro fijamente.

No me lo puedo creer.

Esto es un momento álgido.

—Lo mucho que lamento estar siempre en el lugar equivocado en el momento equivocado —sigue y me da un apretón en una mano. Apenas puedo respirar—. ¿Tienes pareja, Molly? —pregunta.

—No —susurro.

—Bien —susurra a su vez.

Se acerca y me da un beso fugaz en la mejilla. Con el rabillo del ojo veo a su hermano a través de las cristaleras y me pongo colorada. Dave no nos está mirando, pero de todas formas no quiero que nos vean.

—Aquí no —le digo.

Lo agarro de un brazo y lo conduzco hacia los escalones de la terraza. A cierta distancia hay un grupo de banianos. A la mortecina luz del atardecer parecen inquietantes, teniendo en cuenta las sombras que proyectan sobre el césped. Atravesamos el bosquecillo que forman sus troncos hasta llegar a una mesa de pícnic emplazada en un claro bajo un dosel de raíces colgantes. La música flota hasta aquí, igual que el murmullo de las conversaciones, pero los invitados a la fiesta no pueden vernos.

Me siento encima de la mesa y Seth se coloca delante de mí, con las piernas apretadas contra las mías.

Las separo para hacerle sitio y tiro de él hacia mí. Su beso es suave y sabe a limón. Es dulce y lento, y me recuerda a los besos que nos dábamos en el instituto, durante los primeros días de nuestra relación, antes de saber lo que hacíamos. Me sentía muy atraída por él y, sin embargo, muy torpe. Temía tanto hacerlo mal que casi no quería arriesgarme.

Ahora me siento así.

Me alejo.

—Seth, tengo miedo.

—¡Ay, Molls! —dice con ternura—. ¿Por qué?

—Porque no quiero estropearlo.

Se sienta a mi lado en la mesa.

—¿Qué quieres decir?

—Creo que la última vez, cuando nos estuvimos mensajeando —no menciono el sexteo, pero supongo que sabe a qué me refiero—, las cosas se torcieron por mi culpa. Y no quiero que vuelva a pasar.

—Molls, si te refieres al vídeo que me mandaste...

Asiento con la cabeza. No me avergüenzo de mi sexualidad, pero esa fue una de las pocas veces que he hecho algo así. Me siento un poco dolida por haber provocado que se alejara de mí, aunque sé que necesitaba tiempo por las circunstancias, no por el vídeo.

Estoy dolida, pero también avergonzada de estar dolida.

—Molls, no tuvo nada que ver con el vídeo. Si supieras cuántas veces lo he visto...

—¿Lo has guardado?

Yo también he guardado el suyo. Todavía quiero borrarlo, pero me pone tan..., llamémoslo «amorosa», que soy incapaz de hacerlo.

—Cariño —dice—, solo de pensar en él me pongo... —Me aferra una mano y se la lleva al paquete. Miro hacia abajo, sorprendida, porque está empalmadísimo. Algo que no ocultan los pantalones.

Apoyo la cabeza en su hombro, sintiéndome libre de toda la horrible vergüenza que he estado albergando.

—De acuerdo —le digo. Se la rozo con la mano, y él sisea y cierra los ojos.

Es emocionante.

Lo vuelvo a hacer.

Me aferra la mano con las suyas, la levanta y me besa el pulgar.

—Si sigues haciendo eso, voy a eyacular en este bonito pantalón de lino y tendré que sufrir la vergüenza de enfrentarme así a mi familia.

Suelto una risilla.

—¿Recuerdas que en el instituto follábamos en tu dormitorio sin que me la metieras y tú...?

—¿Acababa con los vaqueros manchados? Sí, Molly. ¡Pues claro! Gracias por recordármelo.

— ¡Dios, qué cachondos estábamos!

Mira su erección con pesar.

—Me temo que por mi parte las cosas no han cambiado mucho.

—Si supieras lo mojada que estoy yo...

Me tapa la boca con una mano.

—Me estás torturando a propósito.

Pues sí, pero también intento desviar el foco de la tensión que nos rodea. Por los sentimientos no expresados. Por la gran incógnita de lo que viene después, si es que viene algo.

Y eso no deja de ser infantil.

Si quiero esto, tengo que ser una adulta de verdad y enfrentarme a mis propios miedos.

—Creo que tenemos que hablar —digo.

Seth asiente con la cabeza.

—Sí.

Parece que está organizando sus pensamientos, pero me armo de valor.

—Te he echado mucho de menos.

Algo precioso tiene lugar en su cara. El cambio empieza en sus ojos, que se iluminan, y luego sigue en su boca, donde aparece una sonrisa tan grande que deja a la vista todos sus dientes. Las arruguitas de sus ojos se convierten en pequeños ríos de felicidad. Es una expresión de alegría absoluta e inesperada.

—Yo también te he echado mucho de menos, Molls. Ven aquí.

Extiende los brazos y yo giro las caderas y nos abrazamos mutuamente.

A lo lejos, la música termina y una voz masculina pide que todos vuelvan a sus asientos porque el padre de Kevin va a hacer un brindis.

—¡Mierda! —digo. Es demasiado pronto para escabullirnos—. Seguramente deberíamos volver. No quiero parecer una maleducada.

Él asiente y me tiende la mano para ayudarme a ponerme en pie.

—Además —añado—, me quedo en casa de mi madre, así que no estoy segura de poder... pasar la noche en otro sitio. Quiero decir que puedo hacerlo, pero eso me obligaría a mantener una conversación que no me apetece tener que aguantar.

Seth se ríe.

—Lo mismo digo. Pero ¿qué vas a hacer mañana?

—¿Dormir la mona de champán?

—¿Te gustaría salir conmigo?

Su forma de preguntarlo tiene un deje vulnerable. Como si le preocupara una negativa.

—Sí —contesto—. Me encantaría.

—¿Sabes qué sería divertido? Podríamos volver al lugar donde tuvimos nuestra primera cita.

—¿Ese restaurante cursi para desayunos tardíos con la barra de tortitas? ¿Todavía existe?

—Roberta en la Cala, se llama —contesta con una sonrisa—. Sigue existiendo. Lo he comprobado. —Hace una pausa—. Llevo toda la noche planeando invitarte a salir. Estaba reuniendo el valor.

Me encanta lo aniñado que parece. La parte de mí que lo conoció cuando teníamos dieciséis años, cuando se ponía tan nervioso por estar conmigo al principio, se ilumina al reconocerlo.

—Pues de acuerdo —digo—. Tortitas de nombres raros rodeados de jubilados.

Me da un apretón en la mano.

—¿Paso a por ti a las once?

Asiento con la cabeza.

—Te enviaré la dirección por SMS.

Me pone la mano en la parte baja de la espalda mientras volvemos a la terraza. Cuando llegamos a la escalera, me detiene y me da un beso en la sien.

—Hasta mañana, Molly.

—Sí. Hasta mañana.

¿Y sabes qué?

Estoy deseando que llegue.

27
Seth

Por suerte, me despierto tarde, un poco aturdido después de una noche bebiendo cócteles de la época de la ley seca, y agradezco que mis sobrinos ya estén en la piscina con mi hermano y mi cuñada, lo que deja la casa relativamente en silencio.

Me visto con lo primero que pillo y voy a la cocina, donde mis padres están tomando café y leyendo el periódico en sus iPads.

—Buenos días, cariño —me saluda mi madre—. ¿Quieres desayunar?

—No, gracias.

—¿Seguro? Tenemos *bagels* y salmón ahumado, y puedo preparar unos huevos. O gachas. También tengo…

—No te preocupes por mí. De hecho, voy a salir. Papá, ¿te importa que me lleve tu coche unas horas?

—¡Seth! —exclama mi madre—. ¿Por qué vas a salir cuando tenemos tanta comida?

Sabía que era un error no alquilar un coche. Pero mis padres siempre protestan diciendo que no me hace falta uno, que puedo usar uno de los suyos. «¿Por qué gastar dinero?», me pregunta mi madre.

Después se dedican a controlar mis idas y venidas, e insisten en acompañarme en cada trayecto de cinco minutos a la tienda.

En circunstancias normales, esas muestras de apego me resultan entrañables; en mi familia, estar pendiente de los demás es la forma de demostrar amor. Pero hoy tengo los nervios de un adolescente de dieciséis años y no me apetece que me controlen ni tener que dar explicaciones.

—He quedado —digo.

—Ah, ¿con quién? —me pregunta mi madre.

Es que no tengo ningunas ganas de decírselo.

Evidentemente, se da cuenta enseguida y se abalanza sobre mí como un perro de presa.

—¿Es alguien que conocemos?

—Sí. Molly Marks —contesto con toda la indiferencia de la que soy capaz.

Mi madre mira de reojo a mi padre, que tiene los ojos clavados en el periódico. Me doy cuenta de la emoción que va creciendo en ella cuando dice con fingida calma:

—Ah, qué bien. Me pareció verte salir de la fiesta con ella anoche.

Toso. No sabía que nos habían visto. Me sorprende que mi madre se lo haya callado tanto tiempo. Y espero y deseo que no viera todos los abrazos de índole sexual que intercambiamos.

—No tuvimos mucho tiempo para ponernos al día, porque me pasé toda la noche bailando con cierta madre —replico—. Así que hemos quedado para un desayuno tardío con el que rememorar los viejos tiempos.

No hay motivos para que un adulto no pueda comer huevos a temperatura ambiente con una ex por motivos total y absolutamente amistosos. Pero me he puesto colorado.

Sé que ella lo sabe.

—Ah. ¿Por qué no te llevas mi coche? —sugiere—. Es más cómodo que el de tu padre.

Su repentina falta de interés por mis planes no me engaña. Siempre finge que algo la aburre cuando cree que ha detectado algo jugoso. Sé muy bien lo que va a pasar. Mantendrá una fachada tranquila y después le susurrará a mi padre que «tengo una cita romántica» en cuanto crea que no puedo oírla.

Me gusta tanto esta dinámica como cuando tenía dieciséis años.

—Gracias —digo con voz amable—. ¿Cuándo lo vas a necesitar?

Me da una palmadita benevolente en una mano.

—Usaremos el de tu padre si tenemos que salir. Quédatelo todo el tiempo que te haga falta.

—Gracias.

Busco la llave en el llavero, me hago con algunas cosas del garaje y me voy lo más deprisa posible.

Mis padres viven en una urbanización junto a un campo de golf en el interior, y la madre de Molly vive en una de las islas, de modo que tardo treinta y cinco minutos en llegar a la enorme casa en primera línea de playa. (No la llamo «casoplón» porque más bien parece un castillo con esos torreones de falso estilo español).

Freno y pulso el botón del portón de entrada.

—¿Sí? —dice una voz femenina. Debe de ser la madre de Molly—. ¿Eres Seth?

—Sí, hola.

—Entra.

El portón se abre y paso junto a una caseta ornamental antes de llegar a la casa principal, que se alza en mitad de una gigantesca explanada de césped tan verde que puede competir con el campo de golf de la urbanización de mis padres.

Aparco el coche de mi madre junto a un reluciente Mercedes G-Wagen de color oro rosado que seguramente cueste tanto como la entrada para una casa.

Me alegro de que a la señora Marks le haya ido tan bien, pero este sitio es tan recargado que resulta cómico. Sospecho que Molly hace una mueca cada vez que lo ve.

Molly abre la puerta (altísima, con cristales emplomados) antes de que yo pueda llamar.

Lleva un vestido corto con vuelo y unas sandalias beis con plataforma y tiras en los tobillos. De inmediato, me asalta el deseo de pasarme todo el día atando y desatando esas tiras.

—Hola —me saluda con sequedad—. Vámonos. ¿Conduces tú?

Me inclino hacia delante para darle un beso en la mejilla.

—Por supuesto.

—¡Un momento! —grita una voz. La madre de Molly sale corriendo de la casa, descalza y con una bata larga hasta el suelo con estampado de flores de hibisco—. Seth —dice a modo de saludo mientras me mira de arriba abajo.

Molly suspira con fuerza.

—Mamá, ya te lo he dicho: tenemos que irnos. Tenemos una reserva.

—¿Qué más da por cinco minutos? Solo quiero saludar.

Me mira con cara expectante, como si esperase que yo hiciera los honores.

—Hola, señora Marks —digo, obediente—. ¿Qué tal está?

Molly gime.

—No la llames «señora».

No puedo evitarlo. Es un instinto que me dura desde la etapa como novio del instituto aterrorizado.

—Muy bien, Seth. Gracias por preguntar. ¿Y tú?

—También muy bien.

Nos quedamos sumidos en un silencio incómodo.

—¿Ya estás satisfecha de que no sea un asesino en serie, mamá? —acaba preguntando Molly.

—Molly me ha dicho que eres abogado en Chicago —dice la señora Marks, pasando de su hija.

—Sí, diez años llevo ya —contesto con nerviosismo.

—Abogado matrimonialista —añade ella, que me fulmina con la mirada. Me siento como un adolescente que se acerca a una chica demasiado buena para mí. Es una sensación conocida.

—Mmm… —murmuro, con la esperanza de cambiar de tema—. Mis padres me han comentado que su negocio va viento en popa, que ven sus carteles por todas partes.

Se le suaviza la expresión un poquito.

—¡Ay! Ni lo comentes delante de Molly. Detesta mis carteles.

—A ver, que los pones en los autobuses de la ciudad —protesta Molly.

—Lo que sea con tal de aumentar tu herencia, cariño mío —replica la señora Marks—. A saber si tu padre te va a dejar algo.

Me fulmina con la mirada de nuevo, como si fuera culpa mía que Roger Marks sea un imbécil.

—¡Qué morboso! —gime Molly—. En fin, que tenemos que irnos.

—¿Cuándo vas a traerla de vuelta, Seth? —pregunta la señora Marks.

A Molly se le escapa una carcajada.

—¡Ya está bien, mamá!

—Ha sido un placer verla, señora Marks —digo—. Pero Molly tiene razón. Vamos un poco tarde y ya sabe cómo se pone Roberta a esta hora.

—Que os divirtáis —dice, aunque es evidente que espera que no sea así. Se queda plantada en el camino de entrada echando chispas por los ojos mientras Molly y yo nos subimos al coche.

—¡Dios! —masculla Molly—. Lo siento mucho. Cualquiera diría que no ha visto a una persona antes.

—Me alegra saber que sigue odiándome —replico con una sonrisa.

—No eres tú. Odia a todos los abogados. Ya sabes, por lo que pasó con mi padre. —Carraspea y, de repente, parece incómoda—. Te has librado por los pelos. Desde que tiene novio, está obsesionada con que yo salga con alguien. Normalmente, si un hombre se acerca a menos de un metro de su hija solterona acabada, se ofrece a pagar el anillo de compromiso antes de saber siquiera su nombre.

—No eres una solterona acabada.

Baja el parasol del acompañante para mirarse en el espejo.

—Supongo que soy una solterona medianamente bien conservada.

Extiendo el brazo y levanto el parasol.

—¡Vamos, Molly! Eres guapa.

Parece sorprendida.

—Vivo en una ciudad de sílfides de veinte años y de personas que se gastan el dinero en parecer sílfides de veinte años —replica—. Soy una vieja solterona a su lado.

—En ese caso, a lo mejor deberías irte de esa dichosa ciudad —digo—. Irte a algún sitio donde aprecien tu belleza.

—¿Adónde? ¿A Chicago?

Me pongo colorado al darme cuenta de que ha pensado que le estoy sugiriendo que se mude a mi ciudad. (Aunque no me importaría que lo hiciera).

—Chicago no tiene nada de malo —respondo—. Estarías cerca de Dezzie.

Sonríe.

—Sería bonito estar cerca de Dezzie. Y más cerca de Alyssa. A veces me siento muy lejos en la Costa Oeste.

—¿Te mudarías de verdad?

—En fin, ahora que todo se hace de forma virtual sería más fácil. Me gusta Los Ángeles. Llevo tanto tiempo allí que me parece mi casa.

Es más que comprensible, pero mentiría si dijera que no me encantaría que le apeteciese mudarse.

—¿Tú dejarías Chicago? —me pregunta.

—Puede. Si tengo un buen motivo. Estoy colegiado en Nueva York. Y supongo que no sería tan difícil colegiarme en otro estado. —Como California, pero no lo digo.

—¿No sería complicado dejar el bufete?

De repente, me pregunto si estamos hablando de «nosotros» sin hablar directamente del tema. De la viabilidad de nuestra relación. Así que me lo pienso en serio.

—Tengo una buena reputación en Chicago como abogado, y eso atrae muchos clientes. Pero llevo un tiempo pensando que tal vez me apetezca algo distinto. Podría ser un cambio de puesto con salario similar en otra ciudad, o puede que abra mi propio bufete. Las personas se divorcian en todo el planeta.

—Sí, a un ritmo alarmante. Eso hace que me pregunte por qué se casan.

—Porque casarse es romántico cuando estás enamorado —replico.

Ella se queda callada un momento.

—Mmm... —murmura—. La verdad es que nunca lo he visto así. Creo que casi te doy la razón.

Bien.

Enfilo el aparcamiento de Roberta. Está un poco apartado, a unos kilómetros en el interior de la isla, lejos de las playas públicas y en un edificio antiguo, de los años sesenta, con ventanales que ocupan toda la pared. Mis padres nos traían a Dave y a mí para desayunar tortitas en los cumpleaños. Y cuando Molly aceptó salir conmigo en el instituto, quise llevarla a un sitio especial. En mi mente adolescente, no había nada más especial que este sitio.

Mientras entramos, me tienta la idea de ponerle una mano a Molly en la base de la espalda, pero no lo hago. Toda la atracción y la intensidad de nuestra conversación de ayer parece distante porque me comen los nervios por la conversación que quiero tener con ella ahora.

El jefe de sala lleva un traje de tres piezas, y las mesas están cubiertas con prístinos manteles blancos y copas de cristal. El salón está ocupado básicamente por grupos de parejas entradas en años que beben mimosas y familias con niños hiperactivos que no dejan de dar vueltas con platos de tortitas con forma de Mickey Mouse bañadas en chocolate y nata montada.

Viene a ser como una residencia de ancianos, y me hace dudar de mi elección.

Al menos, nos sentamos a una mesa cerca de los ventanales, con vistas a la laguna que hay detrás del restaurante. Si se come en una residencia de ancianos, qué menos que haya cisnes.

—Este sitio es increíble —susurra Molly en cuanto se va el jefe de sala—. A ver, recuerdo que tenían un bufé muy elaborado y también un puesto de tortillas y de tortitas. Pero ¿siempre han tenido esculturas de hielo?

—No. Y creo que la fuente de chocolate es nueva.

Una camarera viene para preguntarnos qué vamos a beber: un capuchino con leche de cabra para ella y una infusión de jengibre y limón para mí. (Estoy demasiado nervioso para beber cafeína).

—No tenemos leche de cabra —se lamenta la camarera.

—Ah. ¿Y leche de almendras? —pregunta Molly.

—Solo tenemos leche... A ver, leche leche —contesta la muchacha.

—Bien. Pues que sea leche leche.

Decidimos elegir algo de la carta en vez de arriesgarnos con el bufé.

—No quiero pillar el covid por un trozo de salchicha —dice Molly.

Una vez que nos quitamos de en medio lo de pedir, solo nos queda... hablar.

Estoy tan nervioso que podría vomitar.

Así que me lanzo.

—En fin, gracias por acceder a salir conmigo hoy —digo. De inmediato, hago una mueca por la formalidad de la frase.

Molly asiente en silencio con gesto serio.

—Por favor, el placer es todo mío, caballero. Gracias por su amable invitación.

Su burla consigue que me tranquilice un poco. Las burlas amables siempre han sido su manera de demostrar afecto.

—Quería disculparme por no haber mantenido el contacto este último año.

—Ya te disculpaste ayer. No pasa nada.

Meneo la cabeza.

—No, fue un gesto de mierda. Y debería contarte un poco el motivo.

Frunce el ceño.

—Pues muy bien. Soy toda oídos.

—Bien, de acuerdo.

Me mira con expresión expectante. Me siento incómodo y torpe hablando de esto. Estoy acostumbrado a ser el hombre positivo y optimista que lo tiene todo claro. Cuesta admitir que he estado a la deriva.

Voy al grano.

—En fin, después de que Sarah Louise me dejara, tuve..., en fin, una pequeña crisis existencial. —Levanto la mirada para ver si se espanta por mi confesión, pero tiene una expresión neutra. Asiente con la cabeza para que siga—. No fue porque nuestra relación terminase ni nada de eso —me apresuro a decir—, sino porque me di cuenta de que tengo un patrón que me lleva a lanzarme de cabeza a una relación tras otra, sin tiempo para respirar ni para pensar, porque quiero el cuento de hadas: una esposa, hijos y la casa perfecta.

Molly asiente de nuevo con la cabeza, escuchando con atención. No parece sorprendida ni horrorizada por lo que le estoy diciendo. Eso hace que me sienta un pelín más seguro.

—Y la verdad —sigo—, ya era hora, porque Dave lleva diciéndomelo años. Pero supongo que se tarda un poco en interiorizar tus propios patrones, aunque seas consciente de ellos en cierto sentido, ¿me entiendes?

—Sí —contesta—, te entiendo.

Lo dice con énfasis, como si se sintiera identificada. No he hablado de esto con nadie, y es un enorme alivio que me tomen tan en serio.

—Me di cuenta de que había establecido una planificación arbitraria para mí que se suponía que debía motivarme, pero que en realidad solo conseguía sabotearme. Porque iba detrás de mujeres que no eran las adecuadas para mí, pero que encajaban en el modelo que tenía en la cabeza. Es como si me hubiera estado convenciendo para amarlas a fin de acelerar las cosas. Y me di cuenta de que he estado eligiendo a las mujeres según unos criterios. En consecuencia, no hago más que entablar relaciones que me decepcionan y después me pregunto por qué siempre acabo solo. Y luego empiezan a entrarme los nervios y el ciclo se repite. —La miro a los ojos—. Y estoy harto, hartísimo, de esto.

—¿Y qué quieres? —pregunta Molly en voz baja.

—Quiero dejar de planificar las cosas y de obsesionarme porque todo sea perfecto, y estar con la persona a la que adoro, sin más. Y esa persona...

Me devuelve la mirada, a la espera de que termine la frase.

—Molly, esa persona eres tú.

28

Esto era lo que quería.

Con todas mis fuerzas.

Sin embargo, ahora que voy a conseguirlo, me siento tan abrumada que me gustaría haberme tomado un lorazepam.

No estoy acostumbrada a que me hablen con tanta sinceridad. Con tanto romanticismo.

No estoy segura de que alguien me haya demostrado tanta sinceridad confesándome que desea una relación conmigo desde…, en fin, desde Seth. En el instituto.

«Di algo», pienso. Me doy cuenta de que él está poniendo toda la carne en el asador, y no puedo quedarme aquí plantada, asintiendo con la cabeza. Esta es la clase de escena que escribo. Debería ser capaz de dar con las frases adecuadas.

El problema es que no tengo ninguna.

Así que suelto la verdad.

—Yo también te adoro.

Y debe de ser lo correcto, porque suelta el que seguro que es el suspiro más largo del mundo.

—¿De verdad acabas de decir eso?

—Sí… —susurro.

Le brillan los ojos. Extiende un brazo para tomarme una mano y me la besa.

Es muy tierno, y también es desgarrador ser el objeto de tanta ternura. Todos mis instintos me gritan que haga una broma con la emoción del momento.

Sin embargo, Seth se merece algo mejor.

Se merece la misma sinceridad que me ha brindado, como si fuera un regalo.

Así que no soslayo el tema. No aparto la mirada.

Y estar sentada en la intensidad de este momento, sintiéndolo sin más, es precioso.

Aunque también insoportable.

Hace que el corazón me golpee con fuerza el pecho.

Hay un motivo por el que hago chistes tontos cuando las cosas se ponen emotivas. Los chistes tontos impiden que se te forme un nudo en la garganta.

«Por favor, no tengas un ataque de pánico —pienso—. Por favor, no tengas un ataque de pánico».

—Oye —dice Seth, que tiene la cara tensa por la preocupación—, ¿por qué pareces tan alterada?

Clavo la mirada en la mesa. Me avergüenza no poder ser la persona que necesito ser en este momento. La mujer que él se merece.

—Tengo mucho miedo —confieso.

—Ay, Molls —murmura. Se levanta, rodea la mesa para acercarse a mí y me pone las manos en los hombros.

Su contacto es un alivio. Me inclino hacia él y cierro los ojos.

—Oye —repite mientras me acaricia el pelo—, no tengas miedo. Es algo bueno. Es algo feliz.

Le busco la mano y me la pongo en la mejilla. Su frialdad es un bálsamo contra mi acalorada piel.

—Estoy bien —le aseguro—. Gracias. —Bebo un buen sorbo de agua helada.

—Creo que esto merece algo más fuerte —dice Seth.

Llama a nuestra camarera y le susurra al oído. Mientras hablan, llega la comida, y agradezco la distracción.

Aún me siento abrumada. Pero puedo hacerlo.

Con él, puedo hacerlo.

Seth vuelve a su silla y yo empiezo a comer mi cangrejo benedictino.

—¿Qué tal está? —me pregunta.

—Bien. Sabe a cangrejo. ¿Y lo tuyo?

Se ha pedido (no te lo pierdas) tortitas con forma de Mickey Mouse.

—Bien. Sabe a ratón. ¿Quieres un poco?

Meneo la cabeza.

—No como roedores.

—Hay quien diría que los cangrejos son los roedores del mar.

—¡Uf! Haz el favor de dejarme disfrutar de mis crustáceos en paz.

La camarera vuelve con una bandeja con un par de alegres cócteles de color rosa con unas enormes piruletas rojas y pajitas fluorescentes.

—¿Son...?

—¡Shirley temples! —anuncia Seth—. Como en nuestra primera cita.

—¿Puedes echarle vodka al mío? —le pregunto a la camarera.

—Me he adelantado —dice Seth.

Brindamos.

—Supongo que no me sorprende haberme acobardado —digo—. ¿Te acuerdas de lo nerviosa que estaba en nuestra primera cita?

—Sí. Aunque éramos amigos y ya nos habíamos enrollado.

Me encojo de hombros.

—Enrollarse es divertido. Son las citas las que resultan estresantes.

Sonríe.

—¿Te gustaría que nos fuéramos para enrollarnos?

—No, voy a comerme el cangrejo como una adulta.

—Bien. Porque estas tortitas de Mickey están para morirse.

Me siento mejor ahora que mi pánico es algo público. Más normal. Lo bastante normal como para preguntar en voz alta lo que me lleva atormentando desde anoche.

—A ver, aunque no quiero adelantar acontecimientos —digo—, ¿cómo..., cómo haríamos que funcionara si intentáramos estar juntos?

Me mira a los ojos.

—La verdad es que no lo sé. Nunca he intentado una relación a distancia. Creo que lo... intentamos y ya está.

—¿Seríamos..., esto..., exclusivos? —consigo preguntar con un hilo de voz, aunque me preocupa que el mero hecho de preguntarlo me haga parecer dependiente.

Él se limita a sonreír.

—Me gustaría —contesta—. Pero aceptaré lo que sea con tal de tenerte.

Bien. No me imagino la agonía de tener que compartirlo.

—Supongo que podríamos visitarnos ahora que ya se puede viajar de nuevo en avión —digo.

—Podríamos hacer escapadas —sugiere.

—¿De verdad tienes una casa junto al lago? —No recuerdo haber oído nada al respecto antes de anoche.

—Pues sí. La compré después de que Sarah y yo cortáramos. Para poder atrincherarme como Thoreau y filosofar sobre la naturaleza de la existencia.

—¿Sabías que Thoreau vivía a cinco minutos andando de su madre y que ella le llevaba comida?

—¡Qué suerte la de Thoreau! A mi casa no llega ninguna empresa de comida a domicilio.

—¿Dónde está la casa?

—En el lago Geneva, en Wisconsin, a unos noventa minutos de Chicago. Es bastante pequeña, de dos dormitorios. Pero está pegada al agua. Estupenda para hacer kayak.

—Mejor no me subas a un kayak.

—Me encantaría subirte a un kayak.

—No me gustan ni los veleros. No quiero montarme en algo que lleve remos.

—Tienes suerte: los kayaks no tienen remos, tienen palas. Te llevaré al lago cuando vengas de visita. Te enseñaré cómo nos divertimos en el Medio Oeste.

—Prefiero París y Hawái.

—Por favor. Te daré cuajada. Seguro que ni siquiera sabes lo que es.

—La palabra «cuajada» tiene que ser de las más asquerosas del diccionario.

—Cuajada, maíz en verano y chapuzones en el lago los días de calor. Vas a estar en el paraíso.

Lo miro con una sonrisa. La verdad es que parece maravilloso.

—Me encantaría ver tu casa.

—¿Qué haces el fin de semana que viene?

—Por desgracia, trabajar. —Tengo una reunión con mi padre y sus productoras el domingo, y no quiero que el *jet lag* me pase factura.

—Cancélalo —me dice con firmeza.

—Para el carro, fiera. —Me echo a reír—. Que tengo un trabajo de verdad. No puedo irme de vacaciones a la América profunda sin previo aviso.

—¿Eso es un sí?

—Vamos a comprobar nuestras agendas y a buscar una fecha. —Hago una pausa—. Es curioso que nunca te haya visto en tu salsa. A ver, que ni siquiera he visto tu piso.

—Me muero por ir a tu casa. Seguro que es muy femenina y bonita.

La verdad es que mi casa es femenina y bonita.

—Seguro que la tuya está llena de tapetes, de gatos y de esos bloques de madera que dicen «Es la hora del vino en alguna parte» —bromeo.

—Sí —replica él—. Y de cadáveres.

—Eso se da por descontado.

Seth pide la cuenta, y yo me levanto para ir al baño.

Examino mi reflejo en el espejo.

Normalmente soy muy crítica conmigo, pero ahora mismo, en este momento, creo que estoy guapa. A lo mejor es cosa de la luz, del color del vestido que me sienta bien o de la forma en la que se me ondula el pelo con la humedad.

O a lo mejor porque me veo a través de los ojos de Seth.

Voy a retocarme los labios, pero decido que es una tontería. Quiero besar a Seth con estos labios y no tengo claro que a él le siente bien el tono Jungle Red de Nars.

—¿Lista? —me pregunta cuando vuelvo a la mesa.

—Sí. ¿Adónde vamos ahora?

—Es una sorpresa.

Me toma de la mano y salimos hacia el aparcamiento. Conseguimos llegar hasta el coche de su madre antes de que lo empuje contra la puerta y lo bese.

El último resquicio de ansiedad que todavía me quedaba desaparece en cuanto me rodea con los brazos. «Tú —piensa mi cuerpo—. Tú».

—¡Mamá! ¡Puaj! ¡Se están besando! —exclama un niño.

—Dale una patada en las pelotas a ese niño —le susurro a Seth.

Se ríe contra mi pelo mientras me abraza con más fuerza.

Nos seguimos besando durante unos cinco minutos, hasta que los dos estamos sudorosos y pegajosos por el calor.

Retrocedo un paso y me froto la boca con el dorso de la mano.

—Vamos a un hotel —digo.

Seth niega con la cabeza.

—Ya he planeado todo el día.

Y es verdad. Nuestra siguiente parada es el acuario, donde vinimos para nuestra segunda cita. Deambulamos por las salas oscuras, dejando atrás medusas que parecen de otro mundo y tanques con bancos de peces ángel, peces mariposa y monstruos de aspecto prehistórico llamados «peces erizo». Es cautivador y horripilante a la vez, como solo pasa en los acuarios.

Entramos en una sala con una tortuga gigante apoltronada en una enorme piscina abierta y después pasamos a algo llamado la «Sala de los Tiburones», que atravieso a toda prisa tirando de Seth. No quiero ver tiburones ni en pintura. Esto nos lleva a los habitantes más famosos del acuario: dos enormes manatíes.

—No sé si son bonitos o espantosos —dice Seth mientras observa sus rechonchos cuerpos y sus hocicos chatos.

—Las dos cosas —replico.

—Es que parecen cerdos sin patas nadando —comenta.

—Estoy segura de que piensan lo mismo de ti.

—Comen entre setenta y ochenta cogollos de lechuga romana al día —nos dice uno de los empleados del acuario.

—¡Ñam ñam! —exclama Seth.

Salimos a la tienda de regalos. Me dirijo hacia la puerta, pero Seth me pide que espere. Está junto a un mostrador viendo joyas inspiradas en la vida marina.

—Quiero comprarte un regalo —dice.

—La verdad es que ya tengo bastantes joyas de peces.

—Ninguna mujer puede tener bastantes joyas de peces. —Le hace una señal a la dependienta—. ¿Tenéis algunos de estos collares con ballenas?

No puedo contener la sonrisa.

La chica parece confundida.

—Lo siento, no... tenemos ballenas en Florida. Pero aquí tenemos estos con manatíes, delfines y estrellas de mar en todas las piedras de los signos del zodiaco.

—Bueno, los manatíes son como las ballenas de la bahía —dice él con autoridad—. Nos llevaremos uno. En... —Se vuelve para mirarme—. ¿Cuál es tu signo, nena?

—Tauro —contesto a regañadientes.

—Tauro, por favor —le dice a la dependienta.

—¡Qué bonito! —dice la chica al tiempo que saca un collar del mostrador—. ¿Se lo envuelvo o quiere llevárselo puesto?

—Se lo llevará puesto —contesta Seth, que acepta el collar y me lo desliza con cuidado por debajo del pelo y alrededor del cuello—. Circonita —le dice con admiración a la cajera—. ¿A que le queda estupendo?

—Fenomenal —responde la chica—. Y brilla muchísimo a la luz.

Miro a Seth con los ojos en blanco, pero tomo el colgante entre los dedos y lo froto con el pulgar. Experimento la misma sensación que se tiene al tocar un cristal en una tienda de piedras y minerales. Aunque seas consciente de que sus poderes son un cuento, te sientes mejor al tocarlo.

—Gracias por el regalo —le digo mientras él ofrece su tarjeta de crédito para pagar los 34,99 dólares—. Lo guardaré como un tesoro.

—Para usted, milady, la mejor joya que la industria de la bisutería marina es capaz de crear.

Echamos a andar bajo el calor hacia el coche.

—¿Sabes adónde vamos ahora? —me pregunta.

—¿Al hotel? —respondo con voz esperanzada.

Suelta una risilla.

—Vamos, esfuérzate un poco.

Me asalta el recuerdo de nuestra tercera cita.

—Imposible —digo.

—Y tanto que es posible —replica.

—No voy vestida para pescar —protesto mientras me miro el modelito, bastante elegante—. Y no tenemos cañas.

—*Au contraire* —dice al tiempo que abre el maletero para enseñarme dos cañas de pescar y una nevera pequeña—. Se las he robado a mi padre.

—¿Qué hay ahí dentro? —pregunto, señalando la nevera.

—Las mejores cervezas de Kal Rubenstein, nena —contesta—. Vamos, será divertido.

Pasamos por un puente hasta un pueblo pesquero y nos detenemos en una tienda de aparejos junto al muelle. Seth entra corriendo y sale con un gran cubo de cebo para peces. Yo llevo el cubo mientras él se encarga de cargar con todo lo demás para llegar al muelle. Hay un pelícano descansando en uno de los pilares y varios pescadores ya entrados en años lanzando las cañas.

—¿Te has dado cuenta de que no hay nadie más que parezca tener una cita? —le pregunto.

—Una pena que sus novios no sean tan creativos como yo.

—¿Eres mi novio? —pregunto en voz baja. No sé por qué la palabra parece tan trascendental, dado que hemos pasado las últimas horas reviviendo nuestra historia de amor juvenil, besándonos y hablando de las escapadas que podemos hacer juntos mientras experimentamos lo de ser pareja.

La cosa es que lo parece.

—Quiero serlo —contesta.

Me percato de que en mis labios aparece una lenta sonrisa.

—Creo que yo también quiero que lo seas.

Extiende los brazos y me pega a su torso.

Me acurruco contra él.

Siento que alguien nos mira y, efectivamente, hay dos hombres corpulentos y bronceados detrás de Seth que nos están observando sin cortarse mientras esperan que algo pique.

—Nos están mirando como si fuéramos peces —susurro.

—Ya. Será mejor que nos pongamos a ello —dice Seth al tiempo que se aparta. Al parecer, las muestras públicas de afecto en un muelle donde la gente destripa peces a diario son un pelín ñoñas incluso para él.

Los pargos están picando, y pescamos unos cuantos pequeños que devolvemos al agua. Y después la caña de Seth se dobla a lo bestia y tiene que esforzarse por recoger sedal, tanto que algunos de los pescadores que nos rodean se acercan para darle consejos.

—Retrocede un paso y cuádrate de hombros —dice un hombre mayor con la barba manchada de tabaco.

—No tires tan fuerte, vas a romper el sedal —ordena uno más joven con una buena quemadura por el sol.

Seth se debate durante lo que parecen tres cuartos de hora hasta que la criatura por fin sale por la superficie del agua. Todos gritamos animándolo mientras saca… un minúsculo y cabreadísimo tiburón martillo.

—¿¡Has pescado un puto tiburón!? —chillo mientras hago un millón de fotos con el móvil.

No quiero ver tiburones ni en pintura, pero de todas maneras me impresiona que mi chico haya pillado uno con una caña de pescar normal y corriente.

Seth me mira con una sonrisa ufana mientras sujeta la furiosa criatura, que no deja de retorcerse, para hacerle una foto. Los demás lo ayudan a quitarle el anzuelo y devolverlo al mar, aunque no antes de que algunos posen para hacerse una foto. Regalamos lo que nos queda de cebo y regresamos al coche.

Conducimos unos cinco minutos hasta un bar de ostras con terraza al que mis abuelos llevaban a mi madre de pequeña. Seth pide dos docenas de ostras abiertas, que vienen acompañadas con galletitas saladas y salsa cóctel tan cargada de rábano picante que casi me revienta la cara.

Las nubes han ocultado el sol y una racha de viento tumba el montón de servilletas que tenemos delante, que salen volando. De repente, huelo a lluvia.

—¡Uf! —exclama Seth, que mira hacia el horizonte, donde ya se puede ver la lluvia sobre el mar, a lo lejos.

—Va a caer una buena —digo.

Pedimos la cuenta, pero todos los clientes del bar tienen la misma idea. Cuando por fin conseguimos pagar, se oye un trueno y el cielo se abre.

—¿Corremos hasta el coche? —sugiere Seth.

Lo tomo de una mano.

—Vamos.

Corremos bajo la marquesina del bar hasta el coche, aunque acabamos empapados en el proceso. El agua me chorrea por los brazos, el pelo y la nariz. La camiseta se le pega al torso. Nos metemos a toda prisa y cerramos las puertas con fuerza.

Seth busca unas toallas en el asiento trasero y me ofrece una.

—Has pensado en todo.

—Intento impresionarte. Esperaba que nos enrolláramos después en la playa. Supongo que vamos a tener que olvidarnos de eso.

Lo acerco y lo beso.

—Podemos enrollarnos en el coche.

Darnos el lote en un coche calentito, con las ventanas empañadas mientras cae un aguacero, nos ofrece una sensación de intimidad. Si no fuera por la consola que nos separa, ya estaría sobre él. Y si no fuera por la presencia de niños en el bar, mi boca estaría en su regazo.

Sin embargo, mantener las cosas para todos los públicos tiene su atractivo erótico. Cuando por fin amaina la tormenta, me muero por hacerlo, pero que me muero de verdad.

—Vámonos a un motel de mala muerte —jadeo—. Hay uno que alquila habitaciones por horas en la autopista. Soy lo bastante guarrilla como para que me ponga cachonda.

—No pierdas eso de vista —dice Seth.

La pantalla de su teléfono se ha estado iluminando por las notificaciones. Comprueba los mensajes y me mira con expresión traviesa.

—Mi familia se va a Heron Key para cenar. Estarán fuera unas cuantas horas. ¿Sabes lo que significa eso?

Niego con la cabeza.

—Que no hay padres en la casa donde crecí.

La casa donde creció fue testigo de muchas de nuestras noches más ardientes.

—¿De verdad quieres hacerlo conmigo en una cama individual?

Asiente muy serio con la cabeza.

—De verdad de la buena que quiero hacerlo contigo en una cama individual.

No puedo negar que la idea de regresar al escenario de nuestros viejos crímenes sexuales tiene cierto atractivo nostálgico.

Me echo a reír y meneo la cabeza.

—Muy bien, Rubenstein. Vamos.

La casa de sus padres sigue tal cual la recuerdo. De dos plantas, amplia y bonita, en una urbanización cerrada junto a un campo de golf.

Huele igual que en el instituto: a encimeras limpias y a la infusión de menta que tanto le gusta a su madre.

—Huele a hogar —digo.

—Estoy convencido de que a mis padres les encantaría que te vinieras a vivir aquí.

—Estupendo, me lo pensaré.

—¿Quieres algo? —me pregunta—. ¿Agua? ¿Vino? ¿Uno de los trillones de latas de refrescos sin azúcar de mi madre?

—Solo a ti.

—Como desee, milady.

Me toma de la mano y me lleva a su dormitorio. Por raro que parezca, sus padres no lo han redecorado en los veinte años que lleva fuera de casa. Todavía tiene su cama pequeña con la colcha de cuadros madrás. Y la estantería a rebosar de libros de bolsillo de ciencia ficción. Incluso su vieja mesa, con el aparatoso iMac que usaba en el instituto.

Y el tablón de corcho, con las mismas fotos que tenía la última vez que estuve aquí. Seth con sus amigos en el campamento aeroespacial. Seth con Jon y Kevin, sonriendo y sudorosos con los uniformes del equipo de fútbol. Seth y Dave, con orejas de Minnie Mouse en Disneylandia.

Y después están nuestras fotos. Nuestra foto oficial en el baile de bienvenida. (A mí se me ve incomodísima, mientras que él parece estar pasándoselo en grande). Los dos sentados el uno junto al otro sobre toallas en la playa, con el pelo revuelto y riéndonos. Y la que siempre ha sido mi preferida: los dos de pie en su jardín trasero, con su brazo por encima de mis hombros mientras yo me inclino hacia él. Los dos estamos sonriendo, con los ojos un poco entrecerrados por el sol. Parecemos contentísimos de estar juntos. Enamoradísimos.

Quito la foto del tablón para mirarla más de cerca.

—No puedo creerme que hayas tenido estas fotos todo este tiempo en tu dormitorio —digo—. ¿Tus novias no tenían celos de mí?

—Sí, no pegaban ojo por el tormento que suponía mi amor eterno por la chica con la que fui al baile de bienvenida con dieciséis años.

—Como es lógico y normal. Míranos ahora. —Tiro de él hacia el espejo de la puerta del armario para admirar nuestro reflejo.

—Hacemos buena pareja —dice él.

—Muy sensual con tu póster de *El juego de Ender* de fondo. Seguro que tus ex no podían controlarse y se te echaban encima.

—Tú nunca pudiste controlarte —replica—. Y la verdad es que cuando he traído a alguna novia a casa, hemos dormido en la habitación de invitados. Solo me quedo aquí porque están Dave y los niños.

—Muy bien, pero ya en serio, ¿por qué no la han redecorado tus padres? Parece un museo dedicado a Seth Rubenstein.

—Supongo que nunca se han puesto a ello. O a lo mejor echan de menos la época en la que era un mocoso de dieciséis años.

—Nunca fuiste un mocoso. Eras el ideal platónico de cualquier adolescente. A tu lado, los demás parecíamos peores de lo que éramos.

—Y tú —dice mientras se inclina para mirar con una sonrisa nuestras fotos en el tablón— eras guapísima. —Me da media vuelta y me aparta el pelo de la cara—. Casi tan guapa como ahora.

Abre los brazos y me pego a él, tras lo cual tira de mí y caemos sobre la cama, que protesta por el peso de dos adultos cachondos, y espero que no se rompa mientras me coloca sobre él y separo las piernas para sentir su erección. La fricción con el bulto de sus vaqueros a través de las bragas me provoca ganas de llorar, por lo maravilloso que me parece estar conectada de esta manera a él y también por el recuerdo físico de frotarnos el uno contra el otro en esta cama, ansiosos por sentir el cuerpo del otro, pero con demasiado miedo para quitarnos la ropa por si nos pillaban sus padres.

No estoy acostumbrada a sentir emoción en los preliminares del sexo. Ni durante el acto. Ni después.

La emoción me provoca ataques de pánico. En cambio, el sexo me ofrece el subidón de dopamina por el que normalmente tengo que pagar en la farmacia.

Es un alivio de la emoción, una forma de perderme.

Sin embargo, aquí, entre los brazos de Seth, con la presión de su deseo contra el mío, no estoy perdida.

Estoy abrumada.

—He echado esto de menos, nena —murmura al tiempo que rueda, de modo que quedo debajo de él.

—Frotarnos por encima de la ropa sigue siendo un subidón increíble —consigo decir, estremeciéndome.

—Solo porque se me da muy bien. —Está sonriendo, pero habla con voz entrecortada, así que sé que esto también lo está volviendo loco.

—En fin, pasaste años practicando —replico al tiempo que lo agarro del culo y levanto las caderas para conseguir un ángulo mejor.

—¿Quién dice que haya parado alguna vez? —pregunta, dándome fuerte.

—¿En serio? ¿Es tu movimiento estrella?

Hablar me ayuda a no correrme, pero él gime, y me encanta.

—¡Joder! —exclama al tiempo que se aparta de mí. Me siento perdida sin la presión. Hasta que desliza una mano por debajo de mis bragas y me penetra con un dedo.

—No es por alardear —susurra—, pero hace poco que he aprendido a usar las manos.

—¡Qué va! Siempre se te dio muy bien.

Levanto la cabeza y lo beso, devorándolo, muerta de deseo.

Me abruman muchísimos sentimientos. Porque fue Seth quien me enseñó a sentir esto. Porque con él me siento expuesta, deseando que me abra en canal. Porque él sabe dónde y cómo tocarme, aunque solo nos hayamos acostado una vez, porque su cuerpo todavía recuerda el mío de los años en los que ansiábamos tenernos el uno al otro.

Me corro tan deprisa que me da vergüenza.

—¡Mierda! ¡Lo siento! —jadeo entre temblores.

—¿Qué pasa, cariño? —me pregunta mientras me deja un reguero de besos por la cara.

—Te deseo demasiado. Es como una enfermedad.

—Creo que conozco la cura —me asegura.

—¿Cuál es?

—¿Qué te parece si te das media vuelta y te follo hasta que no puedas ni moverte?

¡Dios, qué boca tiene este hombre!

Hago lo que dice, y gruñe mientras me quita la ropa interior, la tira al suelo, se baja la cremallera y me la mete.

Es rápido, brusco y todo lo que necesito. Es tal como somos nosotros, pero con la ventaja de la experiencia. Urgente y salvaje, alentado por la sucia boca de Seth y el deseo enloquecedor que sentimos el uno por el otro, pero aun así también es tierno.

Cuando terminamos, nos dejamos caer sobre los cuadrantes, todavía vestidos, jadeantes, y tira de mí para que me acurruque a su lado.

Soy incapaz de dejar de sonreír.

—No me lo esperaba, pero se te da de vicio —digo.

—¿Que no te lo esperabas? ¿No voy irradiando habilidad sexual o qué?

—Eres muy sexi —admito con sinceridad—. Es que no estoy acostumbrada a que un buen chico me la meta desde atrás en el dormitorio donde creció.

—¿Son los chicos malos los que te la meten en los dormitorios donde crecieron?

—¡Ajá!

Me mordisquea la oreja.

—Nadie debería ser malo contigo.

—¿Qué harás si alguien lo es?

—Demandarlo por alguna tontería en un juzgado civil.

Entrelazo los dedos con los suyos.

—Eso no debería excitarme, pero lo hace.

—¿En serio? —susurra. Se pega a mí, y compruebo que la sigue teniendo dura.

Supongo que hay cosas que no han cambiado desde el instituto.

—Sí —contesto al tiempo que muevo las caderas para frotarme contra su erección.

Se coloca sobre mí, apoyado en los brazos.

—Vamos a quitarte el vestido.

Nos desnudamos el uno al otro, y me permito comerme su cuerpo con los ojos.

—Joder, el ejercicio funciona —digo al tiempo que le paso las manos por los músculos de los hombros y desciendo por sus abdominales hasta sus marcadas caderas.

—¿Estás siendo amable conmigo? —me pregunta.

—Intento engatusarte para que lo hagamos de nuevo.

—¡Anda, qué raro! —dice—. Ha funcionado.

Esta vez es más lento. Cuando nos corremos, me siento, para usar una metáfora adecuada a esta habitación, de plastilina.

Nos acurrucamos, desnudos, y nos tapamos con la colcha. Casi no nos cubre. Seth tiene que pegarse mucho a mí para no caerse del colchón. Nuestra respiración se ha calmado, y puedo oír los latidos de su corazón.

Quizá sea la mejor sensación del mundo.

Me besa la barbilla.

—Molly —me susurra al oído al tiempo que me da un apretón—, estoy enamorado de ti.

Me quedo sin aliento.

Y totalmente inmóvil, a la espera de que me asalte el pánico.

Sin embargo, cuando el corazón me da un vuelco, no es por la ansiedad.

Es por la alegría.

—Yo también te quiero —digo.

Nos quedamos tumbados, regodeándonos en la calidez y la felicidad, hasta que me entra sueño. Seth mira el móvil.

—Seguramente tarden todavía una hora o así en volver. ¿Quieres echarte una siestecilla y luego te llevo a casa?

Asiento con la cabeza y él pone la alarma antes de estrecharme entre sus brazos.

Nos quedamos dormidos, con los corazones latiendo acompasados.

Y, cuando me despierto, no es por el pitido de una alarma.

Es por la voz de un niño que chilla:

—¡Hay una chica en la cama del tío Seth! ¡¡¡Y está desnuda!!!

29
Seth

—Max, cierra la puerta —digo al tiempo que me incorporo de golpe. No me oye, porque está gritando tan horrorizado como si un asteroide estuviera a punto de impactar contra la casa—. ¡Max! —grito—. ¡Cierra la puerta!

Lo veo abrir mucho los ojos, petrificado, antes de cerrar la puerta de golpe, y después oigo sus pasos mientras corre por el pasillo anunciando que hay una mujer en mi cama.

Dicha mujer se ha enterrado por completo debajo de mi diminuta colcha y se está riendo con tal histerismo que hasta la cama tiembla.

Me apoyo en el minicabecero y me sumo a sus carcajadas.

Desde el salón me llega la voz de mi cuñada, que está intentando calmar a su hijo. No parece funcionar, porque oigo la voz de Jack que se une a los gritos.

—En fin, pues nos han pillado —digo—. Lo siento. No sé por qué han vuelto tan pronto.

Ella se hace con mi móvil y mira la hora.

—Es que no ha sonado la alarma. Son las diez menos cuarto.

—¡Mierda! ¿Me lo dejas?

Resulta que puse la alarma a las ocho y media de la mañana, no de la tarde.

—Admítelo —dice Molly—, lo has hecho a propósito para que toda tu familia me vea avergonzada.

—Muy bien, lo admito.

Ella me da un golpecito con los dedos en el hombro.

—Bueno, pues cuéntame cuál es el plan —dice.

—Primero nos vestimos. Luego salimos y actuamos como si esto no fuera nada del otro mundo.

—Estupendo. Pan comido.

Se pasa el vestido por la cabeza y yo me pongo los pantalones. Después nos aseguramos de que no se deje nada atrás.

—¿Estás preparada? —le pregunto.

Molly respira hondo.

—Sí. Me muero de ganas.

Abro la puerta y echamos a andar hacia la cocina.

Nos encontramos a toda la familia reunida. Los chicos están comiendo polos de naranja, que sospecho que son el soborno con el que han conseguido que dejen de gritar. Pero, al vernos, Max abre los ojos de par en par.

—¡Esa es la chica! —grita—. ¡La que estaba desnuda!

—Chicos, os presento a Molly —digo mientras la rodeo con un brazo—. La conocisteis el otro día. Es mi novia.

Mi madre suelta la bayeta con la que está limpiando la isla de la cocina y se tapa la boca con la mano. Mi padre asiente con la cabeza al tiempo que esboza una enorme sonrisa. Dave me mira boquiabierto como si acabara de anunciar que voy a dejar mi trabajo para convertirme en piloto profesional de ala delta. Max y Jack chillan:

—¡Uuuf! ¡Se dice amiga!

Solo Clara parece reaccionar con normalidad.

—Hola, Molly —la saluda con voz agradable.

Molly le sonríe a toda mi familia.

—Hola.

Clara toma a sus hijos de la mano y se los lleva al patio, donde sus estridentes muestras de disgusto resultan menos ensordecedoras. Me acerco al frigorífico y lleno dos vasos de agua.

—Lo siento —digo al tiempo que le doy uno a Molly—. Estábamos mirando los anuarios del instituto y perdimos la noción del tiempo.

Dave resopla.

—¡Vaya con los anuarios! Deben de ser estupendos.

—Estupendísimos —replica Molly.

—¿Te he oído decir «novia»? —pregunta mi madre, que mira a mi padre desde el otro extremo de la cocina como si dijera: «¿Esto está pasando de verdad?».

—Sí —contesto.

—¡Seth! —grita, exultante—. ¿Por qué no nos lo habías dicho?

—Acabo de darte la primicia.

Mi madre se acerca corriendo y le da un fuerte abrazo a Molly.

—Me alegro mucho por los dos.

—Seth es un hombre con suerte —dice mi padre.

Dave ha hecho el esfuerzo de disimular el horror instintivo que le provoca la noticia.

—Bienvenida a la familia, Molly —dice.

Molly le sonríe.

—Es un honor que me acojáis.

Mi madre levanta una enorme bolsa de sobras.

—¿Alguien quiere bolitas de maíz fritas?

—No —me apresuro a contestar. Estoy seguro de que Molly está deseando irse.

—Pues mira, sí —responde Molly—. Me muero de hambre.

—Estupendo —dice mi madre—. También hay solomillo de ternera y filetes de mahi. Ahora te preparo un plato.

—Gracias —replica Molly.

—¿Quieres un plato, Seth? —me pregunta mi madre.

—Compartiré el de Molly.

—Estaba a punto de abrir una botella de pinot —dice mi padre—. ¿Queréis una copa?

—Claro —responde Molly.

Una vez que sirven la comida y el vino, mis padres nos conducen al patio.

Clara ha conseguido distraer a los niños metiéndolos en la piscina aunque sea de noche. El agua se ve rosa por la iluminación nocturna, lo que sumado a los gritos y a los chapoteos infantiles hace que parezca que estamos en un hotel, como si fueran unas vacaciones en familia.

Intento no obsesionarme con la idea de que algún día eso puede ser una realidad.

—Bueno, Molly —dice mi padre—, ¿cuándo vuelves a Los Ángeles?

Caigo en la cuenta de que todavía ni me he planteado esa pregunta.

—Mi vuelo sale a primera hora de la mañana —contesta.

—¿Ah, sí? —pregunto, cabizbajo.

Había supuesto que se quedaría más tiempo con su madre.

—Sí. Llevo aquí toda la semana.

Mis padres y Dave captan mi decepción.

Mi madre se levanta de repente.

—Kal, Dave, ¿por qué no nos ponemos los bañadores y nos unimos a los chicos en un baño familiar?

Mis sobrinos oyen eso y, al instante, empiezan a gritar:

—¡BAÑO FAMILIAR! ¡BAÑO FAMILIAR!

—¡Ya está bien! —les grita Dave a sus hijos—. Que vamos a despertar a los astronautas que están en la Luna.

—Supongo que tienes que ir a casa a hacer la maleta —le digo a Molly, intentando disimular lo desanimado que estoy, aunque no lo consigo.

—Lo siento, debería habértelo dicho. Es que… me dejé llevar por el momento sin más.

—No hace falta que te disculpes. Solo me entristece que tengamos que despedirnos ya.

Ella asiente con la cabeza.

—Ya lo sé. ¿Cuándo te vas tú?

—El viernes.

Hoy es domingo. Tenía ganas de pasar una semana en familia, pero después de este día (que posiblemente sea el mejor de mi vida), la idea de estar aquí sin ella me resulta tan atractiva como tragar arena.

El teléfono de Molly vibra. Lo saca del bolso y lo mira.

—¡Mierda! Es mi madre. Como siempre, tan pasivo-agresiva, preguntándome si me has secuestrado y me has matado.

—Todavía no. Pero pienso hacerlo de camino a casa.

—Ah, bien. Estoy cansada de este rollo mortal.

—Bueno, ¿damos por terminada la noche?

Ella asiente con la cabeza y responde:

—Sí, debería pasar un rato con ella antes de hacer las maletas. Déjame despedirme de tu familia.

Nos despedimos de Clara y de los chicos, e interceptamos a Dave y a mis padres en el salón. Molly los abraza a todos, lo que resulta muy gracioso, ya que están en bañador.

Después nos subimos de nuevo al Volvo de mi madre para recorrer las oscuras calles de las afueras antes del toque de queda, como si volviéramos a tener dieciséis años.

Pongo a Elliot Smith, porque su música evoca la tristeza, evoca Los Ángeles, y me gustaría que Molly no se fuera.

—¡Por Dios, Seth! —protesta ella mientras baja el volumen—. Vamos a dejar de regodearnos en la miseria.

—Voy a echarte de menos. Estoy intentando reconciliarme con la idea de que voy a echarte muchísimo de menos.

Me acaricia el cuello.

—Va a ser horrible —me dice.

Oír que está de acuerdo conmigo hace que me sienta mejor. Hasta que añade:

—A lo mejor esto no es tan buena idea.

Me tenso.

—¿El qué?

—Lo de intentar ser… algo. Puede que sea mejor como un sueño que como una pesadilla logística que nos va a desgarrar emocionalmente.

—¿Cómo va a ser mejor un sueño? —pregunto en voz demasiado alta, demasiado alterada.

Ella se aparta de mí y se acerca a la puerta, como si la hubiera sobresaltado.

—Es que hemos tenido un día perfecto. A lo mejor deberíamos…

Detengo el coche, pongo las luces de emergencia y me giro para mirarla.

—Molly, ¿por qué dices esto?

La veo respirar de forma entrecortada y superficial, y sé que está a punto de sufrir un ataque de pánico. Quiero abrazarla, exprimir físicamente la ansiedad que siente, pero estamos separados por la consola y ambos llevamos puesto el cinturón de seguridad.

—Voy a destrozarlo, Seth —dice—. Me conozco y sé que me acojonaré y te haré daño, y te darás cuenta de que no puedes estar conmigo, y me pasaré echándote de menos el resto de mi vida.

—Cariño —replico con suavidad—, ¿de verdad piensas eso?

—Sí, porque soy una histérica, Seth. Ni te lo imaginas.

Me río pese al nudo que tengo en la garganta.

—Me hago una idea, no te creas. Pero de todas formas te quiero.

Se queda callada.

—Te quiero desde hace veinte años. Lo sabes, ¿verdad?

La oigo sorber por la nariz.

—Sí. Yo también.

—Y sé que tienes tus problemas, y yo tengo los míos, y sé que no será fácil mantener una relación a distancia. Pero tenemos que intentarlo. Si no, será un desperdicio.

—De acuerdo —susurra. Es casi un sollozo, y me revuelve las tripas.

Extiendo un brazo hacia ella y le aferro la mano para tirar de ella y pegarla a mi costado. Molly me apoya la cabeza en el hombro. Veo en el espejo retrovisor central que tiene las mejillas brillantes por las lágrimas.

Debo deshacerme de ellas. Este día no merece ser triste con todo lo que hemos pasado. Me niego en rotundo.

—Tengo una idea —digo.

—¿Cuál?

—¿Y si no te vas mañana a Los Ángeles?

—No puedo quedarme, Seth. Me queda poquísimo para matar a mi madre.

—¿Y si nos vamos los dos? Podríamos sacar billetes para Chicago e irnos a mi casa del lago. Los dos solos. Pasar la semana juntos. Hacer planes. Y ver cómo podemos hacer esto de verdad.

—¿Hablas en serio?

—Y tanto.

—¿Y tu familia?

—Les diré que tengo que irme por una chica. —Contengo la respiración.

—Tendría que estar de vuelta en Los Ángeles el sábado por la tarde —dice ella despacio—. Pero ¿sabes qué? ¡Que le den! Eso es mejor que nada. Yo compro los billetes.

—Así se habla.

Regreso a la carretera mientras ella busca vuelos y billetes. Antes de llegar al puente de la isla, ya los ha comprado. Y tiene que recordarme que vaya más despacio, porque tengo tal subidón por la alegría y la adrenalina que he superado el límite de velocidad sin darme cuenta.

Nos besamos en la entrada de la casa de su madre.

Cuando sale, bajo del coche tras ella y volvemos a besarnos delante de la puerta de su madre.

De camino a casa canto a pleno pulmón con la radio.

Bailo un poco mientras informo a mis padres de que me voy en breve.

Y a las ocho y media de la mañana, estoy en la acera de la terminal de salidas del aeropuerto, donde he quedado con Molly.

—¿Estás seguro de que es una buena idea? —me pregunta Dave mientras detiene el coche—. Sé que estás contento, pero es... —hace una pausa y sé que está buscando una palabra diplomática— repentino.

Veo a mi chica, con el pelo reluciente a la luz de la mañana, y me pregunto cómo puede pensar que esto no es más que el principio de un cuento de hadas.

Aun así, la preocupación que demuestra por mí me conmueve. Cuando éramos pequeños, nunca fue un hermano mayor especialmente cariñoso, pero no hay nadie tan rápido ni tan dispuesto como él cuando necesito ayuda. Yo no oculto mis sentimientos. Él los va gritando a pleno pulmón.

—Estoy seguro —contesto—. No te preocupes por mí.

Mi hermano asiente con la cabeza y me da una palmada en el hombro.

—Muy bien. Llama a mamá cuando llegues para que se quede tranquila.

—Lo haré. Gracias por traerme. —Saco el equipaje del maletero, me despido de Dave con la mano y corro hacia Molly—. Buenos días, preciosa —le digo, tirando de ella hacia mis brazos y oliendo su maravilloso pelo.

—Buenos días a ti también —replica. Me permite seguir con la nariz enterrada en su pelo más tiempo del que esperaba.

Entierro la cara contra su mejilla para ocultar mi sonrisa de pura alegría. Porque me está dejando clarísimo, aquí mismo, abrazándome en público, que le gusto.

Sé que me ha dicho que me quiere, algo que quizá sea el punto álgido de mi vida adulta, pero a veces ganarse el afecto es tan difícil como ganarse la pasión. Así que saber que se alegra de verme me inunda de calidez. Saber que disfruta de mi cercanía y de mi compañía.

A lo largo de mis muchas relaciones he ido olvidando que gustarle a alguien es casi tan importante como que te quiera.

Facturamos el equipaje en el mostrador, pasamos el control de seguridad y vamos tomados de la mano hacia la puerta de embarque, cuando Molly se detiene en seco. Casi tropiezo.

Vuelvo a mirarla y está pálida. No hay ni rastro en ella de la despreocupación que mostraba hace treinta y cinco segundos.

—¿Qué te pasa? —le pregunto.

—Ah, nada. Es que… —Señala la cola del quiosco.

Allí, de pie y acompañado por una pelirroja muy guapa, que parece tener unos veinticinco años, está su padre.

Roger Marks siempre fue un hombre llamativo; alto, larguirucho y con unos claros ojos azules. A estas alturas de la vida, su abundante mata de pelo es de color blanco, tiene la cara más enjuta y su piel está tan bronceada y curtida que parece un puro habano. Es fácil imaginarlo robando tumbas en Egipto, grabando programas de aventuras culinarias en Tailandia o, lo que me imagino que hace en realidad, escribiendo novelas policíacas de suspense en un velero en Florida mientras bebe ron añejo con hielo.

Debe de sentir nuestras miradas, porque levanta la vista para echar un vistazo a su alrededor.

Molly lo saluda con la mano. Él entrecierra los ojos, como si no acabara de identificarla.

En su defensa, es cierto que el resplandor procedente de las claraboyas ha podido deslumbrarlo, pero aun así tarda un tiempo sorprendente en darse cuenta de que esa persona tan parecida a Molly que camina hacia él gritando «¡Papá!» es su hija.

El momento en el que la reconoce resulta evidente, porque se queda pasmado. Parece apenado. No. Más bien es como si lo hubiesen pillado.

Levanta una mano, pero no sacrifica su lugar en la fila para saludarla. Típico de él. Nunca se molestó en verla cuando era una adolescente traumatizada, ¿por qué iba a empezar a hacerlo ahora?

Lo odio.

Siempre lo he odiado.

Sin embargo, lo odio todavía más porque siento la emoción de Molly en su forma de caminar y lo veo a él ahí de pie, con cara de espanto.

Me apresuro a alcanzar a Molly, aferrando el asa de mi bolsa de viaje como si fuera un bate de béisbol. Como no sea amable con su hija, moleré a Roger Marks a palos en este aeropuerto y me da igual si me quitan el acceso rápido para pasar por los controles de seguridad.

—¡Vaya, hola! —le dice Molly a su padre—. No esperaba verte aquí.

—Hola, chiqui —la saluda él, porque es el tipo de hombre que llama «chiqui» a las mujeres. Se inclina hacia delante para aceptar un beso en la mejilla, que no corresponde—. ¡Qué casualidad!

—Pues sí —dice Molly—. Pensaba que estabas fuera. ¿O acabas de volver?

—Me voy ahora en realidad —contesta—. Una escapada rápida a Barbados. Un torneo de golf.

—¡Ah! —exclama Molly despacio—. Y... ¿quién es?

La pelirroja clava la mirada en el suelo con los ojos muy abiertos, horrorizada, como si acabara de darse cuenta de que tiene una cucaracha en un pie y fuera incapaz de dejar de mirarla.

—Savannah —dice Roger—, te presento a mi hija, Molly.

La chica levanta la cabeza y mira brevemente a Molly a los ojos.

—Encantada de conocerte, Molly. —Tiene un ligero acento sureño y le tiembla un poco la voz. O es muy tímida o está aterrorizada.

—Lo mismo digo —replica Molly.

Hay una pausa muy, muy larga.

—¿Y tú quién eres? —pregunta el padre de Molly, que me da una palmada y me tiende la mano con una jovialidad que ha aparecido de la nada. Parece muy ansioso por desviar la conversación de su viaje y de su acompañante.

—Seth Rubenstein —respondo. Espero a que se dé cuenta de que salí con su hija durante la mayor parte de su adolescencia, pero no reacciona.

—Encantado de conocerte, Seth. Roger Marks. —Lo dice como si supiera que reconoceré su nombre porque está impreso en el montón de libros de tapa dura que hay en la estantería del quiosco de prensa, a cuatro metros de distancia, y la oportunidad de conocer a un famoso me fascinara.

—Ya lo conoces —comenta Molly—. Seth era mi novio en el instituto, ¿te acuerdas?

—¡Ah, claro! —exclama, aunque se le nota que miente—. Me alegro de volver a verte, Seth. ¿Adónde vais?

—A Chicago —responde Molly, con un deje que nunca la había oído usar, salvo cuando intenta no parecer disgustada—. De camino a Wisconsin.

Este sería un momento natural en la conversación para que Roger le pregunte a su hija el motivo de su viaje al Medio Oeste con su novio del instituto, pero ni se molesta.

—Parece que somos los siguientes en la cola —comenta—. ¿Os traigo un café a alguno de los dos?

Me dan ganas de pedirle un café con leche de coco thai con hielo solo para hacerlo esperar diez minutos, pero está claro que la conversación es insoportable para todos los implicados, así que me contengo.

—No, gracias —responde Molly.

—Me alegro de haberme encontrado contigo, chiquitina —dice su padre con forzada calidez—. Nos vemos en Los Ángeles.

—Sí, nos vemos —replica Molly, con la misma alegría tan poco convincente—. Diviértete en tu viaje. —Se acerca para darle un abrazo justo cuando él se vuelve hacia el dependiente para empezar a pedir.

Es como ver a un gatito atropellado por un coche.

—¡Vaya! —dice, casi chocándose con Savannah. Distingo la humillación en su voz, pero Roger está demasiado ocupado dándole instrucciones a un adolescente sobre el tiempo que debe tardar en prepararle el expreso como para darse cuenta.

Quiero agarrarlo por esa ridícula mata de pelo y estamparle la cara contra el mostrador de plexiglás.

Molly empieza a alejarse, pero yo me quedo plantado.

—Imbécil —digo en voz baja.

Roger se da media vuelta.

—¿Perdona? —pregunta.

Meneo la cabeza con asco.

—Es tu hija, joder.

—Seth, vámonos —me dice Molly, tirándome de la mano—. No pasa nada.

—¿No puedes darle un abrazo a tu hija? ¿O hacer como que te alegras un poco de verla?

—Ya está bien —masculla Molly—. No hagas esto. Lo siento, papá —añade, mirando por encima de mi hombro—. Hasta dentro de una semana. —Me aparta y ni siquiera vuelve la cabeza mientras anda con rapidez en dirección opuesta a nuestra puerta de embarque. La rodeo con un brazo, pero ella se encoge de hombros para zafarse—. Ha sido humillante —susurra. Supongo que se refiere a la profunda apatía de su padre al verla, pero se gira para mirarme de frente—. No vuelvas a hacer nada parecido, ¿está claro?

¡Mierda! Está enfadada conmigo.

—Lo siento —me disculpo al instante—. Tienes razón. No tenía por qué inmiscuirme.

—Exacto. No tenías por qué hacerlo.

Me doy cuenta por su tono de voz de que quiere dejar el tema, pero me niego a hacerlo.

—Es que no me lo creo —digo—. ¿Te mintió diciendo que estaba fuera de la ciudad? ¿Y quién es esa chica?

Menea la cabeza, con expresión pétrea.

—A saber. Su mujer, no. Da igual. No merece la pena enfrentarse a él.

Sin embargo, sí que lo merece. Quiero que ella se indigne tanto como yo. Quiero que despelleje a ese cabrón con su sarcasmo. Que vaya furiosa al quiosco de prensa, se haga con el último libro de Mack Fontaine y lo machaque a golpes con él.

—Cariño —digo mucho más bajo—, ¿por qué proteges sus sentimientos?

—Porque es mi padre —responde sin más—. A fin de cuentas, quiero tener una relación con él. Y nos llevamos bien. Estoy escribiendo el guion de la próxima película de Mack Fontaine.

Me asombra que confíe en ese hombre lo suficiente como para trabajar con él en algún proyecto, mucho más tratándose de una de sus sórdidas películas de detectives privados, pero sé que no es asunto mío.

—Muy bien, lo entiendo. Pero tienes derecho a enfadarte con él por cómo te ha tratado.

—Él es así. Estoy acostumbrada. Tengo a mi madre. No pasa nada.

Aunque no es cierto. Esta total falta de afecto me dice que se ha encerrado en algún lugar de su interior. Y me enfurece.

Tiro de ella hacia mis brazos, pero permanece rígida. Es como abrazar un trozo de madera a la deriva.

—Escúchame —le digo—. Me da lástima. Porque su hija es una de las personas más extraordinarias que he conocido. Y él la ha fastidiado. Y lo sabe. Por eso está así. Porque te ha fallado y se avergüenza.

Molly respira hondo.

—¿Ah, sí? Pues, en ese caso, lo he heredado de él.

—¿El qué?

—Lo de ser una imbécil egoísta y distante con una vena cruel.

Me sorprende.

—Molly, no eres ninguna de esas cosas.

—Sí que lo soy —asegura con rotundidad—. Soy exactamente igual que él. Fría y cínica, y le hago daño a la gente.

No sabía lo que era el verdadero significado de la palabra «estupefacción» hasta este momento.

—Ni por asomo —replico, ansiando que se lo grabe a fuego en el cerebro—. Ni siquiera creo que…

—¿Ah, no? ¿Una guionista sarcástica que corta con un chico estupendo y mantiene las distancias con él durante quince años? ¿Te suena a alguien que conozcas? ¿Recuerdas cuando dijiste que me doy a la fuga? Pues, ¡bingo!, lo aprendí del mejor.

—Molly, decirte eso fue horrible. El pasado no nos define. Un solo acto no nos define.

—Sí, estoy segura de que soy muchas más cosas, pero la parte más asquerosa de mi personalidad la heredé de mi padre. Las relaciones me asustan, y me largo, huyo y le hago daño a la gente que se preocupa por mí. Y sé lo que se siente, porque él me lo hizo a mí, ¿de acuerdo? Todavía me hace daño, joder. Y si te estás preguntando cómo encajas tú en esto, dado que eres una buena persona con sentimientos que me quiere, yo también.

Tiene las pupilas dilatadas y me doy cuenta de que se está dejando llevar por el catastrofismo, pintándolo peor de lo que es. Se está condenando a ser un estereotipo del que yo soy en parte responsable por haberla encasillado.

Está escribiendo el final de nuestra historia antes incluso de que empiece.

—¿Molly? —le digo—. Todos cometemos errores y todos tenemos traumas. Eso no te convierte en mala persona. Te hace humana.

Se le llenan los ojos de lágrimas.

—Gracias por decirlo. Pero no estoy segura de que este viaje sea una buena idea. No será bueno para ti.

Meneo la cabeza.

—No. Lo siento, nena. Eres justo lo que me conviene.

—No quiero tratarte así. No quiero hacerte daño. Tengo muchísimo miedo de mí misma. —No está llorando, pero está completamente tensa, como si estuviera usando todos los músculos para no desmoronarse—. No quiero volver a perderte.

—Cariño —le digo, apretándola con toda mi fuerza vital—, no te lo permitiré, joder.

En cuanto se relaja y empieza a llorar con la cara enterrada en mi cuello, sé que está dispuesta a intentar creerme.

30
Molly

Me alegro mucho de que Seth no me dejara huir en el aeropuerto. Porque si no hubiera subido a ese avión, ¿cómo habría descubierto que habla en sueños?

Claro que no lo entiendo. Habla una lengua inventada.

Se levanta cuando amanece, a las seis de la mañana y sale a la terraza a meditar. Una vez que termina, se va a remar en kayak o a correr alrededor del lago. Llega a casa empapado de sudor y se ducha. Y luego vuelve a la cama y me despierta a besos.

No deja que me levante hasta que me he corrido por lo menos dos veces. No es difícil. Mi cuerpo está en un estado de excitación constante a su alrededor. Lo deseo, lo deseo y lo deseo.

Me prepara el desayuno todos los días. Huevos revueltos con tomates jugosos, albahaca fresca y queso feta. Yogur con muesli casero (una olorosa mezcla de canela, piñones, avena y cereales ancestrales) con una cucharada de mermelada de arándanos. Las galletas de su abuela con cremosa sémola de maíz molida a la piedra. Tortitas con frambuesas y mantequilla derretida con sirope de arce templado.

Nunca me deja que lo ayude. Otras comidas las preparamos juntos, pero el desayuno lo hace solo.

Mientras cocina, merodeo por la casa en un intento por conocerlo a través de sus posesiones como si fueran hojas de té. Su casa es sobria y espaciosa. Una casita de madera con tejado a dos aguas y grandes ventanales orientados al lago. Los muebles son más rústicos de lo que esperaba. Un sofá chéster de cuero envejecido. Lámparas antiguas restauradas. Alfombras tejidas a mano. Una mesa de madera maciza llena de candelabros y de fruteros de teca. Cada objeto de la casa, desde los juegos de mesa antiguos hasta los libros de cocina o la esterilla de yoga, tiene un lugar específico. Nunca deja nada fuera de su sitio.

De vez en cuando, tiene que sacar tiempo para trabajar. Al principio, me preparé para oírlo hablar de separaciones y manutenciones..., palabras peligrosas para mí. Pero en cuanto lo oí aconsejar a sus clientes con paciencia y compasión (explicándoles sin paños calientes lo que supone la disolución de un matrimonio u ofreciendo buenas noticias sobre las negociaciones sobre la custodia de los niños), me di cuenta de que estaba equivocada sobre su trabajo. Sigue sin gustarme, pero es cierto que requiere empatía, amabilidad y comprensión de la naturaleza humana. Es perfecto para él.

Aunque también es gracioso y cercano con los miembros de su equipo cuando discute los casos, asigna responsabilidades y toma decisiones. Oigo sus llamadas con los abogados de la otra parte, siempre optimista y amable, incluso cuando rechaza sus demandas y destroza sus argumentos. Me maravilla su competencia. Ahora entiendo cómo puede permitirse una casa a orillas del lago.

Le sigue encantando la música. Cuando no está ocupado con llamadas o reuniones de trabajo, siempre la tiene puesta. No mentía sobre su predilección por Cat Stevens, lo que me parece entrañable. Me ha ofrecido una nueva perspectiva sobre la discografía de Elvis; ese hombre tiene temazos. Sin embargo, y pese a sus esfuerzos, sigo odiando a los Rolling Stones. A ambos nos encanta Etta James. Le parece gracioso poner NSYNC cuando nos metemos en la cama, y me obliga a robarle el teléfono para apagarlo.

La primera noche intenté escuchar canciones de cuna con los auriculares para quedarme dormida. Él me los quitó con suavidad y puso mi lista de reproducción en los altavoces. Todas las noches nos dormimos juntos con ella. A veces, me tararea las nanas al oído.

Por las tardes hace calor y hay humedad, y vamos a nadar al lago. Después, nos tumbamos en las toallas y leemos libros que hemos comprado en la tienda de segunda mano del pueblo. Ha elegido un montón de libros de bolsillo de ciencia ficción (los que le encantaban en el instituto) y los va hojeando uno a uno. Es muy expresivo leyendo, siempre sonríe en las partes buenas y frunce el ceño cuando las cosas se ponen tensas. Yo hago como que leo una colección de relatos de Alice Munro, pero en realidad lo que hago es mirarlo a él y reflexionar sobre mi buena suerte.

Intento no pensar en mi padre, ni en el trabajo, ni en Los Ángeles. En el tictac del reloj del que ambos somos conscientes. En el hecho de que esto es temporal.

«Tenemos cinco días», me digo. «Tres días más». «Todavía queda un día».

Volvemos a casa húmedos y tostados por el sol, lo hacemos en plan tranquilo y nos echamos una siesta.

A Seth le encanta ir de compras. Le encanta llevarme a la tienda de productos ecológicos para comprar mantequilla de cacahuete hecha a mano y pan de frutos secos. Conoce a los vendedores del mercado de productos agrícolas y me presenta con orgullo: «Mi novia, Molly». Es amigo de las dueñas de la tienda local de vinos, y ellas le aconsejan botellas de pinot de intensos tonos rubí y vinos brisados cuyo color me recuerda al sol.

Por la noche, Seth asa pescado capturado en el lago y filetes del Medio Oeste, mientras yo preparo ensaladas con distintas verduras de hoja y maíz. Abrimos el vino y comemos en la terraza bajo la puesta de sol de julio. Cuando por fin cae la noche, el cielo está tan despejado que se puede ver la Vía Láctea.

Seth habla de nuestro futuro. Deberíamos probar con una relación a larga distancia durante seis meses, dice, y hacer balance después. Videollamadas por FaceTime todos los días. Vernos en persona al menos una vez al mes.

Se le ocurren lugares donde podríamos encontrarnos; lugares en los que ninguno de los dos ha estado nunca, en los que podríamos crear nuevos recuerdos juntos. Santa Fe. El Parque Nacional de Yosemite. La isla de Orcas para ver ballenas.

Quiere conocer mi casa y husmear en mis cosas.

Sigo pensando en mi padre. Pienso en que fue novio de mi madre desde el instituto, y en lo poco que le importó después destruir su relación. Pienso en que sigue siendo infiel y se deshace de los matrimonios como de la ropa de la temporada pasada. Pienso en todos los chicos buenos a los que he abandonado, antes de dejar de salir con hombres a los que podría herir si cortaba con ellos.

En vez de obsesionarme en silencio, lo hablo todo con Seth en la oscuridad.

Se muestra tierno al escuchar mis temores, pero optimista. Nos queremos, me asegura para tranquilizarme. Nos conocemos. Esto puede funcionar.

Todas las noches antes de lavarse los dientes, escribe una lista de cosas que agradecer durante tres minutos, y me obliga a hacerlo a mí también.

Yo doy gracias por las mañanas, mientras escucho a Chopin y el olor a tostadas y a pesto flota a mi alrededor en la cabaña iluminada por el sol.

Doy gracias por el agua del lago que me riza el pelo.

Doy gracias por un trabajo que me permite desaparecer y disfrutar de esta vida transitoria.

Doy gracias por poder hacerlo con Seth en la terraza a medianoche, cuando las estrellas brillan en el cielo y los vecinos están dormidos.

En resumidas cuentas, doy gracias por Seth.

31

Seth

Cada vez que oigo a Molly Marks roncar suavemente a mi lado, me da un vuelco el corazón. Me despierto temprano solo para oír su respiración acompasada. La prueba de que está a mi lado.

Se queda en la cama dormida mientras yo hago mis ejercicios matutinos, pero sé que se levanta a escondidas para lavarse los dientes, porque cuando vuelvo después de ducharme, le huele el aliento a menta fresca.

Tiene tal desastre en la maleta que ardo en deseos de doblarle la ropa y organizársela. (Consigo controlarme.) Sin embargo, colgada de un gancho en la puerta del cuarto de baño hay una bolsa con compartimentos llenos de cosméticos para el cuidado de la piel, ordenados según el orden en el que se los aplica. Tarda un cuarto de hora por la mañana y veinte minutos por la noche. Dice que no medita, pero creo que esa es su manera de hacerlo.

Después de la rutina de cuidado facial, huele de maravilla.

De hecho, siempre huele de maravilla.

La primera mañana que nos despertamos juntos, me dijo que no desayunaba por costumbre, que no me preocupara, fueron sus palabras. Que a lo mejor más tarde se comía una barrita de proteína. ¡Una barrita de proteína! Le preparé unos huevos revueltos de todos modos, y resulta que sí que desayuna si le preparas algo delicioso y con mucho amor. Mientras me encargo del desayuno por las mañanas, pienso en el del día siguiente para tratar de superarme. Intento utilizar las herramientas a mi alcance para que me asocie con todo tipo de delicias sensuales.

Le gusta pasearse por mi casa mientras cocino, toquetear las cosas, preguntarme por la procedencia de los muebles, de los libros o de los discos. Rebusca entre mis posesiones con una curiosidad intensa que me halaga, pero que también me pone un poco nervioso. Espero que le guste lo que va descubriendo.

A veces, mientras yo trabajo, ella saca su portátil y escribe. Es la mecanógrafa más rápida que he visto en la vida; esos dedos de largas uñas prácticamente vuelan sobre el teclado. Es como si las ideas se apoderaran de su cuerpo y toda su energía se concentrara en esos ágiles dedos.

Sin embargo, es habitual que se queje de sentirse estancada o sin inspiración.

—¿Cómo puedes decir eso cuando escribes con tanta fluidez? —le pregunto.

—Borro mucho —me asegura—. Borro cientos de miles de palabras al año.

¡Madre mía! Cientos de miles de palabras desaparecidas. Ojalá pudiera quedarme con ellas.

Por la noche me hace preguntas sobre mis casos y mis clientes. Nunca comparto datos concretos personales, pero hablamos de la ley y de los problemas a los que se enfrentan mis clientes.

—Prefiero no casarme nunca a divorciarme —dice.

—Por eso tienes que casarte con tu alma gemela —replico.

Ella mira hacia otro lado.

Aún no he conseguido que acepte que soy la suya.

Nunca dejaré de intentarlo.

Molly se encarga de preparar el almuerzo todos los días, y todos los días hace exactamente lo mismo: un ensalada gigante de col rizada con aguacate, uvas, pipas de calabaza y pechuga de pollo a la parrilla generosamente aderezada con una aromática vinagreta de ajo y parmesano. Ella la llama «La Ensalada», y se la come directamente del cuenco con los dedos. Afirma que hay que comerla así, con las manos. Su punto de vista me parece discutible, y yo me la como en un plato con un tenedor, pero me gusta verla elegir el trozo adecuado de col rizada y lamerse la vinagreta de los dedos.

Después de comer, bajamos a la playa con las toallas, el protector solar y nuestros libros. Molly siempre lleva un enorme sombrero que le robó a su madre en Florida con las palabras «MILF playera» bordadas en rosa fuerte. Nos metemos juntos en el lago y retozamos. Si no hay muchos niños cerca a los que podamos escandalizar, nos adentramos en el agua y nos besamos, como hacíamos cuando estábamos en el instituto. Molly es traviesa y me toca por debajo de la cintura. No permito que las cosas vayan demasiado lejos, porque estamos en el país de la decencia, pero disfruto con sus esfuerzos diarios por sucumbir a una paja en un sitio público.

Mientras yo vuelvo a la orilla, ella se va a nadar, y observo su figura surcando el agua a lo lejos y pienso que nos quedan cinco días. Luego, tres días más. Y al final una noche.

Normalmente, cuando llegamos a casa…, digamos que consigo algo mejor que una paja.

Si después de la siesta ya he acabado de trabajar, jugamos a las cartas. Por sugerencia de Molly, jugamos al *gin rummy* (que es el juego preferido de su familia materna cuando están de vacaciones) y al principio me ganaba todas las manos. Después, tras humillarme dos noches seguidas, busqué en Google «estrategias para jugar al *gin rummy*» y me di cuenta de que adelantaba mis jugadas. Ahora estamos igualados, y ella se indigna cada vez que gano. Ganarle a Molly Marks en algo siempre ha sido uno de los grandes placeres de la vida.

Preparamos juntos la cena y bebemos vinos buenos de la tiendecita de mis amigas del pueblo. (Las dos propietarias, Meg y Luz, dejaron sus trabajos en Milwaukee para abrir su tienda de vinos, y a veces me gustaría que se me hubiera ocurrido a mí primero). Molly es fantástica preparando guarniciones y ensaladas. (Pero nunca La Ensalada. Esa es solo para el almuerzo).

Estoy enamoradísimo. Y contentísimo. Intento mantener la calma, porque Molly se pone nerviosa cuando yo me pongo sentimental. En cierto modo, a estas alturas es peor que en el instituto, porque ha tenido veinte años para perfeccionar sus defensas contra el amor. Pero cuando ocurre, cuando sucumbe al pánico, me deja abrazarla.

Me permite acariciarle el pelo y que la ayude a respirar.

Confía en mí.

Y lo acepto.

Porque no quiero que esto sea una aventura. No quiero que esto sea otra de las Malogradas Relaciones Amorosas Impulsivas ® de Seth. No quiero que esto sea lo que lleve a Molly a dejar de hablarme para siempre.

Antes de acostarnos, la convenzo para que me acompañe, escribiendo en un diario de agradecimiento.

Doy gracias por el sol que calienta nuestra piel.

Doy gracias por las nanas que tranquilizan a mi chica hasta que se duerme.

Doy gracias por el lago que nos ha ayudado a redescubrir nuestros cuerpos.

Doy gracias por la oportunidad de seguir descubriendo todos los días a Molly Marks.

Y doy gracias por esta esperanza.

Por esta oportunidad de dejarla crecer, crecer y crecer.

SÉPTIMA PARTE

Noviembre de 2021

32
Molly

Faltan dos días para Acción de Gracias, y estoy limpiando el desorden perenne de mi casa. Siempre me cuesta un enorme esfuerzo preparar mi casa para las visitas de Seth, un hombre que dobla los calcetines para guardarlos en montoncitos apilables y que tiene un cepillo de dientes solo para limpiar las juntas de las baldosas. Después de cinco meses yendo y viniendo de una casa a otra, casi estoy acostumbrada a sus chillidos cuando descubre migas en algún lado y a su costumbre de limpiarme el fregadero con lejía. Sin embargo, es la primera vez que pasamos esta festividad juntos, y quiero que sea perfecta.

Hago una pausa para consultar el correo electrónico. Estoy esperando la respuesta de mi padre y del director sobre el último borrador de *Al descubierto*. Lo envié hace semanas y no he recibido nada. El director, Scott, suele responder enseguida. Tanto silencio empieza a preocuparme.

Sin embargo, no encuentro nada (solo algunos mensajes sobre otros proyectos menores en los que he estado trabajando), así que empiezo la temida tarea de limpiar el suelo con vapor.

Me llaman por teléfono (es Dezzie) y me abalanzo sobre el móvil, deseosa de que me preste su hombro comprensivo mientras expreso mis temores de que el hombre más limpio del mundo me tome por una guarra.

Sin embargo, la oigo llorar.

—¡Ay, Dios! —digo—. Nena, ¿qué pasa?

No dice nada. Hace un ruido, como si se estuviera asfixiando.

Lo primero que se me pasa por la cabeza es Seth. Los dos están en Chicago. Tal vez le ha pasado algo y ella quiere encargarse de decírmelo. Ahora que estamos tan unidos, todos los días me imagino que lo pierdo. En un accidente de avión. En un accidente de coche. Por una enfermedad cardíaca no diagnosticada. Un sinfín de cosas podrían suceder en cualquier momento y arrebatarme esta inesperada alegría de golpe.

—¡Dezzie! —exclamo—. ¿Qué te pasa? Me estás asustando.

—Es Rob —contesta como puede.

Siento un alivio instantáneo y vergonzoso porque, sea cual sea el espantoso motivo de esta llamada, no se trata de Seth. Y después una abrumadora oleada de culpabilidad por reaccionar de esta manera al llanto histérico de mi mejor amiga. Se me ocurren más posibilidades horribles. El covid. Un cáncer. Pongo los dedos sobre la mesa y aprieto fuerte para obligarme a hablar en vez de dejarme llevar por el pánico.

—¿Qué le pasa? ¿Está bien?

—Va a dejarme.

—Espera, ¿qué has dicho? ¿¡Que va a dejarte!? —Seguro que lo he oído mal.

He pensado muchas veces que a Dezzie le vendría bien separarse un tiempo de Rob, que ha dejado de ser un marido modelo y bobalicón para convertirse en un desconocido desequilibrado y borracho. Pero nunca se me ha ocurrido que él pudiera abandonarla.

—Ha dejado embarazada a una mujer y va a pedir el divorcio —anuncia con voz lastimera.

Miro fijamente el móvil como si fuera radiactivo.

—¡No me jodas! ¿¡Rob te ha puesto los cuernos!?

—Sí. Con una compañera del curso de posgrado. Dice que solo era una aventura, pero que ahora que hay un niño en camino, tiene que lograr que funcione. ¡Con ella!

Solo puedo pensar una cosa: no, no y no. Esto no le puede estar pasando a alguien a quien quiero.

Mucho menos a Dezzie.

Está a punto de empezar su segundo ciclo de FIV. Han pedido un préstamo con la casa como aval para financiarlo. Sospecho que su deseo de tener un hijo es la razón por la que ha aguantado tanto tiempo con él.

Por eso, y porque lo quiere.

Por difíciles que estén las cosas en su matrimonio, llevan muchos años de amor a cuestas.

Quiero volar a Chicago y apuñalarlo en el cuello.

—Me voy a morir —solloza.

Ella no, pero Rob sí. Porque voy a asesinarlo.

Sin embargo, me muerdo la lengua para no decirlo en voz alta, porque eso no es lo que ella necesita oír en este momento.

—Que no, cariño —le digo—. Todo saldrá bien. Nos tienes a Alyssa y a mí, y a tus padres y a todos tus amigos, y te queremos muchísimo y vamos a estar contigo siempre, pase lo que pase.

Mientras lo digo, sé que tal vez no baste. Mi madre tardó años en recuperarse después de que mi padre la abandonara. ¡Veinte años ha necesitado para confiar en otro hombre!

Cuando alguien con quien has estado tanto tiempo te traiciona (cuando se convierte en alguien irreconocible), eso te hace cuestionar la realidad. ¿Qué ha pasado para que no te des cuenta? ¿Qué has hecho? Y si te ha sucedido una vez, ¿por qué no va a repetirse en el futuro?

—No sé qué hacer —dice Dezzie con voz ronca—. Se acaba de ir, Molly. Se ha ido con un macuto. Así, sin más.

Me acuerdo del BMW de mi padre saliendo del garaje. Recuerdo estar en el jardín delantero, llorando y suplicándole que no se fuera. Pensando que lo que estaba ocurriendo no podía ser real. Rezando para que viera mi desesperación, comprendiera su error y volviera a guardar el coche.

No lo hizo.

No lo hacen.

Te destrozan el corazón y se van.

Me tiemblan las manos.

—¿Dez? —digo, intentando mantener la calma por el bien de mi amiga—. Escucha. Sé exactamente lo que hay que hacer. Primero, ¿tienes infusiones? ¿Tienes manzanilla?

—¿Infusiones? —repite a voz en grito—. ¡Venga ya, Molly!

—¡Ese tipo de tareas relaja! —le aseguro, haciendo uso de mis numerosos años de terapia—. Vas a prepararte una infusión y vamos a hablar del tema, ¿de acuerdo? ¿Puedes hacerlo?

—Sí —contesta ella, después de una larga pausa—. Supongo.

—Bien. Te espero. Pon el manos libres.

—De acuerdo. Espera.

La oigo trastear en la cocina. Oigo el agua en el fregadero y luego oigo el agua hirviendo en la tetera eléctrica. La oigo llorar.

—Muy bien, ya he preparado la manzanilla.

—Estupendo. Ahora quiero que inhales el vapor de la taza mientras cuento hasta cinco. ¿De acuerdo? Inhala profundamente, exhala profundamente, desde el abdomen.

—Debería haber llamado a Alyssa.

—Esto va a ayudarte, te lo prometo. Respira hondo. Hazlo conmigo. —Respiro tal como le indico que debe hacerlo para que siga mi ejemplo mientras cuento—. Uno. Dos. Tres. Cuatro. Cinco.

La oigo seguir mi respiración. Vuelvo a contar. Lo repetimos una y otra vez, hasta que su llanto disminuye.

—Muy bien —dice con voz trémula—. Me siento más tranquila. Gracias.

—Estupendo. Ahora, antes de hacer cualquier otra cosa, tienes que llamar a Seth. Voy a enviarte un mensaje con su número del trabajo.

Mientras contaba, también veía a mi madre perdiendo su casa. A mi padre rico escondiendo su dinero. No es la misma situación, pero sé que Dezzie y Rob tienen deudas. Y si Rob puede engañarla y dejarla, también puede contratar a un abogado asqueroso que la deje en la ruina económica.

Quizá esta sea la razón por la que me he enamorado de un abogado matrimonialista. Sigo sin confiar en ellos como especie, pero confío en Seth. Sé que es honorable y bueno en lo que hace. Sé que protegerá a mi amiga.

Dezzie solloza. El sonido es puro dolor.

—¡Ay, Molls! —dice—. Esto es una puta pesadilla. Es Acción de Gracias, ¿cómo se supone que voy a…?

—Para. Seth sabrá exactamente qué hacer, ¿de acuerdo? ¿Vas a llamarlo?

—Sí —contesta con un hilo de voz.

—Y, mientras lo haces, voy a sacar un billete de avión para Chicago.

—No, no lo hagas. Mis padres ya vienen de camino. Llegarán esta tarde.

—Entonces nos tendrás a todos.

—No, no, tú tienes planes con Seth.

Habíamos planeado ir en coche al Parque Nacional Joshua Tree para disfrutar de este fin de semana largo. Seth quiere sacar provecho de la impulsiva invitación que le hice. Dice que en aquel momento fue cuando se dio cuenta de que yo podría sentir de verdad algo por él.

—¿Estás segura? —le pregunto a Dezzie—. Seth lo entenderá. Podemos quedarnos en su casa y así pasar todos juntos el fin de semana.

—Estoy segura —contesta Dezzie.

—Muy bien, cariño. Pues llama a Seth y luego me cuentas.

En cuanto cuelga, apoyo la cabeza en la mesa de la cocina. Sigo temblando.

Dezzie y Rob. ¡Dios mío!

Finales felices, sí, ya…

Justo cuando crees que pueden existir…

Es aterrador, porque las cosas con Seth se están poniendo muy, muy serias. He sido consciente de cómo me he ido enamorando de él, consciente de que los sentimientos se me iban de las manos, y he dejado que ocurriera de todos modos. He disfrutado con ello. A veces, me encuentro sonriendo de repente y con la mirada perdida, soñando despierta con una vida con él. Una vida en la que nos mudamos a la misma ciudad, nos casamos, y quizá incluso tenemos un hijo.

He empezado a preguntarme si estamos a salvo.

Claro que nadie está a salvo. Porque si esto puede pasarles a Dezzie y a Rob, puede pasarle a cualquiera.

Le envío un mensaje a Seth.

Molly:

> Oye, cariño, Dezzie te va a llamar al trabajo. Asegúrate de contestar a su llamada. Es importante.

Espero dos minutos. No responde.

Él siempre responde.

Sé que debe de estar en una reunión o hablando por teléfono ya con Dezzie, pero me desconcierta. Intento seguir limpiando la casa, pero no consigo concentrarme. Intentar preparar tu hogar para una visita romántica de tu novio me parece de muy mal gusto teniendo en cuenta que la vida de mi mejor amiga acaba de desmoronarse.

Además, sigo perdiéndome en los recuerdos del día que mi padre se fue.

Me llevó a desayunar a Denny's, que era nuestro sitio especial. Pidió palitos de pollo para desayunar, una costumbre infantil muy suya que siempre me hacía gracia. Llegaron mis tortitas, y él bebió un sorbo de café y me dijo, como si tal cosa, que se mudaba ese día.

—Tu madre y yo nos vamos a divorciar.

Al principio, pensé que estaba bromeando. A mi padre le gustaba ser gracioso, y mi madre era a menudo el blanco de sus bromas. Analizándolo ahora, es un detalle revelador, pero en aquel entonces yo era una niña de papá y me parecía graciosísimo que se burlara de mi madre para hacerme reír. Ese sarcasmo compartido era nuestro vínculo especial. La sinceridad y la calidez de mi madre, así como la facilidad con la que podías herir sus sentimientos, no estaban a nuestra altura.

Sin embargo, aquella mañana no había ninguna broma. A menos que consideres gracioso que me dijera que se iba a mudar a un apartamento en la playa con Coral Lupenski, una chica de veintidós años que era hija de mi dentista.

Empecé a sospechar que había estado en el lado equivocado de la historia.

Una sospecha que se confirmó cuando llegamos a casa y descubrí a mi madre encerrada en su dormitorio, llorando como si fuera a morir, y la única reacción de mi padre fue poner los ojos en blanco y decirme que «estaba histérica» y que había dejado dinero para *pizza* por si se quedaba «hecha polvo todo el día». En ese momento, fue cuando sufrí el verdadero ataque de pánico.

Porque fue cuando me di cuenta de que también me dejaba a mí.

Empecé a gritar. Le dije que era patético, que no podía dejar a su mujer por una tonta solo porque se había hecho famoso.

Y él dijo (porque es un mal escritor que abusa de los tópicos rancios): «Todo lo bueno se acaba». Luego se hizo con las llaves y salió por la puerta principal.

Me resultó imposible no seguirlo.

Le supliqué que me llevara con él y, al ver que ni siquiera me respondía, me desplomé sobre el camino de entrada de nuestra casa, que estaba hecho con cáscaras de moluscos trituradas, sin importarme lo afiladas que estaban y que llevaba las piernas desnudas con los pantalones cortos.

Y lo peor fue que después, durante la época más espantosa de la profunda depresión de mi madre, cuando dejó de cocinar, de ducharse y de ver a gente, salvo a mis abuelos, yo seguía deseando que arreglara las cosas con mi padre.

Porque yo lo quería.

Mi padre y yo siempre habíamos estado muy unidos. La desesperación me asaltaba de forma tan intensa que casi me desmayaba, y quería llamarlo y decirle que me sentía al borde de la muerte, que necesitaba que me frotara la espalda y me dijera que todo iba a salir bien, pero él era el culpable de la desesperación. Él era el motivo por el que yo nunca volvería a estar bien. Al menos no durante mucho tiempo.

Y sé que esto (el dolor provocado por alguien que ha destrozado por completo su capacidad para consolarte) es lo que siente Dezzie. La persona cuyo amor más ansía no está ahí para consolarla porque es el culpable de su dolor.

Quiero estrecharla entre mis brazos. Quiero darle todas las cosas a las que Rob ha renunciado.

Me llaman por teléfono y veo que es ella.

—¿Dez? —pregunto—. ¿Has hablado con Seth?

—Sí —sorbe por la nariz—. No puede ayudarme.

—¿¡Cómo!? —Seth es uno de los abogados matrimonialistas más importantes de Chicago. ¡Por supuesto que puede ayudarla!—. Nena, retrocede un poco —le digo—. ¿Qué quieres decir?

—Dice que no puede aceptar mi caso porque Rob ya ha estado hablando con él esta mañana y ha intentado contratarlo. Dice que, aunque lo rechazó, ahora se ha creado un conflicto.

—Espera. ¿Rob se lo ha contado y Seth no te avisó?

—No creo que pudiera hacerlo. Legalmente, me refiero, ¿no? No lo sé. Me ha dado los números de un par de abogados que dice que son buenos.

—¡Por Dios! —Me inunda un repentino y agobiante sentimiento de traición—. Voy a llamarlo ahora mismo y a hablar con él. Conseguiré que lo haga. Debe de haber una manera.

Cuelgo antes de que pueda replicar y llamo a Seth.

Contesta de inmediato.

—Hola —me saluda con seriedad.

—Por favor, dime que no es verdad que te has negado a ayudar a Dezzie.

—¡Guau! —exclama—. Que me he negado a... Le he dicho... Un momento. ¿Qué te pasa? ¿Estás enfadada conmigo?

—Sí —mascullo—. Estoy muy enfadada contigo.

Tamborileo con agresividad con mis uñas de gel sobre la mesa, contenta de que sean largas y puntiagudas por el ruido tan satisfactorio que hacen.

—No me he negado a ayudarla —replica—. No puedo decir nada más. Las conversaciones sobre temas jurídicos son confidenciales.

—Por favor —suelto—. No puedes escudarte en la confidencialidad entre un abogado y su cliente si no aceptas su caso. ¡Y no me puedo creer que no se lo dijeras enseguida en cuanto el imbécil de Rob se presentó en tu puto despacho!

Lo oigo suspirar.

—Molls, llevo hecho polvo toda la mañana, pero tengo las manos atadas. Sería totalmente contrario a mi ética compartir esa información. Me encantaría representar a Dezzie, pero Rob habló conmigo primero. Hemos estado trabajando juntos en la asesoría legal, así que creyó que aceptaría su caso. Pero, obviamente, jamás lo representaría contra Dez, así que le dije que no. Por desgracia, que me consultara primero significa que tampoco puedo representarla a ella.

Está siendo tan paciente y razonable que me dan ganas de estampar el móvil contra la pared.

—¿¡Por qué no puedes hacer una excepción!? —grito—. Conoces a Dezzie desde hace décadas. ¡Es mi mejor amiga!

Suspira, como si estuviera suplicando paciencia. ¡Como si yo fuera el problema!

—Ya te he dicho que no es ético. Me siento fatal, pero no puedo hacer nada.

No tengo palabras.

Ah, espera. Sí que las tengo.

—Estás jodiendo a mi amiga.

—No, te equivocas —replica, con su firme voz de abogado—. También es mi amiga. Y le he dado los nombres de los mejores abogados matrimonialistas de Chicago. Estará en muy buenas manos elija a quien elija.

No digo nada. Esto no merece una respuesta.

—Molls, tengo un cliente esperando. Te llamaré dentro de una hora, ¿de acuerdo?

—Sí. Estupendo. Como quieras.

Cuelgo antes de que pueda despedirse y vuelvo a llamar a Dezzie.

—Hola —le digo—. Lo siento mucho, pero no consigo que cambie de opinión. Dice que es una cuestión de ética y se muestra totalmente intransigente.

—No pasa nada —replica ella—. Lo entiendo.

Puede que ella lo entienda, pero yo no. Seth es uno de los socios del bufete. ¿No puede saltarse las normas alguna vez? Si no lo hace por Dez, que lo haga por mí, ¿no?

—Molly —dice Dezzie—, en serio, no pasa nada. Ha sido amable y se ha disculpado mucho.

Me obligo a respirar hondo.

Esto no va de mi relación con Seth.

Y tampoco de mi padre.

Es una reacción emocional surgida de la indignación por lo que le ha pasado a mi amiga, y no me cabe duda de que tendré que disculparme luego.

—¿Cómo te encuentras? —le pregunto a Dezzie—. ¿Has llamado a los otros abogados?

—Todavía no.

—Deberías hacerlo rápido, antes de que se vayan del bufete para celebrar Acción de Gracias. Habla con ellos antes de que lo haga Rob.

—Lo sé. Lo haré dentro de un minuto. Es que ahora mismo no doy pie con bola.

—¿Has hablado con Alyssa?

—No. Tengo la impresión de que su reacción va a ser: «Te lo dije».

—¡Por Dios, Dez, no! Alyssa nunca haría eso. Además, ni se imaginaba que pudiera pasar algo así.

Sin embargo, Seth sí lo intuyó.

Apostó que se separarían.

Pensarlo me da escalofríos.

—Sé que Alyssa pensaba que debía dejarlo —dice Dezzie—. Básicamente me lo insinuó cuando llevamos a los niños al parque temático Six Flags el mes pasado. Y tenía razón.

—Bueno, seguro que deseará haberse equivocado.

Dez suelta un suspiro.

—La verdad, me alegro de haberlo descubierto antes de quedarme embarazada.

—Sí. Te has librado de una buena.

—De una bien gorda. —Hace una pausa—. Eres muy lista, ¿lo sabes?

Me sorprende.

—¿A qué te refieres?

—Siempre has pasado de los hombres como de la mierda. Jamás has organizado tu vida pensando en tonterías románticas. Siempre he pensado que lo tuyo era cinismo patológico, pero ahora creo que eres un genio al haber rechazado todas estas instituciones tóxicas.

No está bien que alguien que te conoce desde primaria te diga que sufres de cinismo patológico, pero intento no dejarme distraer.

—¿Qué instituciones tóxicas? —le pregunto, aunque sospecho que lo sé.

—El matrimonio. El amor. La mierda esa de hasta que la muerte nos separe.

Parece muy amargada.

Como yo.

Detesto oírla.

Seth me ha abierto a la posibilidad de todas estas cosas. No estoy segura de creer por completo en ellas. Pero por él, quiero hacerlo.

—Dezzie, el amor no es una institución tóxica —le digo—. Y no lo rechazo ni mucho menos. Y en cuanto al matrimonio, algunas personas parecen disfrutarlo. ¿Quién sabe?

Sin embargo, ella no atiende a razones.

—Tú no permites que otras personas trastornen tu vida —sigue—. Te proteges a ti misma. Y antes pensaba que se debía a cierta cobardía, si te digo la verdad. Pero ahora me das mucha envidia, joder.

—No sé si ofenderme o sentirme o halagada —admito.

—Lo siento —se disculpa—. No debería despotricar de estas cosas contigo. Sé que las cosas van bien con Seth, y me alegro mucho. No quiero envenenar tu optimismo. Pero sé que siempre mantienes un ojo abierto, y me siento imbécil por no haberlo hecho yo también, sobre todo después de este último año con Rob. En fin, que no debería haber estado tan distraída, pero tengo la impresión de que me ha arrollado un camión cuando ni siquiera caminaba cerca de una carretera.

—Creo que debería sacar un billete para ir a verte. O quedar contigo en algún sitio.

—Nena, ¡no! Seth y tú vais a celebrar vuestro primer Día de Acción de Gracias juntos. No voy a jodéroslo.

—¡Anda y que le den! Estoy muy cabreada con él.

—No te enfades por mi culpa. Lo entiendo. Ha sido un encanto por teléfono.

Suspiro. Sé que debo desprenderme de esta ira, pero ahora mismo me parece lo adecuado, lo correcto.

Seguramente sea injusta con Seth.

Sin embargo, es una emoción real.

—¿Qué puedo hacer para que te sientas mejor? —le pregunto a Dezzie, intentando recordar que yo no soy lo importante aquí.

—Nada —murmura ella—. A menos que quieras matar a Rob.

—Sí que quiero —le aseguro—. Llevo toda la mañana fantaseando con eso.

—Yo también. Estaba pensando que podría usar un tenedor.

—Y hacerlo sangrar. Me encanta.

—Voy a llamar a Alyssa —dice—. A echarle ovarios.

—Muy bien. Llámame cuando lo necesites. Te quiero.

—Yo también te quiero, Molls.

Me paso las horas siguientes limpiando sin parar. Uso un accesorio de la aspiradora que no había tocado nunca para aspirar sabrá Dios qué de los pliegues de la tapicería del sofá. Limpio con el borrador mágico las huellas dactilares de los interruptores de la luz. Quito el polvo de las bombillas de las lámparas. La rutina de limpieza me calma. Cuando acabo, la furia se ha disipado, al menos un poco.

Deshago la cama y pongo las sábanas nuevas que he comprado para la visita de Seth. Incluso las he lavado y secado para conseguir una suavidad óptima. Quemo salvia y palo santo, y me muevo por todas las habitaciones para que la casa tenga el olor oficial de Los Ángeles. Salgo a comprar flores frescas para ponerlas en la mesa y todo lo necesario para el viaje al desierto. Me gasto un buen dinero en queso y embutidos de calidad, en aceitunas encurtidas y en galletas de romero e hinojo de mi quesería favorita. En vez de pavo, elijo pollo de Cornualles para asar. Además de dos variedades de patatas, tomillo fresco, pimienta molida y nata para el famoso gratinado de mi madre. Me decido por una tarta de arándanos y naranja espolvoreada con relucientes granos de azúcar demerara. Para desayunar, *muffins* de zanahoria y beicon. *Whisky* y el vino pinot favorito de Seth, además de los ingredientes para un cóctel especial de Acción de Gracias con arándanos y pacharán. Velas. Una nevera grande y dos bolsas de hielo para transportar mi botín durante el trayecto de dos horas que haremos mañana.

Compro lo que me apetece hasta sumirme en una especie de entumecimiento que me parece parecido al perdón.

Seth me llama justo cuando estoy entrando en mi casa.

—Hola —me saluda—. Lo siento, he estado toda la tarde liado con llamadas de clientes. Acabo de llegar al aeropuerto. ¿Estás bien?

Parece casi asustado.

Me siento fatal.

—Sí. Y siento haber sido tan desagradable contigo antes. Es que estaba decepcionada.

—No pasa nada —me asegura—. Eres una amiga asombrosa.

Yo no calificaría mi comportamiento de asombroso. Más bien diría que es fruto de un trauma. Pero no discuto.

—Gracias.

—¿Sigues pensando en ir a buscarme al aeropuerto de Los Ángeles o me pillo un Uber? —me pregunta.

—Claro que voy a por ti. Me muero de ganas.

Detecto la sonrisa en su voz.

—Y yo. Nos vemos esta noche. Te quiero.

—Yo también te quiero —le digo.

Y así es.

Todavía sigo conmocionada, pero lo quiero.

33
Seth

Normalmente, la sensación que tengo cuando estoy a punto de ver a Molly después de llevar semanas separados es de una euforia tan intensa que roza la locura. Pero esta noche siento una presión sorda y dolorosa detrás de los ojos mientras dejo atrás la recogida de equipajes con mi maleta y salgo a la nube caliente de contaminación que envuelve el aeropuerto de Los Ángeles.

Llevo todo el día alterado, desde que Rob se presentó en mi despacho con su puta bomba.

No podría haber elegido un peor momento.

No hemos dicho nada, pero muchas cosas dependen de este viaje.

Fue idea de Molly pasar Acción de Gracias juntos, los dos solos.

No lo ha dicho, pero está probando lo de ser mi familia.

Y quiero graduarme con nota.

Sé que vamos muy rápido, y es todo cosa de mi problemático patrón. Sin embargo, me pasé un año trabajando en el problema, yo solo, y esto me parece distinto. Quiero a esta mujer desde que tenía catorce años.

Y la invitación a Acción de Gracias parece ir en la misma línea que la invitación al Parque Nacional Joshua Tree. Es la forma particular de Molly de decir que me quiere de la misma manera que yo a ella.

Durante los últimos meses, hemos dedicado mucho tiempo a hablar de nuestros respectivos problemas; mi historial de excesivo entusiasmo y su miedo a que la gente la abandone sin más, lo que la lleva a hacerlo en primer lugar. Me he esforzado para no apresurarme a que lo nuestro sea permanente antes de que esté preparada, para darle a la relación tiempo y que se asiente. Sé que ella se está esforzando para no rehuir mi amor. Se está esforzando para confiar en que es real, que es suyo. Que no me voy a ir a ninguna parte.

Sin embargo, su rabia por lo de Dezzie me ha puesto nervioso. El divorcio es un tema peliagudo para ella en cualquier circunstancia, y Dezzie es una de las personas a las que más quiere. Ojalá pudiera usar mis habilidades para rescatarlas a ambas.

No puedo.

Como socio capitalista, sería clamoroso que me saltara las mismas normas éticas que tengo que defender. Quiero muchísimo a Dezzie y le daré todo el apoyo emocional que necesite, pero no puedo ser su abogado.

Le mando un mensaje de texto a Molly con mi ubicación y me contesta que está a dos minutos. Intento ver más allá de la esquina, a la espera de que aparezca su coche.

Ahí está. Mi chica.

Y, gracias a Dios, me sonríe.

Se baja de un salto en cuanto encuentra un sitio para aparcar y corre hacia mí para echarse a mis brazos.

La beso en esa coronilla de pelo reluciente que huele a limpio.

—Hola, nena.

—Hola —susurra.

Nos abrazamos unos segundos más de lo que es socialmente aceptable en un aparcamiento con mucha competencia. Su cercanía me alivia el dolor de cabeza.

Se aparta y me mira.

—Pareces agotado —dice.

—Ha sido un día largo. Muchas cosas de abogado que hacer antes de mi gran aventura californiana.

Se muerde la lengua y no hace un comentario mordaz sobre el hecho de que no haga cosas de abogados para Dezzie, algo que es un alivio enorme.

—Vamos a hacer que descanses mucho —dice. Me besa en la mejilla y después me quita el equipaje para meterlo en el maletero. Me subo al asiento del acompañante y poco después ella se une al serpenteante tráfico que sale despacio del aeropuerto.

Molly conduce como si fuera un arte. No es agresiva, pero sí habilidosa, y cruza seis carriles con elegancia para tomar una salida que ha aparecido de la nada, haciendo sitio para coches que están a punto de quedarse encerrados sin alterar el flujo del tráfico y manteniendo la conversación mientras recorre las empinadas y serpenteantes carreteras que llevan a su casa.

Su autoridad al volante es erótica. Me muero porque nos lleve al desierto. Espero que la ruta sea muy difícil.

—Hogar, dulce hogar —dice al tiempo que se detiene en el camino de entrada de su casita de estilo español pintada de blanco. Está rodeada de buganvillas moradas y de cactus que brotan del suelo como orgullosas erecciones coronadas de flores. El aire huele a jazmín.

Es como ella. Me encanta este sitio.

Dentro descubro una mezcla de madera oscura y cómodos muebles con tapicería de lino blanco. El suelo tiene baldosas de estilo español y las habitaciones dan paso las unas a las otras a través de los arcos originales de los años veinte.

Ya está encendiendo velas perfumadas en todas las superficies, haciendo que las estancias brillen.

—¿Quieres comer algo? —me pregunta.

—Sí, me muero de hambre.

Me lleva a su cocina amarilla, con armaritos en azul claro con pomos de cristal *vintage* que encontró en eBay. El mimo que ha puesto para restaurar su casa, y lo mucho que se enorgullece al contármelo, me provoca mucha ternura. Es otra de esas facetas inesperadas que he descubierto de ella a medida que nos íbamos conociendo como adultos.

Fantaseo con comprar una vieja casa de estilo artesanal y remodelarla con ella. En algún sitio con un jardín enorme y muchos árboles frutales. Una casa para los dos.

—¿Tostadas? —pregunta Molly.

Ha descubierto la costumbre que tengo de comer tostadas a medianoche.

—Sí, por favor.

Mete unas rebanadas en el tostador (el pan de masa madre que me gusta del mercado de productos ecológicos y artesanales de su barrio) y me lleva al patio. Nos quedamos ahí, con las manos entrelazadas, mirando las deslumbrantes luces de Los Ángeles. Sopla una ligera brisa y el aire es fresco, pero no hace frío. El olor de mi tostada nos llega desde la cocina y aspiro hondo antes de besar la coronilla de esta mujer que sabía qué prepararme.

En este preciso momento sé que puedo hacerlo de verdad. Que puedo mudarme a Los Ángeles.

—Nunca me canso de estas vistas —digo—. Las he echado de menos.

—Solo han pasado tres semanas.

—Me han parecido tres meses.

Me da un apretón en la mano.

Volvemos adentro y unta una tostada con mantequilla normal y otra con mantequilla de cacahuete antes de pegarlas en un revoltijo de grasas, tal como me gusta. Acepto mi sándwich preferido y lo devoro junto al fregadero. Está mucho más rico cuando ella lo prepara.

Cuando termino, limpio la encimera.

Me observa con sorna.

—¿Ha terminado, inspector?

—Sí, llévame a la cama.

Vamos a su dormitorio, una estancia muy femenina y bonita con cortinas de terciopelo blanco y una cama doble con un montón de mullidos cuadrantes en los que me quiero acomodar de inmediato después del largo día de trabajo y del viaje.

Aferro a Molly con las dos manos y tiro de ella para que se tumbe.

—Anda, ven aquí.

Me deja que la envuelva por completo con el cuerpo y que la achuche como si yo fuera un calamar más eufórico de la cuenta. Su cuerpo parece pequeño, suave y maravilloso debajo del mío.

—Gracias por aceptarme —le digo contra el pelo. En realidad, le estoy dando las gracias por quererme. Por el honor de recibirme en su vida.

Se echa a reír.

—El placer es mío, don Educado.

Sigue sin mencionar a Dezzie. Me pregunto si debería sacar el tema. Pero parece relajada. No quiero estropear su buen humor.

La ahogo con más besos, desde los ojos hasta la garganta. Ella chilla y me aparta.

—¡Me estás aplastando!

—No puedo evitarlo, eres muy aplastable.

—¡Qué ñoño eres!

Bostezo.

—Me caigo de cansancio. —Son las once de la noche en Los Ángeles, lo que quiere decir que es la una de la madrugada en Chicago.

—¿Vas a dormirte y dejarme tirada, Rubenstein?

—No, voy a ducharme en tu precioso cuarto de baño. Y después voy a dormirme y dejarte tirada.

—Te traigo una toalla.

Disfruto al lavarme el pelo con su champú, el bote que identifica el conocido y embriagador olor de su pelo: aceite de azahar. Me froto con su jabón de eucalipto, que inunda la ducha con el olor a tratamientos de *spa*. Sus lujosos productos de baño hacen que ponga en duda mi afinidad por las marcas blancas que aseguran oler a «hombre».

Salgo del cuarto de baño con la toalla alrededor de la cintura, llevando conmigo una nube de fragrante vapor al pasillo. Molly me espera en la cama. Se ha puesto un vaporoso y largo camisón blanco que me recuerda a una doncella victoriana a punto de ser seducida por un fantasma sensual en un ático iluminado por las velas.

—Hueles a mí —comenta.

—Lo sé. Casi no puedo resistirme a mí mismo.

Señala la mesita de noche de mi lado de la cama. (Es estricta a la hora de dormir a la izquierda, da igual donde estemos).

—Ahí tienes agua y también ibuprofeno con un poco de difenhidramina por si estás demasiado nervioso para dormir.

Me conoce bien.

—Gracias, reina. —Cuelgo la toalla en el gancho que hay detrás de la puerta y me meto en la cama desnudo.

Me vuelvo hacia ella y le recorro el puño de encaje del camisón con un dedo.

—¿Se me permite ver lo que hay debajo de este modelito decimonónico?

—La dama se siente un poco casta esta noche. ¿Te importa?

Vuelvo a pensar de nuevo con incomodidad que sigue cabreada por lo de Dezzie. Siempre le insisto para que hable de lo que le provoca ansiedad. Está mal por mi parte no sacar el tema, aunque me asuste un poco.

—No pasa nada —le aseguro—. Pero, ¿Molls?

—¿Qué?

—¿Sigues molesta? ¿Por el hecho de que no pueda representar a Dezzie?

Se tensa.

—Un poco —admite—. Pero lo entiendo. Creo…

—Lo haría sin pensar si pudiera. Por las dos.

—Lo sé. No quiero ser injusta contigo. Supongo que es por el espantoso recordatorio de todo lo que puede salir mal. Incluso en matrimonios que eran felices.

La abrazo con más fuerza. Sé que todo esto la hace revivir todo lo que pasó con su padre.

—Y me dio por pensar en que tu vida consiste en lidiar con estas cosas —sigue—. Y me dije que sí, que a lo mejor esta era la manera que tenía el universo de demostrarme que tu trabajo es algo positivo, que no debo sentirme culpable por estar con un abogado matrimonialista porque puedes ayudar a mi amiga. Pero cuando dijiste que no podías, fue como «Pues claro que no». ¡Qué tonta soy!

Detesto oír eso. Mi trabajo es una de las pocas cosas que no puedo prometerle que voy a cambiar por ella, y me entristece saber que tal vez siempre tenga reparos con lo que hago, que tal vez siempre tengamos que vivir con esa tensión.

—Lo entiendo —le aseguro—. Me encantaría poder luchar por ella. No quiero ser egoísta, pero tengo la sensación de que era una oportunidad para hacerme méritos contigo, y Rob la ha arruinado. Pero Dezzie encontrará a un abogado estupendo, nos aseguraremos de que lo haga.

Molly se inclina hacia mí y me da un piquito en los labios.

—No tienes que hacer méritos conmigo, Seth. Pero tengo mis problemas, y no van a desaparecer solo porque te quiero.

¡Dios! Menudo alivio oír estas palabras.

—Yo también te quiero —le susurro.

La estrecho entre mis brazos hasta que su respiración se relaja, agradecido por haber sobrevivido a nuestra primera discusión real como pareja.

Por la mañana, me despierto antes que ella y salgo a correr. (Es mucho más difícil en su barrio, tan empinado, y entiendo por qué se niega a hacerlo). Cuando vuelvo, ya está vestida. Se niega a que le prepare el desayuno como me apetece, porque quiere llevarme a su restaurante mexicano preferido en busca de horchata y chilaquiles que nos den fuerzas para el viaje.

Pido el mío tal como ella me lo recomienda, mitad de salsa guacamole y mitad de salsa verde, con un huevo medio cuajado encima. La dueña la conoce y le dice «*mija*»,* y de repente me gustaría que nos quedáramos en Los Ángeles en vez de irnos al Parque Nacional Joshua Tree. Me encanta verla en su mundo.

Sin embargo, si las cosas van como espero, tendré el resto de mi vida para hacerlo.

Al principio, el trayecto por el desierto es anodino, soleado y sin encanto, pero después se vuelve precioso. De la tierra marrón brotan miles de altos aerogeneradores blancos. La carretera da

---

* En Español en el original. (N. de las T.)

paso a las agrestes montañas. Después de dos horas, veo mi primer árbol de Josué. Nunca había visto uno en vivo, y le confieso a Molly que me maravilla que sus ramas se dividan una y otra vez en formaciones sin sentido. Seguimos por una carretera con el descriptivo nombre de «Autopista de las Veintinueve Palmeras», dejamos atrás un extraño pueblo en el que hay antiguas cantinas, *boutiques* de estilo hípster, calles comerciales y cabañas deshabitadas, y luego Molly abandona la autopista y recorre varios caminos de tierra hasta un portón con un letrero de madera que dice: «Rancho Jackrabbit».

—Es el nuestro —anuncia. Se baja del coche, se saca una llave del bolsillo trasero de los vaqueros y abre el portón para que podamos pasar.

Theresa, la amiga de Molly, me mandó fotos mientras yo hacía mis preparativos secretos para este fin de semana, pero aun así me quedo boquiabierto por lo perfecto que es. El patio trasero está lleno de árboles de Josué y de ocotillos. El jardín delantero está muy bien diseñado, con un precioso jardín de rocas y un banco lo bastante grande como para que una pareja se lo monte bajo el cielo estrellado. Da la casualidad de que sé que si conduces trescientos metros más, hay una segunda puerta, que lleva a la casa de invitados. Theresa la tiene cerrada en invierno, pero me ha mandado las llaves en secreto.

—¿Es muy grande este sitio? —le pregunto a Molly, porque no quiero que sepa que ya lo he investigado por mi cuenta.

—Unas cuatro hectáreas —contesta—. Theresa compró dos parcelas adyacentes por una minucia y remodeló la vieja casa de los años cincuenta que había. Es increíble. Espera y verás.

Sacamos las bolsas del maletero y abrimos la puerta mosquitera del porche. La casa es baja y parece hecha por completo de ventanales con palillería con vistas a los árboles. Todo el interior parece elegido para salir en un artículo de la revista *Architectural Digest* sobre el retro chic.

—Es increíble, desde luego —digo.

—Te complacerá saber que hay un brasero exterior.

Gracias a los días en Wisconsin, Molly sabe que soy un pelín pirómano.

Sacamos las exquisiteces culinarias de la nevera y las metemos en el frigorífico antiguo SMEG de la cocina. Admiro los platos verde claro colocados en los estantes, que Molly me dice que son «jadeíta» y que son «caros de narices». Lo dice con tal anhelo que debo acordarme de regalarle una vajilla de jadeíta.

—¿Estás preparado para ver el parque? —pregunta Molly.

—¡Ajá!

—Estupendo. Ponte las botas de montaña. Voy a llamar un momento a Dez para ver cómo está.

Entra en el dormitorio y cierra la puerta. Oigo susurros tranquilizadores al otro lado, aunque no consigo entender las palabras.

—¿Cómo está Dez? —le pregunto cuando sale.

—Un poco mejor —contesta—. Ha conseguido ponerse en contacto con uno de los abogados que le recomendaste y tiene una cita para el lunes.

¡Gracias a Dios! Les mandé un mensaje a los tres por si podían hacerle un hueco, pero el día festivo está tan cerca que solo uno (la temible Geneva Bentley) seguía trabajando.

—Me alegro mucho —digo.

—Yo también. ¿Listo?

Conducimos unos diez minutos hasta el portón de entrada del parque nacional, y Molly aparca cerca del sendero que llamaba «un paseo para gente normal», un sendero corto, llano y circular a través de rocas que conduce a Skull Rock. (Que viene a ser una roca con forma de calavera, me dice). Después, «para honrar mi deseo de ejercicio riguroso», vamos en coche a otro sendero y nos paseamos montaña arriba y montaña abajo.

El paseo es revitalizante y la vista, preciosa, y estoy flotando por el aire libre y las endorfinas cuando por fin volvemos al coche.

—Deberíamos irnos antes de que empiece a anochecer, pero antes quiero llevarte a mi sitio preferido —dice.

—Si es tu sitio preferido, también es el mío.

—Eres más empalagoso que las palomitas de maíz dulces.

—Vivo en el Medio Oeste, la cuna del maíz.

De momento.

Conducimos a través de bosquecillos de árboles de Josué mientras el sol empieza a ponerse, tiñendo de morado las montañas que nos rodean.

Molly se detiene en un aparcamiento con varios carteles que avisan de la presencia de abejas. Echo un vistazo a mi alrededor con preocupación.

—¿Molly? —digo.

—¿Seth?

—¿Es una broma para intentar matarme?

—¿Eres alérgico a las abejas?

—No, pero me asustan que me ataque un enjambre. Como a cualquier persona normal.

Le quita hierro a mis palabras.

—El riesgo merece la pena. Confía en mí.

Salimos del coche y echamos a andar hacia la entrada de un sendero a través de un laberinto enorme de cactus.

—Choyas —me dice.

Las plantas llegan a la altura de la cintura y son de color degradado, con raíces marrones que crecen hacia arriba y se extienden con un espectacular tono amarillo. Desde lejos parecen rechonchos y peludos, como los Muppets, pero de cerca da la impresión de que las púas podrían matarte. De hecho, parece que quieran hacerlo.

—¿A que son preciosos? —me pregunta Molly.

Ella sí que es preciosa. La luz dorada del sol se derrama sobre su pelo y hace que le brille la piel. Pero lo que de verdad me gusta es la serenidad de su cara.

Es muy feliz aquí.

Y yo soy muy feliz deleitándome con su felicidad.

Me doy cuenta de que lo de Dezzie y Rob no la consume, por mucho que la haya alterado. También hay sitio para la alegría.

—Bueno, Molls —me obligo a decir con una tranquilidad que no siento ni mucho menos—, tengo una sorpresa para ti.

— ¡Oooh! ¿Qué es?

Vamos deambulando por los jardines y la guío hacia un mirador donde no hay mucha gente.

—He concertado unas cuantas citas el lunes —digo—. Con un par de bufetes.

—¿En serio? ¿Por qué?

—Por posibles entrevistas. Para puestos de trabajo aquí.

Pone los ojos como platos. Pero no por la alegría, compruebo al instante.

—¡Guau! —dice—. ¡Guau! ¿Por qué no me lo comentaste antes de hacerlo?

—Porque quería sorprenderte —contesto con tiento—. Creí que serían… ¿buenas noticias?

Me mira con los ojos entrecerrados.

—¿Eso quiere decir que te mudas aquí?

No parece emocionada, más bien desconcertada.

No pasa nada. Puedo solucionar el desconcierto.

Le rodeo la cintura con un brazo.

—Nena, los últimos cinco meses han sido los más felices de mi vida. Te quiero y quiero estar donde estás tú.

Asiente despacio con la cabeza.

—Yo también te quiero, Seth. Pero es un cambio enorme para ti solo para estar cerca de mí. A ver, es un compromiso bestial.

—Esa es la idea —replico en voz baja.

—¿Qué pasa con tu asesoría legal sin ánimo de lucro?

—Hemos estado sopesando expandirnos más allá de Chicago. Me encantaría hacer algo parecido en Los Ángeles.

Me mira con una sonrisa tensa.

—Muy bien. Podemos hablar más del tema. A ver cómo te van las citas.

Decido no contarle que ya he hecho una serie de entrevistas con los dos bufetes de abogados que tengo en mente. Que esto no es más que una visita para ver si hay química y ayudarme a decidirme por uno.

Sin embargo, extiende los brazos, me baja la cabeza y me besa.

—Lo siento —dice—, es que estoy un poco de los nervios. Creo que sería estupendo. ¿Te imaginas vernos todos los días? Eres increíble solo por pensarlo.

No soy increíble.

Solo estoy enamorado hasta las trancas.

—Solo quiero estar contigo, Molls. De cualquier manera.

—Yo te quiero de todas las maneras —replica—. Volvamos a casa y pongámonos a ello.

34
Molly

Cada vez se me da mejor reconocer los momentos en los que me saboteo. Me enorgullezco de mí misma por corregir el rumbo.

Pues claro que no debería sucumbir al pánico por la idea de que Seth compruebe si hay trabajo para él en Los Ángeles. No hay nada inamovible y podría ser increíble que se mudara aquí. No podemos mantener una relación a distancia para siempre. Me encantan nuestras llamadas maratonianas y las escapadas románticas para vernos, pero siempre queda un regusto triste. Y siempre, pero siempre, lo echo de menos. Incluso cuando estamos juntos, sé que es algo temporal y lo echo de menos de antemano.

No debería permitir que el malestar provocado por la ruptura de Dezzie arruine lo que debería ser un momento bonito.

Lo que me dijo por teléfono sobre el amor es lo que mi terapeuta llamaría un comentario «reactivo». Un punto de vista comprensible teniendo en cuenta las circunstancias, pero que yo no debería interiorizar.

Aun así, me desperté a las cuatro de la madrugada, mi hora habitual de darle vueltas al coco, tan angustiada que no pude dormirme de nuevo. Porque dejé que mi mente pensara en todas las posibles meteduras de pata que podíamos cometer Seth y yo, en todas las posibles formas de hacernos daño el uno al otro o de resultar heridos de gravedad y morir. Sé que estoy siendo catastrofista. Pero ser catastrofista es una forma de preparación. Una forma de romper antes de tiempo tu propio corazón, antes de que otra persona lo haga por ti.

Sin embargo, a la luz del día se me da mejor aceptar que esa ansiedad no es real. Así que acepto la mano de Seth, lo llevo de vuelta al coche y lo beso con todas mis fuerzas. Besarlo siempre hace que me sienta muchísimo mejor.

—¿Quieres que conduzca yo? —me pregunta. Creo que se da cuenta de que estoy un poco temblorosa.

—No, estoy bien.

Nos ponemos en marcha y conduzco deprisa por las carreteras del desierto, casi vacías, teniendo en cuenta la hora que es y el día festivo. Son las seis en punto cuando llegamos al pueblo, y me muero de hambre.

—¿Te apetece darte una vuelta por la cantina, compañero? —le pregunto a Seth.

—Me comería una liebre entera.

—Creo que la liebre sabría muy fuerte y estaría dura.

—Tal como me gusta.

Lo normal es que cueste conseguir mesa en la cantina por la noche, pero el pueblo está muy tranquilo tan cerca del Día de Acción de Gracias, y nos sentamos enseguida. Pedimos todos los platos fritos que tienen en la carta (pepinillos, aros de cebolla, alitas) y hamburguesas.

Seth se levanta para ir al servicio, y a mí me arden los dedos por las ganas de mandarle un mensaje a Alyssa sobre su posible mudanza. Estoy emocionada y aterrorizada a la vez, y me sentiría mejor si pudiera hablarlo con ella. Pero no lo hago. Contárselo a Alyssa haría que se le prestase menos atención a la crisis de Dezzie, y eso no me parece bien. Además, tampoco va a ser algo inminente. Ya tendré tiempo de sobra para desentrañar mis sentimientos con mis amigas.

De todas maneras, a lo mejor es más sano hablar de ello con…, a ver, con Seth.

—Hay un correcaminos de peluche sobre los urinarios del aseo de caballeros —me dice al volver—. Me ha dado la sensación de que me la estaba mirando.

—En fin, seguro que se ha quedado impresionado.

—Sí. La tengo mucho más grande que la de un correcaminos.

—¿Tenemos que hablar de cómo la tiene un correcaminos? Que estoy intentando comerme unos pepinillos fritos.

—Ah, claro. ¿Y de cuál quieres hablar?

Lo miro con una sonrisa mientras me limpio el alioli de la boca con el dorso de la mano.

—De la del que no me dijo que está pensando en mudarse a Los Ángeles.

—¡Perdona!

—Es una broma. He estado dándole vueltas. ¿Crees que funcionará? ¿Te mudarías a mi casa?

Parece encantadísimo de tener esta conversación.

—¿Al principio quizá? —me pregunta a su vez, como si no lo hubiera pensado, aunque estoy segura de que tiene un PowerPoint hecho y todo—. Y así podríamos ver qué tal nos va y si necesitamos más espacio.

—No me gustaría renunciar a mi casa —me apresuro a decir. Mi casa, que está a mi nombre, es mi seguridad. Aprendí por las malas con mi madre—. Pero podría ponerla en alquiler. Y podríamos comprar algo más grande cerca. Mmm..., pero está el tema del tráfico. ¿Dónde están los bufetes con los que has hablado?

—En el centro.

—Ah, pues a veinte minutos si te organizas bien.

Asiente con la cabeza.

—Sí. Lo estuve mirando antes de ponerme en contacto con ellos. Sé lo que opinas de irte al West Side.

He vivido en la zona noroeste de Los Ángeles todo el tiempo que llevo en la Costa Oeste, y a estas alturas cualquier punto al oeste de Silver Lake bien podría estar en la Patagonia.

—¿Les has hablado a tus padres de esto? —le pregunto.

—Solo a Dave.

—¿Se opone con todas sus fuerzas?

Sé que su hermano sigue sin fiarse de mí, aunque Seth no lo admita.

—Cree que debería hacer lo que me haga feliz. Y tú me haces delirar de felicidad.

«Delirar de felicidad». A veces quiero tanto a este hombre que me da vueltas la cabeza.

«Podemos hacerlo —pienso—. Tú, Molly Marks, puedes hacerlo».

—¿Tendrás que examinarte de nuevo para poder ejercer? —le pregunto.

—Sí. Pero, como bien sabes, se me dan muy bien los exámenes estandarizados.

Sí que lo sé. Sacó la máxima nota en las pruebas de acceso a la universidad. Todavía me cabrea.

De repente, me siento emocionada. Totalmente feliz por primera vez desde que me enteré de lo de Dezzie.

—No sabes lo mucho que agradezco que te lo estés pensando —le digo.

Tiene el vaso de cerveza pegado a la boca y pone los ojos como platos por encima del borde. Se lo aparta con un bigote de espuma después de beber.

—¿En serio?

—Sí. A ver, no podemos pasarnos la vida yendo y viniendo. Y sé que técnicamente sería más fácil que yo me mudara a Chicago, ya que puedo escribir en cualquier parte.

—Pero esto te encanta. Cuanto más te veo en tu salsa, más me convenzo de que no tendría sentido que te fueras. Quiero que estés en un lugar donde seas feliz.

—A lo mejor conseguimos que Dezzie se mude aquí.

Le brillan los ojos por la felicidad. Parece que vamos a hacerlo de verdad.

Terminamos de comer y volvemos a casa para hacer el amor.

Después, Seth enciende el brasero exterior mientras yo llamo a Dezzie. No me contesta. Seguro que está dormida.

Una parte muy egoísta de mí se alegra. Quiero apoyarla, pero a la vez no quiero que la tristeza acabe con la dulzura de esta noche. Quiero acurrucarme con Seth bajo las estrellas.

Y eso hago.

Nos acostamos pronto y dormimos hasta las diez de la mañana, todo un lujo. Seth me está abrazando cuando abro los ojos. No se ha levantado para salir a correr, algo raro.

—Estás aquí —digo con alegría.

Me abraza con fuerza.

—Estoy aquí.

Nos quedamos abrazados un rato antes de que se levante para preparar el desayuno. Miro el móvil y veo un mensaje de Dezzie preguntándome si puedo hablar.

Salgo para llamarla.

—Hola, cariño —digo cuando contesta—. ¿Cómo estás?

Tiene la voz muy cascada mientras me cuenta lo mal que ha dormido y lo mucho que echa de menos a Rob aunque lo odie.

—Molls, solo quiero que vuelva. ¿No te parece malsano?

—¡Ay, cariño! No lo es. Lo sigues queriendo.

—Pero lo odio. Lo odio de verdad.

—Puedes hacer las dos cosas a la vez. Seguramente lo hagas durante mucho tiempo.

Su madre se acerca para llevársela y que la ayude a cocinar, y yo prometo llamarla más tarde.

Lo que me da pie para ponerme también a cocinar.

Voy a la cocina, donde Seth me ha dejado café, un plato con beicon y un *muffin*, como un ángel. Me lo como despacio mientras pienso qué hacer en primer lugar. Tengo que sacar los pollos de la salmuera y rellenarlos, pelar los guisantes, preparar la mantequilla de ajo, cocinar los arándanos... Me dejo llevar durante una hora por la preparación de la comida, canturreando, contenta.

En el salón, Seth está haciendo una videollamada por FaceTime con su familia, que está en casa de Dave y Clara. Oigo a los niños gritando a través del teléfono desde la cocina. Sonrío cuando Seth se ríe con ellos.

—Un momento —dice él—, voy a poneros con Molly. —Entra en la cocina, con toda su familia en la pantalla del móvil.

—¡Feliz Acción de Gracias, Molly! —gritan a coro.

—¡Feliz Acción de Gracias!

—¿A que está preciosa rellenando el trasero de unos diminutos pollos con trozos de manzana? —pregunta Seth.

—Molly estaría preciosa metiendo lo que sea en cualquier trasero —replica su padre.

Me atraganto.

—¿Eso es una broma sexual? —le pregunto a Seth, articulando con los labios.

Él pone cara espantada.

—Eso creo —me contesta de la misma manera.

—¡El abuelo ha dicho trasero! —chilla Max.

—¡Qué suerte la tuya! —dice Clara con sorna.

—Muy bien, familia. Tengo que ayudar a Molly a rellenar traseros —anuncia Seth al tiempo que me pellizca el culo—. Os echamos de menos.

—¡Os queremos a los dos! —grita Barbie.

Seth cuelga entre risas.

—Hay un caos absoluto en esa casa.

—¿Te arrepientes de no haber ido?

—Nada de nada —contesta mientras me rodea con los brazos y me besa en el cuello—. Bueno, ¿en qué te puedo ayudar?

Lo pongo a trabajar pelando y cortando patatas para gratinar mientras yo rallo el queso y corto las cebollas. Preparar platos elaborados con Seth es una maravilla. Mientras lo veo mirar las patatas con los ojos entrecerrados para cortarlas lo más finas posible, pienso que tal vez esto es lo que quiero de verdad.

Todo el tiempo.

Todo, punto.

Para siempre.

—Patatas cortadas, chef —anuncia Seth, que me presenta una tabla de madera con patatas cortadas tan finas que son casi transparentes.

—Un trabajo magnífico.

—¿Es raro que me dé pena que no vayamos a preparar judías verdes gratinadas? ¿Seguro que no queremos preparar judías verdes gratinadas?

—Ya te lo he dicho: no están permitidos platos que lleven crema de setas.

Él suspira con dramatismo.

—Tú te lo pierdes, McMarkson. ¿Qué más hago?

—Ahora mismo no hay que hacer nada más.

—¿Te importa que explore la zona? Estoy un poco nervioso porque no he salido a correr.

—Adelante.

Me concentro en colocar las capas para el gratinado, añadiendo bolitas de mantequilla y un poco de harina, pimienta, sal, tomillo y queso parmesano. Es meditativo, y me siento bien.

Lo meto en el horno. Es lo último que tenía que preparar, así que decido llamar a mi madre.

—¡Hola, querida hija! —canturrea al teléfono—. Han venido muchísimos familiares de Bruce y ahora mismo tenemos la casa llena. ¿Te llamo dentro de unas horas?

—¡Serás bruja! ¡No me has dicho que ibas a conocer a su familia!

Se echa a reír.

—¡Sorpresa!

Me presentó por fin a su novio cuando estuve en Florida para la boda de Jon y Kevin. Es un asesor financiero jubilado tranquilo con ojos amables que mima a mi madre y que me habló con tanto orgullo y emoción de todas las ventas que ha logrado hacer que me pregunto cómo mi madre pudo enamorarse de mi padre.

Míranos. Las mujeres Marks en relaciones sanas con hombres a los que queremos.

—Muy bien, mamá —digo—. Luego me cuentas cómo te ha ido. Te quiero.

Nada más colgar, recibo una llamada de mi padre.

¡Vaya, qué raro! Normalmente ni siquiera me manda un mensaje de texto en Acción de Gracias, mucho menos me llama. Hemos mantenido las formas, aunque haya cierta tensión, desde la escena del aeropuerto, que hemos convenido de forma tácita en que nunca sucedió. Cuando lo vi en Los Ángeles, nos ceñimos al trabajo; él no me preguntó por Seth y yo no le pregunté por Celeste.

Intenté no abrazarlo.

Sin embargo, había hecho unas notas muy detalladas en mis borradores del guion, y no pude contener la satisfacción al ver la atención que le presta a mi trabajo. Al parecer, ha hecho falta un guion para ganarme su respeto. Ojalá hubiera bastado con ser su hija para obtener semejante privilegio. Pero él es así.

—Hola, papá —lo saludo—. Feliz Día de Acción de Gracias.

—Gracias, chiqui. Igualmente.

—¿Qué vas a hacer para celebrarlo? —pregunto.

—Hemos venido en barco a Cayo Hueso. No nos va el pavo.

No sé muy bien si se refiere a Celeste o a Savannah, de modo que replico:

—A mí tampoco. Estoy preparando pollo relleno.

—¿Lo vas a servir con el gratinado provocainfartos de Kathy?

Respiro hondo al oír la pulla dirigida a mi madre.

—Y un montón de vino.

Al menos, podemos estar de acuerdo con el vino.

—En fin, chiqui, mira —dice—, quería ponerte al día de *Al descubierto*.

Ah, eso explica por qué se ha dignado a llamar. Típico de Roger Marks aparecer con exigencias en el momento más inoportuno. Al menos, ya puedo dejar de preocuparme.

—Espera, voy a por un cuaderno —digo mientras me limpio las manos de harina.

—No hace falta —me asegura—, voy a ser rápido.

Tengo un mal presentimiento. Cuando se refiere a su magnífico trabajo, nunca es rápido.

—Muy bien. ¿Qué pasa?

—Scott ha decidido ir en otra dirección.

Me relajo. Solo más revisiones. No me importa. Editar es lo que más me gusta de escribir.

—No pasa nada —digo—. ¿Concertamos una llamada para hablar del tema o me mandará notas?

—El asunto es que cree que tu versión es demasiado femenina. Así que puedes dejarlo.

—¿Dejarlo?

Se hace un larguísimo silencio.

—Lion Remnick va a hacerse cargo a partir de ahora.

Lion Remnick es un guionista de primera de películas de superhéroes, de persecuciones automovilísticas y de otras en las que explotan cosas. Ni siquiera es mal escritor. Se le da bien. Es la clase de persona con la que mido mi éxito, y con la que no puedo compararme.

No es raro que un guion cambie de manos a mitad de la producción. Ya me ha pasado un montón de veces.

Sin embargo, este guion es para mi padre.

—Un momento. ¿Es cosa de Scott? —pregunto con voz temblorosa—. Eres productor ejecutivo. No puede despedirme si tú no estás de acuerdo.

—Es que estoy de acuerdo con él —dice sin rodeos—. De hecho, si te digo la verdad, ya tenía dudas desde el anterior borrador, y Lion se ha quedado libre de improviso, así que...

—¿Así que has metido a alguien en el proyecto a mis espaldas? ¿Porque soy demasiado femenina? ¿No es por lo que me contrataste? ¿Para escribir a una mujer que no fuera solo una caricatura con las tetas mal operadas?

—Oye, Molly, así es el mundo del espectáculo. No debería tener que decirte precisamente a ti que no siempre sale bien. —Por supuesto, lo que quiere decir es que nada mío ha salido bien desde hace una temporada. Aunque, de no haber sido así, tampoco le impresionaría otra comedia romántica.

—¿¡Hablas en serio, papá!? —le grito al teléfono.

—Por supuesto, cobrarás tu tarifa —sigue con calma. Como si esto fuera por el dinero.

—Me da igual mi tarifa. Lo que no me da igual es que mi padre me despida el Día de Acción de Gracias.

—No es nada personal, Molly —replica con un suspiro sufrido—. Tengo que hacer lo correcto para la franquicia.

Meneo la cabeza, con la vista clavada en mi reflejo en la ventana de la cocina, porque necesito que alguien alucine conmigo por lo ofensivo que es todo esto.

—Puede que no sea personal para ti, pero ¿se te ha pasado por la cabeza que es personal para mí? ¿Es que ni siquiera me ves como un ser humano?

—Ya hablaremos más adelante, cuando te hayas tranquilizado.

La sugerencia de que estoy siendo irracional y emocional hace que me sienta irracional y emocional.

No he terminado de hablar del tema. Me he hartado de que este hombre me rechace. Y, por una vez, no quiero hacer un chiste, cortar la conversación o entumecerme con alprazolam y vino. A lo mejor es culpa de Seth, por su insistencia en la comunicación. A lo mejor es culpa de Rob, porque con él he superado la cuota de hombres imbéciles de este fin de semana. Pero quiero ventilar mi rabia. Quiero que mi padre sepa que no se va a ir de rositas después de hacerme daño.

—No, espera —digo—. Tengo que hacerte una pregunta.

Suspira.

—¿De qué se trata?

—¿Por qué no te interesaste por mí?

—¿Qué…?

—Cuando te fuiste.

—¿Perdona? ¿A qué viene esto, Molly?

—Supongo que viene a que llevo veinte años mordiéndome la lengua mientras me haces daño una y otra vez.

—No seas melodramática —protesta—. Sé que el divorcio no fue fácil para ninguno de los tres, pero…

—Me dejaste con mamá. Aunque sabías que se vino abajo y que apenas era capaz de cuidarse a sí misma, mucho menos encargarse de una niña de trece años. Y te fuiste para que yo me ocupara de todo.

—Si lo recuerdo bien, no querías verme.

—Sí, era una niña y me partiste el corazón. Te tocaba a ti arreglarlo. Y ni siquiera intentaste conseguir la custodia compartida.

No tengo claro que alguna vez haya admitido lo mucho que eso me dolió.

—La situación era más complicada de como la pintas, como seguro que te haces una idea ahora que eres adulta —replica.

Sin embargo, no es así. Si tuviera un hijo, me pondría botas reforzadas y cota de malla para luchar por él. Arrasaría con todo.

—Ver a tu hija no es tan complicado —digo—. Me abandonaste. Nunca me has apoyado. Ni siquiera con tu ridícula película.

—No te estoy abandonando. Estamos hablando de un acuerdo profesional con las incertidumbres concomitantes que eso conlleva, y si no eres lo bastante madura para afrontarlo, eso demuestra que estamos tomando la decisión correcta.

—¿Incertidumbres concomitantes? ¡Madre de Dios, qué imbécil eres!

—¡Se acabó! —grita mi padre—. Feliz Día de Acción de Gracias, Molly. Voy a colgar.

La línea se queda en silencio.

Tiro el teléfono a la encimera, casi sin ser capaz de respirar.

Lo odio. Lo odio con todas mis fuerzas. Odio que su amor sea condicional. Que yo le importe una mierda. Que siempre se vaya, joder.

Claro que ¿es de sorprender? Todos se van.

El teléfono empieza a vibrar.

Por increíble que parezca, lo primero que se me pasa por la cabeza es que sea mi padre, que me llama de nuevo para disculparse, porque colgarme es brutal incluso para él.

Aunque no es mi padre, claro.

Es Dezzie.

No quiero contestar. Quiero acostarme en el frío suelo de la cocina y llorar.

Sin embargo, me necesita, y la quiero, así que contesto.

—Hola, cariño —digo mientras intento que no se me note lo alterada que estoy—. ¿Cómo estás?

—Fatal —contesta con voz ronca y espesa. No sé si ha estado bebiendo, llorando o ambas cosas—. Cabreada, mal, triste —sigue.

—Lo siento —digo—. ¿Has comido con tu familia?

—Sí, están siendo muy amables. Que casi lo empeora todo. No quiero lástima.

—Sé muy bien lo que quieres decir —digo mientras pienso en Seth. No quiero su compasión por lo que acaba de pasar con mi padre. Ya estaba preocupado por el hecho de que trabajase con él. No soporto pensar en la expresión de sus ojos cuando se entere de que tenía razón al temerse lo peor. Le va a dar un síncope. Mi dolor está demasiado a flor de piel como para lidiar también con su rabia.

He experimentado suficientes sentimientos este fin de semana para toda la vida.

—No te cases nunca, Molly —dice Dezzie, arrastrando las palabras—. Prométemelo. Júramelo por lo que más quieras.

Pienso en mi padre, mientras se alejaba por el camino de entrada en su reluciente BMW y me dejaba a mí sollozando y a mi madre, catatónica. Pienso en Rob, tirándose a otra mujer mientras intentaba dejar embarazada a su mujer.

Y pienso en mi novio, que es cómplice de hombres así. Mi novio, que se pasa todos los días de su vida ayudando a personas a apuñalarse por la espalda, a romper sus promesas. Mi novio, que es perfecto hasta que, como es inevitable, deja de serlo.

Esta realidad hace que el corazón se me desboque en el pecho. Hace que tenga ganas de sollozar.

Me he esforzado por creer que lo que siento por Seth no va a acabar conmigo masacrada emocionalmente.

Sin embargo, cuesta no ver la cruda realidad de hoy. «Cuanto más confías, más puedes perder».

—No te preocupes, Dezzie —digo—. Evitar casarme no debería ser un problema.

—Bien. Porque no quiero que sientas esto en la vida. No quiero que nadie lo sienta.

—Yo tampoco, amiga mía.

Bosteza.

—He bebido demasiado vino. Creo que necesito dormir la mona.

—Muy bien. Échate una siesta. Te llamo esta noche.

35
Seth

La cabeza me da vueltas de la emoción.

Mientras Molly estaba cocinando, me acerqué al otro portón y dejé entrar al equipo que he contratado. Están colocando las luces en el jardín delantero sin hacer ruido. Tengo que distraer a Molly hasta que sea la hora de la cena.

Entro en la casa, que huele de maravilla.

—Joder —digo—, sea lo que sea que estés preparando...

Sin embargo, veo a Molly y dejo la frase en el aire.

Está apoyada en la mesa, con una copa de vino entre las manos y la mirada clavada en el móvil.

—Hola —digo—, ¿qué pasa?

Levanta la cabeza y me mira. Parece destrozada.

—Nada —contesta—. Lo siento. Dezzie me ha llamado y me he distraído. Está fatal.

Eso explicaría su estado de ánimo.

¡Mierda!

Me pregunto si he cometido un error al no pensármelo mejor cuando todavía había tiempo para cambiar de rumbo. Se me pasó por la cabeza que las circunstancias no son las ideales, teniendo en cuenta todo lo de Dezzie. Pero nos lo pasamos tan bien ayer y Molly parecía tan feliz de estar juntos y tan emocionada por la idea de que yo me mudara, que me pareció una tontería que me entraran las dudas.

En cualquier caso, ya es demasiado tarde para cambiar de idea. Hay seis hombres en el camino de entrada montando lo que he diseñado.

Y tengo una idea para animar a Molly.

—Oye, si quieres, podemos volver antes de tiempo mañana y subirnos a un avión con rumbo a Chicago —le digo—. Quizá te sientas mejor estando con ella. Y puedo ayudarla a prepararse para la entrevista con la abogada.

Molly me mira con ojos tristes.

—¿Harías eso?

—Pues claro.

—¿Qué pasa con tus entrevistas del lunes?

Me encojo de hombros.

—Las cambio de fecha.

Sé que los bufetes se mueren por tenerme. Esperarán.

—¡Guau! —dice Molly—. Sería estupendo darle una sorpresa. Hagámoslo.

—Miraré vuelos después de la cena.

Sonríe, y toda la cara se le ilumina, como si hubiera dormido cuatro horas más.

Me relajo. Mi plan sigue estando bien.

—La comida huele que alimenta —digo—. Me muero por comer tu festín.

—Gracias —replica—. Mi intención es que te chupes los dedos con mis habilidades culinarias.

—Siempre estoy dispuesto para un buen chupeteo, nena.

Gime.

—Oye, he visto una baraja de cartas en el comedor —digo—. ¿Quieres que te dé una paliza al *gin rummy*? —Quiero mantenerla ocupada y evitar que se le ocurra cualquier cosa para salir al jardín delantero durante la próxima media hora.

—Estoy un poco cansada. Anoche no dormí bien. ¿Te importa si me echo un rato antes de la cena?

Mejor todavía. El dormitorio está en la parte posterior de la casa, donde no podrá oír nada.

—No, claro —contesto.

—Muy bien. Acabo de meter el pollo en el horno. Está puesto el temporizador, así que no tienes que hacer nada.

—Entendido. Duerme un poco. Yo pongo la mesa.

Le envío un mensaje de texto a la coordinadora del evento para informarle de que empezaremos un poco más tarde, pero en realidad me alegro, porque me da tiempo a poner la mesa con una decoración romántica de cojines. Le agradezco a mi madre que me obligara a aprender dónde van todos los tenedores. Soy el George Clooney de la decoración de mesas.

Rebusco en el aparador y me pongo a preparar los cubiertos. Encuentro unos candelabros de jadeíta y coloco unas largas velas blancas para crear un ambiente perfecto y titilante. Necesitamos un centro de mesa, así que cojo una toalla y unas tijeras de la cocina y salgo. Corto un manojo de ramas verdes de un arbusto de creosota con flores de color amarillo pálido, que dispongo alrededor de los candelabros.

El efecto es alegre y bonito, y la creosota impregna la estancia con su olor a tierra mojada, como después de una tormenta.

Me cambio de ropa porque quiero arreglarme para la cena y después empiezo a andar de un lado para otro, nervioso y emocionado. Molly está durmiendo más de lo que esperaba, así que me entretengo felicitando por mensaje a todos mis conocidos. Cuando por fin sale del dormitorio, se ha puesto un jersey cómodo y se ha retocado el maquillaje. Va a estar preciosa en las fotos.

—¿Qué tal la siesta? —le pregunto.

—Reparadora. Y me muero de hambre. ¿Quieres comer ya?

—Sí.

—Muy bien. Solo tengo que escaldar las verduras. Siéntate. Voy a servirte como lo haría una esposa tradicional.

«Esposa». El placer me embarga. Mando un mensaje de texto para avisar con diez minutos de antelación, enciendo las velas y espero que los nervios no me traicionen y acabe descubriéndolo todo.

Molly aparece con una bandeja con dos pollos dorados rodeados de ramitas de romero.

—¡Vaya, señorita Molly Malone! —digo—. No puedo creer que haya estado ocultando su talento culinario con las aves todo este tiempo.

—Una dama necesita sus secretos.

Saca el resto de la comida y yo lleno las copas con la botella de pinot que ha abierto. Y ese es mi pie.

Hora de cambiar nuestras vidas.

Vamos a hacerlo, joder.

—Antes de empezar, vamos a dar gracias por las cosas buenas.

Sonríe.

—Tú y tus agradecimientos.

—¡Oye, que es Acción de Gracias! Si hay un día indicado para expresar agradecimiento...

—Muy bien, muy bien, empieza tú.

—Bueno, en primerísimo lugar, doy gracias por los aviones, porque me llevan a verte —digo.

Ella pone los ojos en blanco, pero sonríe.

—Muy creativo.

—Dar las gracias no es un trabajo de escritura creativa. Es una práctica para conectar con el momento presente.

Asiente con la cabeza en plan «Lo que tú digas».

—¿Puedo seguir?

—Por favor.

—Doy gracias por las mascarillas FFP2, que nos mantienen a salvo cuando viajamos para vernos. Doy gracias por los descuentos por viajes frecuentes, que evitan que nos arruinemos. Doy gracias por las camas, perfectas para...

—Muy bien, Casanova, ya lo pillo. Das las gracias por el sexo y por los viajes.

—Por el sexo y por los viajes contigo —aclaro.

—¿Has terminado? —me pregunta.

—Acabo de empezar.

—¡Cómo no!

—Doy gracias por la red de parques nacionales —sigo—, por la aventura que me ofrecen con mi mujer. Doy gracias por las choyas, porque al verlas se le iluminan los ojos como si fuera una niña. Doy gracias por el sauvignon blanc, porque gracias a él bailas conmigo, aunque debes admitir que se te da fatal.

—¿Me estás tomando el pelo?

—Solo un poquito. Para mantenerte a raya.

—¿Me toca ya?

—De eso nada. Doy gracias por las casas en los pueblecitos con lago, donde he pasado algunos de los momentos más felices de mi vida. Por las reuniones de antiguos alumnos del instituto, por darme una segunda oportunidad contigo. Por todas las relaciones fallidas que me han hecho comprender que esta es la buena. —Se me quiebra un poco la voz. Me estoy emocionando, pero estoy decidido a terminar sin echarme a llorar.

La tensión crispa la expresión de Molly. Me está mirando fijamente.

—Seth, te quiero, pero la comida se enfría —dice—. Vamos a cenar.

Sin embargo, ya me he lanzado. No podría parar ni aunque quisiera.

Y no quiero hacerlo. Solo la quiero a ella.

Tomo una honda bocanada de aire.

—Doy gracias por todos los años que hemos pasado separados, porque nos han ayudado a ser las personas que teníamos que ser para estar juntos.

A lo lejos, oigo que comienza a sonar música, justo en el momento adecuado. Ella también la oye. Me mira con expresión horrorizada.

—Muy bien —dice—, ¿qué pasa? En serio.

Veo una expresión huidiza en sus ojos. Como si supiera perfectamente lo que está pasando y estuviera repasando a toda prisa sus opciones para que pare.

Se me encoje el estómago. Nunca he rezado tanto como lo hago en este momento, con la esperanza de que salga bien.

—Creo que viene de fuera —respondo con más tranquilidad de la que siento—. Vamos a echar un vistazo.

Molly se queda donde está.

—¿Qué es esto, Seth?

—Vamos —insisto, obligándome a sonreír mientras le tomo una mano—, quiero que veas una cosa.

No se mueve. Tiene una expresión espantada en los ojos, como un animal acorralado.

—Nena, confía en mí —le digo—. Vamos.

Me permite que la conduzca por el salón en dirección al porche. En el jardín delantero, hay un cuarteto de cuerda sentado en un claro entre los árboles de Josué y los ocotillos, delante de una pantalla de tres metros contra la que se proyecta un cielo estrellado. Al vernos, empiezan a tocar «I Found a Love» de Etta James.

Es una de nuestras canciones. La que pusimos en bucle en mi casa la primera semana que pasamos juntos.

Las luces que he traído desde Los Ángeles cuelgan a nuestro alrededor, proyectando haces verticales contra el cielo.

Molly se tapa la boca con una mano. Tiene los ojos llenos de lágrimas. En la oscuridad, no sé si son de felicidad. Solo veo el brillo.

Rebusco en el bolsillo el anillo que le compré en Roman & Roman. Es un anillo antiguo de estilo georgiano con diamantes que forman una flor y engastados en una delicada banda de oro. Me recuerda a los colgantes que lleva en los numerosos collares que siempre se pone.

—Nena —digo con voz entrecortada—, no tengo palabras para decir lo agradecido que estoy por compartir este día contigo. Por la oportunidad de crear nuevas tradiciones contigo. Y por la oportunidad de honrar las antiguas. Como esta.

Hinco una rodilla en el suelo.

Al hacerlo, las luces cambian de color y proyectan un remolino de destellos hacia el cielo. Detrás de los músicos, el proyector se ilumina con imágenes de fuegos artificiales. (Los de verdad están prohibidos en el parque nacional, así que esto es lo máximo que he podido hacer).

—Molly Marks —digo—, doy gracias de todo corazón por haber encontrado a mi alma gemela. ¿Quieres casarte conmigo?

La música alcanza su crescendo y las lágrimas resbalan por la cara de Molly.

Extiendo el brazo hacia su mano izquierda. La tiene lacia y fría.

Ella la aparta.

Me quedo quieto, con el anillo en alto.

Molly se lleva el dorso de la mano a la mejilla, como si estuviera alejando los dedos de mí.

Tiene los ojos como platos y clavados justo detrás de mí, en las luces.

Se me está enfriando el cuerpo, porque sé que esto no es bueno, que esto no es alegría, que así no es como se supone que tienen que ir las cosas. Pero mantengo la sonrisa tonta en la cara mientras las ridículas luces lanzan destellos a lo loco, y en mi mirada se mantiene la pregunta para la que creía saber la respuesta.

—Deja de mirarme así —me suplica con un deje angustiado en la voz—. Por favor, no me lo pidas. No puedo. Es que no puedo.

Se da media vuelta y entra corriendo en la casa.

36

Molly

La música se detiene en seco, pero el interior de la casa sigue iluminado por los reflejos de las luces del exterior. Parece una redada del FBI.

Seth me sigue. Todavía tiene el anillo en la mano, y lo aprieta con tanta fuerza en el puño que espero que acabe con un corte.

Solo quiero rebobinar la escena cinco minutos y hacerle algún tipo de señal para indicarle que no me pregunte lo que acaba de preguntarme.

Alguna manera de cambiar esta realidad en la que lo único que hago es herir al hombre al que más quiero proteger.

Sin embargo, no puedo ayudarlo, porque mi corazón late con una palabra: no.

«No». Esa palabra me palpita detrás de las sienes, en el pecho, enorme, segura y dolorosa, y tan intrínseca como si fuera un órgano vital más.

—¿Molly? —dice Seth con voz ronca.

Meneo la cabeza. Las lágrimas me bañan las mejillas.

Cuando alguien te habla con ese tono de voz, y tú tienes la culpa y no puedes hacer nada para remediarlo, no hay forma de recuperarse.

—Por favor —suplico mientras retrocedo.

Él deja de avanzar. Parece a punto de caerse redondo al suelo. Apoya una mano en una estantería.

—No pasa nada, Molly —dice con una voz que deja muy claro que sí que pasa, que siempre va a pasar algo—. Lo entiendo.

Sin embargo, da igual que lo haga, porque el «no» va creciendo cada vez más y me envuelve como un saco de dormir en el que estoy atrapada, ahogándome.

Necesito que Seth me toque, que me abrace, que me tranquilice, que haga que esto desaparezca.

Aunque no puede. Él es el motivo de que me falte el aire.

Me agacho, jadeando.

Joder.

Joder, joder, joder.

Seth se acerca a mí deprisa, se arrodilla y me coloca las manos con firmeza en los hombros.

—Molls —dice con urgencia—, mírame.

En sus ojos solo hay bondad.

¡Dios! No me lo merezco. Nunca lo he hecho.

—Nena, no te dejes llevar por el pánico. Todo va bien.

Meneo la cabeza, incapaz de hablar.

—Estás haciendo lo que siempre haces —añade con voz tranquilizadora—, lo de darte a la fuga. Y no tienes porqué. Estás a salvo conmigo.

Sin embargo, está suponiendo algo que no es cierto. Cree que todavía no sé lo que me provoca el pánico. Que cuando vea el patrón, me calmaré. Se imagina que he madurado. Que puedo creer lo que dice sobre lo de estar a salvo.

El problema es que no puedo. Mi corazón tiene trece años y yo no puedo hacerlo.

—Exacto —digo pese a las lágrimas—, me conoces de maravilla.

Suelta una carcajada entrecortada.

—Sí que te conozco. Y por eso…

Lo interrumpo.

—Y si me conoces tan bien, ya deberías saber que siempre iba a hacerlo. Así es como soy.

—Molly, eso no es verdad.

Claro que lo es. No hay un futuro imaginable en el que responda a su pregunta con otra cosa que no sea «no». Antes me preocupaba que me dejases porque soy demasiado cínica o demasiado cruel con él, pero, en realidad, voy a ser yo quien lo deje, siempre iba a dejarlo, porque lo quiero demasiado como para superar el miedo.

—Por favor, para —le suplico—. Por favor. No alarguemos esto.

—No me hables de esa manera —replica con sequedad, como si le arrancasen las palabras del alma—. Podemos tomarnos todo el tiempo que necesites. Joder, Molly, lo siento. Ahora veo que lo he planeado mal, lo entiendo, pero no hace falta que me des una respuesta ahora mismo.

—Ya te la he dado.

La tensión se adueña de su cara. Me doy cuenta de que empieza a creer que esto va en serio.

—Vamos a retroceder un cuarto de hora y a dejarlo cuando las cosas iban bien —sugiero en voz baja.

Me mira como si lo hubiera apuñalado y se estuviera presionando la herida, negándose a creer que brota sangre aunque se derrama entre sus dedos.

—¿Dejarlo? ¿Te refieres a lo nuestro?

—Sí. Nunca voy a ser tu final feliz y no quiero vivir con las horas contadas. Así que mejor lo pausamos en la parte donde era perfecto.

La mirada bondadosa desaparece por completo.

—Esto no es una puta comedia romántica, Molly.

—No, tienes razón. Estamos en el Parque Nacional Joshua Tree, en Acción de Gracias. Y con independencia de cómo ha terminado, doy gracias por el tiempo que hemos pasado juntos.

Creo que he conseguido formular una frase que suena bien. Algo que él mismo diría.

Sin embargo, tiene la cara demudada por el dolor, y me doy cuenta de que ha interpretado mi sinceridad como una burla.

—Claro —replica sin más—. Estupendo. Gracias por todo.

37
Seth

Molly Marks dijo una vez, después de la primera noche que nos acostamos, que yo siempre la querría más que ella a mí.

Supongo que tenía razón.

Me alejo de ella y corro hacia la puerta principal. El frío viento del desierto me azota la cara y hace que me escuezan los ojos por las lágrimas mientras salgo tambaleándome al jardín delantero.

Detesto llorar. No porque me avergüence de ello (soy un llorón, bien lo sabe Dios), sino porque pensaba que a estas alturas estaría llorando de alegría. Con Molly entre mis brazos, limpiándome las lágrimas de las mejillas y burlándose de mí por ser tan emotivo.

El cuarteto de cuerda sigue en su sitio, con los instrumentos preparados, observándome en busca de una señal, como si pudiéramos repetir la escena.

Les doy una propina y les digo que pueden irse.

La desolación de sus caras es humillante.

Rodeo la casa en dirección al brasero exterior y busco a tientas el teléfono en el bolsillo. Necesito hablar con alguien.

Llamo a Dave.

Suena un par de veces y luego salta el buzón de voz. Es verdad. Ya es tarde en la Costa Este, y seguramente esté bañando a sus hijos o limpiando la cocina con su mujer, que lo adora. Un fenómeno que cada vez parece más probable que yo nunca experimente.

No le dejo ningún mensaje porque Molly me ha inculcado que los mensajes de voz son molestos. Al parecer, lo son todavía más cuando la persona que los deja está llorando.

Supongo que me quedaré aquí sentado toda la noche con la garganta dolorida, mientras el viento azota el humo hacia mis ojos.

Sin embargo, siento la vibración del móvil.

Nunca me había alegrado tanto de ver el nombre de mi hermano.

—Hola —lo saludo.

—¡Hola! —exclama, emocionado—. ¿Cómo ha ido?

Mi compostura se rompe por completo al oír su voz.

—Dave —sollozo.

—¡Por Dios! —masculla—. ¿Qué pasa?

—Me ha dicho que no. Y ha cortado conmigo.

Me tenso, a la espera de que diga que Molly no me merece, o que ya sabía que haría esto, o que va a matarla.

Sin embargo, solo dice:

—¿Cuánto tardas en llegar a Nashville?

La idea de estar allí con él y con mi familia es como si alguien encendiera las luces de un árbol de Navidad en una habitación oscura, haciéndola resplandecer.

Eso. Necesito eso.

—Seguramente podría llegar mañana por la noche —contesto.

—Reserva un vuelo. Ahora mismo.

Se muestra tajante, como siempre, y eso me reconforta. La firme seguridad de un hermano mayor que sabe exactamente qué hacer.

—De acuerdo —digo.

—Oye, Seth.

—¿Qué?

—Lo superarás. No volverás a sentirte tan mal como esta noche.

Su amabilidad es como un mazazo.

—La quiero mucho, Dave —sollozo.

—Lo sé, hermano. Lo sé.

—¿Qué hago?

—Llorar. Beber agua. Dormir. Y mandarme un mensaje con la información de tu vuelo para ir al aeropuerto a por ti.

Asiento con la cabeza. Todo esto es sensato. Son cosas que puedo hacer.

—¿Se lo vas a decir a papá y a mamá? —le pregunto.

—¿Quieres que lo haga?

La verdad es que no me apetece ser yo quien se lo diga. Mis padres quieren a Molly. Esto los va a destrozar. Y luego se enfadarán con ella. Y, no sé por qué, pero no soporto la idea.

—Sí, por favor —contesto.

—Pues yo me encargo.

—De acuerdo.

Hay una pausa.

—No te mereces esto, colega —me dice.

Las lágrimas me resbalan por las mejillas. No se trata de lo que me merezco, ni de lo que se merece Molly, pero es agradable oír esas palabras.

—Muy bien, te dejo.

—Descansa un poco. Nos vemos mañana.

Cierro los ojos y respiro hondo. Me imagino sentado en un taburete de la isla de la cocina de Dave, con los chicos gritando a pleno pulmón mientras montan piezas de LEGO, comiendo lo que ha sobrado de las judías verdes gratinadas. Es una imagen a la que aferrarme. Solo necesito mantener la calma hasta entonces.

¿Y sabes qué?

Voy a hacerlo.

No pienso quedarme aquí sentado, tiritando. Actuaré como un adulto funcional, a ver si de esa forma me siento como uno.

Entro en la casa por la cocina. Está hecha un desastre. Lo cual agradezco. Si algo se me da bien, es limpiar con el piloto automático.

Me remango y me lanzo al consuelo que me proporcionan la espuma y el estropajo.

Tardo tres cuartos de hora en limpiarlo todo, pero Molly ni se asoma. Cuando entro en el comedor para empezar a quitar la mesa, la veo sentada, desplomada en una silla con los ojos cerrados.

—¿Estás despierta? —le pregunto, porque está de espaldas a mí.

—Sí —contesta.

—¿Quieres comida? ¿O la guardo?

Sigue sin mirarme. Se limita a encogerse de hombros.

—Tíralo.

—No voy a tirar una cena entera de Acción de Gracias.

—Muy bien —dice. Se pone en pie, se da media vuelta y veo que tiene muy mala cara. Mi impulso es el de abrazarla pese a todo.

Aunque no lo hago.

En cambio, la miro mientras levanta un tenedor y lo clava con desgana en la fuente de las verduras. Se come dos bocados de patatas gratinadas y se los traga como si estuviera al borde de las arcadas. Después usa los dedos para arrancar un trocito de pechuga de pollo, la moja en salsa de arándanos y se la come. Saca una judía verde de la fuente y también se la come a la fuerza.

—Muy bien —dice—. Haz lo que quieras con el resto.

Me cabrea que actúe así.

—¿Por qué te comportas como una niña?

—Porque lo soy —contesta sin la menor emoción—. Soy una persona emocionalmente atrofiada. Eso es lo que he intentado decirte.

No discuto con ella. No me quedan fuerzas. En cambio, empiezo a quitar la mesa. Tapo las sobras y las meto en la nevera. Quizá coma algo más tarde si tengo menos ganas de vomitar.

Molly entra en la cocina, renqueando, como si le doliera algo.

Me alegro de no ser el único que está afectado físicamente.

—Lo siento —dice, sin aclarar por qué se disculpa. ¿Por cortar conmigo? ¿Por comer de forma petulante con las manos?

—Pues muy bien —replico sin más.

—Gracias por limpiar.

—Bueno, tú cocinaste.

Cruza los brazos por delante del pecho y se abraza a sí misma.

—Me voy a la cama.

Son las siete de la tarde, pero no discuto con ella.

—Saldremos a primera hora de la mañana —anuncia.

—Sí —digo. Ya estoy temiendo las dos horas del trayecto de vuelta a Los Ángeles.

—Voy a reservar un vuelo a Nashville —dice—. ¿Quieres que te busque un billete a Chicago?

Niego con la cabeza.

—Ya veré lo que hago.

—De acuerdo. Dormiré en la otra habitación. Buenas noches.

—Buenas noches —replico.

Me voy al dormitorio pequeño con la botella de vino tinto. Hay un par de literas, que dadas las circunstancias resultan muy deprimentes.

Me trago la pastilla de ibuprofeno y difenhidramina con el vino, haciendo una mueca al pensar en mis riñones, y caigo tan rápido que me despierto a las cinco de la madrugada con el móvil sobre el pecho sin haberlo puesto a cargar, hambriento y totalmente desorientado.

Lo recuerdo todo de golpe. Me duelen los ojos de llorar.

¡A la mierda! ¡A la mierda con todo esto!

Saqueo el frigorífico, todavía con la ropa que llevaba anoche. Me como la cena de Acción de Gracias fría, a oscuras, directamente de las fuentes, y luego tiro el resto a la basura. No me molesto en hacer café. La desesperación me ha espabilado del todo.

Me doy una ducha. Molly está levantada cuando salgo, sentada en el sofá con las rodillas dobladas debajo del cuerpo. Nunca la he visto con tan mal color de cara. Creo que no ha dormido.

Su bolsa de viaje está junto a la puerta.

—Cuando quieras —me dice.

—Voy a por mis cosas.

Vuelvo a la pequeña habitación para vestirme y me doy cuenta de que me he dejado el anillo en la mesa, al lado del jersey.

No quiero tocarlo, pero no puedo dejarlo en la casa de una desconocida, en el Parque Nacional Joshua Tree. Lo arrojo a la maleta, guardo el resto de mis cosas y vuelvo al salón.

Molly ya está fuera, cargando el coche.

—¿Lo tienes todo? —me pregunta cuando coloco mi maleta junto a la nevera.

—Sí. Mi vuelo sale a las doce y media del aeropuerto de Los Ángeles. ¿Puedes dejarme allí?

Asiente con la cabeza.

Regresamos en completo silencio.

Al llegar al aeropuerto, no baja del coche.

Se limita a mirarme, con los ojos enrojecidos mientras me deja en la acera.

—Adiós, Seth —dice, como si le costara la misma vida pronunciar esas dos palabras.

—Adiós.

Soy consciente mientras me despido de que, seguramente, sea la última vez que la vea. Así que me inclino y la beso en la mejilla por última vez.

—Tú ganas la apuesta —le digo al oído—. Las historias románticas son una mierda.

Empieza a llorar.

Me da igual.

Saco mi equipaje del maletero y me alejo. Miro por encima del hombro cuando llego a las puertas giratorias de la terminal.

Su coche ya no está.

OCTAVA PARTE
Diciembre de 2021

38
Molly

Siempre he considerado que escribir es un acto comercial. No escribo diarios. No vierto mi alma en novelas autobiográficas ni escribo ensayos personales procesando mi vida a través de la lente de la migración de las mariposas o de los pueblos vacíos de Texas, por ejemplo. Escribo guiones de mierda por dinero. Ni más ni menos.

Por eso resulta extraño que en este momento, cuando me han despedido del trabajo, he cortado con mi novio y lo único que tengo es tiempo para trabajar, sienta el impulso abrumador de escribir algo que no sea para poner a la venta.

Es una historia de ficción especulativa que transcurre en un mundo extrañamente parecido al nuestro. Se titula *Más suerte para la próxima*.

Seguro que reconoces la historia. Dos ex, un abogado matrimonialista que es un romántico empedernido y una escritora de guiones de comedia romántica que no cree en el romanticismo, hacen una apuesta durante una reunión de antiguos alumnos del instituto. Quien sea capaz de predecir con mayor exactitud el futuro de cinco relaciones antes de la reunión del vigésimo aniversario deberá admitir que el otro tiene razón sobre las almas gemelas.

Tal vez sea lo más comercial que he escrito en la vida; ese guion escurridizo que gusta a las masas y que mi agente lleva años acosándome para que escriba. Pero no se lo he enviado.

Lo escribo para mí.

En una comedia romántica, este sería el momento oscuro en el que me veo obligada a mirar hacia mi interior para reconocer mis defectos y poder convertirme en la compañera que Seth se merece.

Aunque no creo que se trate de eso. Reconocer mis defectos nunca ha sido el problema.

El problema es superarlos.

Me dejé llevar por el pánico cuando Seth me propuso matrimonio, como era de esperar. Fue un error de cálculo, creo. Si no hubiera sido por el impacto del divorcio de Dezzie y el escozor de la indiferencia de mi padre, quizá le habría dicho que sí.

Claro que habría dado igual.

Decir que sí no habría cambiado que llevo dentro el terror al amor, como si fuera una mina enterrada que habría acabado estallando. Cuanto más cerca estás del radio de la explosión, más inevitable es que te alcance la metralla. Y el corazón de Seth estaba tan cerca que a veces todavía lo imagino latiendo a mi lado. Ese sonido constante, bajo y seguro.

Quizá haya sido una bendición que solo tardara cinco meses en destruir lo nuestro. Si hubiera durado más, ¿habría podido soportarlo? Porque, tal y como están las cosas, me despierto en plena noche y no puedo ni respirar. Lloro en la ducha, sollozo en el coche y se me saltan las lágrimas en el supermercado del barrio, algo que parece empeorar día tras día. Lloro la pérdida de Seth Rubenstein. Y lloro la pérdida de la mujer que, durante unos meses, pensó que se había curado lo suficiente como para confiar en él.

Así que, como regalo para mí misma, estoy escribiendo la historia de esa mujer. El final feliz que me habría gustado tener en la vida real.

Me llega un mensaje de texto y, como hago cada vez que suena el teléfono, espero que sea de Seth, me doy cuenta de que es imposible, me odio por seguir teniendo ese impulso y acabo sin querer mirar el mensaje. Si no fuera por mi deseo de apoyar a Dezzie, silenciaría el móvil para siempre.

Es de Alyssa.

Alyssa:
Control diario.

Es su nuevo ritual para asegurarse de que sigo viva.

Molly:
Bien. Respiro. Sigue con tu día.

Alyssa:
Informe de estadísticas.

Tecleo obedientemente para informarle de que estoy haciendo lo básico para funcionar.

Molly:
He dormido 5 horas.

He comido.

Me he puesto protector solar, así que punto extra.

Alyssa:
5 horas de sueño es muy poco.

¿Qué has comido?

Molly:
Cereales Froot Loops.

Alyssa:
Eso no cuenta. ¡¡Hazte LE por lo menos!!

(Se refiere a La Ensalada).

Deja de preocuparte, estoy bien.

Alyssa:

No lo estás. LLAMA A SETH.

No ha pasado un solo día que no me exija que lo llame, así, en mayúsculas.

—Te sentirás mejor si aclaras las cosas —dice—. Os queríais demasiado como para dejar que acabe así.

«Queríais» es una palabra inexacta. Lo que siento por Seth no se puede describir en pasado.

Y sé que Alyssa tiene razón. Le debo más que el silencio.

Sin embargo, no me atrevo a hacer la llamada. Me da mucho miedo lo que puede decirme.

—Una herida abierta no se cura —dice mi amiga, como si fuera médico en vez de contable.

Sin embargo, no quiero curarme. No quiero desprenderme de este dolor. La desolación es lo único que me queda de Seth.

De ahí el guion. Es mi forma de mantenerlo conmigo. De inmortalizar mi amor por la persona a la que no soporto tener a mi lado, y a la que no soporto perder.

Estoy en el descanso del Acto III, el momento de una comedia romántica en el que uno de los amantes decide intentarlo por última vez, a pesar de haber visto frustrado su deseo por el otro debido a diversos obstáculos durante los últimos setenta minutos.

La escena comienza en una boda en Bali. (Al fin y al cabo, es una película; me he tomado cierta libertad creativa con los decorados). Nuestros amantes, Cole y Nina, se encuentran durante los brindis. Hasta ese momento, y pese a algunos desencuentros, su vieja llama no había tenido ocasión de encenderse. O estaban con otras personas, o estaban de bajón por una ruptura, o estaban enfadados el uno con el otro, o negaban su atracción. Pero en este momento, por fin, ambos están sin pareja y disponibles. Y, esta noche, no pueden quitarse los ojos de encima.

Cole la saca a bailar «Can't Help Falling in Love». (En mis fantasías, nuestra película tiene presupuesto para música de canciones de Elvis. Además, puedo bailarlas sin caerme).

Es un momento electrizante. Nina se derrite cuando Cole le susurra al oído las palabras cruciales: «Estoy enamorado de ti».

Vuelven juntos a casa. Y, esta vez, es el momento perfecto.

Ella se ha ablandado y está dispuesta a abrirle su corazón. Él pasa de todo y está dispuesto a lanzarse de cabeza para intentar que entienda que es su alma gemela.

Se escapan una semana a una preciosa casa en la costa de Maine. (Que tiene acantilados y, por tanto, es un poco más cinematográfica que el lago Leman, con todas las debidas disculpas a Wisconsin).

Pasamos a un montaje de Cole y Nina enamorándose. Tomados de la mano mientras pasean por los acantilados buscando ballenas. Haciendo el amor en plan lánguido en un día lluvioso mientras de fondo suena «I Found a Love» de Etta James. Cantando nanas antes de acostarse.

Cole se declara. «Puede que el amor no sea perfecto —le dice a Nina—. Pero estoy seguro de una cosa: nosotros somos perfectos el uno para el otro. Eres mi alma gemela».

Creo que ya sabes lo que viene ahora. La frase se escribe sola: «No creo en las almas gemelas».

Nina está demasiado asustada.

Así que lo deja.

Le destroza el corazón.

Y luego cambiamos a su punto de vista, una semana después.

Al igual que yo, está sola y se siente fatal.

Al igual que yo, no puede dejar de pensar en el hombre al que ha abandonado.

Al igual que yo, sabe que ha cometido un error.

Sin embargo, a diferencia de mí, ella está en una comedia romántica.

Así que decide ser valiente.

Cuando termino, estoy llorando.

Ojalá fuera Nina.

Ojalá Seth fuera Cole.

Ojalá nuestro final hubiera sido como este: conmovedor, redentor y bonito.

Me invade una sensación abrumadora mientras tecleo «FIN».

Quiero que Seth lo lea.

Le encantan mis películas, seguramente más que a nadie en este mundo. Y sé que, si siguiéramos juntos, le encantaría la idea de usar nuestra historia para hacer un guion. Atesoraría siempre este testimonio de nuestro amor. Lo vería una y otra vez. Memorizaría todos los diálogos. Me diría, ufano, que él es el autor de las mejores frases.

Suena el teléfono. Mi madre. Me voy por la mañana a Florida. Seguro que quiere confirmar por tercera vez la hora a la que tiene que estar en el aeropuerto.

—Hola —le digo.

—Hooola, Molly Malolly —canturrea.

Hace mucho tiempo que no me llama así. Es su apodo especial para mí, y es tan parecido a los nombres tontos con los que me llama Seth, al que echo tanto de menos, y estoy tan decepcionada conmigo misma, tan agotada por este último mes despertándome todos los días a las cuatro de la madrugada, y tan descolocada por lo que acabo de escribir, que rompo a llorar a lágrima viva.

—¡Molly! —grita mi madre—. ¡Cariño, ay, no! ¿Qué te pasa, corazón?

—Es Seth —murmuro—. Echo muchísimo de menos a Seth.

—¡Ay, cariño! —dice—. Ojalá estuviera ahí para darte un abrazo enorme. Pero pronto estarás aquí, y te mimaré mucho y pasaremos unas Navidades maravillosas y todo saldrá bien.

—Lo sé —replico con voz ahogada. Pero no puedo dejar de llorar—. La he fastidiado, mamá —digo—. Soy igual que papá.

Oigo que se le agita la respiración.

—No. ¡No lo eres! ¿Cómo puedes decir eso?

—No se me da bien el amor.

—Cariño —replica al instante, con deje autoritario—, eso no es cierto. Y si hay alguien en este mundo que sabe del tema, soy yo.

—Mamá, abandono a las personas, como hace él. Las tiro a la basura.

—Molly, escúchame. Tu padre deja a la gente porque es incapaz de amar lo suficiente. Tú dejaste a Seth porque lo quieres mucho. ¡Eres lo contrario de tu padre!

—Le rompí el corazón —digo con un hilo de voz.

—Y te rompiste el tuyo. Vida mía, sé que tienes miedo, pero te lo digo de verdad, de verdad de la buena, creo que deberías decirle cómo te sientes.

—No creo que sea una buena idea.

—Si no recuerdo mal —añade—, tampoco te pareció buena idea cuando cortaste con él después del instituto.

Eso hace que me sienta peor. Detesto pensar en aquella época. Me pasé meses despertándome en plena noche angustiada por las ganas de llamarlo. Empecé a emborracharme para poder dormir. Perdí la virginidad con un monitor de esquí de veinticuatro años y luego fui acostándome con una ristra de hombres mayores, pensando que eso calmaría el dolor. Pero no fue así. El estrés era tan intenso que el pelo se me caía a mechones y dejé de tener la regla.

—Así que te pasaste unos dos años lamentando tu decisión y echándolo de menos —sigue mi madre—, llamándome todas las semanas mientras llorabas, pero negándote a reconciliarte con él. Y sabías que estaba dolido, porque todos tus amigos te lo habían dicho, pero no te atrevías a confesarle que te habías asustado y que habías cometido un error. Cuando podrías habérselo dicho y arreglarlo. Y me siento muy culpable por eso, Molly —añade en voz baja—. Porque yo tampoco estaba pasando por un buen momento en aquel entonces. Era muy negativa con todo lo relacionado con las relaciones sentimentales y descarté tus sentimientos como si fueran un amor de adolescente. Ojalá hubiera podido ayudarte mejor. Creo que te habría animado a intentarlo de nuevo.

—¡Mamá! —protesto, con la voz desgarrada y ronca—. Teníamos dieciocho años. Habíamos cortado. Habría estado triste de todas formas. Tú no tienes la culpa.

—Puede ser —replica ella—. Pero ¿sabes una cosa? Creo que durante todos esos años estuvisteis un poco enamorados el uno del otro. Por eso te enamoraste de nuevo con tanta fuerza. De hecho, creo que es el único hombre al que has querido.

Me derrumbo por completo.

Mi madre murmura al teléfono, como si estuviera tranquilizando a un bebé, y yo me limito a escucharla y a llorar. Cuando me canso, me dice:

—Cariño, llámalo. Lo peor que puede pasar es que tengas razón y él no quiera saber nada de ti, y te quedes tan triste como estás ahora mismo.

—Lo pensaré —digo—. Siento estar tan mal.

—Puedes estar todo lo mal que quieras. Soy tu madre. Y, ¿Molls?, quererte ha sido el honor de mi vida. Siento mucho no haber estado a tu lado cuando me necesitabas.

Sus palabras me provocan un escalofrío. Porque eso es lo que se siente cuando eres la persona a la que Seth Rubenstein ama. Un honor. Y ha sido un honor amarlo con la misma desesperación intensa e infinita que él siempre me ha demostrado.

Y cuando quieres a alguien así, cuando alguien te quiere así, le debes algo. Aunque vuestra relación termine, eso no significa que el vínculo que os une se rompa sin más.

Llevo tiempo diciéndome que no merezco recuperar a Seth. Y no lo merezco. Pero eso no es lo importante.

Necesito disculparme por haberle hecho daño.

Por haberlo herido para zafarme del terror a perderlo. Por el pánico que me provoca lo mucho que lo quiero, lo deseo y lo necesito. Por ser consciente de mi error y repetirlo, porque tengo mucho miedo de que me rechace.

Si me disculpo, corro el riesgo de saber que no puede perdonarme.

Que el daño que le he provocado es irreparable.

Sin embargo, que el resultado no sea un final de cuento de hadas no significa que no puedas hacer todo lo posible por mostrarte vulnerable.

Cuando le haces daño a alguien, debes esforzarte para arreglarlo.

Cuando tienes miedo, debes esforzarte para ser valiente.

—Te quiero, mamá —digo con un sollozo—. Tengo que colgar, ¿sí? Voy a hacer las maletas, pero antes tengo que hacer otra cosa.

Mi madre cuelga y vuelvo a abrir el guion.

¡A la mierda!

Voy a hacer el gran gesto.

Arrastro el archivo del guion hasta el correo electrónico para enviárselo a Becky. Ha demostrado ser tan valiosa durante la temporada en prácticas que la he contratado como asistente a tiempo parcial.

De: mollymarks@netmail.co
Para: bma445@nyu.edu
Fecha: Miércoles, 22 de diciembre de 2021 a las 16:01
Asunto: ¿Puedes corregir esto?

Becks: te adjunto algo nuevo. ¿Puedes echarle un vistazo en busca de erratas y asegurarte de que el formato y demás es correcto? Lo necesito antes de Nochevieja. ¡Gracias!

39
Seth

Te ahorraré el resumen detallado del que ha sido el último mes de mi vida. Digamos que, cuando llegué a Nashville, lloré tanto que vomité.

No te sientas mal, en cierto modo ha sido estimulante.

El lado positivo de que hayan arrojado mi corazón a un triturador de basura es que Molly me ha acabado convirtiendo a su forma de pensar. Ahora sé, por fin, que no hay ninguna mujer esperando para hacer que mi vida sea perfecta y tenga sentido. No puedo contar con otra persona para conseguirlo. Tengo que hacerlo yo mismo.

Así que voy a crear mi propio bufete.

He actuado con rapidez. Ya tengo dos socios fundadores y me he encargado de buscar la financiación. Hemos contratado a un administrativo que nos ayude con el papeleo y, con su ayuda, estaremos funcionando en marzo. En ese momento, presentaré mi dimisión en el bufete donde trabajo y me traeré mi cartera de clientes.

Si esto te parece retorcido, en fin, quizá Molly tenía razón al desconfiar de los abogados matrimonialistas.

Al menos puedo consolarme devolviéndole algo a la comunidad.

Mi asesoría legal sin ánimo de lucro se está expandiendo. He estado trabajando estrechamente con Becky Anatolian y algunos amigos de la facultad que ahora trabajan en Nueva York para abrir allí una nueva sucursal, que contará con estudiantes de Derecho de la Universidad de Columbia y de la Universidad de Nueva York. La labor de Becky como voluntaria ha sido tan fantástica que le pedimos que dirigiera el proyecto.

Estoy esperando un mensaje de correo electrónico suyo sobre un local en Brooklyn que acaba de visitar con el agente inmobiliario.

En cuanto salga de la oficina, me voy directo al aeropuerto (pasaré Año Nuevo con mis padres en Florida para evitar la desesperación de pasarlo solo), pero el nombre de Becky aparece en la bandeja de entrada.

De: bma445@nyu.edu
Para: sethrubes@mail.me
Fecha: Jueves, 30 de diciembre de 2021 a las 10:41
Asunto: Tal como querías…

¡Hola, Molly! ¡Espero que lo estés pasando bien en Florida! Te adjunto el guion revisado. Avísame si necesitas algo más.

Becks

Se adjunta un archivo llamado MSPPFinal_BArev.FDR.

Obviamente, este mensaje no iba dirigido a mí.

Obviamente, iba dirigido a alguien llamado Molly.

Obviamente, la Molly en cuestión es Molly Marks.

Becky debe de haber tecleado mi dirección de correo electrónico por error antes de enviarlo.

Sé que está mal abrir algo que no es para ti. Debería avisar a Becky de que se lo ha enviado a la persona equivocada y borrar el mensaje.

Sin embargo, en fin…, no voy a hacerlo.

Me perdono a mí mismo dadas las circunstancias y pincho en el archivo adjunto.

Mi ordenador no lo reconoce.

Joder.

Busco en Google la extensión.FDR y descubro que es un guion escrito en un programa informático llamado «Final Draft» que no tengo instalado.

Mi asistente asoma la cabeza por la puerta.

—El Uber te está esperando. Deberías salir ya si no quieres perder el vuelo. Google Maps dice que hay mucho tráfico.

—Muy bien. Gracias, Pattie —digo, intentando no revelar que me encuentro en un estado de crisis emocional.

Bajo corriendo a la calle con la maleta a cuestas.

—¿O'Hare? —me pregunta el conductor.

—Sí —digo mientras me abrocho el cinturón de seguridad.

En cuanto el coche se pone en marcha, compro la aplicación Final Draft y vuelvo a abrir el mensaje de correo electrónico de Becky.

Cuando pincho en el archivo adjunto, aparece un guion.

EXTRACTO-A

MÁS SUERTE LA PRÓXIMA VEZ

POR MOLLY MARKS

DENTRO DE UNA CARPA BLANCA. DE NOCHE.

NINA MACLEAN (treintañera, cansada del mundo) está sentada sola a la mesa de un banquete en una carpa blanca instalada en la playa. La decoración es tropical y exagerada: imagina palmeras falsas y cestas de chanclas. En una pancarta en todo lo alto se puede leer: ¡BIENVENIDA, PROMOCIÓN DEL 2003 DEL INSTITUTO SEA VIEW!

LOS ANTIGUOS COMPAÑEROS DE CLASE están en la pista de baile moviéndose al ritmo de una canción de rap de finales de los noventa.

COLE HESS (treintañero, simpático) se acerca a Nina por detrás.

Nina le hace señas a un camarero justo cuando Cole se acerca.

NINA
(AL CAMARERO)
Otra copa de prosecco, por favor.

COLE
(AL CAMARERO)
Que sea un negroni, con un chorrito extra de Campari. A Nina le gustan las cosas amargas.

Nina y Cole se miran a los ojos. Entre esos dos hay algo. Él se sienta en la silla vacía que Nina tiene al lado.

COLE
¿Cómo te ha ido desde que me rompiste el corazón hace quince años? ¿Sigues ahogando gatitos y haciendo llorar a los niños pequeños?

NINA
Además de malversar los fondos de jubilación de los ancianos.

COLE
No acabo de verlo con lo mal que se te daban las matemáticas.

                           NINA

¡Qué gracioso! En realidad, escribo
guiones. Comedias románticas.

Cole se ríe.

                           COLE

Un poco irónico, ¿no crees? Siempre has
odiado todo lo relacionado con el amor. Lo
sé de primera mano.

                           NINA

Siempre me ha gustado el dinero. Y pagan
bien. ¿A qué te dedicas?

                           COLE

Soy abogado. Derecho familiar.

                           NINA

¡Dios mío! ¿Eres abogado matrimonialista?

                           FIN

¡Madre mía!

¿¡Es sobre nosotros!? ¿¡Molly ha escrito un guion sobre nosotros!?

¿Esto es lo que ha estado haciendo mientras yo me despertaba por la noche sin poder respirar? ¿Convirtiendo nuestro amor en un chiste?

Me sorprende que sea capaz de seguir haciéndome daño, dado lo mal que ya me siento, pero no debería sorprenderme; nadie es capaz de retorcer el cuchillo como Molly Marks.

Debería dejar de leer esto por instinto de conservación, pero no me atrevo.

Leo con avidez mientras Nina y Cole empiezan a tontear y a discutir sobre quién sabe más de amor. Eligen a cinco parejas para apostar, incluidos ellos mismos.

Mi coche llega al aeropuerto y me obligo a dejar de leer el tiempo suficiente para pasar el control de seguridad. En la puerta de embarque, me echan la bronca por mirar el móvil y retrasar la cola de embarque prioritario.

No puedo evitarlo. Estoy leyendo frases textuales que nos hemos dicho, palabra por palabra. «Tú me haces delirar de felicidad», le dice él. «Encontrarás al amor de tu vida. Y ella será una mujer muy afortunada», le dice ella. Mi corazón se pone en modo colibrí al recordar lo que sentí mientras decía y oía esas cosas. Al comprender que esos momentos están grabados a fuego en la memoria de Molly del mismo modo que están grabados a fuego en la mía.

Mi ira se ha agudizado hasta convertirse en algo más complejo. En un sentimiento agridulce de resentimiento, nostalgia y alegría, todo a la vez.

Me bebo el Acto II, y al igual que Molly y yo, Nina y Cole se encuentran en un partido de béisbol y se lo pasan muy bien. Sin embargo, al final de la noche, cuando ella intenta besarlo, él le dice que tiene novia.

Nina actúa con frialdad, pero en cuanto él se va, se echa a llorar en el aparcamiento con la cabeza apoyada en el volante del coche, rodeada de estridentes seguidores que lanzan serpentinas y tiran petardos tan potentes que los cristales de las ventanillas tiemblan.

Pienso en aquel día en el coche de Molly, después de la fiesta para celebrar la llegada de los bebés. En la cara que puso cuando le dije que tenía novia. Sabía que estaba decepcionada. Pero no que se quedó destrozada.

Sin embargo, aquí está: se quedó destrozada. Aunque nunca me lo ha dicho. Supongo que es lo normal. No le gusta compartir sus vulnerabilidades.

Lo que hace es incorporárselas a sus personajes.

¿Este personaje que ha escrito? ¿Nina? Está colada por Cole. Pero él no se da cuenta. Se compromete con la mujer equivocada y no se da cuenta. Se «toma un tiempo para sanar» cuando esa relación termina, aunque tiene a Nina ahí mismo, ¡y sigue sin verlo!

Siempre he sentido que era yo quien la perseguía. Pero al leer esto me doy cuenta de que Molly también me perseguía a mí. De que también le he hecho daño, mucho daño, sin poder evitarlo de la misma manera que ella no ha podido evitar hacérmelo a mí.

De que, aunque me dijo que no y cortó conmigo cuando le pedí matrimonio, me estuvo esperando. ¡Durante años!

Me dan ganas de estrecharla entre mis brazos y de decirle que siento haber sido tan tonto. Por haberla hecho esperar para eso que ella sabía que era lo correcto desde el principio.

Sigo leyendo. Cole y Nina se encuentran en la boda de un amigo. Los dos están solos y disponibles, por fin. Se enamoran con la misma ternura y pasión que nosotros.

Y después, de pie en un acantilado bajo la lluvia mientras observan las ballenas, Cole hinca una rodilla en el suelo y le propone matrimonio.

Le dice a Nina que es su alma gemela.

Me tenso.

Molly escribe comedias románticas, pero tengo la terrible sensación de que esta no lo es. Que es lo que ella llama una «tragedia romántica», la vuelta de tuerca al género, donde la historia de amor está condenada al fracaso.

«No lo hagas —le suplico mentalmente—. No los hagas sufrir como hemos sufrido nosotros».

Sin embargo, en mi corazón, sé lo que se avecina.

Nina dice que no cree en las almas gemelas.

Deja a Cole en Maine.

Me desplazo frenéticamente hacia abajo, rezando para que lo que venga a continuación no sea la palabra «FIN».

Todavía quedan quince páginas del guion.

Me estoy muriendo.

Vemos a Nina sufriendo: «La he fastidiado —le dice a su mejor amiga—. Pero no merezco otra oportunidad».

«¡DÍSELO A ÉL! —quiero gritarle mientras leo esto—. ¡DÍSELO A ÉL!».

Quedan cuatro páginas y apenas puedo respirar.

Cambiamos al punto de vista de Cole. Su mejor amigo y él están haciendo planes para asistir a la vigésima reunión del instituto. «¿Va a venir Nina?», le pregunta el amigo. «No —responde Cole—. Odia este tipo de cosas. Y no querrá verme».

Y tiene razón. Cuando llegan, ella no está.

Aunque ya lo sabía, Cole se queda desolado. Pero, justo cuando está a punto de irse, alguien le da unos golpecitos al micrófono del escenario.

Es Nina, que está allí de pie. Y lo está mirando fijamente.

```
                  NINA
             (A la multitud)

Hace cinco años hice algo muy absurdo. Le
dije a Cole que el amor verdadero era un
cuento de hadas. Que las almas gemelas eran
tonterías inventadas por Hallmark. De hecho,
hicimos una apuesta al respecto. Si yo
gano, tendré que admitir que los finales
felices son reales. Y si gana él, tendrá
que admitir que el amor verdadero es una
fantasía, una parada en el camino hacia el
desamor.

    Bueno, pues estoy aquí para decir que quizá
ninguno de los dos tenía razón. Las relaciones
conllevan alegría y dolor. A veces, los
grandes amores se desvanecen. A veces, los más
tempestuosos se recuperan. A veces, la vida da
giros inesperados. Lo único que podemos hacer
es valorar lo que tenemos e intentar por
todos los medios ser buenos el uno con el
otro.

    Lo único que podemos hacer es ser lo
bastante valientes para creer en el amor y
luchar por él.
```

Cole, sé que metí la pata. Sé que fui
cobarde y que te hice daño. Pero aquí me
tienes, luchando por ti. Si me das otra
oportunidad, lucharé por nuestro «final feliz»
durante el resto de nuestras vidas.

Cole ni siquiera se lo piensa. Atraviesa la
estancia, esquivando a los compañeros
boquiabiertos, y salta al escenario.

Se besan como. si su vida dependiera de ello.

                    NINA
    Siento que no hayas ganado la apuesta.

                    COLE
    No me importa la apuesta. Solo me importas
    tú.
    La hace girar mientras todos los compañeros
    vitorean.

                    FIN

Estoy llorando a lágrima viva. El hombre que está a mi lado
pasa de mí durante unos minutos, pero al final me mira.
    —¿Estás bien, amigo? ¿Necesitas un *whisky* o algo?
    Niego con la cabeza.
    —Lo siento —respondo, sorbiendo por la nariz—. Estoy bien.
Es que estoy muy contento.
    Y es cierto.
    Porque Molly tenía ganas de escribir esto.
    Nuestro final feliz.
    Aunque también lloro porque este guion me ha destrozado de
nuevo el corazón. Porque demuestra que esta mujer sabe con precisión emocional lo que hizo que nuestra relación se viniera abajo. Es

consciente tanto de las formas en las que nos hemos amado como de las formas en las que nos hemos fallado. Comprende que ninguno de los dos tenía razón sobre el amor. Ni su versión pesimista hasta el nihilismo; ni la mía, optimista hasta la parodia. Y en vez de hablarlo conmigo e intentar que nuestra relación funcione, ha escrito una película perfecta sobre nuestra historia.

Este guion demuestra que me persiguió, que me amó, que lloró mi pérdida. Y sí, es una versión idealizada de nosotros, con un final de cuento de hadas demasiado ñoño para la vida real. Y sí, como ella siempre dice, la historia termina en el momento bueno, en la cima de la felicidad de la pareja.

Sin embargo, me gustaría ver la secuela, cuando las cosas se ponen feas y lo solucionan. Quiero ver la parte en la que discuten porque ella nunca coloca los platos en el lavavajillas y él está obsesionado con pasar la aspiradora. Cuando se tiran pedos el uno delante del otro y hablan sin tapujos de hacer caca. Cuando estén privados de sueño y hechos polvo porque tienen un bebé con cólicos, o desconsolados por el fallecimiento de uno de sus padres. Quiero verlos vivir el placer, la tristeza, el tedio, el consuelo y la alegría de una existencia en pareja.

Porque nunca he necesitado la parte romántica de nuestra relación.

Lo que quería era la parte que nadie busca conservar en ámbar. El amor, el dolor y el caos.

En cambio, he recibido esto. Las emociones más profundas de mi vida, convertidas en una ficción comercial. Las cosas tiernas que hice, transformadas en detalles sensibleros para que te enamores indirectamente del protagonista de la película. Nuestros momentos más emotivos, convertidos en diálogos que te dejan el corazón en un puño. Nuestras debilidades, simplificadas en predecibles defectos de carácter que superaremos en ciento diez minutos.

Una parte de mí está muy dolida porque Molly ha elegido hacer esto con nuestra historia de amor. Idealizarla en vez de intentar arreglarla. Venderla en vez de vivirla. Esa parte de mí siente la tentación de mantener mi resentimiento a fuego lento hasta que se estrene la película dentro de tres años, y después escribir una carta abierta denunciándola por haber monetizado mi dolor a mis espaldas. Demandarla por explotar los derechos de mi vida sin mi permiso. Recuperarla por lo mucho que me costó perderla.

Claro que yo no soy así.

En el fondo, creo que aquí hay algo más importante que la ambición o el dinero. Creo que Molly ha intentado sanar escribiendo este guion.

Mi alma sabe que nos amamos de una forma que no he experimentado con nadie más y que jamás se repetirá.

Nuestro amor no fue una comedia romántica.

Nunca esperé que lo fuera.

La quise sin más.

Aunque ¿qué se supone que debo hacer ahora? ¿Tenderle la mano, para que me rechace otra vez? ¿Recibir otro sermón porque no entiendo que la ficción es falsa?

Por mucho que quiera aporrear su puerta y exigirle que lo intentemos de nuevo, no puedo ser yo quien se postre de rodillas.

Otra vez no.

Sin embargo, en mi interior crece la esperanza.

Crece, crece y crece.

40
Molly

—Molls, ¿tienes naproxeno en el botiquín ese con el que viajas? —gime Alyssa.

—¿O morfina? —pregunta Dezzie—. Creo que voy a necesitar morfina de la de verdad.

Consigo salir del saco de dormir en el que estoy metida, en el suelo del ático de mi madre. Tengo el cuerpo que parece que he dormido en una compactadora de basura.

—Oficialmente somos demasiado viejas y estamos demasiado tocadas para hacer fiestas de pijamas —anuncio mientras voy cojeando al cuarto de baño.

Cuando se nos ocurrió el plan de celebrar una fiesta de pijamas después de Navidad en casa de mi madre, no tuvimos en cuenta lo que podría pasarle a un cuerpo de treinta y seis años tras dormir en el duro suelo de madera.

—Deberíamos haber preparado colchones hinchables —dice Alyssa—. Creo que tengo moratones en las caderas.

—Pero nos lo hemos pasado en grande —replico a través de la puerta abierta del cuarto de baño. Ha sido la primera noche que he pasado sin comerme la cabeza todo el rato desde que corté con Seth—. Y mirad, he encontrado ibuprofeno.

Paso el frasco como si estuviéramos compartiendo éxtasis en una *rave*.

—¿Oigo los pasitos de alguien? —pregunta mi madre desde la planta baja.

—Estamos despiertas —contesto.

—Ah, bien. Estoy preparando gofres.

Bajamos despacio a la cocina, y veo a mi madre con un caftán con estampado de palmeras mientras mete naranjas enteras en su exprimidor de tres mil dólares.

—Me muero por tener una cocina como esta —dice Dezzie mientras se acerca a un taburete con paso renqueante.

—Puedes venir a cocinar conmigo cuando quieras —replica mi madre—. Cierta persona que conozco se limita a repetir la misma ensalada.

Dezzie y Alyssa estallan en carcajadas.

Mi madre nos pasa una jarra con zumo de naranja. Es perfecto. Florida tiene dos cosas en las que supera a California: las playas de arenas blancas y los cítricos.

—Bueno, ¿qué tal os ha ido la Navidad? —pregunta mi madre mientras vierte la masa en la gofrera.

—Ha sido un caos —contesta Alyssa—. Ocho primos dando vueltas en casa de mi padre. El árbol se cayó dos veces. Creí que mi madrastra iba a sacar al grupo a la calle y a empezar a ejecutarlos uno a uno.

—Seguro que les ha encantado pasar tiempo con los nietos —dice mi madre, que me mira con expresión elocuente—. Algunas a lo mejor nunca sabemos lo que es eso.

Las tres llevan así toda la semana: soltando insinuaciones sutiles sobre la certeza que comparten de que debería ir en busca de Seth.

No les he hablado de mi plan de subirme a un avión rumbo a Chicago en cuanto me vaya de aquí.

De que voy a imprimir mi guion y a encuadernarlo. De que voy a plantarme en casa de Seth el uno de enero, el día del año que menos le gusta, con un trozo de mi corazón en la mano, y de que voy a pedirle que lo lea.

Quiero contárselo. Me muero de la angustia, preguntándome cómo me va a recibir cuando aparezca, y me encantaría bombardearlas con preguntas sobre lo que creen que va a pasar.

Sin embargo, si añado las esperanzas y los miedos de otra persona a los míos, a lo mejor me echo atrás.

Tengo que hacerlo sola.

Me encojo de hombros.

—Quizá Bruce y tú deberíais adoptar a algún niño pequeño.

Se comprometieron en Nochebuena, acompañados por los hijos de Bruce y por mí. Me alegro muchísimo por ella. Por los dos. Es increíble ver a mi madre como la mitad de esta pareja enamorada hasta las trancas. Bruce capitanea la lancha motora de mi madre, y ella le compra toda la ropa con protección solar, y van de una mansión a otra en chanclas. Son un amor.

—¿Has tenido unas buenas vacaciones, cariño? —le pregunta mi madre a Dezzie con tiento.

Dez sonríe.

—¿Sabéis una cosa? Por sorprendente que parezca, me lo he pasado de miedo. Creí que sería duro pasar la Navidad sin Rob, pero la verdad, después de la pandemia ha sido tan maravilloso estar todos juntos que no ha estado mal.

Mi madre la toma de una mano desde el otro lado de la isla de la cocina y le da un apretón.

—Que se vaya a tomar viento fresco. —Baja la voz—. ¿Y qué tal va el divorcio?

—¡Mamá! —la regaño—. ¡No quiere hablar del tema!

—No, no pasa nada —dice Dezzie—. De momento va bien. Tengo una abogada muy cabrona y, en cuanto me divorcie, voy a casarme con ella, porque la quiero con locura.

Oigo la notificación de la llegada de un nuevo mensaje de correo electrónico en el iPad y extiendo las manos hacia él.

—Nada de cacharros electrónicos durante el desayuno —dice mi madre al tiempo que me lo quita de las manos. Está en una etapa de *mindfulness* y no deja de esconderme todos los dispositivos.

Recupero el iPad a toda prisa.

—Lo necesito para trabajar.

—¡Es Nochevieja! —protesta.

—No hay descanso para los malvados.

En realidad, no tengo trabajo. Estoy esperando, presa de los nervios, a que Becky me mande una versión limpia de mi guion para imprimirlo esta tarde y que Seth pueda leerlo. Mi vuelo a Chicago sale a primera hora de la mañana, y quiero que me lo encuadernen de forma profesional antes de irme.

El nombre de Becky aparece en la bandeja de entrada. Por fin.

De: bma445@nyu.edu
Para: mollymarks@netmail.co
Fecha: Viernes, 31 de diciembre de 2021 a las 8:44
Asunto: Tal como querías…

¡Hola, Seth!

Me estremezco al leer su nombre.

—¿Qué cojones? —digo en voz alta.

—¿Qué pasa? —pregunta Alyssa, preocupada.

Levanto el dedo y sigo leyendo:

El sitio es perfecto, incluso mejor que en las fotos. El agente inmobiliario dice que los dueños estarían dispuestos a que lo renováramos según nuestras necesidades. La fecha límite para la solicitud del alquiler es el 3 de enero, así que habría que tomar una decisión cuanto antes. Avísame si quieres seguir adelante. ¡Espero que paséis un estupendo Año Nuevo en Florida!

Becky

—Joder —murmuro.

Mi madre me lanza un poco de harina. (Lanzarle comida a los demás es algo que he heredado de ella).

—¡Pero dinos qué pasa, so tonta! —exclama—. Y deja de decir tacos.

—No pasa nada —digo mientras intento controlar los latidos de mi corazón—. Esto…, me ha llegado un mensaje de correo electrónico que iba para Seth.

—¿Seth Rubenstein? —pregunta mi madre.

—No hay otro Seth —tercia Dezzie—. Sabes que no hay otro Seth.

Alyssa me pone una mano en un hombro.

—¿Estás bien?

—Sí. No pasa nada —digo—. Es que me ha sorprendido.

—¿Qué dice? —quiere saber Alyssa.

—No mucho. Es un tema profesional. Pero supongo que está aquí. Para pasar Año Nuevo.

Algo que, por supuesto, arruina mis planes.

Debo de parecer tan alterada como me siento, porque se hace un silencio incómodo en la cocina.

—¿Sus padres no celebran siempre una gran fiesta por Nochevieja? —pregunta Alyssa.

—Sí. Con todos sus amigos del campo de golf. Nos colamos una vez —dice Dez.

—A lo mejor deberías hacerlo, Molly —sugiere Alyssa en voz baja—. Seguro que se alegra de verte.

Sin embargo, no puedo ir a casa de los Rubenstein en este estado. Ni siquiera soy capaz de ver anuncios con un mínimo de emotividad en la tele delante de otras personas sin quedarme paralizada por la vergüenza. Dar mi discurso delante de los padres de Seth o, Dios no lo quiera, delante de Dave sería como asistir a todas las bodas, todos los bautizos y todos los entierros del mundo desnuda y temblando.

—No quiero hablar de Seth —mascullo.

Alyssa, Dezzie y mi madre me miran con tristeza, con expresiones que van desde el «Me siento mal por ti» (Alyssa) al «Me preocupa que nunca seas feliz» (mi madre), pasando por el «Eres la mujer más tonta del mundo» (Dezzie).

—¡Por el amor de Dios, parad ya! —exclamo—. No pasa nada. Estoy bien. ¿Podemos comer?

—Sí —contesta mi madre—. Ayudadme a llevarlo todo a la mesa.

Reparte platos llenos de gofres, huevos y beicon, y nos congregamos alrededor de la mesa del desayuno. Ha preparado elegantes cuencos con nata montada, sirope de arce, mermelada de fresa y virutas de chocolate. ¡Dios! La adoro por las virutas.

Comemos y charlamos de los planes que tenemos para esta noche. Mi madre y Bruce son los anfitriones de una fiesta con temática de cócteles. Me ha comprado un vestido ceñido para la ocasión. El padre de Alyssa y su madrastra se quedan con los niños para que Ryland y ella puedan cenar en un bistro bar en el centro. Dezzie se va a Miami en coche para asistir a la fiesta de su hermana.

Nos tragamos como cuatro kilos de gofres cada una, y después las chicas se van para hacer el equipaje. Mientras están ocupadas, abro la aplicación de correo electrónico y le mando un mensaje a Becky, respondiendo al equivocado.

Hola, Becks:

Creo que me has mandado esto por error. Y otra cosilla... ¿Te ha dado tiempo a mirar el guion que te mandé? Lo necesito para ya.

Subo y me lavo la cara. Tengo un aspecto horrible: parezco cinco años mayor que hace un mes. Dezzie y Alyssa entran en el baño detrás de mí. Me rodean con los brazos y nos damos un achuchón a tres.

—*Ménage à trois!* —exclama Dezzie con un acento francés atroz, algo que hace cada vez que nos abrazamos desde que teníamos diez años y aprendió lo que significaba.

El chiste sigue siendo brutal.

—¿Nos puedes llevar en coche? —pregunta Alyssa—. Ryland acaba de mandarme un mensaje y al parecer Jesse ha tenido un berrinche por tener que ponerse los zapatos antes de salir a la calle, y eso ha hecho que Amelia estallara de furia porque ella sí tenía los zapatos puestos, y ahora ha estallado la tercera guerra mundial.

Me echo a reír.

—Sí. Deja que me vista.

Nos metemos en el coche de mi madre y ponemos a todo trapo una lista de reproducción con nuestras canciones preferidas mientras nos dirigimos a la ciudad. Dejo a Alyssa en primer lugar. Dez y yo entramos un momento para saludar a Ryland y a los niños (que están en modo destrucción total) y nos refugiamos en el coche a toda prisa.

—Joder —dice Dezzie—, tengo muchas ganas de niños, pero luego veo eso y se me encogen los ovarios.

—Seguro que dentro de un cuarto de hora volverán a ser unos angelitos.

—Al menos son graciosos, incluso en pleno ataque destructor.

—Lo sé. Hacen que me entren ganas de tener hijos hasta a mí.

Me mira con expresión apenada. Sabe que querría tener hijos solo con una persona en concreto.

Aparco delante de casa de los Chan y entro con Dezzie para saludar a sus padres. La señora Chan insiste en que me siente un momento para ponerla al día del último año de mi vida. Algo difícil de hacer de un modo que deje fuera a Seth, ya que sin duda me echaré a llorar si lo menciono. En cambio, le hablo de la temporada de incendios en Los Ángeles. A los habitantes de Florida les encanta eso. Consigue que se distraigan de los huracanes.

Una vez que nos hemos puesto al día, le doy un fuerte abrazo a Dez y vuelvo al coche.

De vuelta en casa, mi madre no deja de revolotear alrededor de Bruce y del organizador de fiestas que ha contratado, de modo que puedo esquivarla, subir y dejar que el pánico me abrume por mi plan fallido. Compruebo supernerviosa el correo electrónico por si Becky me ha contestado ya, pero no lo ha hecho. Aunque tampoco importa. Si Seth está aquí, no puedo seguir con la idea de sorprenderlo mañana. Me pregunto si es una señal de que no debería hacerlo. De que debería dejarlo tranquilo.

Oigo que llaman al timbre.

Miro por la ventana y veo, nada más y nada menos, que a mi padre con un enorme ramo de lirios.

¡No me jodas!

Por raro que parezca, mi mente se queda pillada en los lirios más que en el inexplicable hecho de su presencia. O no recuerda que mi madre es alérgica a esas flores o planea usarlas para asfixiarla en su propia casa.

Echo a andar hacia la escalera y me inclino para oír lo que están diciendo.

—¿Está Molly? —pregunta mi padre—. Le mandé un mensaje de texto y no ha contestado, pero sé que suele pasar las vacaciones en la ciudad, así que se me ha ocurrido intentar... Debería haber llamado, pero no tengo tu número.

Mi madre estornuda.

—En primer lugar, Roger, quítame eso de la cara. Soy alérgica.

—¿En serio? Lo siento, no lo sabía.

—Pues claro que lo sabías. Estuvimos juntos veinte años. —Le quita el ramo de las manos y lo lanza hacia su coche—. En segundo lugar —sigue—, si mi hija quisiera verte o hablar contigo, te habría contestado al mensaje. Si no lo ha hecho, podemos suponer sin temor a equivocarnos que no quiere tener contacto contigo. Y después del numerito que montaste en Acción de Gracias, entiendo muy bien el motivo.

—No monté ningún numerito —replica él, con mucho retintín para recalcar las palabras—. Me limité a hablar de un tema de trabajo. Pero admito que el momento no fue el adecuado y siento que se sintiera dolida.

—¿Sientes «que se sintiera dolida»? —repite mi madre, con el mismo retintín—. ¡Qué disculpa más sentida! Seguro que la va a conmover.

No quiero ver cómo lo estrangula, de modo que bajo la escalera para acabar con eso.

—Hola, papá —lo saludo al tiempo que tomo a mi madre del codo y tiro de ella hasta que está lo bastante lejos como para no poder pegarle—. ¿Qué haces aquí?

Él cambia de expresión hasta adoptar algo parecido a la cara seria y engreída que pone en las firmas de libros.

—Hola, Molly. —Señala los lirios—. Te he traído flores, pero tu madre las ha tirado al suelo.

—Tiene una alergia grave a los lirios. Deberías saberlo.

Pasa de lo que le digo y se lleva una mano al bolsillo del pecho.

—También te he traído un regalo de Navidad.

Saca un cheque, doblado por la mitad.

No lo acepto.

—No, gracias. Ya tengo mi lucrativa tarifa por la cancelación de mi trabajo con Mack Fontaine, ¿no te acuerdas? ¿Por qué has venido?

Suelta un largo y sufrido suspiro. Es como si se imaginara que hay espectadores viéndonos que están de su lado, dispuestos a empatizar con él por las reacciones hostiles que recibe de las dos mujeres a las que abandonó con todo el motivo del mundo.

—Solo quería decirte que siento que te molestase lo de la película —responde.

No soy yo quien tiene que enseñarle a disculparse sin responsabilizar a la otra parte por sentirse ofendida, así que lo miro con mi mejor cara de pocos amigos y digo:

—¿De verdad crees que esto es por la película?

—Es porque eres un padre espantoso, Roger —afirma mi madre, que le planta la cabeza justo delante de los ojos.

—Mamá, ¿por qué no vuelves a colocar espumillón y dejas que yo hable con papá?

—Muy bien. Pero no dejes que te deprima.

Eso es prácticamente imposible, dado que ya tengo el ánimo por los suelos.

—Te quiero, Molly —dice mi padre con el tono de voz serio que usaría alguien para regañarle a un perro que se porta mal—, y sé que estás pasando una mala racha con tu carrera...

—Madre del amor hermoso...

—Pero no puedes esperar un tratamiento especial. ¿Qué imagen daría si te mantuviera en el proyecto por nepotismo cuando no estabas a la altura? Te puedo ayudar de otras maneras. Si necesitas dinero... —Me ofrece de nuevo el cheque.

—¡Por el amor de Dios! —exploto—. No lo entiendes, ¿verdad? No me emocionaba la idea de la película por el dinero. Me emocionaba porque creía que eso significaba que me respetabas.

Que reconocías mi existencia más allá de ser una persona a quien estás obligado a invitar a comer cuando pasas por Los Ángeles.

—Eso no es justo —dice—. Quiero verte. Eres mi hija.

—Soy tu hija con tus condiciones cuando te conviene. Llevo siéndolo desde los trece años.

Sus distinguidas patas de gallo son más evidentes por el nerviosismo.

—Molly, en serio —replica—, sé que crees que no te apoyé, pero intenté verte cuando me lo permitías. Pagué tu educación. Permití que te quedaras en mi casa de esquí después de que te graduaras.

Siento ganas de cerrarle la puerta en las narices. Pero pienso en Seth. En cómo me obligaba a expresar mis sentimientos.

—¿Se supone que este es tu discurso para reivindicarte antes de que nos reconciliemos entre lágrimas? —le pregunto—. Porque vas a tener que hacer un poquito más de introspección.

Se pasa las manos por el icónico pelo canoso alborotado, haciendo que sea más icónico todavía.

—Muy bien —dice—. ¿Sabes qué? Que tienes razón. Después de un tiempo, no me esforcé tanto por verte. A lo mejor fue un error. Pero mi mujer no te caía bien, parecías amargada cada vez que accedías a verme, y creí que nos estaba haciendo un favor a los dos al no forzar la situación. La verdad, creí que era lo que querías.

—No es algo del pasado, papá. Casi nunca te pones en contacto conmigo, y cuando lo hago yo, la mitad de las veces me das largas. Me duele cuando lo haces.

—En fin, en ese caso deberías entender que a mí también me dolía cuando tú me dabas largas.

—¿Te refieres a cuando estaba en el instituto?

—Ya te he dicho que lo siento, Molly. No sé cuántas veces más puedo decirlo.

Se acabó. Quiero que se vaya.

—Muy bien —digo—, acepto tus disculpas.

Él asiente educadamente con la cabeza.

—Bien. Te lo agradezco. Ahora, pasemos página y empecemos de cero. ¿Por qué no vienes mañana y compartimos un desayuno tardío? Podemos salir a navegar. Una nueva tradición.

Hago una mueca por lo muchísimo que la Molly adolescente habría deseado que a su padre se le ocurriera esa idea.

Sin embargo, esta Molly (la Molly adulta) no va a arriesgarse por las migajas de su atención.

Y les tiene una tirria tremenda a los barcos, joder.

—Me altera verte ahora mismo —replico—. No es un buen momento.

Aprieta los labios.

—Tú misma. Pero recuérdalo la próxima vez que quieras echarme en cara mi supuesto abandono.

—Lo haré. Adiós.

Hago ademán de cerrar la puerta, pero mete el pie y me lo impide.

—¿En serio? —le pregunto.

—No me cierres la puerta en la cara. Soy tu padre.

—¡Pero no lo eres! —exclamo—. Eso es lo que te estoy diciendo. Así que ¿te importa dejarme tranquila ya? ¿De verdad quieres estropear otra fiesta?

Me mira fijamente como si de verdad fuera incapaz de entender mi enfado. Y después aparta el pie.

—Esperaré a que te pongas en contacto, ya que salta a la vista que no quieres hablar.

Se da media vuelta y echa a andar hacia su coche, dejando los lirios en el suelo.

—¡Que le den! —exclamo al cerrar la puerta.

—Sí —dice mi madre, que sale en tromba del salón—. ¡Que le den!

Bruce la sigue con expresión preocupada, acompañado por el organizador de fiestas.

—Molly, cariño —empieza—, no me gusta desearles cosas malas a los demás, pero que le den.

—No sé de quién estáis hablando —dice el organizador de fiestas—, pero ¡que le den!

Mi madre me abraza.

—¿Estás bien, cariño?

—Sí. Pero ha sido agotador. Voy a echarme una siesta para poder ser mi versión burbujeante en tu fiesta.

—Buena idea —replica—, a nadie le gusta un aguafiestas.

—Lo sé, por eso no le gusto a nadie.

Me da un sonoro beso en la mejilla.

—A mí me gustas, Molly Malolly.

Una vez arriba, me tiro en la cama, y mi espalda se regocija por el hecho de estar en un colchón y no sobre una fina capa de tejido aislante sobre el duro suelo de madera.

Estoy agotadísima.

No sé qué hacer con Seth. No sé qué hacer con mi padre.

Solo sé una cosa: tengo que cambiar de plan.

No quiero ser Roger Marks.

Es tan cobarde esperar que Seth lea un guion y vea una disculpa como erróneo creer que la oferta de trabajo de mi padre demostraba su amor por mí.

Tengo que dejar de hacer lo que haría mi padre: escribir un cheque para demostrar su afecto en vez de quererme en la vida real. ¿Qué es mi guion sino mi versión de un cheque? «Toma, acepta este trozo de papel en vez de decirte en persona lo que siento de verdad».

A lo mejor escribir el guion solo era para mí.

Lo que tengo que hacer es ir a ver a Seth y decirle que lo quiero y que quiero recuperarlo.

Puedo sonsacarle a Kevin cuándo va a volver a Chicago y encontrarme con él allí. Decirle lo que necesito en privado.

Arreglar esto.

De momento, necesito dormir.

Me pongo un antifaz y me quedo frita en cuestión de minutos.

Me despierto cuando mi madre llama a la puerta.

—¿Molls? ¿Estás despierta? Son casi las siete. Los invitados empezarán a llegar a las ocho.

He dormido casi cuatro horas.

—Lo siento —digo con voz somnolienta—. Me ducho y me visto.

—Con calma. Puedes hacer una gran entrada con tu vestido de fiesta.

Hago una mueca al pensar en el vestidito corto y ceñido que me dijo que encontró en Saks, pero que más bien parece sacado de una tienda de Forever 21.

Da igual. ¡A la mierda!

Salvo por Bruce y por mi madre, ninguno de mis seres queridos va a verme esta noche. Daría igual que me disfrazara como una muñeca Bratz. Me meto en el papel. Brillantes labios rosa fucsia, pestañas postizas, zapatos de tacón de aguja, sujetador *push-up*, toda la parafernalia. Cuando empiezo a oír el timbre, estoy increíble. No me parezco en nada a mí, pero estoy increíble.

Miro el móvil para comprobar los mensajes antes de bajar, dado que llevo toda la tarde sin tocarlo. Tengo uno de mi madre de hace una hora para preguntarme si estaba despierta. Y también un mensaje de correo electrónico de Becky.

Saber que el nombre de Seth va a estar en el mensaje basta para que se me acelere el corazón. Se me pasa por la cabeza borrarlo, pero tiene un archivo adjunto. Aprieto los dientes y lo abro.

De: bma445@nyu.edu
Para: mollymarks@netmail.co
Fecha: Viernes, 31 de diciembre de 2021 a las 16:44
Re: Re: Asunto: Tal como querías…

¡Molly! Lo siento MUCHO: confundí dos mensajes de correo electrónico que tenía en cola, y por error te mandé este a ti y el tuyo a Seth Rubenstein. Lo que significa que… le mandé por equivocación tu guion. Me MUERO de la vergüenza. Voy a mandarle un mensaje para pedirle que lo borre. Va en formato de Final Draft, así que dudo mucho que lo haya abierto.

¡¡¡No sabes cómo lo siento!!! ¡¡¡Me siento fatal!!! Te adjunto la versión corregida.

Esto no puede estar pasando.

Me merezco cosas malas por lo que he hecho, pero esto no.

Si Seth lee ese archivo sin contexto, va a creer que intento hacer una película de lo que pasó entre nosotros. Que quiero lucrarme con su corazón partido, sin preguntarle siquiera si le parece bien.

Me va a odiar tanto que soy incapaz de pensarlo.

Intento decirme que Seth es la persona con más ética que conozco y que, por más curiosidad que sienta al ver el archivo adjunto, no querrá invadir mi intimidad abriéndolo.

Sin embargo, también es humano.

Por supuesto que va a abrirlo.

Y no lo soporto. No soporto la idea de que reviva las mejores partes de nuestra historia, y las peores, sin saber que lo escribí para él.

Recuerdo lo que le he dicho a mi padre: «¿De verdad quieres estropear otra fiesta?».

No puedo hacerle eso a Seth.

¡A la mierda Chicago! ¡A la mierda lo que piense su familia de mí! ¡A la mierda el gélido y abrumador miedo de mi corazón!

Bajo corriendo la escalera mientras intento no matarme con los zapatos de tacón de diez centímetros; salgo por la puerta, dejando atrás a los clientes de Marks Realty que me llaman por mi nombre, y me llevo el enorme y ridículo SUV de mi madre.

41
Seth

Me he propuesto estar alegre en Nochevieja.

Incluso optimista.

Me desharé del miedo que siempre me provoca la última noche del año y me dejaré llevar por la algarabía de los mejores amigos de mis padres y de sus rivales de golf. Me encanta charlar con jubilados. Los sesenta y tantos parecen una etapa divertida.

Además, mi madre, que evita toda la parafernalia de la elegancia burguesa cuando organiza fiestas, sirve todos mis platos preferidos en estas ocasiones: varitas de pollo, huevos rellenos y banderillas de salchichas. Me encantan las banderillas de salchichas, pero ya no se ven en las fiestas.

De modo que aquí estoy, deambulando por el jardín trasero con una sonrisa en la cara. Rodeando la tarima de la piscina mientras me atiborro de salchichas. Charlo con Sue y Harry Gottlieb de sus nietos. Coqueteo con Pris Hernández, que me hace tilín desde que daba clases de Español Avanzado en el instituto. Llevo una corona que pone «Feliz Año Nuevo». No puedes estar deprimido si llevas una reluciente corona, aunque sea demasiado pequeña y se te clave en la cabeza.

Además, ¿sabes una cosa? Mi buen humor no es del todo fingido.

Porque llevo conmigo el guion de Molly.

Todavía me entristece que haya decidido expresar su amor por mí de esta forma, pero la esperanza se impone al dolor. A lo mejor me estoy engañando y me he puesto las habituales gafas de cristales rosas que me ayudan a creer que la pasión y la ternura se impondrán al miedo. Al fin y al cabo, Molly siempre ha dicho que las comedias románticas proporcionan los finales felices falsos que nunca pasan en la vida real.

Al fin y al cabo, llevo un mes sin saber nada de ella.

Sin embargo, soy incapaz de creer que, en un guion autobiográfico, el dolor de su personaje por la pérdida de nuestra relación no se base en un dolor real.

Y, mientras mi trémulo corazón late emocionado, hablo de partidos de dobles de tenis con una pareja de dentistas jubilados.

—Antes era imposible conseguir pista, y ahora ni siquiera se puede organizar una buena competición —protesta el doctor Steele.

El doctor Yun asiente con la cabeza.

—Todo el mundo se ha pasado al *picketball*.

El doctor Steele está a punto de decir algo muy negativo sobre el *picketball*, a juzgar por su expresión, pero de repente se queda de piedra.

Está mirando algo que tengo a mi espalda.

Le da un codazo al doctor Yun.

—¿La ves?

El doctor Yun asiente despacio con la cabeza, como sumido en un trance.

—¡Madre mía!

Miro por encima del hombro para descubrir qué miran con tanta atención.

Es una bola de discoteca.

O, más bien, una mujer con un vestido del tamaño de una bola de discoteca. El vestido más corto, ceñido y brillante que he visto fuera de un vídeo de Katy Perry. Una mujer de piernas largas, resaltadas por unos altísimos zapatos de tacón de aguja plateados. El pelo castaño oscuro le llega al culo.

Es Molly.

Mi Molly.

Brillando de tal forma que si los dentistas no se la estuvieran comiendo con los ojos, creería que estoy alucinando.

Sin embargo, es real.

Levanta una mano para saludarme.

Parece aterrada.

El corazón me da un vuelco.

Pasara lo que pasase entre nosotros, no quiero ver en la vida a Molly Marks asustada.

Le devuelvo el saludo y echo a andar hacia ella.

El tiempo se detiene, como en las películas.

Una de sus películas.

—Seth —articula con los labios.

—Molls —digo de la misma manera.

Y justo cuando estoy lo bastante cerca como para tomarla de una mano…

Me tropiezo con una sombrilla y me caigo al *jacuzzi*.

A ver, que me caigo de verdad. ¡Catapún! Y acabo con el agua hasta el cuello.

Me agarro justo a tiempo para no abrirme la cabeza porque es la zona menos profunda de la piscina. Un grupito de sexagenarios se congrega a mi alrededor, gritando alarmados.

La cara de Molly parece una versión preciosa y muy maquillada de *El grito* de Edvard Munch.

Corre hacia mí, abriéndose paso a codazos entre los jubilados, y se arrodilla al lado del *jacuzzi*, a cuyo borde me aferro como si me fuera la vida.

—¡Ay, Dios, Seth! —exclama—. ¿Estás bien?

—¡Voy a llamar a emergencias! —grita el doctor Yun por encima del escándalo.

—No, no. Estoy bien —le aseguro con un hilo de voz. Tengo la voz ronca por la emoción y por el agua clorada caliente que he tragado—. Mojado, eso sí. Y avergonzado.

Molly me tiende las manos, que acepto, y me ayuda a incorporarme.

Sin embargo, estoy metido en la burbujeante agua hasta el pecho y los chinos de color salmón que mi madre insistió en que me pusiera para la fiesta, tan poco habituales en un judío, pesan mucho y entorpecen mis movimientos.

Me resbalo de nuevo y, en esta ocasión, arrastro a Molly conmigo.

Su brillante cuerpo sale volando por el aire, con las rodillas por delante, y cae al *jacuzzi* con un grito, salpicando a diestro y siniestro agua a cuarenta grados.

Nos abalanzamos hacia el borde del *jacuzzi*, con las piernas entrelazadas, intentando no ahogarnos el uno al otro. Los tacones se le enredan en mis holgados pantalones. Las lentejuelas me arañan los antebrazos desnudos.

—¿Estás bien? —me pregunta entre jadeos en cuanto consigue ponerse más o menos en pie.

—Joder —digo con sequedad, aunque mi madre se enfadaría si me oyera soltar palabrotas delante de sus amigos—. Creo que me he torcido un tobillo.

—Al menos, el agua caliente es buena para las torceduras, ¿no? —dice con voz débil. Los chorros de agua le agitan el pelo, que se le enreda en torno a los hombros.

Se seca los ojos y se le queda pegada una pestaña postiza en la mejilla.

Se la quito con delicadeza y la sostengo en alto, a la luz de una antorcha.

—Pide un deseo.

Se echa a llorar.

—Ya lo he hecho.

Y espero, espero de todo corazón, que eso quiera decir que el deseo soy yo.

—¿Qué haces aquí, Molls? —pregunto en voz baja—. ¿O debería llamarte… Nina?

Se queda sin aliento y aprieta los dientes.

—Has leído el guion.

Asiento con la cabeza.

—¿Has venido para pedirme opinión sobre el final?

Las luces rosas del *jacuzzi* se reflejan en las lentejuelas de su vestido, haciendo que parezca de oro rosa.

—En fin, caerse en un *jacuzzi* sería una escena perfecta para animar el guion —responde.

—Me gusta tal como está.

Menea la cabeza.

—Lo siento muchísimo, Seth. Lo escribí para ti, no para venderlo. Iba a mandártelo para decirte que lo siento.

Relajo los hombros al oírla. Lo sabía. Sabía que lo había escrito para nosotros.

La estrecho entre mis brazos. Me duele mucho moverme, pero me siento mejor que durante todo el mes transcurrido.

Aun así, ha dicho que el guion era una disculpa, no un intento de recuperarme.

Es habitual que las disculpas en las relaciones sean despedidas. Como rey de las relaciones fallidas que soy, debería saberlo. Así que hago la pregunta que me ha estado atormentando:

—¿Molly? ¿Hasta qué punto es cierto el final?

—¿El final?

—La parte en la que me echas de menos. En la que te arrepientes de dejarme. En la que quieres volver, pero temes que yo no quiera verte.

—Ah. La noche oscura del alma.

—¡Por Dios! ¿Tan mal estás?

—Técnicamente, así es como se llama el momento en el que la chica tiene que armarse de valor o perder al amor de su vida.

Esas palabras me dejan sin aliento.

—¿El amor de su vida?

Me mira a los ojos.

—Sí. El amor de mi vida.

Y después me caso con ella ahora mismo, tenemos catorce hijos y establecemos un reino eterno en el cielo, sin más.

Al menos, yo lo haría. Esto es lo único que siempre he deseado.

Sin embargo, ella no ha terminado de hablar todavía.

—Seth, lo siento mucho, muchísimo. No es una excusa, pero... estaba aterrada. Nunca he creído que estuviera hecha para enamorarme tanto y no soportaba la idea de perderte. Así que saboteé nuestra relación. Otra vez. Y te hice daño.

Quiero consolarla, pero tengo la garganta en carne viva. Así que me limito a menear la cabeza.

—Y no espero que te olvides de eso, ni que me aceptes de nuevo, ni que confíes en mí —sigue—. Pero tenía que venir, porque si no te digo que eres mi persona especial, que estoy locamente enamorada de ti y que lamentaré lo que hice durante el resto de mi vida, jamás me lo perdonaré. Y si tuviera la oportunidad de vivirlo de nuevo, elegiría...

Se le quiebra la voz.

—¿Qué elegirías, cariño? —susurro.

—Elegiría a mi alma gemela. Si me acepta.

Sin embargo, sabe que la aceptaré, porque ya he extendido los brazos hacia ella y la he pegado a mi torso todo lo que puedo sin hacerle daño mientras murmuro:

—Te acepto, te acepto, te acepto.

Poco a poco, nos vamos dando cuenta de que tenemos cuarenta pares de ojos clavados en nosotros, muchos de los cuales llevan gafas de color rosa fucsia con forma de «2022».

—Mmm... —murmuro—. Creo que se lo están pasando bomba con esto.

—Seguramente parece que estamos haciendo una especie de bautismo pseudosexual raro —dice Molly—. Pero supongo que es culpa mía por haberme caído encima de ti en un *jacuzzi*.

—¡Ay, nena! ¿De verdad crees que ha pasado un solo día sin que esperase en vano que aparecieras con un vestido de putón verbenero y te cayeras encima de mí en un *jacuzzi*?

—Doy gracias por que te encanten las meteduras de pata —dice.

¡Dios! Esta mujer... Siempre con frases lapidarias. Cualquiera diría que escribe guiones de pelis tontorronas o algo.

—¿Qué más cosas tienes que agradecer? —le pregunto.

Suelta una carcajada trémula.

—Doy gracias por las asistentes que se equivocan al mandar mensajes de correo electrónico. Doy gracias por que tus padres lleven viviendo treinta años en la misma casa, porque conozco la dirección. Doy gracias por los guiones que dicen lo que yo no era capaz de decir en la vida real por cobardía. Y doy gracias por los hombres sensibles que creen en los finales felices.

La beso.

—Yo doy gracias por ti, Molly. Solo doy gracias por ti.

Y así es como termina nuestra comedia romántica.

La cámara hace un primer plano de la pareja y salen los créditos sobre un montaje de su maravillosa vida.

Sin embargo, no es el final de nuestra historia. Ni siquiera es el final de nuestra noche.

La cámara no graba cuando nos secamos y vamos a la habitación de invitados, donde lloramos de forma gutural y asmática, mucho más médica que cinematográfica.

En la pantalla, salen las tomas falsas, pero en la vida real le cuento que me da pánico que vuelva a dejarme si retomamos nuestra relación, y ella solloza y dice que lo sabe, que a ella también le da pánico. Admite que mi trabajo le provoca ansiedad y que no sabe si alguna vez podrá reconciliarse con esa parte de mi vida. Yo le digo que no sé cómo tranquilizarla. Que no puedo perseguirla el resto de nuestras vidas.

Que tendremos que querernos y confiar el uno en el otro, y también cuidar este tesoro (este increíble hechizo mágico) con el que hemos sido bendecidos.

Que tendremos que esperar lo mejor.

También le digo que sigo creyendo que algunos amores están predestinados.

Y sé que Molly Marks es el amor de mi vida.

NOVENA PARTE

INSTITUTO DE PALM BAY, REUNIÓN DEL VIGÉSIMO ANIVERSARIO

Noviembre de 2023

42

Molly

Si alguna vez te encuentras organizando un acto que requiera una carpa blanca alquilada, puedes estar seguro de que allí apareceré yo, arrastrada por mi marido.

A veces, aunque ni siquiera nos hayan invitado.

—Me encantan estas cosas. —Seth suspira feliz mientras pasamos por debajo de una pancarta que proclama en artísticas letras rosas:

¡¡¡Bienvenidos a la reunión del 20° aniversario, promoción de Palm Bay de 2003!!!

—¡Caligrafía! —exclama Seth, entusiasmado—. ¡Qué bien!

—No me trolees —le digo al tiempo que le pellizco la cara interna de la muñeca con las uñas.

Sin embargo, sonrío.

Porque hemos vuelto a esta playa, donde explorábamos mutuamente nuestros cuerpos adolescentes mientras nos picaban las moscas de la arena hasta las caderas. Hemos vuelto a esta carpa, donde quince años después Seth Rubenstein se dignó a que me sentara a su lado aunque le había partido el corazón.

Hemos vuelto, juntos, tal como él predijo. Su profecía («¡Voy a ser yo!») se ha cumplido.

Marian Hart nos hace señas desde su puesto junto a las tarjetas de los comensales.

—¡Bienvenidos, tortolitos! —chilla—. ¿Qué tal la vida de casados?

—Trascendental —contesta Seth.

—Me he enterado de lo de tu película —me dice Marian—. ¡Me encanta Kiki Deirdre!

Se refiere a *Más suerte para la próxima*, que Seth me convenció de que vendiera y que Kiki, una de las pocas estrellas de primera que todavía son capaces de conseguir que una comedia romántica triunfe en taquilla, compró enseguida y con cuya producción empezó de inmediato. Ahora mismo están con las pruebas para el papel de Cole. Seth apuesta por Javier Bardem, porque dice que es el único actor vivo que tal vez podría captar su atávico magnetismo sexual. Cuando le dije que Javier es demasiado mayor y demasiado español para el papel de un abogado judío de Florida de treinta y tantos, él replicó que «expandiera mi construcción del mundo». Con comentarios así se ha ganado aparecer en los créditos como productor ejecutivo, algo que negoció como compensación por los derechos sobre su vida.

Si la película triunfa como esperamos, puede que incluso supere a la próxima de Mack Fontaine, algo que conllevará un efusivo mensaje de texto de mi padre que diga: «Enhorabuena, chiqui». (Ya nos hablamos de nuevo, aunque no asistí a su quinta boda).

Marian se vuelve hacia Gloria, que está buscando su nombre en el montón de tarjetas.

—¿No te parecen tiernos? —pregunta Marian, señalándonos—. Siempre supe que acabarían juntos.

—¿En serio? —pregunta Gloria con sorna—. A mí me sorprende que alguien aguante a Molly. Incluso él.

Las miro con una sonrisa deslumbrante.

—A Seth le gustan mis malos modales.

El aludido se inclina hacia mí y me da un beso en la mejilla.

—Me encantan.

Marian nos da las tarjetas.

—Estáis en la mesa cuatro. Os he sentado con Jon, Kevin, dos chicas del equipo de tenis y Steve Clinton.

—¿El multimillonario rarito? —pregunto, emocionada de verdad.

—Hay quien diría que él es normal y tú eres la rarita —replica Gloria.

—Estás estupenda, Marian —dice Seth, que señala su abultada barriga—. ¿De cuánto estás?

—Solo de veinte semanas, pero cualquiera lo diría. ¡Trillizos!

—Nos mira con cara de «¿Os lo podéis creer?», y la verdad es que me lo creo sin problemas, porque Javier y ella han contado con pelos y señales su odisea con la fertilidad en *Good Morning America*, donde aparecen de forma regular ahora que él se ha retirado del béisbol y ella ha convertido su idílica vida matrimonial en una marca multimillonaria.

—¿Cómo están los gemelos? —pregunta Marian.

—Son unos trastos —contesta Gloria—, pero los queremos igual.

Empiezan a hablar de criar a niños de partos múltiples. De momento, nosotros solo cuidamos de un gato, de modo que Seth acepta las tarjetas y me aleja de allí.

—Si no recuerdo mal —dice—, dijiste que Gloria y Emily se separarían hace mucho. Y míralas: madres de unos gemelos diabólicos.

—Si no recuerdo mal —replico—, tú dijiste que Marian estaría casada con Marcus a estas alturas. Sin embargo, mírala, embarazada de una camada entera del fildeador más famoso del mundo.

—Pero Marcus parece feliz —señala Seth. Los dos miramos hacia el lugar donde está con su guapísima novia, golfista profesional, hablando con Chaz, el monologuista.

—Oye, Rubenstein, que estamos empatados: uno a uno.

—De eso nada. ¿Recuerdas que dijiste que creías que Dezzie y Rob seguirían casados para siempre?

—DEP, Rob —mascullo. Aunque no haya muerto, para mí sí lo está.

Claro que a Dezzie ya le da igual. Se está bebiendo un Palm Bay Institutini con Felix, el chef con quien ha montado uno de los restaurantes más exitosos de Chicago y con quien se va a casar en abril. Alyssa y Ryland se acercan a ellos, tomados de la mano. Ni una sola pareja de toda la estancia parece tan natural como la suya.

Seth y yo acertamos sobre ellos. Eso me hace feliz.

—Al menos, yo no dije que Jon iba a acabar con Alastair, como tú —le recuerdo.

—Alastair tenía acento británico —replica Seth—. Me encanta el acento británico.

—Supongo que lo dejaste escapar. Lamento que tengas que conformarte conmigo.

—Bueno, no lo lamentes —me dice—, porque aquí estás, en la reunión del vigésimo aniversario, conmigo como tu pareja.

—Ja, ja. No te lo crees ni tú —le suelto—. Apostaste que nos acostaríamos la noche del vigésimo aniversario. No sabes si vas a tener esa suerte.

—Creo que sí —me susurra al oído—. No puedes resistirte a mí en cuanto empiezas a beber esos institutinis.

—Muy bien, Rubes —admito—. Te concedo una victoria provisional, pero solo porque me muero por ese...

Levanta un dedo.

—No tan deprisa. ¿Te acuerdas de lo que tienes que decir, dado que he ganado yo?

Pongo cara de amargada. Detesto perder.

—Las almas gemelas existen —recito con la voz de un Muppet muy cabreado.

—Muy bien —dice—, aunque estaría mejor sin el retintín.

Suspiro.

—Las almas gemelas existen —repito con voz sensual—. ¿Así mejor?

Frunce el ceño.

—Me lo he currado. Durante años. No hagas que dé grima.

Le tomo la cara entre las manos y lo beso en la boca, dejando la marca del pintalabios rojo en su labio superior.

—De acuerdo —digo en voz baja—. Tenías razón, Seth. Las almas gemelas existen.

—Gracias, Molly. Sé que te cuesta admitir la derrota.

—La verdad es que no tanto —replico—. Porque la parte positiva es que las almas gemelas existen. Y de alguna manera he tenido la suerte de que tú seas la mía.

AGRADECIMIENTOS

Unos meses después de terminar este libro, perdimos a mi querida abuela Pat. Fue la persona cuyos libros de bolsillo con portadas de un Fabio descamisado me introdujeron de pequeña en el mundo de la novela romántica, a una edad un poco inquietante, y también quien se aseguró de que hubiera ejemplares firmados de todos mis libros en la biblioteca de su comunidad para jubilados, donde sus amigas más íntimas y revoltosas se los pasaban de unas a otras mientras se llevaban las manos a la cabeza por las escenas de sexo. Nunca llegó a leer *Otra tonta historia de amor*, pero gran parte de la trama se inspira en el lugar donde vivió y donde ayudó a criar a generaciones de nuestra familia y creo que eso le habría encantado.

Ese lugar, como habrás deducido, es Florida. Me gustaría agradecerle a mi peculiar estado natal haberme convertido en una persona que sabe más de lo que le gustaría sobre huracanes, cultura circense, estafadores, enfermedades transmitidas por mosquitos, insolación, marea roja, plagas de anacondas huidas y caimanes en piscinas. Mi querido Estado del Sol, tu política estatal me entristece mucho de un tiempo a esta parte, pero no sería quien soy si no hubiera crecido en tus mares de agua cálida bajo puestas de sol espectaculares, y Seth y Molly no existirían sin ti.

Seth y Molly tampoco existirían si no fuera por mi marido, una criatura deslumbrante que me colma de una adoración que no merezco en lo más mínimo y que fue uno de los lectores originales de este libro, dos veces. Gracias por hacer posible que me quede sentada en el sofá escribiendo novelas románticas todo el día y por creer que es algo impresionante en vez de una vagancia absoluta.

Sigo locamente enamorada de ti, incluso después de cuarenta y cinco años. Sin comentarios añadidos.

Y gracias también a mi inteligente e infatigable agente, Sarah Younger, sin la cual sería una niña perdida en vez de una escritora medio funcional. Nada me anima tanto como tus labios rojos en FaceTime; nada mejora tanto mis libros como que exijas que meta más escenas abrumadoras en el texto, y nada me hace seguir adelante como que luches por mí. También estoy muy agradecida a la maestra de NYLA, Nancy Yost, por sus ánimos y sus sabios consejos, y a la genio de los derechos en el extranjero, Cheryl Pientka, que con tanta devoción y habilidad ha hecho que este libro llegue a manos de lectores de todo el mundo.

El libro que tienes en tus manos no sería lo que es sin la editora de mis sueños más descabellados, Caroline Bleeke, que lo diseccionó con precisión quirúrgica para hacerlo cien veces más nítido, inteligente y sincero. Agradezco muchísimo su visión, su tenacidad y sus increíbles mensajes de correo electrónico. Gracias a Shelly Perron por su rigurosa corrección y sus comentarios alentadores. Doy las gracias a todo el equipo de Flatiron por darle un hogar tan maravilloso a este libro: gracias a Bob Miller, a Megan Lynch, a Malati Chavali, a Claire McLaughlin, a Maris Tasaka, a Erin Kibby, a Emily Walters, a Jeremy Pink, a Jason Reigal, a Jen Edwards, a Keith Hayes, a Kelly Gatesman, a Katy Robitzski, a Emily Dyer y a Drew Kilman. Y gracias de todo corazón a Vi-An Nguyen por diseñar la increíble portada.

Una de mis principales ocupaciones en mi día a día como escritora es amenazar con dejar de escribir, y puede que ya lo hubiera hecho sin el apoyo de otras escritoras, mis hermanas de armas. Erin, Kari, Alexis, Emily, Kelli, Melonie, Nicole, Susan, Susannah y Suzanne, no solo sois mis amigas por mensaje, sino mi familia. Gracias por llenar el vacío existencial, palabra a palabra. Y gracias a mi esposa platónica, Lauren, por ayudarme a entender cómo se hacen las comedias románticas. Nuestro bebé me preparó para escribir este libro y nuestras noches llenas de vino me mantienen cuerda. Y gracias también a mi querida Claudia, gurú en el mundillo editorial de

Reino Unido, cocinera excepcional, mejor conversación en Whats-App y mejor amiga al otro lado del charco.

También le doy las gracias a mi familia, y a mi querido padre, en quien no se basa Roger Marks ni por asomo. Sois graciosos, cariñosos y un apoyo enorme, tenéis un lenguaje propio, y si me encanta escribir sobre familias, es por vosotros. Siento mucho que vuestros gatos no estén a la altura del mío, y os quiero con locura, salvo cuando me ganáis jugando al Catán.

Ninguna sección de agradecimientos larga estaría completa sin unas palabras de alabanza a todas las geniales escritoras de novela romántica que siguen mejorando lo que este género aporta al mundo. Molly Marks puede dudar de las historias de amor todo lo que quiera, pero vosotras me hacéis creer en ellas y aspirar a escribirlas mejor. Gracias por ser mi inspiración, por hacerme más ambiciosa y por ser las misioneras de un mundo de ficción que sostiene, nutre y deleita a sus lectores como ningún otro.

Y, por último, gracias a todos los que habéis leído este libro, y todos mis libros, y los libros en general. Ser escritor es una vocación extraña y solitaria, y vuestro entusiasmo, vuestras palabras de aliento, vuestras divertidísimas publicaciones en las redes sociales, vuestros vertiginosos comentarios y vuestras cuidadosas reseñas hacen que merezca mucho, muchísimo, la pena. Ningún escritor estaría aquí sin vosotros, y dudo que sin vosotros muchos quisiéramos estarlo.

ACERCA DE LA AUTORA

Katelyn Doyle es escritora y vive en Los Ángeles. *Otra tonta historia de amor* es su debut en el mundo de las comedias románticas. También escribe con el pseudónimo de Scarlett Peckham, y sus novelas románticas históricas son superventas según la lista del *USA Today*.

¡Recomienda *Otra tonta historia de amor* para tu próximo club de lectura!

Guía del Grupo de Lectura disponible en
flatironbooks.com/guías-de-grupo-de-lectura

¿TE GUSTÓ
ESTE LIBRO?

**escríbenos y
cuéntanos tu opinión en**

(f) /Sellotitania   (twitter) /@Titania_ed

(instagram) /titania.ed

#SíSoyRomántica